Bienvenue dans le Monde des Faë

Le Directeur des Faë de Lucifer
Le Commandant des Faë de Lucifer

La Reine des Faë de l'Hiver
La Reine des Faë de l'Hiver

 — CE N'EST PAS POSSIBLE, murmurai-je tout bas.

— J'aurais tendance à être d'accord.

La voix profonde venait de derrière moi, une présence chaleureuse m'enveloppant dans un manteau de réalité.

Je clignai des yeux : il devait être là depuis un certain temps pour que sa chaleur s'infiltre si profondément dans ma peau.

— Euh…

Je jetai un œil par-dessus mon épaule, m'attendant à moitié à ce que ce soit un invisible, et haletai à la vue d'un homme magnifique.

Saint Faë…

Ses cheveux blond-brun retombaient en vagues sur ses oreilles qui n'étaient pas pointues. Il avait un look très tendance pour lequel les mannequins auraient tué : le type d'homme qui s'adapte parfaitement à un costume et le porte avec un style royal qui mérite que les autres se prosternent.

Pourtant, c'étaient ses yeux qui me retenaient captive.

Il avait des yeux multicolores hypnotiques, encadrés par de longs cils sombres.

Magnifique. Vraiment magnifique. C'est presque distrayant.

— Bonjour, me salua-t-il, et ce simple mot recelait une sensualité incroyable.

C'était le genre d'homme qui tuait les femmes par sa beauté, ses traits étaient presque surréalistes, et nettement inhumains. Il était trop beau pour être vrai. Ses pommettes parfaites, sa mâchoire carrée et son regard perçant me donnaient envie de le supplier de me faire des choses vilaines.

Merde.

—Je, euh…

— Tu étais occupée à lire, finit-il pour moi. Je te regardais.

Je faillis lui demander de me dire depuis combien de temps, mais je n'étais pas certaine d'avoir envie de savoir.

— C'est un matériau captivant.

— Je n'en doute pas une seconde, acquiesça-t-il, inclinant la tête sur le côté. Tu peux le ramener dans ta chambre si tu le souhaites, Camillia. En fait, je t'y encourage fortement, parce que le couvre-feu est passé depuis plus d'une heure.

 — Ce n'est pas possible, murmurai-je tout bas.

— J'aurais tendance à être d'accord.

La voix profonde venait de derrière moi, une présence chaleureuse m'enveloppant dans un manteau de réalité.

Je clignai des yeux : il devait être là depuis un certain temps pour que sa chaleur s'infiltre si profondément dans ma peau.

— Euh…

Je jetai un œil par-dessus mon épaule, m'attendant à moitié à ce que ce soit un invisible, et haletai à la vue d'un homme magnifique.

Saint Faë…

Ses cheveux blond-brun retombaient en vagues sur ses oreilles qui n'étaient pas pointues. Il avait un look très tendance pour lequel les mannequins auraient tué : le type d'homme qui s'adapte parfaitement à un costume et le porte avec un style royal qui mérite que les autres se prosternent.

Pourtant, c'étaient ses yeux qui me retenaient captive.

Il avait des yeux multicolores hypnotiques, encadrés par de longs cils sombres.

Magnifique. Vraiment magnifique. C'est presque distrayant.

— Bonjour, me salua-t-il, et ce simple mot recelait une sensualité incroyable.

C'était le genre d'homme qui tuait les femmes par sa beauté, ses traits étaient presque surréalistes, et nettement inhumains. Il était trop beau pour être vrai. Ses pommettes parfaites, sa mâchoire carrée et son regard perçant me donnaient envie de le supplier de me faire des choses vilaines.

Merde.

—Je, euh…

— Tu étais occupée à lire, finit-il pour moi. Je te regardais.

Je faillis lui demander de me dire depuis combien de temps, mais je n'étais pas certaine d'avoir envie de savoir.

— C'est un matériau captivant.

— Je n'en doute pas une seconde, acquiesça-t-il, inclinant la tête sur le côté. Tu peux le ramener dans ta chambre si tu le souhaites, Camillia. En fait, je t'y encourage fortement, parce que le couvre-feu est passé depuis plus d'une heure.

LE DIRECTEUR
DES
FAË DE LUCIFER

LES AUTEURES À SUCCÈS USA TODAY
LEXI C. FOSS   **J.R. THORN**

Édité par : Outthink Editing, LLC

Traduction de Jean-Marc Ligny, révisée par Thomas Bauduret

Conception de la couverture : Covers by Juan

Photographie de couverture : Wander Aguiar

Modèles de couverture : Sophie, Alex, Philippe, Forrest & Camden

Publié par : Ninja Newt Publishing

Édition numérique

ISBN eBook : 978-1-68530-182-8

ISBN Paperback : 978-1-68530-258-0

❀ Réalisé avec Vellum

À tous ceux qui adorent le « D ». Nous en avons quatre, pour votre plaisir. Profitez bien !

LE DIRECTEUR DES FAË DE LUCIFER

« Pourquoi suis-je nue et attachée à une chaise ? »
Parce que tu es en Enfer, petite rebelle. *Mon* enfer.

Camillia de la Croix n'est pas humaine.
C'est une Faë de l'Enfer Halfeline, avec un esprit ardent et
une volonté de fer.

La beauté rebelle s'est échappée de mon cachot.
Elle a fui l'Enfer pour partir on ne sait où.

Je paie maintenant le prix de sa petite escapade dans le
royaume des Faë.
Ses idioties nous ont valu à tous les deux la colère du roi
des Faë de l'Enfer.
Il *me* reproche de lui avoir permis de s'échapper.

Si je ne découvre pas comment elle a organisé sa petite
excursion,
je serai probablement expédié au royaume de l'Au-delà
pour jouer avec les Faë des Cadavres.

Heureusement, Az, Commandant des Faë de l'Enfer,
veut la réponse à cette énigme tout autant que moi.

Le prince Melek aussi.
À nous trois, nous briserons la détermination de Camillia.
Ensuite, nous la renverrons dans les épreuves des Faë de l'Enfer, là où est sa place.

Tu as profité de mon hospitalité une fois, mon cœur.
Cela ne se reproduira plus.
Maintenant, parle, ou je fais monter la température.
Et cette fois, tu n'auras pas le droit à l'extase.

Un mot de la part de Lexi & Jen

Merci d'avoir choisi *Le Directeur des Faë de Lucifer* ! Nous espérons que vous appréciez ce monde ténébreux autant que nous.

À celles et ceux qui découvrent cette série, nous conseillons fortement de commencer par *La Captive des Faë de Lucifer*, dont ce roman est la suite directe.

Juste une petite mise en garde : cette série contient de fortes connotations sexuelles, des scènes violentes et des thèmes liés au consentement équivoque. Plusieurs relations fortes entre hommes existent également dans ce monde, et ceux-ci aiment particulièrement s'envoyer en l'air ensemble. Mais ils inviteront Cami à se joindre à eux... une fois qu'elle aura prouvé sa valeur. ;)

Cependant, Cami n'est pas le genre d'héroïne à se laisser faire. Elle se battra jusqu'au bout.

Ses compagnons ont du pain sur la planche.

Et ils devront aussi ramper un peu en cours de route.

Leur périple ne sera pas facile. Mais il aura le goût délicieux du péché.

Alors poursuivez votre randonnée dans le monde des Faë de l'Enfer. Prenez garde à qui vous faites confiance. Et attention aux fameux mirages.

Rien n'est ce qu'il semble être.

Tout comme nos compagnons Faë de l'Enfer…

Bienvenue en terre de cauchemars
où les monstres sont réels,
où voir n'est pas toujours croire,
où un sort funeste guette les faibles.
— *Ajax*

Les royaumes des Faë de l'Enfer

Une page révélée de Vita, le livre de Lucifer

Il était une fois un ange qui chuta. Ses plumes lui furent arrachées, sa lumière s'éteignit et il atterrit dans les feux d'une terre brisée.

Mais ce n'était pas un ange ordinaire.

Il savait que son monde était sur le point de s'effondrer avant que ne survienne l'ultime trahison, et en lui, il cachait la source de sa lumière. Son véritable pouvoir. Son ultime vengeance.

À partir de cette braise ardente d'énergie, il créa un nouveau monde : le royaume des Faë de l'Enfer. Et en son sein, il accepta toutes les créatures que les autres royaumes Faë rejetaient.

Les Faë du Cauchemar. Des abominations. Des monstres.

À mesure que sa nouvelle cour se développait, plusieurs royaumes s'établirent. Chacun d'entre eux est gouverné par un Faë du Mythe protecteur et, en dessous de lui, par divers rois Faë.

Cette section est considérée comme un index de ces royaumes et des espèces connues qui y vivent. Il change et s'enrichit chaque jour, mais je suis *Vita*, le livre le plus précieux de Lucifer. Je sais tout. Je documente tout. Et maintenant, je vais partager ce savoir avec vous, chers lecteurs…

Terres Stériles : Zones arides semblables à des déserts, aux paysages rocailleux et pratiquement dépourvus d'eau. Centaures, Manticores, Minotaures, Dragons des Airs, Griffons et Boggarts y ont élu domicile. Elles ont aussi récemment servi à abriter les candidates au mariage des Faë de l'Enfer dans un paradigme unique.

Royaume des Faë de l'Enfer : Un royaume centralisé que Typhos Lucifer appelle sa maison. Toutes les créatures qui ne sont pas des Faë du Cauchemar y résident, de même que les infâmes Cerbères de Lucifer.

Terres Marécageuses : Les eaux troubles et les plantes des marais en font un lieu de résidence idéal pour les Nagas et les Unseelies.

Royaume de Morphée : C'est le pays des rêves, où les Faë du Cauchemar se nourrissent de terreur et d'effroi. Les Goules et les Stigoris y vivent, mais on y trouve également l'une des créations personnelles de Lucifer : le Faë Kuntilanak.

Royaume de l'Au-delà : Les ténèbres et de ternes rayons de lune hantent les cimetières de ce royaume, ce qui en fait un havre parfait pour les Faë des Cadavres et les Faë de la Mort.

Royaume Sous-marin : De vastes océans et des châteaux semblables à des coraux peignent ce royaume d'une mer de couleurs uniques. Les Kelpies et les Dragons d'eau l'habitent, mais certaines créations personnelles de Lucifer, comme les Sirènes, y vivent également.

DOMAINE DES FAË DE L'ENFER

TERRES MARÉCAGEUSES

ROYAUME DES FAË DE L'ENFER

ROYAUME DE MORPHÉE

ROYAUME SOUS-MARIN

TERRES STÉRILES

ROYAUME DE L'AU-DELÀ

Prologue : Typhos

La douleur me poignarda le dos et déchira mes plumes pendant que je tombais.

Elle m'a trahi, pensai-je, tourbillonnant dans un nuage d'ardente intensité. *Elle s'est servie de moi. Vivaxia…*

Une explosion ricocha à travers mon être : la source se déchirait en réponse à ma souffrance. Ma colère. Mon *besoin* de vengeance.

Elle paiera. Ils paieront tous, putain.

Je rugis et étirai mes ailes dans le feu, tentai de m'élever vers la liberté, d'affronter mes agresseurs, de les massacrer tous.

Mais j'étais trop faible. Peu importait qu'Azazel m'ait prévenu. On n'avait pas eu assez de temps, l'exécution du plan était trop rapprochée pour que je puisse me préparer correctement à ce combat.

Oh, mais Melek… Je déglutis. *Mon précieux Melek.*

Cela suffirait-il ? Ou périrait-il avec moi dans cette chute ? Projeté hors des plans vertueux. *En bas… en bas… en bas…*

— Typhos, me chuchota Melek à l'oreille. Je suis là.

Je fouillai du regard les nuages brûlants à la recherche de mon prince. Mon amour. Mon cœur. *Où es-tu ?* voulus-je demander, ne parvenant pas à le voir. *C'est trop brillant. Trop chaud. Trop…*

Je plissai les yeux, et une vrille de lumière grise aux bords entachés de noir se nicha dans ma vision. *Qu'est-ce que c'est ?* me demandai-je, soudain distrait de l'intense puissance qui me rongeait l'esprit. *La source est-elle… en train de mourir ?*

Non, ce n'est pas vrai. Je fronçai les sourcils. *Rien de tout ça n'est normal.*

Où suis-je ?

— Typhos, répéta Melek. Regarde-moi.

Je clignai des yeux, puis le cherchai de nouveau, sa voix un point d'ancrage dans mon monde auquel je m'accrocherais à jamais. Mais je ne le voyais pas. Il n'y avait que du feu. Et cette étrange vrille de lumière.

Quelque chose se… fracturait. *La source*, me rappelai-je. *Oui. La raison pour laquelle je tombe.*

Sauf que… non. Ce n'était pas vrai. J'avais chuté des siècles plus tôt.

Qu'est-ce qui m'arrive ?

— Typhos, réveille-toi.

La voix de Melek vibrait d'une urgence accrue qui me transperça le cœur.

Réveille-toi ? répétai-je, délirant à nouveau. *Je ne suis pas…*

Je serrai les lèvres, cette vrille vira complètement au noir dans ma vision périphérique et forma un bord déchiqueté dans les flammes blanches.

— Typhos ! cria Melek.

Mais j'étais trop absorbé par cette étrange fissure dans une surface par ailleurs sans défaut. Je tendis la main pour la toucher et sifflai au contact de son arête tranchante.

Une fracture dans la source, réalisai-je. *Mais ce… ce n'est pas possible.*

Pas plus que tout ce qui m'entourait.

Ce… ce cauchemar de mon passé se fondait dans mon présent. J'avais chuté. J'avais créé une nouvelle source. Et maintenant, je *protégeais.*

Or il arrivait quelque chose à ceux qui étaient sous mon aile invisible. Quelque chose d'abominable. *Une brèche dans le royaume des Faë de l'Enfer.*

J'ouvris les yeux et découvris un Melek inquiet qui me fixait, ses yeux multicolores arborant dans leurs pupilles une tache blanche qui n'apparaissait que lorsqu'il était bouleversé.

— Melek ? coassai-je d'une voix rauque.

Je me demandai combien de temps j'avais dormi. J'avais l'impression d'avoir été tiré d'une tombe aquatique, mes poumons ayant perdu la faculté d'aspirer de l'air.

— Tu ne voulais pas te réveiller, murmura-t-il, sa main sur ma joue. Mais j'ai senti… quelque chose. Quelque chose de bizarre.

— La source, lui dis-je en déglutissant. Une brèche.

Il serra ses lèvres pulpeuses et ses beaux traits se plissèrent en un froncement de sourcils qui ne ressemblait pas du tout à mon petit prince.

— Une brèche ?

— Dans notre royaume.

Je me raclai la gorge et j'attrapai sa nuque, surtout parce que j'avais besoin de son soutien, mais aussi pour me redresser. Pour réfléchir. Me concentrer. Il me laissa faire et posa sa main sur ma poitrine, juste au-dessus de mon cœur, tandis que je cherchais dans mon esprit mes liens avec la source.

Elle répondit aussitôt, me donnant accès au cœur de mon pouvoir – un pouvoir que j'avais créé – et me montrant tout ce que je devais voir. Y compris cette vrille pourrie.

En grognant, je poussai mon essence vers l'énergie intruse, et plissai les yeux lorsqu'elle resta en place. *Qu'es-tu ?* me demandai-je. *Tu n'as rien à faire ici.*

Au moment où je rassemblais plus de force pour la faire exploser, une alarme retentit dans l'air, un son qui ne pouvait être déclenché que par l'un de mes rois des Cauchemars.

Je rouvris les yeux et vis Melek se glisser hors de notre lit pour déambuler vers la source de l'alarme. Il ne prit pas la peine de s'habiller, mon prince étant trop préoccupé – ou peut-être trop confiant – pour se soucier de sa nudité.

Je le suivis jusqu'à l'écran, attrapant mon peignoir et le sien au passage. Il me le prit sans ses commentaires habituels. Serrant les dents, il sélectionna un bouton à peine visible dans l'air. Apparut un hologramme d'Onyx, le roi des Faë des Cadavres.

— Mon seigneur, salua-t-il, inclinant légèrement sa tête sombre. Nous avons un problème.

— Oui, c'est ce que j'ai pensé en entendant l'alarme. Qu'est-ce que c'est ? demandai-je.

Il hésita, puis se racla la gorge.

— Je... je ne sais pas trop comment le dire, mais un portail a été créé. Un portail qui traverse les royaumes.

— Quoi ? s'étonna Melek.

Son regard croisa le mien. *C'est la brèche que tu as sentie ?* Sa voix mentale était d'une douceur anormale, mais il cachait son inquiétude sous un masque de stoïcisme pour le roi des Faë des Cadavres.

Possible, répondis-je. *Ou bien c'est le résultat de la brèche que je sens dans la source.*

Ce qui signifiait que quelqu'un jouait avec la magie des Faë de l'Enfer, ce qui n'aurait pas dû être possible. Car j'étais le seul à pouvoir manipuler et contrôler la Source des Faë de l'Enfer.

— Un portail. (Melek revint à Onyx.) Vers quel royaume au juste ?

C'était une question judicieuse, ce qui ne m'étonnait pas : mon prince était un génie de la stratégie quand il le voulait. La réponse pourrait confirmer le motif de l'intrusion. Ce qui nous mènerait au coupable.

Onyx se racla de nouveau la gorge.

— Il semblerait que plusieurs Faë des Cadavres de l'Au-delà, ainsi qu'une douzaine de Bakus et de Goules du royaume de Morphée, se soient enfuis vers une sorte de monde humain. Mais ce ne serait pas *notre* monde humain.

— Une réalité alternative ? comprit Melek, sourcils froncés. Ce n'est pas possible.

— Je suis d'accord, acquiesçai-je.

Sauf que cette petite vrille noire me narguait, suggérant que quelqu'un – ou quelque chose – avait détruit ma source.

— Le portail est-il toujours ouvert, Onyx ?

— Oui, mon seigneur.

— Où se trouve-t-il ?

Il me l'indiqua, ce qui me fit hocher la tête.

— Nous serons là dans un instant pour l'examiner et le fermer.

Je coupai la communication avant qu'il ne puisse répondre, puis me tournai vers Melek.

— Il y a une vrille noire dans la source.

Il écarquilla les yeux.

— Comme dans magie noire ?

Je secouai la tête.

— Non. Comme une ampoule grillée. (Rien que d'y penser me fit serrer les dents.) Quelqu'un est en train de ravager la Source des Faë de l'Enfer, Melek.

Je n'avais aucune idée de comment c'était possible. C'était *ma* source. Je l'avais créée. Je l'avais entretenue. Je l'avais gardée. J'avais *vécu* pour elle.

— Nous…

Une autre alarme retentit, plutôt interne qu'externe, qui me frappa comme un coup au cœur. Parce qu'elle venait d'Azazel. *Qu'est-ce que c'est ?* lui demandai-je. *Qu'est-ce qui se passe ?*

Camillia de la Croix s'est échappée, émit-il en retour. *Et on ignore comment.*

— Qu'est-ce qu'il y a ? s'enquit Melek.

— C'est ta petite chérie, grognai-je. Apparemment, elle s'est échappée.

Trouve-la, lançai-je à Azazel. Je n'avais pas le temps de discuter d'une épouse Faë de l'Enfer errante. *Trouve-la et ramène-la-moi. Je m'occuperai d'elle une bonne fois pour toutes.*

Je n'étais pas d'humeur à jouer à des jeux stupides. Si elle avait trouvé un moyen de s'échapper — sans doute en profitant de ce qui se passait avec ma source —, alors elle méritait d'être punie.

Ses parents m'avaient donné son âme. Elle m'appartenait. Donc je pouvais soit choisir de la garder comme épouse dans les épreuves, soit l'éliminer.

— Ty, commença Melek.

— Non.

On n'avait pas le temps de discuter de son engouement pour sa petite chérie. On avait des Faë du Cauchemar à protéger. *Et une source à réparer*, pensai-je, furieux de la tournure des événements.

Ces deux éléments étaient prioritaires par rapport à une exaspérante petite épouse Faë de l'Enfer. De plus, mon Commandant et mon Gardien pouvaient s'occuper d'elle.

Pendant ce temps, j'allais réparer ce gâchis, chercher le coupable et en finir avec lui.

CHAPITRE 1

CAMI

Je suis nue et attachée à une chaise.

Parce qu'Az et Ajax ont perdu la tête.

À peine quelques heures plus tôt, j'avais émergé d'une mer de bonheur orgasmique perpétuel. Et j'avais eu hâte de m'adonner à d'autres plaisirs, surtout quand les beaux yeux violets d'Az avaient été les premières choses que j'avais vues en me réveillant.

Mais maintenant ? Non. Non, je ne voulais rien d'autre qu'un bain de sang. C'est ce que je fis comprendre du regard aux mâles en question.

« Tu as échappé à mon Phénix pendant trente foutus jours, et tu vas me dire comment tu as fait. Tout de suite ! » Ces paroles d'Az, prononcées une heure plus tôt, flottaient dans mon esprit, me laissant totalement déconcertée. J'avais été incapable de lui répondre, trop troublée par son accusation.

— Trente jours ? avais-je répété. Qu'est-ce que tu racontes ?

— Ne fais pas ta maligne, petite rebelle, avait grogné Ajax. Dis-nous où tu étais.

J'avais cligné des yeux devant son trop beau visage à quelques centimètres du mien, muette de stupeur. Qu'est-ce que j'étais censée dire ?

La dernière chose dont je me souviens, c'est que tu es allé prendre une douche – ce que j'avais très envie de faire, mais Az m'a dit que tu avais besoin d'espace. J'ai donc commencé à lire mon livre de droit magique, et je me suis retrouvée dans mon ancienne piaule d'étudiante. Oh, et quelques heures seulement s'étaient écoulées.

Son expression m'avait laissé entendre qu'il ne se contenterait pas d'une telle explication, et la lame dangereuse d'Az m'avait dissuadé d'essayer. J'avais donc gardé le silence. Et leur solution avait été de m'escamoter dans un nuage de fumée et de m'attacher à cette chaise très inconfortable.

Je fixai les iris noirs d'Az – une couleur très différente du violet que j'avais vu plus tôt, ou les dieux savaient quand – et déglutis.

Son excitation avait été sauvage, mais ce n'était rien comparé à ça. Chaque muscle de son corps était bandé comme s'il allait frapper. L'air ondulait et se déformait autour de lui en signe de soumission. Même les pointes de ses cheveux noirs se hérissaient comme des plumes.

Ou des poignards, pensai-je en frissonnant.

Ce n'était pas seulement la tension qui régnait dans la pièce qui m'empêchait de respirer. C'était aussi la magie d'Az. Elle me piquait comme s'il avait un crochet en fusion à l'intérieur de mon âme qu'il contrôlait d'une manière ou d'une autre. Chaque mouvement me faisait mal à la poitrine, me donnant l'impression que ce n'était pas seulement la corde qui me retenait. Des larmes brûlaient les bords de mes yeux, mais je n'osais pas les verser. Pleurer ne résolvait rien. Et me petit doigt me disait que cela n'influencerait en rien le mâle devant moi.

C'était Az le Commandant, pas Az l'amant. Non pas

que je connaisse bien l'une ou l'autre de ses facettes, mais je préférais de loin le second au premier.

Il tourna autour de moi, cette lame à l'aspect mortel toujours dans sa main. Qu'il fit tournoyer. Plusieurs fois. À quelques centimètres de ma peau. C'était le même couteau avec lequel il m'avait tailladée pendant nos ébats. Enfin, pas pendant nos ébats, techniquement. Mais pendant notre... *récréation.*

Seulement maintenant, je soupçonnais qu'il voulait me frapper à nouveau pour des raisons totalement différentes – et pas seulement rassasier la faim vampirique d'Ajax.

L'Az d'il y avait quelques heures avait disparu depuis longtemps, remplacé par une bête qui avait l'air de penser que j'avais causé trop d'ennuis pour ce que je valais.

Car apparemment, je suis partie depuis trente jours. Comment est-ce possible ? Et comment puis-je recommencer ?

Car si leurs accusations étaient vraies, j'avais échappé aux épreuves nuptiales des Faë de l'Enfer. Ce qui était mon but depuis le début.

Lucifer avait passé un accord avec mes parents pour posséder mon âme, me forçant à me lancer dans une bataille dans laquelle je ne voulais pas être impliquée – la bataille pour un mari Faë de l'Enfer.

Non merci.

J'avais tenu bon, cependant. Plus ou moins. Tout en essayant de trouver un moyen de rompre l'accord de Lucifer avec mes parents, ou de m'enfuir. Ma déclaration d'innocence avait donc peu de chances d'être crue, étant donné que j'avais juré à Ajax que je trouverais un moyen de m'échapper.

— Je survivrai, lui avais-je dit. Je trouverai une issue.

— Tu n'y arriveras pas, avait-il répliqué.

Apparemment, j'avais eu raison. Mais je n'avais aucune idée de la façon dont j'y étais parvenue – ce qu'il n'allait jamais croire, comme en témoignait sa posture, tapi près de la porte de cette pièce sans fenêtre et me fixant de ses yeux bleu nuit sans sourciller.

Je le distinguais à peine dans l'obscurité, son pouvoir paraissant le fondre dans les ombres qui l'entouraient. Seule une torche éclairait la petite pièce, dont la flamme semblait peiner contre le froid vif qui régnait dans l'air.

— Combien de temps peut-on rester ici ? demanda Az, son regard intense posé sur moi bien qu'il parle à Ajax.

Où est cet ici, *d'ailleurs ?* J'avais envie de le demander mais je m'en abstins. Où que ce soit, il y faisait froid. Ou du moins, je me disais que c'était la cause de la chair de poule qui hérissait ma peau. Cela n'avait certainement rien à voir avec les deux beaux hommes qui me retenaient prisonnière.

Sa cape sombre protégeant soigneusement son corps, Ajax sortit de sa poche intérieure une baguette qui s'illumina de magie violette, éclairant soudain son visage parfait.

Un frisson me parcourut l'échine tandis que je percevais ses émotions brutes et inavouées. *La fureur. La sauvagerie. Une rage à peine contenue.*

— Aussi longtemps qu'il le faudra, répondit Ajax.

Sa magie embauma l'air vicié d'un parfum de pin frais. La lueur violette balaya les quatre murs de la pièce, allumant chaque brique jusqu'à ce qu'elle recouvre tout.

Mes narines se dilatèrent et mes poumons se gonflèrent instinctivement en aspirant l'essence familière. Après notre expérience commune, la magie d'Ajax était comme un nectar pour moi.

Une seconde plus tard, des vertiges m'envahirent, me suggérant que je n'avais pas respiré correctement. Étant donné que les deux puissants mâles avaient la mainmise sur l'oxygène de la pièce, ce n'était pas surprenant.

Il me fallut fournir un effort pour aspirer une nouvelle goulée d'air angoissante tandis que l'odeur de pin commençait à se dissiper.

Cette pièce était étouffante. Tout ce qui s'y trouvait était faux. Tout comme l'ensemble de la situation. Pas seulement les murs sans fenêtres qui m'enfermaient ou les cordes rêches qui s'enfonçaient dans ma chair, mais aussi l'énergie froide qui rayonnait de partout.

Nous n'étions vraiment pas dans le royaume des humains. Ni sur le territoire de Lucifer.

Mon hypothèse la plus probable ? Ajax nous avait emmenés dans un lieu qu'il connaissait bien. Ce qui expliquait pourquoi Az lui avait demandé combien de temps on pouvait rester ici. *Donc on doit être dans le royaume des Faë de Minuit*, supposai-je. Parce que ce serait une région familière à Ajax, qu'il connaîtrait mieux qu'Az. Et si nous étions sur le territoire d'Ajax, alors nous étions sûrement près d'autres Mortels. Ce qui expliquerait aussi le froid glacial.

Cependant, d'après l'odeur âcre que la magie parfumée au pin d'Ajax avait fini par chasser de mon nez, il pouvait aussi s'agir d'une tombe. Car cet endroit empestait la mort.

Ce n'était pas vraiment une odeur comme celle des fleurs ou de l'encens, mais plutôt un sens secondaire que mon instinct avait capté. Grâce à mon côté Faë, pas mon côté humain. Mais quelle qu'en soit la source, mon instinct hurlait à la fausseté. *Je ne devrais pas être ici.* Nous *ne devrions pas être ici.*

Az s'avança, et je fixai à nouveau son regard d'obsidienne qui grilla toutes mes pensées. Car j'étais clairement en train de voir la bête en lui plus que l'homme.

Il effleura mon abdomen de la pointe de son couteau — pas assez fort pour saigner, juste une subtile moquerie pour me rappeler à quel point il était tranchant – et le posa sur le nœud juste au-dessus de mon cœur. J'eus encore le souffle coupé.

— Très bien, petite guerrière. Maintenant que tu as eu le temps de réfléchir, si tu essayais de répondre à nouveau à ma question ?

Il pencha la tête sur le côté comme un oiseau.

— Je le ferais si je le pouvais, avouai-je. Mais je ne sais pas. Pour moi, il ne s'est écoulé que quelques heures, pas trente jours.

Il grogna et secoua la tête.

— C'est ça ton histoire ?

— Ce n'est pas une histoire, c'est la vérité.

Hélas, il n'y avait aucune chance que ces deux-là me croient. Je le voyais bien dans leurs expressions.

Bien sûr, on s'était amusé, on avait partagé quelques orgasmes. Mais cela n'avait rien changé entre nous. J'étais toujours une prisonnière. Une candidate au mariage avec un Faë de l'Enfer. La propriété du roi des Faë de l'Enfer. Et ces deux-là étaient ses serviteurs : son Commandant et son Gardien.

La vérité de ma situation me fit serrer les dents.

J'avais laissé ces deux hommes m'hypnotiser par leur pouvoir et leur sensualité. À tel point que, pendant un bref instant, j'avais perdu de vue ce qu'ils étaient vraiment : *mes ravisseurs*. Il était fort possible qu'ils finissent par être aussi mes assassins.

Il fallait donc que je me concentre sur mon évasion.

Quelle ironie ! J'avais réussi à m'enfuir de la prison des Faë de l'Enfer sans vraiment le vouloir, ce qui m'avait mené à cette pénible situation à laquelle je devais absolument échapper. J'aurais ri si j'avais eu assez d'oxygène dans mes poumons.

À la place, je préférais économiser mes forces et de me

focaliser sur les cordes qui liaient mes poignets dans mon dos. Si je pouvais continuer à faire parler ces deux-là, je parviendrais peut-être à me libérer.

Non pas que je puisse tenir tête à Ajax et Az.

Hmm, à moins que j'arrive à les faire se tourner l'un vers l'autre plutôt que vers moi.

Ils avaient clairement une histoire ensemble, une histoire qui rayonnait de tension et de sexe torride. Et d'un soupçon de colère, qui peut-être venait simplement des deux hommes en général : Ajax était toujours en train de broyer du noir, et Az… il paraissait juste *violent*.

Surtout en ce moment, tandis qu'il continuait de m'observer avec ses yeux d'obsidienne. Il avait l'air de réfléchir, peut-être à ce qu'il allait dire ou faire puisque je ne lui avais pas donné de réponse satisfaisante.

Sa main tressaillit, faisant légèrement bouger la lame contre ma peau. Il recula aussitôt, ses yeux oscillant entre le violet et le noir.

Intéressant, me dis-je en l'étudiant. *C'est presque comme s'il ne voulait pas me faire de mal.* Ce qui était étrange, vu qu'il avait un couteau posé sur mon cœur.

Je me penchai en avant, curieuse de voir comment il allait réagir, et sentis un picotement contre ma peau délicate. Les pupilles d'Az se dilatèrent et Ajax émit une sorte de grognement. *Un grognement affamé.*

Les Faë de Minuit étant vampiriques par nature, le sang était leur point faible. Surtout le mien, qui était renforcé par la magie Faë.

— Je ne me suis pas échappée, répétai-je en appuyant plus fort sur la lame. Mais supposons que je l'ai fait. Pourquoi serais-je allée dans un endroit aussi évident, où on me retrouverait sans peine ?

Az retira sa dague, ses yeux hésitant toujours entre le violet et le noir, comme s'il perdait le contrôle de son

Phénix intérieur. *Bizarre.* Le Commandant était craint par les bêtes de l'Enfer, mais il semblait avoir du mal à dompter sa propre créature.

À cause de moi ? me demandai-je. *Ou parce qu'il est tellement en colère qu'il peine à maîtriser ses instincts de prédateur ?*

Az chuchota un ordre qui fit disparaître la lame. Il la remplaça par son pouce et appuya sur la blessure, interrompant mes pensées. Je sifflai entre mes dents serrées sur ma douleur. Même si la coupure était superficielle, la pression me faisait toujours mal. Surtout parce qu'il ne retenait pas sa force.

Ce qui, supposai-je, répondait à ma question mentale. *Il est en colère. Sacrément en colère.* Je le savais déjà. Mais c'était encore plus évident vu comme son Phénix prenait les choses en main.

— Tu ne sais pas de quoi je suis capable, petite guerrière. (Sa voix douce et soyeuse s'enroulait autour de mon cou comme un nœud coulant, se resserrant à chaque mot.) Je te suggère de coopérer si tu ne veux pas le découvrir.

— Az, intervint Ajax. Nous devons nous rappeler les règles. C'est une candidate au mariage et donc la propriété de Lucifer. Pas la nôtre.

Az recula dès que le Gardien prononça mon titre. Pas mon nom, mais ma valeur en tant que bien à utiliser pour les jeux nuptiaux du roi des Faë de l'Enfer.

Malgré la menace de violence qui m'entourait, je levai les yeux au ciel.

— Une candidate au mariage. Mais pas *ta* candidate. N'est-ce pas, Ajax ? demandai-je, me rappelant ses paroles de tout à l'heure – *ou d'il y a trente jours*, me corrigeai-je.

Az lui jeta un coup d'œil en haussant un sourcil, mais Ajax se contenta de secouer la tête.

— Est-ce que tu as dit à Lucifer qu'on l'a trouvée ? demanda-t-il, changeant de sujet.

Az me lâcha, me laissant un point douloureux qui ne tarderait pas à virer au bleu. *Connard*, pensai-je en le fusillant du regard.

— Non, répondit-il. Nos ordres étaient de la lui amener directement, mais vu tout ce qui s'est passé dans le royaume de l'Au-delà, je ne suis pas sûr qu'il le veuille encore.

— Tu peux voir ça avec lui ? demanda Ajax.

Il y avait un soupçon de quelque chose dans son ton que je ne parvenais pas à déchiffrer, un sens caché qui semblait résonner entre les deux vieux amis.

Az le considéra un long moment.

— Oui.

Puis il disparut dans un nuage de cendres, me laissant seule avec le Gardien. Je cillai, surprise par son départ brutal. Il m'avait paru avoir envie de me torturer pour obtenir des réponses. Ou de me tuer. Ou bien les deux.

Mais cela m'offrait une opportunité. Si je pouvais trouver un moyen de me libérer, j'arriverais peut-être à échapper à Ajax.

Peut-être. Ou peut-être pas.

Cependant, c'était mieux que de rester ici à subir ce traitement.

Me penchant en arrière, j'arrondis mes épaules et je laissai les cordes me presser les seins. L'air froid avait durci mes mamelons, qu'Ajax s'efforçait d'ignorer en gardant le menton haut. La moitié de ma tactique de diversion était déjà toute trouvée.

Les hommes sont des idiots.

— Alors, que se passe-t-il dans le royaume de l'Au-delà ? m'enquis-je, cherchant à le distraire tout en continuant à défaire le nœud dans mon dos.

9

Il produisait un frottement doux contre la chaise que j'espérais masqué par nos voix.

Ajax ricana.

— Rien qui concerne ta petite tête de rebelle, dit-il, son regard toujours posé moi.

Sa magie violette flottait dans la pièce, provenant de sa baguette. *Son sort n'est donc pas encore terminé ? Ou est-ce qu'il rayonne simplement de puissance ?*

J'observai les murs qui scintillaient de vapeur violette et tentai de comprendre, mais il n'y avait pas grand-chose à en tirer. En fait, il n'y avait rien, que des briques noires et des pierres sombres, sans meubles ni fenêtres. La porte était un panneau épais qui se verrouillait des deux côtés.

— Je crois que je préférais ton cachot, murmurai-je, en m'efforçant de dissimuler les mouvements de mes mains.

Étire. Gratte.

La corde se tordit dans le mauvais sens, coupant la circulation à mon poignet gauche. Je marmonnai un juron et ravalai la douleur. *Ce n'est pas un bon plan*, me dis-je. *Mais que puis-je faire d'autre ?*

— Sûrement, proféra Ajax d'un ton plat qui ne révélait rien.

D'accord.

— Au moins, j'avais des vêtements, nuançai-je. En quelque sorte.

C'étaient des tenues pratiques, bien que conçues pour mettre en valeur mes atouts féminins. Malgré tout, je n'avais pas été forcée de m'asseoir nue devant un public, contrairement à maintenant. Certes, ils m'avaient trouvée sans vêtements, donc ce n'était pas entièrement de leur faute. Ils avaient juste choisi de ne pas m'offrir de quoi me couvrir.

Ajax s'écarta du mur, ce qui me fit tressaillir. Mais il ne

s'approcha pas de moi. Il murmura simplement un ordre et disparut, quoique sans les cendres noires.

La température chuta encore, ce que je n'aurais pas cru possible dans cette pièce déjà glaciale. L'électricité grésillait sur ma peau, me procurant la sensation d'une menace terrifiante. Et un voile de peur me faisait manquer d'air. J'avais du mal à déterminer où Ajax était parti.

— Ajax ? appelai-je.

Les ombres avaient l'air de se rapprocher. Je tirai plus fort sur la corde, ne réussissant qu'à envoyer des fourmillements dans mes doigts. La panique menaçait de s'emparer de moi.

— Ajax ?! appelai-je plus fort.

Une sorte de magie s'activa au volume de ma voix, chatouillant les poils de ma nuque. Puis son écho s'évapora comme si le son avait pénétré un mur de coton.

Oh, dieux ! C'est de l'insonorisation.

C'était le but du sort d'Ajax. Il avait créé une chambre où personne ne pouvait m'entendre crier.

L'odeur de pin m'enveloppa tandis que la voix sans timbre d'Ajax semblait me parvenir de toutes parts :

— Bienvenue en Enfer, petit rebelle. *Mon* Enfer.

Une série de mots chuchotés envoya une nouvelle bouffée de pin dans la pièce. Les cordes qui me liaient se transformèrent en serpents sifflants, me faisant pousser un cri strident.

— Maintenant, recommençons à zéro. *Comment tu t'es échappée ?*

CHAPITRE 2

Az

GONFLANT MES POUMONS, je descendis en trombe dans l'entrée du domaine de Lucifer.

J'aurais pu simplement le contacter par le biais de notre connexion mentale. Tout comme j'aurais pu me rendre directement à sa porte, à moins de mille pas de là, dans une aile voisine. Mais j'avais besoin de me ressaisir avant de parler à Typhos.

Plus exactement, je devais maîtriser mon Phénix avant qu'il ne me transperce la poitrine de ses griffes. Le tatouage qui marquait l'esprit de mon animal me démangeait et me brûlait comme si j'avais répandu de l'acide de Manticore dessus.

Putain, ça faisait mal.

Et tout ça à cause d'elle.

— Arrête, ordonnai-je à ma bête égarée. Camillia n'est pas à nous.

Mon Phénix répondit par un sifflement sur ma peau, menaçant une fois de plus de me forcer à me transformer.

Je m'appuyai contre un mur de pierre en grimaçant et observai mon reflet dans un miroir. Le décor argenté de ce couloir me procurait une vue brisée de mon visage, mais je distinguais clairement les flammes noires de mon Phénix danser dangereusement dans mon regard. Mes iris étaient censés être violets. Mais lorsque ce Phénix se mettait à jouer, ma vraie nature s'exfiltrait.

Et en ce moment, il était en colère. Mais pas contre elle, comme il devrait l'être. Contre *moi*.

J'ignorais si les autres pouvaient le voir comme moi. En tant que Phénix Noir, je partageais mon esprit avec la bête. Il était moi et j'étais lui, mais parfois nous avions des opinions différentes.

Par exemple, notre opinion sur une certaine petite candidate au mariage qui avait abusé de notre hospitalité.

Comme pour me rappeler pourquoi j'avais autrefois trouvé la fille intéressante, mon Phénix m'inspira une série de souvenirs.

Certes, Camillia était belle avec ses tendances guerrières et ses formes athlétiques. Et putain, la façon dont elle s'était cambrée en jouissant dans la bouche d'Ajax avait tourné dans mes fantasmes nocturnes pendant des semaines. Mon Phénix salivait à l'idée de la goûter à nouveau, déterminé à la marquer, à l'accoupler, à la faire sienne.

Ça ne rimait à rien.

Elle n'était pas notre compagne prédestinée, ce que je lui avais répété un millier de fois. Mais cette foutue bête avait son esprit bien à elle, à griffer mes entrailles et exiger que nous enfoncions nos dents dans sa jolie chair.

Merde. Je serrai les poings et la mâchoire.

— *Ça suffit*, intimai-je à mon Phénix.

C'était presque comme s'il avait déteint sur Camillia, ce qui était impossible. Mais il refusait d'entendre raison, et je n'eus d'autre choix que de le lier. Il siffla de colère en réponse, et l'écho de ce sifflement me brisa le cœur tandis que je le ramenais dans les recoins de mon âme. *Au pied*, ordonnai-je. *Et restes-y*.

Je le paierai plus tard, sûrement dans le sang. Cependant, j'avais besoin de le maîtriser pour pouvoir me concentrer correctement.

Mon Phénix pouvait apparemment oublier que nous avions passé les trente derniers jours à chercher Camillia, mais pas moi. Cela me rappelait son insaisissable père. Ils étaient peut-être les seuls Faë de l'histoire à avoir réussi à échapper à mon Phénix.

Mais nous l'avions retrouvée.

Une victoire, me dis-je. Mon envie de fêter ça me chauffait les veines. Seulement, ce n'était pas tant d'une fête ou d'une boisson dont j'avais envie, mais du sang de Camillia.

Parce que je voulais la punir de s'être échappée. De s'être enfuie. *D'avoir si bien réussi à se cacher.* Cette femelle allait apprendre où était sa place. Elle n'était rien pour moi. Bien sûr, on s'était bien amusés, mais c'était fini. Dès qu'elle avait disparu sans laisser de traces, elle avait prouvé qu'on ne pouvait pas lui faire confiance.

Le fait qu'elle ait blessé Ajax était une raison de plus pour la punir. Il avait assez souffert pour toute une vie. Il ne méritait pas qu'elle vienne s'ajouter à son fardeau déjà lourd de morts et de trahisons.

En outre, si elle avait quoi que ce soit à voir avec les problèmes actuels qui assaillaient le royaume des Faë de l'Enfer, elle représentait une menace pour Typhos. Ce simple fait était intolérable.

Il fallait donc que l'on sache comment elle s'était échappée et ce qu'elle avait fait. J'avais espéré avoir ces réponses pour Typhos avant de lui annoncer que nous l'avions capturée, mais elle ne s'était guère montrée coopérative.

D'accord, je l'avais à peine interrogée. Mais c'était parce que mon Phénix ne m'avait pas laissé faire ce qu'il fallait pour obtenir des réponses. Il ne m'avait même pas laissé l'hypnotiser. Satanée bête. *Mais tu es tranquille maintenant*, le raillai-je. *Parce que c'est moi qui commande. Pas toi.*

Et j'arracherais des réponses à Camillia s'il le fallait. Je me fichais bien de l'abîmer pour de bon. Et je me doutais que Typhos approuverait mes intentions, mais cela ne me ferait pas de mal de m'en assurer avant de l'interroger vraiment.

Bien sûr, Camillia avait fui ses épreuves au moment le plus inopportun — ou peut-être le plus opportun, en supposant qu'elle ait profité de la diversion du portail.

Ou bien c'est elle qui l'a provoqué, pensai-je, grinçant des dents à cette éventualité.

Une fois que j'aurais obtenu la permission de Typhos de libérer mon côté obscur, Camillia subirait toute la colère de ma bête.

Sauf que mon esprit animal n'était pas du tout d'accord. Mon Phénix avait presque jailli de moi pour m'empêcher d'égratigner la femelle, et maintenant il se débattait dans ses liens, menaçant de se blesser. Mes côtes me faisaient mal et mes muscles me brûlaient sous l'effet de la rage de mon animal.

— Qu'est-ce qui ne va pas chez toi ? grognai-je, tandis que les murs de miroirs fractals qui m'entouraient se remplissaient de l'image de flammes noires. Pourquoi agis-tu de manière si possessive pour un peu de sang ? Je l'ai à peine entaillée, et tu sais que je peux faire sacrément plus que ça.

Je renforçai mentalement les liens au point de briser ses ailes.

Sa trahison me traversa l'esprit, suivie d'un froid silence qui me glaça l'âme. *Putain*. Je l'avais fait. La rage était une émotion que je pouvais gérer, surtout venant de mon Phénix. Mais ça… ça me semblait… plus *profond*.

Je déglutis. *C'est pour le mieux*, lui promis-je. *Tu verras.*

Silence. Pas le moindre frisson d'ailes.

Je fermai les yeux et comptai jusqu'à dix, ayant besoin de me ressaisir avant de passer à autre chose. *Elle n'est pas à nous*, répétais-je à mon animal. *Notre compagne est là quelque part. Nous la trouverons un jour. Mais ce n'est pas elle.*

Toujours aucune réponse.

Je rouvris les yeux en soupirant et constatai que le violet éclatant était revenu dans mes iris. Il ne restait même pas un soupçon de flamme noire.

Car je l'avais dissipée.

Temporairement seulement, me dis-je. *Le temps de faire ce qui doit être fait.*

Mais d'abord, je devais parler à Typhos.

Je parcourus le reste du couloir le souffle court, tordant mentalement mes plumes.

Tu me pardonneras quand je t'aurai prouvé qu'elle n'est pas à nous, dis-je à mon Phénix. *Je te le promets.*

En atteignant la porte de Typhos, je sentis le roi des Faë de l'Enfer de l'autre côté. Tout comme il m'avait probablement senti, peut-être même bien avant que j'arrive. Mes émotions intenses avaient dû servir de phare à ses sens. Mais il ne me presserait pas d'expliquer. Ce n'était pas son genre.

De plus, il avait bien assez à faire pour l'instant, avec ses Faë du Cauchemar qui avaient lancé une partie de chasse au partenaire dans un autre royaume.

Ce foutu portail, songeai-je en secouant la tête. Ça c'était un vrai problème, contrairement à celui dont mon Phénix et moi étions en train de débattre. Mon animal pensait à tort que nous avions trouvé notre compagne. Pendant ce temps, Typhos affrontait une menace potentielle pour la

Source des Faë de l'Enfer, qui mettait tout son royaume en danger. Des problèmes très différents.

Une minute, murmura Typhos dans mon esprit. Mais je n'avais pas besoin de cet avertissement pour savoir qu'il fallait attendre. Je captais son ton empressé à travers la porte, suggérant qu'il était en train de parler à quelqu'un, sans doute un autre roi Faë du Cauchemar. Ils étaient tous mécontents et perturbés à cause du retard des épreuves nuptiales, mais Typhos se montrait prudent. Il avait présenté cela comme une punition pour ses Faë du Cauchemar ingrats.

« Mes épreuves nuptiales ne sont manifestement pas assez bonnes pour vous tous, avait-il déclaré aux royaumes de l'Au-delà et de Morphée deux semaines plus tôt. Sinon, pourquoi trouveriez-vous nécessaire de participer à une *Nuit des Monstres* dans un royaume d'une réalité alternative ? »

Apparemment, la Nuit des Monstres était une fête dangereuse dans cette réalité alternative : une nuit où des créatures d'origines diverses s'aventuraient dans le royaume humain correspondant pour kidnapper et s'approprier des partenaires. Et d'une manière ou d'une autre, le portail créé dans le royaume de l'Au-delà avait permis d'accéder à cette infâme occasion. Plusieurs dizaines de Faë du Cauchemar s'étaient échappés par la brèche illégale pour se trouver des épouses potentielles, fraudant et annulant ainsi tout ce que Typhos avait essayé d'accomplir.

Jusqu'à présent, un seul d'entre eux avait été arrêté.

Maliki. Mon connard de demi-frère.

De toute évidence, il avait tenu le portail qui avait permis à une myriade de Faë du Cauchemar de se faufiler à travers l'Au-delà et dans le royaume humain. Et il ne s'en excusait pas du tout.

S'il avait été quelqu'un d'autre, Typhos l'aurait sûrement déjà tué. Hélas, il était de ma famille. Il avait donc été épargné. C'était un autre problème dont je devrais m'occuper plus tard. Camillia avait été la priorité numéro un et l'était encore.

La porte s'ouvrit sur les traits angéliques de Melek, aux iris multicolores scintillants de secrets, qui haussa un sourcil devant moi.

— Vous l'avez trouvée ?

Une note d'inquiétude teintait sa voix, que je choisis d'ignorer.

— Elle est attachée dans le royaume des Faë de Minuit avec Ajax, répondis-je.

— Oh ? (L'inquiétude fut aussitôt remplacée par la curiosité.) Avec une corde ?

— Avec une corde magique.

Ajax l'avait choisie au cas où Camillia tenterait à nouveau de s'échapper. J'espérais plus ou moins qu'elle essaie, juste pour qu'elle voie ce qui se passait si elle desserrait trop les liens. Les lianes serpentines étaient mortelles et vicieuses, il ne valait mieux pas s'y frotter.

Et elles *détestaient* la trahison.

Une punition appropriée, songeai-je. Mon Phénix avait énergiquement protesté, mais il ne disait plus rien à présent.

— Hmm. (Les yeux de Melek brillèrent d'amusement.) Un bon entraînement, alors.

Je fronçai les sourcils.

— Entraînement ?

— Je suppose qu'elle est indemne ? demanda-t-il, ignorant ma question – typique chez Melek.

— À peine une égratignure.

— Hmm, bon, la corde peut laisser des marques si elle n'est pas serrée correctement.

Sur ce conseil inutile, il s'écarta de la porte et me fit entrer.

Avachi au fond de la pièce, les jambes paresseusement écartées, tambourinant des doigts sur la table devant lui, Typhos leva les yeux de l'écran holographique qui planait au-dessus de lui. Vue de mon côté, l'image qui lui faisait face ressemblait à un nuage.

Malgré sa posture décontractée, son agressivité envoyait pratiquement des ondes de chaleur dans toute la pièce. S'il n'avait pas été bouclé, mon Phénix aurait sûrement lissé ses plumes dans cette chaleur. Alors que moi, l'homme sans plumes, je la trouvais inconfortable. Je préférais mes propres flammes noires au feu dévorant de Typhos.

Toutefois, son pouvoir brut était la raison pour laquelle je le respectais. Ainsi que sa volonté farouche de faire en sorte que ceux qui étaient sous sa protection restent en sécurité. Une chose que j'aurais souhaité refléter en moi. Surtout en ce moment. Car si je ne parvenais pas à maîtriser la faim de Camillia qui consumait mon Phénix, je risquais de mettre en danger ceux qui comptaient vraiment pour moi.

Typhos. Ajax. Melek.

Ils avaient tous gagné mon allégeance. Pas Camillia de La Croix.

— Alors je te suggère de leur rappeler qui est leur roi, conclut Typhos, qui mit fin à l'appel et retira un écouteur de son oreille.

Voilà pourquoi je n'avais entendu aucun son provenant de l'écran.

— Les Nagas ont tendance à accorder plus d'importance à leurs partenaires qu'à leur roi, déclara Melek en préparant un verre au bar. Je ne suis pas surpris qu'ils donnent du fil à retordre à Vipère.

Ah, cela expliquait l'écouteur. Le roi Vipère avait tendance à parler à voix basse, ce qui le rendait souvent difficile à comprendre. Le stoïque Naga n'était guère causant, se résolvant à chuchoter uniquement lorsqu'il y était contraint. C'était un Faë du Cauchemar qui préférait les actes aux paroles.

Il n'était pas du tout comme les femelles de son espèce, connues comme les plus meurtrières de l'espèce Naga. Or cette race était en voie de disparition, la Source des Faë de l'Enfer ayant rejeté la plupart d'entre eux. Je supposais que c'était pourquoi ses Faë du Cauchemar étaient en train de se révolter, furieux que leurs épreuves aient été suspendues. Il leur fallait plus de femmes pour repeupler leur espèce. D'où leur besoin d'épouses optimales.

Vipère en avait besoin d'une plus que tout. Les Nagas n'étaient rien sans une reine, mais lui n'avait pas encore trouvé sa compagne prédestinée.

— Il doit rappeler à ses sujets pourquoi il est roi.

Typhos avait l'air fatigué, quoique sévère.

— Tout en exécutant ton ordre de retarder leur jeu d'accouplement avec les candidates potentielles. (Melek apporta le verre à Typhos et en pressa le bord sur ses lèvres.) Bois.

Les iris saphir de Typhos scintillèrent lorsqu'il croisa le regard du prince Faë de l'Enfer, mais il ne discuta pas, accepta le verre et le but.

— Aucun des Nagas n'a participé à la Nuit des Monstres, reprit Melek d'une voix douce. Ils ont l'impression d'être indûment punis pour le mauvais comportement d'un autre royaume. C'est pour ça qu'ils agissent ainsi.

— Tout comme les Sirènes. (Je ne voulais pas intervenir, mais je connaissais leurs protestations.) Et les Banshees.

— Ainsi que les différentes espèces de dragons. (Melek prit le verre de Typhos et le posa sur la table.) Jusqu'à présent, il semble que seuls ceux qui résident dans le royaume de l'Au-delà et le royaume de Morphée aient participé, ce qui rend la punition appropriée pour eux. Mais les autres…

Il s'interrompit et jeta à Typhos un regard éloquent.

— Ne méritent pas cette punition, acheva Typhos. (Il poussa un profond soupir.) Je le sais bien, petit prince. Mais j'essaie de les protéger.

— D'une menace qui n'existe peut-être pas, rétorqua Melek, passant délicatement ses doigts dans les longs cheveux noirs de Typhos. La source est claire, le portail fermé, et il n'y a pas eu d'autres incidents.

— Ça ne veut pas dire qu'il n'y en aura pas, remarqua Typhos.

J'étais enclin à être de son avis. Ce n'était pas parce que tout semblait aller bien aujourd'hui qu'il n'y aurait pas d'autres problèmes bientôt. On ignorait comment le portail avait été créé. Ou comment une vrille avait été endommagée dans la source.

Tout comme on ignore comment Camillia s'est échappée et où elle s'est cachée, pensai-je.

Je me raclai la gorge pour attirer sur moi l'attention de Typhos.

— Je ne voudrais pas m'imposer. Je sais que tu es très occupé en ce moment.

— Tu ne t'*imposes* jamais, Azazel.

Il me lança un regard interrogateur, m'étudiant en fronçant les sourcils. Il devait sentir que quelque chose n'allait pas, sans doute parce que mon Phénix était d'un calme anormal. Mais il ne posa pas de questions, me permettant de garder mon secret, du moins pour le moment.

— Tu as des nouvelles, dit-il, m'offrant un sujet de discussion moins tendu.

— En effet. (Je me raclai de nouveau la gorge.) On a trouvé Camillia de la Croix dans le royaume humain. Ajax l'a enfermée dans un vieux cachot du Conseil des Faë de Minuit pour l'interroger.

Bon, ce n'était pas ce que Typhos avait demandé. Il voulait plutôt qu'on la lui amène, mais…

— Nous avons pensé qu'il serait intéressant de savoir comment elle s'est échappée et où elle est allée avant de la ramener ici, au cas où elle serait capable d'utiliser à nouveau ses techniques d'évasion, expliquai-je.

Typhos hocha pensivement la tête.

— Je la suspecte d'avoir simplement profité de la brèche d'une façon ou d'une autre, mais je suis d'accord qu'il vaudrait la peine qu'on en soit sûrs. À moins qu'elle ne vous ait déjà tout raconté et que ce soit la raison de ta présence ici ?

— Ils l'ont attachée avec une corde, mon roi, ajouta Melek, un sourire faussant son ton. Je doute qu'elle ait beaucoup parlé.

— Tout le monde ne se sert pas d'une corde comme toi, petit prince.

Typhos ne me quittait pas des yeux, cependant la nuance équivoque dans sa réponse à Melek ne m'échappa pas. Mais j'ignorai les commentaires sur la corde et répondis plutôt à la question de Typhos :

— Elle n'est pas très communicative. Elle fait plutôt semblant d'être choquée que trente jours se soient écoulés.

— « Fait semblant » ? (Melek ne cacha pas son scepticisme.) Et si elle était sincère ?

Je ricanai.

— C'est une ruse pour ne pas dire où elle s'est cachée.

Ce que je prouverai une fois que je l'aurai dûment interrogée.

— Pourtant, tu es ici au lieu de le faire, remarqua Melek. C'est intéressant.

Je croisai son regard multicolore.

— Je suis ici pour informer Typhos que nous avons trouvé Camillia et lui faire savoir pourquoi nous l'avons emmenée dans le royaume des Faë de Minuit au lieu de la lui amener directement comme il l'avait demandé.

D'accord, ce n'était pas tout à fait vrai. J'étais aussi ici parce qu'Ajax avait remarqué mon besoin de relâcher un peu la vapeur. Il avait dû penser que j'étais simplement en colère et que mon Phénix voulait punir Camillia pour ses frasques.

Mais ce n'était pas du tout la source de mon conflit avec mon animal. En fait, c'était tout le contraire : mon Phénix avait voulu la prendre dans ses bras et la protéger, ce qui n'allait pas se produire. *Jamais.*

— Je suis d'accord pour la garder loin d'ici jusqu'à ce que nous ayons des réponses. (Typhos ferma l'hologramme sur sa table et se leva.) Mais je te donne trois jours pour la briser, Azazel. Ça a déjà pris trop de temps, et j'ai vraiment besoin de ton aide ici dans notre monde.

— Je comprends, acquiesçai-je.

— Plus tôt on pourra reprendre les épreuves, mieux ce sera, poursuivit-il. Toutefois les épreuves de l'Au-delà et de Morphée sont annulées pour une durée indéterminée. Ils ont choisi d'acquérir des partenaires en dehors du processus. Ils peuvent donc les tester par eux-mêmes.

— Une punition digne de ce nom, complimenta Melek, à propos de la façon dont Typhos avait choisi de gérer les conséquences de la Nuit des Monstres.

Il avait demandé aux rois de l'Au-delà et de Morphée d'organiser leur propre série d'épreuves pour déterminer la valeur réelle des femelles enlevées lors du raid illégal sur le royaume alternatif. L'édit obligeait les rois à assumer une partie des charges de commandement que Typhos portait souvent, ce qui leur donnait une leçon de respect bien nécessaire.

Cette leçon s'appliquait également aux Faë qui avaient emprunté le portail. Comme la plupart des femelles n'avaient pas encore été revendiquées et qu'elles n'étaient pas nombreuses, les différents types de Faë de l'Au-delà et de Morphée devaient faire preuve de prudence dans la sélection de leurs compagnes potentielles, sinon, ils risquaient de toutes les perdre. Et Typhos n'allait pas leur en donner d'autres après le sale coup qu'ils avaient fait avec ce portail.

« Si les Faë de l'Au-delà et de Morphée veulent s'autoréguler, qu'ils le fassent, leur avait-il dit. Voyons si vos rois sont à la hauteur de la tâche. »

— Trois jours, me répéta-t-il. Si elle garde le silence, vous pourrez la laisser pourrir sur place.

Melek écarquilla les yeux, et son habituel sourire en coin disparut derrière un masque inquiet.

— *Typhos.*

— Y a-t-il autre chose, Azazel ? demanda ce dernier, ignorant son prince.

— Non. Je m'en occupe, lui promis-je.

— Je n'en doute pas, acquiesça-t-il d'un ton plutôt assuré.

Ou peut-être un brin menaçant ?

Car Melek avait établi des liens initiaux avec Camillia, ce qui rendait cette tâche très importante. Je ne pouvais pas échouer.

Et je ne pourrais peut-être pas non plus la torturer comme il se doit pour la faire parler. *Parce que Melek peut la ressentir*, réalisai-je en croisant le regard dur du mâle. *Eh bien, merde.* Voilà qui allait compliquer les choses.

Bien sûr, ce n'était pas ma faute si Melek s'était lié à son âme. Mais ce serait ma faute s'il était blessé par mes actions, et Typhos n'apprécierait certainement pas cela non plus.

Voilà qui complique encore les choses.

Tout comme mon Phénix, toujours silencieux.

Putain de merde.

Comment suis-je censé l'interroger si je ne peux pas la forcer à parler ?

CHAPITRE 3

MELEK

Azazel disparut dans une bouffée de cendres, laissant dans l'air une sorte d'obscurité froide qui hérissa les poils des bras.

Je resserrai la ceinture de mon peignoir et fis face à Typhos.

— La laisser pourrir ? répétai-je en haussant un sourcil vers mon amant. Tu as pensé à ce que ça me ferait ?

— C'est peut-être une leçon nécessaire, répondit-il en plissant ses yeux bleus. C'est toi qui as lié ton âme à elle.

— Alors maintenant, tu veux me punir pour ça ?

J'étais surpris par son insensibilité. Typhos pouvait être cruel, il pouvait même être cruel avec moi, mais ça… ça ne lui ressemblait pas du tout.

Je savais qu'il avait beaucoup de soucis en ce moment, sans parler de la pression que la source exerçait sur lui – une pression qu'il ne remarquait pas ou refusait d'admettre –, mais cela n'excusait pas son rejet désinvolte de mon choix de compagne.

— Camillia ne peut pas être à l'origine du portail, lui

dis-je. Et je doute fort qu'elle souille ta source. C'est une Faë de l'Enfer Halfeline.

— D'origine inconnue, me rappela Typhos. Et Azazel n'a pas réussi à localiser ses parents.

D'accord, oui, c'était inquiétant. Tout comme sa disparition depuis trente jours. Mais…

— Qu'aurait-elle à gagner en infectant la source ?

— Son évasion, évidemment, répondit Typhos. Ce qu'elle a réussi à faire, avant de disparaître pendant trente jours. Et pendant ces trente jours, on n'a pas eu d'autres perturbations. Est-ce une coïncidence ou est-ce lié ?

Il croisa ses bras musclés en me fixant, attendant ma réponse.

— Tu sais que je ne crois pas aux coïncidences, lui dis-je.

— Moi non plus.

— Mais je ne crois pas non plus qu'elle soit responsable. Je pense plutôt qu'elle est débrouillarde et qu'elle a profité de l'occasion pour s'échapper.

Ce qui la rendait redoutable et intelligente, voire un peu sournoise. Autant de traits que je trouvais plus respectables que déplaisants. En fait, son comportement astucieux m'excitait. C'était en partie ce qui la rendait parfaite pour nous.

Il fallait juste que j'en convainque Typhos − ce qui était un exploit impossible dans son humeur actuelle.

— Tout comme je pense que certains de nos Faë du Cauchemar ont profité de l'occasion pour créer un portail, ajoutai-je. Quelqu'un ou quelque chose d'autre est responsable de l'affaiblissement de la source. Et son interférence a simplement permis à quelques autres pièces du puzzle de se mettre en place.

Nous savions, d'après nos discussions avec Maliki, qu'il ne s'attendait pas à ce que le portail fonctionne. Mais il avait tenté de le créer avec l'aide de quelques Goules affamées du royaume de Morphée. Au départ, les Goules n'avaient pas l'intention de trouver des partenaires, seulement de se nourrir des cauchemars des humains. Mais jouer était dans leur nature. Et c'étaient de petits Faë en rut.

Elles avaient donc trouvé quelques amuse-gueules mortels à ramener à la maison.

C'était du moins ce qui était prévu.

Mais apparemment, cette nouvelle réalité contenait des mortelles qui convenaient à certains Faë de l'Enfer. Un développement intriguant, étant donné que la Source des Faë de l'Enfer était notoirement sélective, rejetant souvent les mortels et les Faë qui cherchaient à y entrer. Cependant, quelque chose chez ces humaines était jugé acceptable.

Ce que Typhos ne comprenait pas.

Or c'était un bon roi, et il leur avait permis de rester, à condition que chaque humaine soit soumise aux épreuves avant d'être officiellement accouplée.

D'accord, il n'avait guère eu le choix : soit les laisser rester, soit les tuer.

Car le portail avait grésillé et brûlé une fois que le dernier de nos Faë était rentré chez lui, fermant la porte temporaire de l'univers alternatif et de leur infâme Nuit des Monstres – qui était apparemment un jour férié dans ce royaume, non un terme que nos Faë avaient inventé. C'était la version de ce monde de la fête des mortels, Halloween, qui était très différente de celle de notre propre royaume humain.

Beaucoup plus létale. Avec de vrais monstres, pas seulement des mortels masqués. Et on l'appelait la Nuit des Monstres au lieu d'Halloween.

Un concept fascinant que j'aimerais explorer un de ces

jours. Peut-être une fois que nous aurions fini d'arranger tout ce chaos provoqué par la petite partie de chasse aux partenaires des Faë du Cauchemar dans le royaume alternatif.

— Je comprends que tu donnes trois jours à Azazel, repris-je en voyant que Typhos continuait à me fixer. Tu as besoin que notre Commandant se concentre sur la régulation des Faë du Cauchemar, en particulier sur nos différents rois (que Typhos appelait ses *lieutenants*), mais laisser pourrir Cami n'est pas une solution.

— Que proposes-tu à la place ? demanda Typhos en plissant ses yeux bleus. Que je te laisse la garder enfermée dans une chambre à coucher ?

Une image apparut dans mon esprit, celle de Cami nue dans une cage avec un collier autour du cou.

— En fait…

— Non. Ce serait une récompense. Que tu ne mérites pas.

Je haussai les sourcils à sa réponse tranchante.

— Oh ? Qu'est-ce que je mérite alors, Typhos ? D'être puni en la sentant mourir de faim ?

Il tressaillit et secoua la tête, l'air aussitôt contrit.

— Non, ce n'est pas ce que je voulais dire.

— Alors quoi ?

Je savais qu'il était soumis à une forte pression, mais je n'allais pas rester là à accepter ses bêtises. Ce n'était pas moi qui avais altéré la source. Ni ouvert le portail. Et je n'avais certainement pas aidé Cami à s'échapper.

Ou peut-être l'avais-je fait d'une manière inattendue, si notre lien partagé y était pour quelque chose ? Mais ce n'aurait pas été intentionnel. Pourquoi aurais-je voulu qu'elle parte ? Elle avait le potentiel pour nous compléter. Je ne la repousserais pour rien au monde. En fait, je sacrifierais plutôt le reste du monde pour la rapprocher de moi.

Typhos posa sa main sur ma nuque et m'attira contre sa poitrine, me serrant le bas du dos de son autre bras. Puis il posa sa tête dans mon cou et poussa un long soupir, ses larges épaules se soulevant à ce mouvement.

Je clignai des yeux, surpris par sa démonstration d'affection inhabituelle. En général, il me mettait à genoux, son désir de domination étant une seconde nature chez lui. Mais là… c'était une facette de lui dont j'avais rarement été témoin, même au cours de nos millénaires de vie commune.

— Je ne la laisserai pas te faire du mal, murmura-t-il contre ma peau en resserrant son bras autour de moi. Je ne laisserai personne te faire du mal.

Je l'embrassai à mon tour, posai mes lèvres dans ses épais cheveux noirs.

— Pourquoi tu t'inquiètes pour moi, Ty ?

— Parce que je n'ai pas les réponses que je veux, avoua-t-il. Et sans réponses, j'ai l'impression de perdre le contrôle.

Sa confession me choqua.

Typhos n'avouait *jamais* perdre le contrôle. Il était le roi des Faë de l'Enfer. Un Faë vertueux déchu. L'un des êtres les plus puissants qui existent. Putain, il avait même créé sa propre source de pouvoir.

— Une vrille sombre ne signifie pas que tu perds le contrôle, le rassurai-je.

Quoique j'avais remarqué que son pouvoir s'accroissait sauvagement depuis des siècles, avec lui comme seul point d'ancrage, et je m'étais inquiété de sa capacité à gérer tout cela. Non pas parce qu'il n'en était pas capable, mais parce qu'il était du genre à tout prendre sur lui plutôt que de s'appuyer sur l'aide des autres.

D'autres comme moi.

Parce qu'il ne voulait pas me confier la charge de protéger la Source des Faë de l'Enfer.

C'est pourquoi je pensais que nous avions besoin de quelqu'un comme Camillia, quelqu'un qui pourrait nous fournir un nouveau moyen de sécuriser le faisceau d'énergie en expansion. Je ne savais pas trop en quoi je supposais qu'elle pourrait nous aider, mais c'était le cas. Et je n'étais pas du genre à ignorer mes intuitions.

Elle avait quelque chose de spécial. Quelque chose qui me l'avait fait aimer sur-le-champ. Pas seulement parce qu'elle pouvait lire le livre de Typhos, mais aussi vu la façon dont elle avait abordé sa nouvelle situation.

C'était une battante. Calme et confiante. Susceptible d'être une reine.

Une reine qui refuse d'être enfermée dans une cage, m'émerveillai-je en pensant à la façon dont elle avait réussi à échapper au paradigme des Faë de l'Enfer. *Mais elle succombera à mes cordes.* Parce que je m'assurerais qu'elle apprécie la sensation de cette texture soyeuse sur sa peau.

Et je lui donnerai une raison de ramper. Mais seulement dans la chambre, jamais en dehors.

Elle serait à nous. Notre future reine. J'en étais quasi certain, même si Typhos doutait d'elle. Or il avait besoin d'un défi, de quelqu'un qui ne craignait pas de rester sur ses positions et d'exiger qu'il s'incline dans certaines circonstances.

Comme celle dans laquelle il se trouvait actuellement avec la source.

Typhos avait besoin d'aide. Il avait besoin de quelqu'un capable de l'équilibrer. Et j'espérais sincèrement que Camillia de la Croix serait cette personne. Car je ne m'étais pas révélé être d'une force suffisante pour lui. Nous n'y étions pour rien l'un ou l'autre, c'était juste la façon dont le destin avait joué nos cartes.

Je l'avais accepté. Un jour, il l'accepterait aussi.

Nous avions besoin d'un cercle pour maintenir la source et nous assurer que notre roi des Fées de l'Enfer ne tomberait pas pour de bon.

Je ne te perdrai plus, songeai-je, prenant soin de ne pas laisser le message entrer dans son esprit. *Je dois aussi te protéger, mon roi. Et je ferai tout pour m'assurer que tu es en sécurité.*

J'embrassai ses cheveux et promenai mes mains le long de son dos vigoureux.

— Veux-tu une distraction ? lui demandai-je doucement. Quelque chose qui te changerait les idées un petit moment ?

Il soupira encore, appuya sa paume contre ma nuque.

—Je ne te mérite pas, Melek.

— Alors dis-moi ce que tu mérites, mon roi, souris-je.

Je déformais volontairement nos dernières paroles, juste pour lui montrer que je n'étais pas contrarié, que je comprenais qu'il souffrait et qu'il avait besoin d'un exutoire. Je pouvais être cet exutoire s'il se livrait à un jeu auquel je voulais jouer, mais pas s'il voulait m'utiliser comme un punching-ball verbal. Par contre, un exutoire physique où il me punirait avec sa bite était plus qu'acceptable.

— Tu as envie de jouer avec une corde, éluda-t-il. Parce que tu veux être attaché ou parce que tu veux attacher une certaine femme ?

Typhos était le seul à qui je permettais de m'attacher. Mais je préférais généralement être celui qui maniait la corde.

— Je n'arrête pas de l'imaginer ornée de soie rouge, confiai-je. Sous ses seins. Entre ses jambes. Les bras liés dans le dos.

Une nouvelle image envahit mon esprit, me faisant bander douloureusement sous mon peignoir.

— Tu veux fantasmer pendant que je m'agenouille devant toi ? souffla Typhos dans mon cou.

— Ça ne m'a pas l'air d'être une distraction pour toi, mon roi, murmurai-je en faisant descendre mes doigts le long de sa colonne vertébrale. Je t'ai offert un exutoire pour une bonne raison.

— Prendre soin de toi, c'est la distraction dont j'ai besoin. (Ses lèvres remontèrent le long de ma gorge jusqu'à mon menton.) J'ai besoin de savoir que je peux encore contrôler quelque chose, murmura-t-il le long de ma mâchoire. J'ai besoin de savoir que je peux encore te protéger et te faire te sentir bien.

— Tu me fais toujours me sentir bien, Ty. Et je sais que je suis en sécurité avec toi.

Il bourdonna, et ses lèvres vinrent effleurer doucement les miennes.

— Prouve-le-moi, petit prince. Laisse-moi te faire plaisir pendant que tu me parles de ton fantasme de corde. Peut-être que ça me convaincra de l'épargner.

Il me taquinait à présent. Car je savais qu'il ferait plus que l'épargner. Il l'emballerait comme un cadeau avec un nœud si je l'exigeais – enfin, à condition qu'Azazel puisse démontrer son innocence. En attendant, Typhos ne me laisserait sans doute pas l'approcher, même si je me débrouillais très bien tout seul.

Cependant, il me présentait des excuses à sa façon. Il me laissait me délecter de mes désirs les plus vils concernant Cami tout en en partageant les détails intimes avec mon roi.

— Tu la baiserais après que je l'ai attachée ? songeai-je à haute voix. Si je voulais regarder ?

Il sourit contre ma bouche.

— Tu me demandes mes limites à son sujet, petit prince ?

— Oui.

— Considère que je n'en ai pas, alors. Parce que je ferai tout ce que tu me demanderas.

— Y compris ne pas la laisser pourrir seule ? insistai-je en croisant son regard.

— Y compris m'assurer qu'elle va bien, même si elle est enfermée dans une cage loin d'ici, souffla-t-il contre mes lèvres. Azazel ne lui fera pas de mal. Il sait que ça t'en ferait. Et que te faire du mal me fait du mal.

J'acquiesçai, ma bouche frôlant la sienne.

— Je ne crois pas qu'elle soit notre coupable, mon roi.

— Oui, tu as clairement exprimé ton opinion. (Ses doigts remontèrent dans mes cheveux.) Alors partage tes fantasmes avec moi, petit prince. Dis-moi comment tu l'attacherais. Donne-moi tous les détails. Et ensuite, dis-moi ce que tu voudrais que je lui fasse pendant que tu regardes.

Ma queue s'enflamma à ses mots, mon pubis se pressa contre lui.

— Oui, mon roi, murmurai-je, cédant volontiers à sa requête. Je commencerais par lui enlever ses vêtements. Lentement. M'assurant qu'elle sente chaque fibre glisser contre sa peau douce, préparant ses sens à ce qui va suivre.

Les mains de Ty remontèrent sur mes bras, se glissèrent sous le col de mon peignoir et descendirent vers la ceinture.

— Comme ça ?

Il interpréta mes paroles en repoussant doucement le tissu qu'il fit descendre le long de mes épaules et de mes biceps, découvrant ma peau centimètre par centimètre.

Je déglutis.

— Oui, comme ça. Et j'embrasserais sa gorge, légèrement, et j'effleurerais sa clavicule avec mes dents.

Ty suivit mes paroles avec sa bouche, ce qui m'empêcha de me concentrer. D'autant plus qu'il me découvrit aussi le bas, permettant ainsi à ma bite d'embrasser l'air avant de sentir la texture de son propre peignoir.

Tout cela me rendait si sensible. Exactement ce que je voulais faire à Cami.

— Ses tétons seraient de petits pics durs, avides de nos bouches. Mais on ne lui donnerait pas satisfaction. On la taquinerait à la place.

— Hmm, bourdonna Ty, promenant ses doigts le long de mon abdomen jusqu'à mon aine. J'aime les taquineries.

— Je sais. (J'attrapai ses épaules pour m'accrocher à lui, mes veines brûlant d'un désir exquis.) C'est pourquoi je te demanderais de choisir la corde. Ton choix me dira comment tu veux que je l'attache.

Il eut l'air surpris.

— Tu ne déciderais pas toi-même ?

— Je veux qu'elle soit attachée de mille façons différentes, avouai-je. Alors pour notre première fois, je te laisserais diriger. Parce que t'amener à la désirer ne ferait que m'exciter davantage.

Il se recula pour me fixer dans les yeux, les siens ne laissant rien transparaître.

— Tu veux vraiment la partager.

— Avec toi, oui.

— Et Azazel et Ajax ?

— Je ne dirais pas non à les voir la baiser aussi, répondis-je. Dois-je les intégrer dans le fantasme ou le garder juste entre nous ?

Il me dévisagea un long moment.

— Juste entre nous pour l'instant.

Je souris, puis sifflai lorsque sa paume effleura ma queue.

— Continue, m'enjoignit-il. Et je choisis la soie rouge. Je reconnais qu'elle s'accorderait bien avec sa peau.

Putain. J'étais déjà prêt à exploser, et nous n'avions pas encore vraiment commencé. Mais il me faisait plaisir et je ne voulais pas gâcher cette occasion en jouissant trop vite.

Je lâchai un soupir et revins à mon fantasme :

— Je te demanderais de te tenir derrière elle et de tirer ses bras vers toi pour les serrer au bas de son dos.

Il fit une démonstration avec mes bras, venant derrière moi et appuyant son torse contre mes omoplates, ses lèvres à mon oreille.

— Et ensuite ?

— Ensuite, je l'initierais à la texture soyeuse par de légères caresses sur sa peau, la préparant à plus…

CHAPITRE 4

AJAX

JE DÉTESTE CET ENDROIT.

Pas le vieux cachot du Conseil, mais ce royaume. Je retournais rarement dans le monde des Faë de Minuit, en partie pour éviter des souvenirs que je préférais éluder. Mais la vraie raison pour laquelle je détestais cet endroit était l'afflux constant de pouvoir.

Un pouvoir qui me rappelait celui-là même qui m'avait tout pris.

Je supposais que c'était pourquoi j'avais choisi cet endroit pour y amener Camillia de la Croix – que je méprisais presque autant que le Conseil des Faë de Minuit.

Elle s'était servie de moi. M'avait détourné de mon travail. Tout en jouant sur une partie de mon histoire à laquelle j'essayais désespérément de ne pas penser. Je lui avais parlé d'Emelyn, peut-être sans mentionner son nom, mais ce n'était pas nécessaire. J'en avais assez donné à Camillia en lui avouant qu'elle me rappelait quelqu'un de mon passé. Et elle avait utilisé cette information contre moi, profitant d'un moment de faiblesse où ma garde était baissée pour s'échapper de *ma* prison.

J'étais le Gardien des Faë de l'Enfer. Pas Ajax, le Faë de Minuit qui avait tout perdu, mais un être de pouvoir et de respect. Et cette femme avait terni cette image, réduisant ma valeur de la plus cruelle des façons.

Eh bien maintenant, elle allait payer. Car désormais, elle était dans *mon* Enfer.

— Je te l'ai déjà dit, je ne sais pas, répéta-t-elle. (Ses yeux gris me rappelaient un orage qui couve). Ce n'est pas en me posant cent fois la même question que je changerai de réponse.

Je plantai mon regard dans le sien.

— C'est ce qu'on verra.

J'attendais juste que la vraie aide apparaisse.

Franchement, j'étais surpris qu'il ne soit pas déjà arrivé. Shade anticipait généralement des situations comme celle-ci, un avantage d'être à la fois Faë de la Fortune et Faë de Minuit. Cependant, connaissant mon vieil ami, il me faisait attendre pour une bonne raison.

Pour la millième fois, je fis tournoyer ma baguette entre mes doigts en tournant autour de Camillia. Elle était couverte de lianes-serpents – de méchantes petites créatures qui avaient tendance à mordre lorsqu'elles se sentaient menacées.

Ce qui expliquait les trois marques sur sa peau nue. Elle avait vite appris que bouger sous leurs corps sinueux n'était pas une bonne idée. J'aurais pu la prévenir, mais elle ne méritait pas mon aide. Pas après ce qu'elle avait fait.

Je jetai tout de même un petit sort dans l'air pour l'aider à guérir. Non pas parce que je me souciais d'elle, mais parce que j'avais besoin qu'elle se concentre sur l'interrogatoire plutôt que sur une petite morsure de serpent.

Hélas, elle se montrait plutôt têtue.

— Ce serait plus facile pour toi si tu disais simplement

la vérité, dis-je d'un ton badin. Bien sûr, je n'en croirai pas un mot de toute façon.

Ce qui allait à l'encontre de tout l'objectif de cette activité.

J'inclinai ma baguette vers le haut et marmonnai un sort pour donner un coup de coude à Shade. Juste une petite bouffée de paillettes exprimant mon impatience. Il aurait sans doute quelques explications à fournir quand il arriverait enfin. Mais si cela lui permettait de bouger plus vite, ça vaudrait bien ses remarques choisies.

— Alors qu'est-ce qu'on fait ici ? demanda Camillia d'un ton exaspéré. Tu ne croiras rien de ce que je dis, et je ne changerai pas ma réponse, parce que c'est la vérité : *je ne sais pas*.

— J'attends la permission de te tuer, mentis-je.

— Pour quelle raison ? Pour ne pas savoir comment j'ai atterri dans mon ancienne piaule d'étudiante ?

— Pour m'avoir distrait avec ta foutue chatte et avoir profité de cette distraction pour t'enfuir, ruinant ainsi toute ma putain de réputation de Gardien, lui lançai-je d'un ton cassant.

Elle arqua les sourcils.

— Oh, donc ton ego a été blessé et ça te donne une raison de me tuer. Je vois.

Elle tressaillit lorsque les serpents qui la recouvraient sifflèrent en signe d'avertissement, n'appréciant pas son ton.

Des bestioles bien utiles, décidai-je. D'habitude, je détestais ces lianes s'entortillant sur les murs de l'académie, mais là je les trouvais carrément intéressantes tandis qu'elles rampaient et ondulaient autour de Cami. Elles cachaient ses seins à ma vue, ce qui valait mieux. Inutile de me laisser tenter par une autre *distraction*.

— Tu sais, Azazel m'avait prévenue que tu dirais

probablement que le temps qu'on a passé ensemble était une erreur et que tu fuirais à cette occasion. Mais il n'a pas mentionné que tu redeviendrais aussi un enfoiré.

Sa voix était plus douce maintenant, mais son expression était aussi dure qu'avant.

— Je ne fuis rien, Camillia. Et je n'ai jamais cessé d'être un enfoiré.

Elle grogna.

— Tu l'as cessé assez longtemps pour avoir au moins un orgasme.

Je pivotai face à elle, furieux de l'accusation sous-jacente à ces mots acerbes.

— Tu veux dire que je me suis servi de *toi* ?

— Peut-être bien.

Elle haussa les épaules et le regretta aussitôt quand un serpent planta ses crocs dans son bras.

Cette fois, je ne jetai pas de sort pour anesthésier sa douleur, trop furieux de ce qu'elle insinuait.

— C'est *toi* qui t'es servie de moi, Camillia. Tu m'as attirée dans ton lit et tu t'es échappée pendant que j'étais sous la douche et que j'essayais de m'éclaircir l'esprit. Ne pense même pas une minute que tu peux retourner ça contre moi.

Elle se mordit la lèvre, et une nouvelle plaie sur son bras lui fit monter les larmes aux yeux. Ouais, les lianes-serpents faisaient mal. Mais elles ne mordaient que ceux qui avaient des intentions malveillantes, et Camillia de la Croix en avait manifestement à revendre.

—Je ne me suis pas servie de toi. (Elle grimaça lorsque le serpent la lâcha enfin.) Putain, ça brûle.

Je ricanai et levai les yeux au ciel.

— Non, tu t'es juste éclipsée pendant que je ne faisais pas attention, puis tu as filé dans un royaume intraçable pour t'amuser. Tout en te foutant de ce qui nous arriverait, à moi ou à Az, quand Lucifer le découvrirait.

— Pourquoi je m'en soucierais ? demanda-t-elle d'une voix basse qui ressemblait aux serpents qui sifflaient autour d'elle. C'est clair qu'aucun de vous ne se soucie de moi. Alors pourquoi je devrais me soucier de vous ?

Bon, elle n'avait pas tort.

Car je ne me souciais pas d'elle. Pas du tout. Pas le moins du monde.

— Hmm, je comprends soudain pourquoi tu as demandé un sort de vérité, dit Shade en apparaissant à côté de moi. Mais maintenant, je ne sais plus trop à qui il est destiné.

Je le fusillai du regard.

— Il était temps, putain.

— En fait, je pense que mon timing est absolument parfait, rétorqua-t-il.

Sa cape noire se gonflait autour de ses jambes telle une ombre perpétuelle. C'était tout à fait approprié, vu son nom. Il tourna ses yeux bleus glacés vers Camillia, l'évaluant comme une proie. Elle lui rendit son regard.

— Garde tes crocs pour toi, vampire.

Il rit sèchement.

— Qui aurait cru que tu avais si bon goût, Ajax ?

Je levai de nouveau les yeux au ciel.

— Tu as apporté ce dont j'ai besoin ou pas ?

— En quelque sorte, éluda Shade, qui se mit à tourner autour de Camillia. Tu as choisi le bon endroit pour ça, Ajax.

— Ah bon ? fis-je, déjà agacé par je ne sais quelle énigme que mon meilleur ami s'apprêtait à tisser.

— Après tout, Aflora et moi avons eu notre premier rendez-vous ici, continua-t-il comme s'il ne m'avait pas entendu. Et regarde comme on est devenus heureux.

— Ce n'est pas un rendez-vous.

Il me jeta un coup d'œil depuis l'arrière, affichant une confusion que je savais fausse.

— Elle est nue et attachée avec des lianes-serpents, Ajax. Peut-être que je traîne depuis trop longtemps avec Kols et Zeph, mais pour moi, ça ressemble à un rendez-vous galant.

— Je n'attacherais jamais Aflora avec des lianes-serpents, intervint une voix grave tandis qu'apparaissait dans le mur une porte au cadre scintillant de magie émeraude.

Enchantement de Guerrier, de la part de Zeph, pensai-je en réprimant un gémissement.

— Mais avec des lianes d'arbre normales ? Oui, ajouta-t-il en entrant dans la pièce.

Il claqua sa langue au spectacle qui s'offrait à lui, ce qui m'agaça au plus haut point. Je n'avais jamais été très fan du Guerrier, mais Shade et lui étaient accouplés à la même femelle, ce qui faisait de lui un mal nécessaire dans ma vie.

— Une domination digne de ce nom accorde à la soumise le droit d'exercer un vrai contrôle. (Il posa ses yeux verts sur le corps attaché de Cami, en particulier sur la morsure de serpent qui saignait sur son bras.) Je suis surpris qu'elle ne t'ait pas encore donné le code de sécurité[1].

— Encore faudrait-il que ma *prisonnière* en ait un, lui rétorquai-je. Ce n'est pas un rendez-vous ou un jeu sexuel pervers. C'est un interrogatoire.

— Les interrogatoires font de bons préliminaires, murmura une troisième voix.

Zakkai.

J'allais le corriger lorsqu'il apparut sur le seuil, tenant dans ses bras une petite Faë aux cheveux noirs. Ses grands yeux bleus se posèrent aussitôt sur Shade et elle écarta les bras en criant :

— Papa !

Je cillai, incapable de comprendre la scène qui se déroulait devant moi. Même si je savais que Shade avait engendré une petite créature de l'enfer – je l'avais même déjà rencontrée –, j'avais du mal à saisir ce que je voyais. Voir mon vieil ami filer droit sur elle pour la prendre dans ses bras était… ahurissant.

Mon meilleur ami rebelle qui avait mordu une jolie petite Faë de la Terre contre son gré, l'obligeant ainsi à se lier à lui sans sa permission.

Mon meilleur ami grossier qui séchait souvent les cours quand nous étions jeunes, juste pour énerver son père conseiller.

Mon meilleur ami cruel qui maniait les secrets comme des poignards, sauvant en quelque sorte le monde des Faë de Minuit grâce à ses pensées fuyantes et à ses stratagèmes pleins d'esprit.

Mon meilleur ami aimant qui berce maintenant l'enfant de quatre ans blottie dans ses bras.

Je clignai à nouveau des yeux et secouai la tête.

— Tu as amené Florica pour qu'elle assiste à cet interrogatoire ?

Je ne pouvais même pas imaginer ce qu'Aflora ferait lorsqu'elle apprendrait la nouvelle. Elle enroulerait probablement des lianes autour de leurs trois bites et les pendrait la tête en bas près d'un cogneur brûlant.

— Non, je la récupère auprès de Zakkai et Zeph pour qu'ils t'aident dans ta recherche de la vérité pendant que je fais visiter ce site historique à Florica. (Il lui adressa un sourire diabolique.) Tu es prête à jouer avec le feu, fillette ?

Elle tendit sa paume et lui montra une boule de magie céruléenne incandescente.

— Oui !

— C'est ma petite princesse, roucoula Shade en l'embrassant sur la joue.

Elle se pavanait, souriant de ses grands yeux, jusqu'à ce qu'elle découvre Camillia dans le fauteuil, vêtue de serpents. Je grimaçai quelque peu quand les traits heureux de Florica s'assombrirent en un froncement de sourcils.

— C'est qui, papa ?

Il suivit son regard jusqu'à Camillia et répondit :

— C'est la compagne désignée de ton oncle Ajax.

Je serrai la mâchoire, sur le point de le contredire, mais il n'avait pas fini de parler.

— Ils sont en train de jouer à un jeu, un peu comme celui auquel papa Zeph aime jouer avec maman.

Il lança un regard malicieux à Zeph, mais le Guerrier se contenta de grogner tandis que Zakkai souriait.

— Ohhh. (Les lèvres de Florica formèrent un grand O.) Comme à cache-cache ?

— Oui, comme à cache-cache.

Son petit nez se retroussa.

— Mais avec des serpents ? (Elle couvrit sa bouche de sa main pour chuchoter bruyamment :) Les serpents, c'est dégueulasssse. Ils ssssifflent.

— Ils sifflent, mais tous les serpents ne sont pas dégueus. Tu aimes bien Raph, fit-il remarquer.

Il se référait au familier de Zeph, un serpent à trois têtes. Car bien sûr, le Guerrier ne pouvait qu'avoir une créature mortelle comme animal de compagnie magique.

Les yeux de Florica s'illuminèrent.

— Le serpent de papa Zeph est mon ami.

— C'est aussi l'ami de maman, acquiesça Shade en jetant un autre regard malicieux à Zeph.

Le Guerrier se contenta de secouer la tête.

— Et maintenant, l'oncle Ajax essaie de convaincre la gentille dame sur la chaise de jouer aussi avec son serpent, poursuivit Shade, ce qui me donna envie de le frapper. Alors si on les laissait jouer pendant que toi et moi allons jeter quelques sorts, hmm ?

Florica s'alluma comme un soleil, me rappelant beaucoup sa mère Faë de la Terre.

— Oui !

Shade l'embrassa à nouveau sur la joue avant de dire :

— Vous jouez tous gentiment maintenant. (Il me jeta un coup d'œil.) Et Camillia, je m'excuse pour le manque de savoir-vivre d'Ajax. Je veillerai à ce qu'il fasse correctement les présentations au bal de Lucifer dans quelques mois.

Je dardai un regard noir à mon meilleur ami devin.

— Shade...

— Allons faire un grand feu dans l'ancienne salle du conseil, hmm ? (Il avait les yeux rivés sur sa fille.) On peut commencer par le vieux fauteuil de ton grand-père, puis on trouvera les vieilles racines du méchant Constantin et on les brûlera aussi.

Les yeux de la fillette s'illuminèrent d'excitation, un sort s'échappa de ses lèvres et embrasa son bras. Zeph grimaça et Zakkai recula d'un pas, mais le regard de Shade était plein de fierté.

— Tu es magnifique, petit brasier.

Tous deux quittèrent la pièce en un clin d'œil. Je me pinçai l'arête du nez de frustration.

— Combien de temps nous reste-t-il avant que ta petite incendiaire ne détruise le bâtiment ?

Zeph et Zakkai échangèrent un regard qui fit soupirer ce dernier.

Un soupçon de brise océanique chatouilla l'air tandis qu'il engageait sa magie, dont les flammes céruléennes étaient similaires à celles de Florica. Elle avait clairement hérité des traits de sa mère Dilemme, traits que cette dernière avait techniquement reçus lorsque Zakkai s'était accouplé avec elle.

Ce qui rendait leur petite fille incroyablement puissante, car même si Shade était son père biologique, elle avait le sang d'Aflora qui coulait dans ses veines, et le sang d'Aflora était lié à ses quatre compagnons.

Les lignées des Faë de Minuit étaient complexes.

Et vu l'émerveillement qui se lisait sur le visage de Camillia en ce moment même, elle s'en rendait soudain compte elle aussi.

Ou peut-être était-ce l'immense énergie de Zakkai qui inspirait son expression actuelle. Il était l'Architecte de la Source et donc l'un des Faë les plus puissants qui soient. Même Lucifer semblait mal à l'aise face à lui.

Je disposais donc d'un Faë de grande valeur pour intimider Camillia et la forcer à parler.

C'est le moment de vérité, songeai-je en croisant son regard. *J'ai hâte d'entendre ce que tu as vraiment à dire.*

---

1. Dans ce contexte, « code de sécurité » est un mot convenu à l'avance entre deux partenaires se livrant à des pratiques sadomasochistes afin que le partenaire passif puisse indiquer au partenaire actif qu'il va *réellement* trop loin. *(NdT)*

CHAPITRE 5

CAMI

Zakkai, Zeph et Shade.

Je reconnus ces noms. Surtout Zakkai. Il était l'Architecte de la Source des Faë de Minuit. Ce qui était une façon élégante de dire qu'il pouvait réécrire la magie Faë. J'avais entendu des rumeurs sur son pouvoir, tout comme sur Aflora et ses quatre compagnons.

C'étaient des abominations, mais différentes des Faë de l'Enfer.

Aflora était connectée à la Source des Faë de la Terre, sa lignée royale de Faë élémentaires lui ayant conféré des capacités exquises dès son plus jeune âge. Mais Shadow, ou *Shade*, comme l'avait appelé Ajax, l'avait mordue, ce qui avait constitué une énorme brèche dans la politique Faë un peu plus de dix ans plus tôt. Sa morsure avait fait passer Aflora du statut de Faë de la Terre à tout autre chose.

Puis leur histoire avait évolué pour inclure Zephyrus – Zeph, que je supposais être son surnom préféré puisque Shade l'avait appelé ainsi –, Zakkai et Kolstov.

C'étaient des Faë de Minuit de différents types, ce qui permettait à Aflora de disposer d'un cercle de pouvoir bien équilibré. Ensemble, ils étaient considérés comme redoutables, mais je me doutais que même séparés, ils pourraient se défendre très bien au combat.

Non pas que je veuille me battre contre eux. En fait, je n'avais aucune envie qu'ils me voient d'un mauvais œil.

Or c'était moi qui étais attachée à une chaise à l'aide de serpents violents, tandis que Zakkai tissait dans l'air une sorte de magie hypnotique. Je ne la voyais pas mais je sentais son doux parfum océanique m'envelopper d'un accueil chaleureux. Une partie de moi soupira, satisfaite de l'abondance d'énergie tapie dans ces courants électriques.

— Ce bâtiment est fortifié, dit Zakkai. (Ses yeux bleu argenté brasillaient en fixant Zeph.) Elle pourra détruire plein de choses pour la plus grande joie de son petit cœur.

Zeph arqua un sourcil aussi noir que ses cheveux épais.

— On parle de la satisfaction de Shade ou de celle de Florica ?

— Les deux, répondit Zakkai avant de se tourner vers Ajax. Qu'est-ce que tu veux que je fasse, Mortel ?

— Je crois qu'il préfère qu'on l'appelle *Gardien* maintenant, suggéra Zeph.

— Il n'est pas mon Gardien, répondit Zakkai.

Croisant ses bras musclés, il continua de fixer Ajax.

Je me penchai un peu en avant, intriguée par toute cette dynamique, mais je sursautai quand l'un de ces salauds de serpents me mordit de nouveau le bras.

Les trois hommes me regardèrent avec intérêt tenter de réfréner mon cri à cause de la douleur atroce qui parcourait mes veines.

Quand je saurai comment me sortir de ce pétrin, je tuerai Ajax, décidai-je en fermant les yeux pour retenir mes larmes brûlantes.

— Impressionnante. (Le baryton grave de Zeph rendait

sa voix très reconnaissable.) Je connais des Guerriers qui ne sont même pas capables de faire ça.

— Y a-t-il une raison pour laquelle tu punis une innocente ? demanda l'autre mâle.

Une question qui me donna à réfléchir. Je faillis ouvrir les yeux pour le regarder bouche bée, mais je ne voulais pas me faire avoir en révélant mes larmes.

— Innocente ? ricana Ajax. Elle a réussi à échapper aux épreuves de Lucifer et a disparu pendant trente jours sans laisser de traces. Elle n'est *pas* innocente.

— Tu veux dire qu'une femelle Faë s'est enfuie des épreuves nuptiales auxquelles elle a été forcée de participer contre son gré ? reformula Zakkai. C'est incroyablement choquant. (Son ton impassible m'incita à lui jeter un coup d'œil à travers mes cils.) Ça ne la rend coupable que d'avoir désiré son libre arbitre.

Très bien. Zakkai avait beau être intimidant, je lui paierais volontiers une bière au bar du coin.

— Elle s'est servie de moi pour s'échapper, ajouta Ajax entre ses dents serrées.

— Ça m'évoque une prise de bec entre amoureux fâchés, et ce n'est pas une raison pour attacher une innocente sur une chaise et la menacer avec des lianes-serpents, rétorqua Zakkai.

Sa baguette apparut dans sa main et il murmura un sort qui m'entoura d'un nuage de fumée céruléenne.

Je poussai un soupir de soulagement quand mes poumons purent se dilater en une complète inspiration – la première que je prenais depuis l'apparition des serpents.

— Ce n'est pas ton interrogatoire, Zakkai, trancha Ajax.

— Faux, Mortel. Il est devenu le mien dès lors que tu m'as demandé de l'aide.

— Je ne t'ai pas demandé de l'aide à *toi*.

— Non, mais c'est clairement de mon aide que tu as besoin, répondit Zakkai d'un ton royal. Maintenant, pose tes questions avant que ça me gonfle.

Le nuage disparut, et je baissai aussitôt les yeux. Les serpents avaient masqué ma nudité, et sans eux, je m'attendais à être complètement exposée – mais non : je portais un débardeur et un jean. Je palpai le tissu, m'attendant presque à ce que ce soit un mirage. Pourtant c'était bien réel. Et c'étaient les vêtements les plus habillés qu'on m'avait donnés depuis que cet enfer avait commencé la semaine dernière. *Correction, depuis plus d'un mois.*

— Je crois que j'aurais préféré Kolstov dans cette situation, marmonna Ajax.

— Kolstov est occupé à séduire notre compagne. (La voix de Zeph se fit encore plus grave à ces mots.) Ce que je préférerais plutôt que surveiller cet interrogatoire. Je suis donc d'accord avec Zakkai : pose tes questions avant que ça *nous* gonfle.

— Très bien. (Ajax baissa ses yeux noirs sur mes mains désormais libres puis les releva vers mon visage.) Que s'est-il passé il y a trente jours ?

— Il y a trente jours ? répétai-je. Aucune idée. J'étais sans doute en classe ou en train de faire mes devoirs.

Il fronça les sourcils.

— Je croyais que vous aviez dit qu'elle était prête à être interrogée ?

— Elle l'est, répondit Zakkai en s'adossant au mur de pierre derrière lui.

Ajax reporta son regard sur l'Architecte de la Source.

— Mais elle continue de mentir.

Zakkai soutint son regard sans broncher.

— Ou c'est toi qui ne poses pas les bonnes questions. Qu'est-ce qu'elle a dit jusqu'à présent ?

— Qu'elle ne sait rien, résuma Ajax.

— Ce qui est vrai, intervins-je. Il n'arrête pas de me demander comment je me suis échappée, et je n'en sais rien du tout. Je n'essayais pas activement d'aller quelque part. Je veux dire, j'en avais envie, ne vous méprenez pas, mais je n'ai pas réellement tenté de partir.

Ajax me montra du doigt.

— Tu vois ? Elle ment encore.

— Elle ne ment pas, rétorqua Zakkai, me coupant ma réplique. Je le sentirais dans l'énergie si c'était le cas, et elle n'essaie même pas de te mentir. Elle dit la vérité.

— Ça n'a pas de sens, protesta Ajax.

Zakkai fourra ses mains dans ses poches, sa baguette ayant disparu.

— Je ne suis pas venu ici pour t'aider à y trouver du sens, Mortel. Je suis ici pour t'aider à lui arracher la vérité, et c'est ce que je fais.

— Récapitule tes dernières vingt-quatre heures.

La voix de Zeph m'incita à le regarder, remarquant sa cape flottante bordée de feuilles vert foncé. Une couleur assortie à ses yeux, ce qui était sûrement le but recherché. C'était le genre de cadeau qu'une femme pouvait offrir à son compagnon, et je me demandai si Aflora ne l'avait pas confectionnée pour lui. Car les feuilles semblaient bouger, comme agitées par une brise.

Je clignai des yeux pour m'arracher à l'attraction de la magie qui l'entourait et me concentrai sur ses paroles : *Récapitule tes dernières vingt-quatre heures.*

— Ç'a été une sacrée longue journée, mais d'accord.

Je commençai par les épreuves et parlai des Centaures.

— Ce n'était pas…

— Laisse-la finir, dit Zeph, coupant la parole à Ajax.

Je terminai mon récit de l'épreuve des Centaures – mentionnant le fait que je pouvais voir leurs véritables actions à travers leur voile – et j'abordai le labyrinthe des

Minotaures. Zakkai et Zeph m'observaient d'un air intrigué, mais Ajax semblait prêt à me tuer. Je l'ignorai et m'adressai aux deux autres, espérant qu'ils me croiraient et m'aideraient à me sortir de cette situation.

Règle des Faë de l'Enfer n° 9 : on trouve des alliés dans les lieux les plus inattendus.

Lorsque j'eus terminé avec le labyrinthe, je narrai le retour dans ma cellule, la visite inopportune de Melek et mon réveil dans le lit d'Ajax. Cela m'amena à donner une description assez explicite de la suite, ce que je n'avais pas l'intention de faire, mais je n'arrivais pas à m'arrêter de parler.

Zakkai et Zeph réévaluaient tous deux Ajax pendant que je bavardais, une sorte d'admiration tordue se dégageant de l'ensemble. Cependant, je ne dis rien à ce sujet, car j'étais trop occupée à raconter comment je m'étais réveillée et ma brève conversation avec Az. Puis je continuai avec ce qu'Ajax avait dit avant d'aller se doucher et terminai sur l'apparition du livre et les événements étranges qui avaient suivi.

— Je suis allée chercher de l'eau, et soudain Az et Ajax étaient là, dans toute leur gloire et leur colère. Puis ils m'ont amenée brutalement ici et m'ont torturée avec des serpents, résumai-je en guise de conclusion. Fin de l'histoire.

— Eh bien, c'est… c'est une sacrée journée que tu as eue. (Zeph avait l'air surpris et un tantinet mortifié.) Tu dois être affamée.

— Oui, avouai-je. Et assoiffée. Et foutrement énervée.

Il hocha la tête comme s'il comprenait ma situation.

— Alors tu ne te souviens vraiment pas que trente jours se sont écoulés ?

— Je ne suis même pas convaincue que ce soit vrai. Je me suis réveillée dans mon lit, prête à m'amuser encore avec Az et Ajax, puis les choses ont... littéralement basculé.

— Alors tu as aimé t'amuser avec Az et Ajax ? insista-t-il.

— Beaucoup, oui.

Pourquoi j'admets ça à voix haute ?

— Tu les aimes bien ? Ou du moins, tu les aimais bien avant ? demanda Zakkai.

— Avant, oui. Maintenant, non, plus du tout. (*OK, arrête de parler, Cami.*) Je pensais que nous étions en train de devenir... quelque chose. Mais ils ont été très clairs à propos de leurs sentiments pour moi. (*Sérieusement, tais-toi.*) Au lieu de m'écouter, ou même d'essayer de me croire, ils m'ont traitée comme une prisonnière. Et ça fait mal... Et j'ai vraiment envie d'arrêter de radoter maintenant.

— Un effet secondaire du sort de vérité, je le crains, expliqua Zakkai. Donc si je comprends bien la situation, de leur point de vue, tu as disparu pendant trente jours sans laisser de traces. Quel est le tien ?

— Je me suis réveillée comblée et prête à remettre ça, pour être jetée dans une autre version de l'enfer où je me suis vue brutalement interrogée par les deux enfoirés qui m'avaient donné du plaisir à peine quelques heures plus tôt. (La tristesse de mon ton me fit grimacer.) Eh bien, deux enfoirés, et maintenant deux Faë beaucoup plus gentils.

Zeph sourit.

— Je crois que personne ne m'a jamais qualifié de *gentil*.

— Bon, plus gentils qu'Az et Ajax, marmonnai-je.

— Donc de ton point de vue, ça n'a duré que quelques heures au lieu de trente jours, traduisit Zakkai.

— Oui, je présume. Je ne sais pas comment j'ai pu perdre trente jours. Mais apparemment c'est le cas, si j'en crois ces deux connards.

Zakkai inclina la tête, laissant tomber ses longs cheveux argentés sur son beau visage.

— Donc tu ne t'es pas servie d'Ajax pour t'échapper ?

Je ricanai.

— Non. Je veux dire, j'ai pensé à lui demander de l'aide, mais je savais qu'il ne voudrait pas, alors je me suis abstenue. Et puis je voulais m'échapper par mes propres moyens. J'ai essayé de trouver une faille dans le livre.

— Le livre qui t'a fait voyager jusqu'à la source ? questionna Zakkai.

— Ouais, acquiesçai-je. Il est rempli d'histoires de Lucifer et de connaissances aléatoires sur les Faë de l'Enfer. Melek dit que je ne devrais pas pouvoir le lire, mais… (je haussai les épaules) je le peux.

— Parce que tu es puissante. (Zakkai s'écarta du mur et vint près de ma chaise.) Puissante *et* innocente.

Ajax n'avait pas prononcé un mot, et ses yeux sombres tourbillonnaient d'émotions que je n'arrivais pas à déchiffrer. Il avait l'air de vouloir attirer les ombres de la pièce, pour se cacher de ce qui se déroulait devant lui.

— Son aura est claire. Elle ne ment pas. (La baguette de Zakkai réapparut, sa pointe un peu trop près de mon cou.) Mais elle n'est pas non plus ce qu'elle paraît être.

Je me tournai vers lui, les cils papillotants.

— Hein ?

— Qui sont tes parents ? interrogea Zakkai, dont la baguette vibrait de pouvoir.

— Euh, Mystika de la Croix et Pierre de la Croix.

— L'un d'eux est manifestement un Faë de l'Enfer, n'est-ce pas ?

— Mon père. C'est lui qui a passé un accord avec Lucifer.

Zakkai acquiesça.

— Et ta mère ?

— Elle est humaine.

— Tu en es certaine ?

— Qu'est-ce qu'elle pourrait être d'autre ?

Il haussa les épaules.

— Je ne sais pas trop, mais je parierais sur quelque chose de puissant. Ou alors ton père a un parent quelque part dont il ignore l'existence.

— Qu'est-ce que tu pressens, Kai ? demanda Zeph.

Ce surnom m'évoqua une certaine intimité entre eux.

— Un égal, répondit-il. (Sa baguette disparut et une cape drapa ses épaules.) Eh bien, c'était plus sagace que je ne l'avais imaginé. Mais il semble qu'Ajax a du pain sur la planche. (Il se tourna vers le Gardien et ajouta :) Fais savoir à Lucifer que je suis à sa disposition s'il a besoin d'aide pour résoudre ce problème.

Sur ce, il disparut, laissant Zeph sourire en coin.

— Ce connard est perspicace, mais on finit par l'apprécier. (Il donna une tape dans le dos d'Ajax et sortit par la porte.) Je vais aller voir si Florica réussit encore à mettre le feu à Shade. C'est toujours un plaisir.

La porte disparut en un clin d'œil, ne laissant qu'un mur derrière elle.

La magie des Faë de Minuit, réalisai-je. Car cette porte n'était pas là avant ; Zeph l'avait invoquée d'une manière ou d'une autre. Ou peut-être existait-elle derrière une sorte de voile ?

Peu importait, quoi qu'il en soit. L'important, c'était le Gardien silencieux qui se tenait face à moi. Il m'évaluait en silence, lèvres serrées en une ligne dure.

— Laisse-moi deviner : tu ne me crois toujours pas ?

Je croisai les bras et grimaçai en sentant les morsures de serpent qui décoraient ma peau. Elles me rappelèrent à quel point j'avais envie de tuer Ajax pour m'avoir infligé ce supplice. Or je me sentis soudain trop faible, trop abattue pour bouger. Et ce n'était pas à cause d'un sort bizarre, mais parce que j'étais juste, eh bien, *épuisée*.

À quand remonte la dernière fois que j'ai mangé quelque chose ? Est-ce que j'ai au moins dormi au cours des trente derniers jours ? Peut-être que j'ai vraiment couru pendant tout ce temps, à essayer d'échapper à la boule de feu...

Je frissonnai en me rappelant l'intensité de la sensation, sa *réalité*. Apparemment, ç'avait été réel. *Mais qu'est-ce que c'était ?* Je n'avais personne à qui demander. Personne à qui parler. Personne à qui faire confiance.

Règle des Faë de l'Enfer n° 4 : ne fais confiance à personne.

Je n'avais pas vraiment oublié cette règle, mais j'avais été un peu trop détendue en ce qui la concernait. Heureusement, Az et Ajax m'avaient vite rappelé pourquoi elle existait.

Je n'allais donc pas l'oublier à présent. Et je ne leur pardonnerai pas non plus.

Ce sont mes geôliers, pas mes amants.

Ce qui m'inspira une nouvelle règle.

Règle des Faë de l'Enfer n° 47 : peu importe leur beauté, ils finiront toujours par te décevoir.

CHAPITRE 6

AJAX

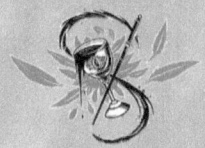

Je fixai Camillia, incapable de répondre à ce que je supposai être une question rhétorique : « *Laisse-moi deviner : tu ne me crois toujours pas ?* »

Le problème n'était plus que je ne pouvais pas la croire, mais qu'une partie de moi la croyait. Car j'avais senti la magie de Zakkai étouffer la pièce, exigeant la vérité de tous ceux qui s'y trouvaient. Il n'y avait aucun moyen de la contourner. Aucun moyen de se cacher.

Même mes pensées étaient devenues véridiques. Comme celle qui exprimait des remords pour ses morsures de serpent, et l'aveu interne très réel que je l'avais soignée parce que je m'en souciais. Contre ma volonté.

Si ç'avait été un autre Faë de Minuit qui avait exercé cette magie, j'aurais remis en question la force du sort. Mais Zakkai était le foutu Architecte de la Source. La seule à pouvoir le surpasser en puissance était Aflora, et elle avait dû faire beaucoup d'efforts pour y parvenir. Camillia n'aurait jamais pu contourner son sort.

Cependant, les commentaires de Zakkai sur son

pouvoir me rendaient perplexe. *Qu'est-ce que ça veut dire ? Elle n'est pas ce qu'elle semble être, dans quel sens au juste ?*

Et qu'est-ce que c'était que cette histoire de livre ? L'avait-elle trouvé dans ma chambre ? Je passai en revue les quelques volumes que j'avais dans mes quartiers et fronçai les sourcils. Aucun d'eux n'appartenait à Lucifer, et ils ne contenaient certainement pas d'informations sur son histoire.

« Melek a dit que je ne devrais pas pouvoir le lire, mais… je le peux. »

Donc Melek connaissait ce livre. Lequel avait dû enseigner à Camillia quelques informations sur la chute de Lucifer, ce qui l'avait amenée à voir une source de lumière. Était-ce *la* source de lumière, comme la Source des Faë de l'Enfer ? Ou autre chose ?

Est-ce qu'elle ne sait vraiment pas où elle est allée ? Je me grattais le cuir chevelu, ma frustration augmentant à chaque souffle. *Qu'est-ce que je suis censé faire de ça, bordel ?*

Je me passai la main sur la figure et soupirai. J'avais besoin d'une pause. D'un peu d'air frais. D'un moyen de m'éclaircir les idées.

Et j'avais vraiment besoin de parler à Az.

D'un coup de baguette, je créai un lit pour Camillia. Puis j'ajoutai un plateau garni de spaghettis – l'une de mes nourritures humaines préférées – et d'un verre d'eau. Ce n'était pas des excuses. C'en était loin. Mais je n'étais pas encore très sûr de lui en devoir. Et si c'était le cas, il me faudrait bien plus qu'un lit et un repas pour mériter son pardon.

— N'essaie pas de t'échapper. Zakkai t'a peut-être libéré des lianes-serpents ici, mais il y en a d'autres qui gardent l'extérieur. Et il y a aussi une vieille gargouille grincheuse qui hurle comme une Banshee.

Je ne lui dis rien de plus, car les mots me manquaient.

Je me contentai de m'éclipser hors de la pièce et de rejoindre le couloir.

— Vieille gargouille grincheuse, grinça Sir Callahan. Je vais te montrer si je suis *vieux*.

Il dégaina une épée à l'aspect tranchant, me défiant de ses yeux rouges de fouine.

Au lieu d'accepter son duel, je filai dehors sur l'allée de graviers. Dans mon humeur actuelle, je risquais de tuer la petite gargouille par accident, et je n'en avais vraiment pas envie.

Je jetai un sort derrière moi qui m'alerterait si Camillia tentait quoi que ce soit de bizarre dans la pièce − y compris toucher les murs −, et je me mis à marcher.

Cela faisait longtemps que je n'avais pas approché cet ancien bâtiment et son paysage de mort. Tous les arbres ici étaient noirs, leurs cimes brûlaient avec des hoquets de feu qui ne mouraient jamais. C'était sinistre, antique et incroyablement gothique. Les murs de pierre augmentaient l'effet, tout comme les torches noires crachant de la fumée.

Je levai les yeux vers la lune perpétuelle des Faë de Minuit et la trouvai étrangement réconfortante. La mer de nuit constante m'avait manqué. Le baiser frais de l'air sur ma peau. Le bourdonnement de la magie familière.

C'est un piège, chuchota mon esprit. *On déteste cet endroit.*

Mais pour l'instant, j'acceptai la familiarité de tout cela et tentai de m'éclaircir les idées. Cependant, l'évaluation de Zakkai tournoyait dans mes pensées : « *Son aura est claire. Elle ne ment pas.* »

D'une certaine façon, Zeph et lui avaient pris en charge mon interrogatoire, posant toutes les questions à ma place − y compris quelques-unes dont j'aurais préféré ne pas entendre la réponse.

« *Tu les aimes bien ? Ou du moins, tu les aimais bien avant ?* »

« *Je pensais que nous étions en train de devenir… quelque chose.* »

Mais ils ont été très clairs à propos de leurs sentiments pour moi. Au lieu de m'écouter, ou même d'essayer de me croire, ils m'ont traitée comme une prisonnière. Et ça fait mal... »

La réponse de Camillia me fit me frotter la poitrine.

Tu es notre prisonnière, aurais-je voulu dire. *Comment suis-je censé te traiter autrement ?*

Mais une partie plus douce de moi avait songé : *Emelyn ressentait-elle cela quand tout le monde la comprenait mal ?*

Emelyn avait été considérée un peu comme une brute dans notre jeunesse, sa personnalité hautaine cachant des années de blessures et de traumatismes familiaux. Toute sa vie avait été décidée pour elle, sans sa permission. Donc chaque fois qu'elle avait eu l'occasion de dicter sa conduite aux autres, elle l'avait saisie. Et en réaction, elle était devenue méchante.

J'avais démoli sa carapace, appris à mieux connaître la femme qui se cachait dessous, et étais tombé follement amoureux d'elle. Nous avions prévu de nous enfuir ensemble, peut-être vers le royaume des humains, où elle aurait pu échapper aux exigences qui lui avaient été imposées à la naissance.

Mais je ne l'avais pas toujours aimée. Pendant un temps, je l'avais vue à travers la même fenêtre étroite que tout le monde – une salope qui se croyait toute permis et avait un complexe de pouvoir. Toutefois, une nuit avait changé la donne. Une nuit où je l'avais trouvée dans son état le plus vulnérable et où j'avais entendu comment son père lui parlait. C'était comme si j'avais été témoin d'un second commencement, ma fenêtre étroite s'élargissant en un ciel complet alors que je voyais soudain Emelyn d'un œil nouveau. Est-ce que je l'aurais jamais regardée d'une autre façon sans cette nuit-là ? Probablement pas.

Mais je me posais des questions sur Camillia.

Avais-je encore fait preuve d'étroitesse d'esprit ?

L'avais-je regardée d'un point de vue particulier au lieu de prendre en compte son environnement ?

Elle avait touché une partie de moi que je n'arrivais pas à définir. Une partie de moi que je croyais morte avec Emelyn. Tout cela n'était-il qu'un tour de passe-passe ? Ou était-ce réel ?

« Non. Je veux dire, j'ai pensé à lui demander de l'aide, mais je savais qu'il ne voudrait pas, alors je me suis abstenue. Et puis je voulais m'échapper par mes propres moyens. J'ai essayé de trouver une faille dans le livre. »

Comment savait-elle que je ne l'aiderais pas ? Je supposais qu'elle n'avait pas tort, mais pourquoi cela m'énervait-il ?

J'avais voulu l'aider à survivre aux prochaines épreuves. Ça ne comptait pas ?

Pourquoi j'ai voulu l'aider ? me demandais-je en errant dans les allées du jardin de cogneurs brûlants. *Est-ce que je veux toujours le faire ?*

J'avais passé les trente derniers jours à croire qu'elle s'était servie de moi pour s'échapper. Trente très longues journées de colère. Mais maintenant… maintenant je ne savais plus quoi penser.

Je m'arrêtai près d'une grosse souche et regardai les braises jouer sur les branches calcinées, conscient qu'une très grosse explosion était sur le point de se produire. Des moucherons de feu dansaient dans l'air, attendant avec impatience le feu d'artifice qui enflammerait leurs ailes.

Et si elle disait la vérité ? Si elle n'avait vraiment aucun souvenir des trente derniers jours ?

Dans ce cas, mes priorités devraient changer, n'est-ce pas ? Je devrais découvrir ce qui lui était réellement arrivé. Parce que ç'aurait pu être grave.

« Y a-t-il une raison pour laquelle tu punis une innocente ? »

La question de Zakkai m'avait irrité sur le coup. À présent, elle me mettait mal à l'aise.

Est-ce que j'ai puni la mauvaise personne ? Est-ce que j'aurais dû passer les trente derniers jours à essayer de la sauver au lieu de la capturer à nouveau ? Une puissante vibration secoua ma colonne vertébrale, cette incertitude me troublant jusqu'à l'âme. J'avais été si sûr de mon parcours, si résolu sur ce que je devais faire pour redorer mon blason. Puis Zakkai avait cramé tout ça avec un sérum de vérité qui avait fonctionné de façon tout à fait inattendue.

Je n'arrêtais pas de penser à cette fenêtre étroite, celle derrière laquelle Emelyn avait été piégée, et je me demandai si Camillia avait aussi ce point commun avec elle.

Elles se ressemblaient tellement. Fortes. Rebelles. Émotionnellement impénétrables.

« *Tu veux dire qu'une femelle Faë s'est enfuie des épreuves nuptiales auxquelles elle a été forcée de participer contre son gré ?* »

Cette question sarcastique se répétait dans ma tête, et les paroles de Zakkai me serraient le cœur. Car il avait raison. Ce n'était pas si choquant que ça que Camillia essaie de s'enfuir. Emelyn aurait fait la même chose.

Dieux, elle doit penser que je suis aussi mauvais que les Conseillers, réalisai-je en pensant à la façon dont Emelyn me regarderait si elle pouvait me voir maintenant. Elle serait horrifiée.

Dompter les créatures maudites des Faë du Cauchemar était une chose. Rassembler des épouses récalcitrantes pour une série d'épreuves mortelles en était une autre.

Et puis j'avais attaché l'une de ces épouses à une chaise avec des lianes-serpents…

Juste au moment où je lâchai un soupir, le cogneur brûlant explosa, projetant des flammes haut dans le ciel.

Qui suis-je au juste ? me demandai-je en contemplant les flammes. *Qui veux-je être ?*

Mon esprit ne répondit pas, la réponse étant impénétrable. Je me mis plutôt à observer le brasier, me délectant des vagues de chaleur qui se propageaient dans l'air glacial. Elles me rappelaient le royaume des Fäe de l'Enfer, ma nouvelle demeure.

Mais est-ce ma vraie demeure ?

Être ici me foutait en l'air. Voir Shade n'avait pas arrangé les choses. Et les réponses de Camillia, eh bien, elles n'avaient certainement rien amélioré.

Les dents serrées, je réfrénais l'envie de crier dans la nuit. Ce fut alors qu'une flamme noire vacillante attira mon attention, me fit lever les yeux en haut du glorieux brasier du cogneur brûlant. Il commençait à se calmer, ses branches calcinées s'affaissaient, et à son sommet était perché un rare Phénix noir.

Az. Son oiseau paraissait agité, ainsi juché au sein des flammes, ses ailes formant un mélange exotique de plumes obsidienne et de braises orange vif. Je haussai un sourcil à sa vue.

— De sortie pour un vol de nuit ?

Je m'étais attendu à ce qu'il apparaisse dans un nuage de cendres comme il le faisait d'habitude, et non pas en tant que son Phénix.

Il ne répondit pas, incapable de parler sous cette forme. Ses plumes s'ébouriffaient, leur éclat majestueux scintillant au clair de lune.

Az considérait généralement la transformation comme une affaire intime. Mais il se transformait souvent devant moi lorsqu'il avait envie de frimer. Cependant, le fait qu'il soit venu en volant laissait penser qu'il avait besoin de se dégourdir les ailes – ce qu'il faisait maintenant, car le feu s'éteignait tout à fait, le laissant perché sur le cogneur brûlant.

Je devais admettre que son envergure était impressionnante. Intimidante, même. Mais il n'avait pas l'air de vouloir me combattre, juste de savourer sa magnificence.

— Bon, si tu veux rester assis là et écouter un peu, ça me va, admis-je, glissant mes mains dans mes poches.

Az répondit en repliant ses ailes sur ses flancs, ses iris noirs m'étudiant intensément.

— Je ne crois pas qu'elle se souvienne de quoi que ce soit, lui dis-je. Zakkai lui a administré le sort de vérité et elle s'en est tenue à son histoire, disant que pour elle, seules quelques heures se sont écoulées. Et elle a parlé d'un livre.

Je lui rapportai tout ce qu'elle avait dit pendant qu'il restait assis en silence, puis me mis à lui faire part de mes propres réflexions sur la question, concluant que je ne savais pas trop quoi penser de tout cela.

— Il est impossible qu'elle mente. J'ai senti la pression de ce sort sur mon propre esprit. Mais d'un autre côté, il est également impossible qu'elle se soit échappée de la prison. (Je me frottai la nuque.) Alors peut-être que le commentaire énigmatique de Zakkai sur sa puissance est juste. Peut-être qu'elle est davantage qu'une simple Faë de l'Enfer Halfeline.

Mais je n'avais aucune idée de ce qu'elle pouvait être, de ce que cela signifiait.

— Donc je ne crois pas qu'elle ait voulu s'échapper. Pas comme ça. Ce qui veut dire qu'elle ne s'est servie d'aucun d'entre nous. Et nous… nous l'avons juste interrogée sans raison. (Je tressaillis à ces mots, cette redoutable incertitude me cernant encore.) Je ne sais pas quoi faire maintenant, Az. Je ne sais même plus quoi penser.

Elle avait tout chamboulé en me donnant quelques réponses honnêtes.

— Et cet endroit me prend la tête, ajoutai-je en grommelant.

Car je ne faisais que penser à ce qu'Emelyn me dirait en ce moment, à quel point elle serait déçue et fâchée par les décisions que j'avais prises dans ma vie.

Az battit des ailes et j'observai sa descente, flottant gracieusement jusqu'à l'allée de graviers que j'arpentais. Sauf qu'il n'atterrit pas sur ses serres mais sur ses pieds, sa transformation s'effectuant sans effort apparent tandis qu'il reprenait forme humaine, croisant les bras sur son torse nu. Ses iris étaient plus noirs que violets, m'indiquant que son Phénix avait encore largement le dessus.

— J'ai peut-être besoin de goûter à son pouvoir pour avoir des indices, remarqua-t-il, ce qui me fit sourciller.

— Qu'est-ce que tu veux dire ?

— Si elle est assez puissante pour s'évader de la prison et contourner le sort de vérité de Zakkai, alors on doit déterminer ce qu'elle est. Je peux le faire.

Le noir dans son regard parut vaciller, comme si le violet essayait de poindre mais n'y parvenait pas.

— Laisse-moi la goûter. La goûter *vraiment*.

— Tu l'as déjà fait dans une certaine mesure, lui rappelai-je. La dernière fois qu'on s'est amusés ensemble.

— J'étais plus concentré sur ton pouvoir que sur le sien. Je me focaliserai sur le sien cette fois-ci.

— Alors ta solution pour aller de l'avant, c'est de la baiser ? lançai-je, incrédule.

Il haussa une épaule.

— On peut faire plus que ça. On peut s'amuser aussi.

Je fronçai les sourcils.

— Ça ne te ressemble pas. (En fait, cela ressemblait

plus à son Phénix qu'à l'homme que je connaissais.) Que t'as dit Lucifer ?

— De ne pas lui faire de mal, répondit-il du tac au tac. La blesser, c'est blesser Melek. On n'a pas le droit de faire du mal à Melek.

Nous, comme toi et moi ? Ou nous, comme Azazel et son Phénix ? m'interrogeai-je.

— Je ne suis pas sûr qu'elle ait envie qu'on la baise tout de suite, éludai-je, essayant de saisir ce qui se passait vraiment ici. Elle est plutôt en colère.

Il fit un pas en avant.

— Tu lui as fait du mal ?

— Non.

Ses yeux fouaillèrent les miens.

— Menteur. (Il plaqua sa main autour de ma gorge et me souleva.) *Tu as fait du mal à ce qui nous appartient.*

J'attrapai son poignet et le serrai.

— Qu'est-ce qui ne va pas chez toi ? rétorquai-je d'une voix rauque tandis qu'il resserrait sa prise autour de ma trachée, me coupant le souffle.

Je lui balançai un coup de pied, lui arrachant un sifflement – un son émanant bien plus de son Phénix que de l'homme en dessous.

Putain ! Son animal était manifestement très maître de la situation. De plus, il pensait apparemment que j'avais menacé Camillia d'une manière ou d'une autre.

J'en savais assez sur les Phénix pour comprendre que j'étais dans une très mauvaise passe. Ils étaient extrêmement possessifs et agressifs concernant leurs compagnons destinés, et si le Phénix d'Az pensait qu'elle était à lui, alors...

Je vais en prendre plein la gueule.

CHAPITRE 7

Az

ARRÊTE ÇA ! criai-je à mon Phénix. *On aime Ajax, saleté d'oiseau !*

Je regardai, impuissant, ma bête jeter Ajax à travers le champ de lames de charbon contre la souche d'un cogneur brûlant à proximité.

Tout s'était bien passé jusqu'à présent. J'avais un contrôle total, j'étais prêt à retourner auprès d'Ajax et de Camillia pour terminer l'interrogatoire, quand mon Phénix s'était libéré de ses entraves et avait pris son envol. Depuis, j'étais piégé en lui, je ne faisais plus que suivre le mouvement.

Je m'étais excusé. J'avais rampé. J'avais même promis de le laisser sortir plus souvent. Rien n'avait marché. Il ne m'écoutait plus du tout.

Mais il avait repéré Ajax et avait foncé droit sur lui.

La conversation avait apaisé mon animal pendant que nous l'écoutions. J'avais cru qu'il me rendrait le contrôle après la transformation – mais non.

Il avait mené la discussion, ou plutôt m'avait donné des instructions sur ce qu'il fallait dire – une sensation que je n'avais jamais connue. Et il s'était bien comporté. Il était content, même. Il voulait s'amuser de nouveau. En se concentrant sur Camillia cette fois-ci, mais sa vision incluait Ajax. Il aimait la partager avec lui, ce qui était déjà très révélateur. Ajax avait gagné le respect de mon Phénix.

Jusqu'à ce qu'il dise que Camillia était en colère.

Un interrupteur s'était déclenché, et l'enfer s'était déchaîné en moi. Et maintenant, mon animal voulait tuer.

Tu ne peux pas faire ça, dis-je entre mes dents. *C'est notre ami.*

— Tu as fait du mal à Cami, s'emporta mon Phénix, forçant ma bouche à prononcer les mots que mon animal ressentait au plus profond de son âme.

Ajax gémit en roulant sur le côté. Les champs de lames de charbon du royaume des Fäe de Minuit étaient mortels : l'herbe ressemblait à des roches acérées, non à des feuilles tendres. Du sang coulait sur son flanc et suintait dans sa cape, produit par de multiples petites coupures.

— Je crois me souvenir que c'est toi qui as posé une lame sur son cœur il y a quelques heures à peine, marmonna Ajax en se remettant debout avec peine.

Malheureusement, son commentaire ne fit que renforcer la rage de mon Phénix. Car ce n'était pas lui qui avait menacé la femme. C'était moi qu'il blâmait, et à juste titre.

— Une erreur qui se paiera dans le sang, jura-t-il par ma bouche.

J'ignorais s'il parlait du sang d'Ajax, du mien – qui était techniquement le *nôtre* – ou des deux.

Du coin de l'œil, je captai de nouvelles flammes noires qui jaillirent de mes épaules et faillirent m'engloutir alors qu'on s'élançait en avant. Mon Phénix était puissant, mais il n'avait jamais pris le contrôle comme ça. Il ne m'avait jamais maîtrisé de la sorte.

Bien sûr, il n'avait jamais non plus été obsédé par une compagne potentielle.

Même si je comprenais pourquoi mon animal était attiré par Camillia, elle avait menacé Typhos, et ça, c'était intolérable. L'histoire d'Ajax était peut-être vraie. Ou pas. Peu importait en fait. Elle s'était échappée. Nous n'avions même pas pu retrouver sa famille.

Et si l'Architecte de la Source la considérait comme puissante, alors elle était dangereuse. Voire trop dangereuse pour qu'on la laisse vivre.

Mon Phénix capta mes pensées et m'envoya un grondement dans la gorge en guise de réponse. *Merde.* Il ne pouvait pas vraiment me blesser, mais il pouvait déchaîner sa rage sur le mâle qui se trouvait devant nous. Un mâle qu'il estimait être de mon côté et non du sien, grâce au mensonge d'Ajax.

Cours ! criai-je.

Du moins je voulus que ma bouche forme le mot, mais ma bête avait planté ses serres au tréfonds de notre esprit commun. Il ne lâcherait pas prise tant que sa soif de sang ne serait pas assouvie.

Les flammes noires se transformèrent en lames et fusèrent comme des balles sur Ajax.

Arrête ça ! répétai-je pour la millième fois, en vain.

Il essayait vraiment de tuer le Faë de Minuit, le Gardien choisi par Lucifer et que j'avais approuvé. Quelqu'un qui avait notre allégeance, qui l'avait *gagnée.* Un Faë qui méritait notre protection après tout ce qu'il avait fait pour nous. Il était l'un des rares êtres au monde à pouvoir contenir l'énergie de mon Phénix. Il était notre exutoire.

Mais plus encore, il était notre ami.

Une peur rare s'empara de moi lorsque deux de mes

lames noires s'enfoncèrent dans la poitrine d'Ajax. Des lames que j'avais lancées.

Non, pas moi. *Mon putain d'oiseau.*

Cependant, cela n'empêcha pas le profond sentiment de trahison qui sommeillait en moi de s'épanouir avec culpabilité. *On aime Ajax, putain d'oiseau. Ne le tue pas !*

Heureusement, Ajax ne se laissait pas faire. Il saisit le manche d'un couteau magique et l'arracha, envoyant du sang noir et corrompu éclabousser le champ de lames de charbon.

Il le relança vers moi – vers mon Phénix –, ce qui était un geste inutile : ces lames étaient invoquées par ma bête. Celle-ci se changea en fumée juste avant de s'empaler sur mon visage.

— Tu as blessé Cami, siffla encore mon Phénix. *Tu vas mourir.*

Mon animal fonctionnait sur des bases très simples. Il considérait Camillia comme sa future compagne ; par conséquent, quiconque lui ferait du mal le paierait. Y compris moi, comme en témoignait la façon dont il m'avait repoussé dans les recoins de mon propre corps, me forçant à le regarder assassiner l'un des rares Faë dont je me souciais. Peut-être pensait-il que ce n'était que justice pour l'avoir entravé tout à l'heure. Une trahison équivalente à celle que je lui avais faite.

Mais en réalité, tout ce que cela nous apportait, c'était de nous déchirer encore plus.

Hélas, mon satané oiseau ne pensait pas à l'avenir. Seulement à l'instant présent.

Pourquoi tu ne t'enfuis pas ? criai-je dans ma tête en voyant Ajax arracher la deuxième lame et la brandir. Cette fois, il prononça un sort tout en maniant sa baguette de l'autre main.

Bien qu'Ajax soit redoutable et qu'il ait près d'une

décennie d'entraînement avec moi, il ne pouvait pas affronter ma bête. Très peu en étaient capables.

La dague fila dans les airs et une bouffée d'énergie m'enveloppa tandis que mon Phénix tentait de la désintégrer comme la première, en vain.

La douleur explosa dans mon poumon gauche quand le couteau se planta dans ma poitrine − droit dans mon cœur. Je rugis de toute la souffrance qui brûlait mes muscles, mes os et ma peau. Je m'effondrai à genoux et plantai mes doigts dans le sol rocailleux, du sang coulant sur mes paumes. Tout mon corps tremblait pour ne pas s'évanouir.

Heureusement, un coup au cœur ne pouvait pas me tuer, ce qu'Ajax savait. Un Phénix Noir ne pouvait que renaître. Bien que ce ne soit pas un processus agréable, j'en avais déjà fait l'expérience un nombre incalculable de fois.

Peut-être que ça agira comme une réinitialisation, espérais-je. *Me redonnera le contrôle et m'aidera à dompter ma bête.*

Cependant, mon corps ne se désintégra pas comme il aurait dû, ce qui me fit réaliser qu'Ajax avait fait plus à la dague que de reprogrammer la magie de mon Phénix.

— Maintenant que j'ai ton attention, tu dois m'écouter, dit-il en boitant vers moi.

Je n'avais pas remarqué la troisième lame dans sa jambe. Du sang gouttait de son pantalon et semait des taches par terre pendant qu'il marchait.

Il me domina et je levai les yeux sur lui, mon Phénix ayant toujours le contrôle. Mes mains bougèrent sans ma permission, ma bête replia mes doigts autour de la dague et commença à la dégager de ma poitrine. Je tentai de l'arrêter, de donner plus de temps à Ajax, en vain. J'étais brisé jusqu'à l'âme, tout comme l'avait été ma bête auparavant.

Touché, lui dis-je mentalement. *Mais tu ne pourras pas me contrôler éternellement.*

C'est sans doute ce que mon animal avait pensé lorsque je l'avais lié, lui aussi.

— Camillia va bien, commença Ajax.

De si près, je distinguais des flammes bleu foncé qui dansaient dans ses yeux d'obsidienne. Mais il y avait aussi autre chose. Je voyais souvent ses tourments se refléter devant moi, mais là, c'était différent.

Il avait dit que cet endroit lui prenait la tête, mais c'était plus que ça. Il était troublé, peut-être parce qu'il revoyait des reliques de son passé. Ou peut-être à cause du temps qu'il avait passé avec Camillia. Ou bien les deux.

Ajax avait environ vingt-cinq secondes avant que cette lame ne soit complètement délogée, alors il ferait mieux de parler au plus vite.

Or il fixait ma bête sans crainte. Il aurait dû être terrifié. Il aurait dû profiter de ces quelques instants pour prendre ses jambes à son cou. Mais à la place, il essayait de raisonner mon foutu oiseau.

— Mais tu m'as demandé si j'avais fait du mal à Camillia. Eh bien oui, je l'ai fait. J'ai regardé les lianes-serpents planter leurs crocs dans sa chair et répandre leur poison.

Qu'est-ce que tu fais ? l'exhortai-je. *En quoi tu penses que c'est utile ?*

J'avais déjà été mordu par une liane-serpent. Ça n'avait rien d'agréable. Si Cami l'avait été plus d'une fois, elle devait être à l'agonie. Et comme je le savais, mon oiseau également. Donc ses paroles ne firent qu'attiser encore plus le courroux de mon Phénix.

— Mais ce n'est pas pour ça qu'elle est en colère, poursuivit Ajax.

Ça n'arrêta mon Phénix qu'une seconde.

— Elle est en colère parce que nous — toi et moi — avons choisi de l'interroger au lieu de lui parler. (Il serra les paupières puis rouvrit les yeux, révélant davantage de ces émotions conflictuelles qui tourbillonnaient dans ses orbes sombres.) Elle a dit qu'elle pensait qu'il y avait quelque chose entre nous. Mais on a tout gâché par nos actions.

Qu'est-ce que cet idiot était en train de faire ? Il creusait sa propre tombe. Comme en témoignait mon Phénix ravivant ses efforts pour extraire la dague.

— Mais je me suis rendu compte de quelque chose, reprit Ajax.

Il se baissa en chancelant et atterrit sur un genou, afin que nous soyons au même niveau. Bien peu parvenaient à être aussi près d'un Phénix en colère et à survivre. Si Ajax ne se mettait pas à courir dans les dix prochaines secondes, il ne survivrait probablement pas.

Je commençais à me demander si ce n'était pas précisément ce qu'il voulait. S'il n'avait pas fini par lâcher prise. Si cette maudite femelle ne l'avait pas poussé à bout.

— J'ai compris pourquoi elle me rappelle tant Emelyn.

Un frisson de douleur le parcourut à ce nom.

Je savais qu'il y avait une femme dans son passé qui l'avait brisé. Mais il en parlait rarement. Malheureusement, mon Phénix ne se souciait guère de cette révélation pour l'instant. Seule la dague dans mon cœur l'empêchait de déchiqueter Ajax.

Ce dernier déglutit.

— Je… j'aimais Emelyn, mais elle n'est plus là. Rien n'y changera. (Il leva les yeux, croisant de nouveau stoïquement mon regard.) Camillia est ici. Elle a été mise sur mon chemin pour une bonne raison, et en tant que son Gardien, il était de mon devoir de la protéger. Quand elle s'est enfuie, ça m'a mis en rogne.

Comme moi, pensai-je en le regardant. *Et comme toi aussi,* rappelai-je à mon oiseau. *Tu n'as pas aimé qu'on ne la retrouve pas, qu'elle nous ait échappé. Tu te souviens ?*

Toutefois je commençais à comprendre que c'était peut-être la perte de la compagne qu'il désirait qui avait énervé ma bête, et non le fait qu'elle ait magiquement déjoué nos efforts pour la retrouver.

Ajax serra les dents.

— J'ai – nous avons – passé à tort notre frustration sur elle. Si elle dit la vérité, ce que je pense, alors elle n'a rien fait pour mériter notre colère. Nous aurions dû l'aider à comprendre ce qui s'est passé plutôt que d'envisager de la torturer pour lui soutirer des informations.

Ma bête gronda au mot *torturer*, confirmant qu'Ajax voulait vraiment mourir. Il n'y avait absolument rien qu'il puisse dire maintenant qui...

— Laisse-la se venger sur moi, implora-t-il, figeant de nouveau mon oiseau. Si tu me tues, tu feras du mal à Camillia. Parce qu'elle veut aussi me faire souffrir. Elle est en colère. Alors laisse-la me punir.

Mon Phénix inclina la tête sur le côté, me faisant sans doute paraître un peu fou et semblable à un oiseau. Mais je supposais que c'était une apparence correcte.

— Punir ? me força à dire mon oiseau. (Mes doigts serraient toujours le manche de la dague malgré la douleur qui courait dans mes veines.) Cami punit Ajax ?

Ma bête aimait bien cette idée. Elle voulait *regarder*.

— Oui, confirma Ajax, ce qui me fit gémir intérieurement.

Tout ça va mal finir.

D'autant plus que je sentais la jubilation de mon animal à l'idée d'offrir Ajax en cadeau à Camillia. Il lui donnerait sûrement une dague aussi.

La souffrance enflamma ma poitrine quand mon

Phénix finit par arracher complètement la lame, libérée du sort qu'Ajax avait utilisé pour la maintenir enfoncée.

— Cami punit Ajax.

Mon oiseau se servit de mes mains pour choper Ajax par la nuque et le traîner vers l'ancien bâtiment du Conseil des Fäe de Minuit.

Merde.

Chapitre 8

Cami

Je fixai l'assiette de spaghettis sur le lit, ne sachant trop si je devais la toucher ou non. Mon estomac exprimait son accord, son gargouillement affamé résonnant dans la petite cellule. Mais mon esprit n'arrêtait pas de me crier des « et si ».

Et si c'était un piège ?

Et si elle était ensorcelée avec quelque chose d'infâme ?

Et si elle était empoisonnée pour me tuer ?

J'étais irritée par les questions que m'inspirait une vulgaire assiette. J'avais l'impression qu'elle me narguait, voire me défiait. Ajax l'avait invoquée avant de disparaître sans un mot, me laissant seule, confuse et vraiment très énervée.

Je lui avais donné les seules vérités que j'avais. Qu'est-ce qu'il voulait de plus ? Ne pensait-il pas que j'étais tout aussi inquiète d'avoir raté trente jours de ma vie ? Que je pouvais être un peu terrifiée à l'idée que l'hallucination de la source ait été réelle ?

Non, il se fichait de tout ça. Il était trop préoccupé par sa réputation entachée.

Je croisai les bras et soupirai tandis que le plat me fixait l'air de dire « mange-moi ».

— Tu n'aimes pas les spaghettis ? demanda une voix soyeuse derrière moi, me faisant littéralement bondir de ma chaise.

— Melek, soufflai-je, la main sur le cœur. Tu m'as fait une peur bleue.

— Je n'ai jamais aimé cette expression humaine, car elle n'est pas vraie. Et puis l'image de quelqu'un qui devient bleu sous l'effet de la surprise n'est guère séduisante.

Il s'écarta du mur contre lequel il s'appuyait et s'avança vers moi, me balayant brièvement de son regard multicolore.

— Tu es blessée, constata-t-il en fronçant les sourcils. Ce n'est pas acceptable.

Je haussai les miens, surprise par la véhémence de son ton qui me fit reculer d'un pas contre le mur. Du coup il se figea.

— Camillia. (La note d'inquiétude dans sa voix rayonnait dans son expression.) Tu as peur de moi ?

— Je… (Était-ce le cas ?) Non, pas vraiment.

La journée avait juste été très longue et je ne m'attendais pas à le voir ici.

D'ailleurs, je ne savais pas du tout à quoi m'attendre. Tout était si confus. J'avais apparemment manqué trente jours de ma vie, et plutôt que d'essayer de comprendre ce que cela signifiait, j'avais été embringuée dans l'interrogatoire.

Je me frottai la figure et grimaçai sous la douleur sourde qui élançait mon bras. *La morsure de serpent.* Je l'avais oubliée en me focalisant sur la nourriture. En vérité, j'avais plusieurs blessures qui allaient laisser des traces.

Tordant mes bras, je me mis à chercher les autres, puis soulevai mon débardeur pour examiner mon torse.

La brusque inspiration de Melek me rappela sa présence, mais je ne fis pas attention à lui. Ce n'était pas comme s'il ne m'avait pas vue à différents stades de déshabillage. Après tout, c'était lui qui m'avait fourni une partie de ma *garde-robe de mariée*.

— Est-ce que j'ai des morsures de serpent dans le dos ? demandai-je en me retournant. Ajax n'a pas fourni de miroir.

— Des morsures de serpent ? répéta Melek. (Ses doigts effleurèrent ma peau, provoquant un subtil frisson dans tout mon être.) Quel genre de serpent ?

— Demande à Ajax de te parler de ses amis siffleurs, marmonnai-je en rabaissant mon débardeur.

Mais il fut retenu par la main de Melek qui le tira dans l'autre sens.

— Hé ! lançai-je alors qu'il me l'ôtait d'un coup sec. Ce n'était pas une invitation à...

Son doux murmure me coupa la parole, mais c'était du charabia à mes oreilles.

— Quoi ?

Je voulus pivoter vers lui, mais il m'arrêta d'une main sur ma hanche, posant l'autre dans mon dos. Je tressaillis sous la chaleur qui émanait de lui, puis soupirai lorsqu'elle se répandit sur ma peau.

Oh. C'est... c'est agréable.

Je n'avais pas réalisé à quel point j'avais eu froid jusqu'à maintenant, et sa chaleur était une couverture fort bienvenue. Un ronronnement de satisfaction filtra en moi, mon corps se détendit à son contact tandis qu'il continuait à parler d'une voix douce. Je ne comprenais rien à ce qu'il disait, mais je n'arrivais pas à m'en soucier. Tout ce qui comptait, c'était cette sensation de chaleur qui parcourait mes veines.

Il m'entoura de son bras et me serra contre sa poitrine, tout en chuchotant quelques-uns de ces mots étrangers à mon oreille.

Je fondis, son réconfort lénifiait mes sens.

Je ne suis plus seule. Je n'ai plus froid. Je n'ai plus mal.

Mes yeux se fermaient, mes membres s'alourdissaient.

Je vais me reposer quelques minutes, décidai-je. *Ça fait si longtemps que je n'ai pas dormi…*

J'avais l'impression de flotter sur un nuage, mon corps ne faisant qu'un avec l'air, mon âme s'envolant librement. C'était déconcertant, quoique magnifique. Si doux, si serein. Cela me rappelait des plumes dérivant au gré du vent.

Peut-être que j'ai des ailes, songeai-je vaguement. Un gloussement m'échappa à cette idée, mon esprit étant manifestement excité par ce que Melek venait de me faire.

Je me figeai. *Attends…*

Je ne devrais pas apprécier ça. Je… je devrais le combattre. Quelle règle venais-je de créer ?

Règle des Faë de l'Enfer n° 47… Ça disait quoi ? Peu importe leur beauté… ils finiront toujours par te décevoir.

J'ouvris grand les yeux et croisai le regard étincelant de Melek, dont les couleurs vibraient et bougeaient tandis qu'il me scrutait. Ses émotions étaient voilées par un sourire agréable, que je trouvai plutôt séduisant jusqu'à ce que je réalise que j'étais sur ses genoux, ma tête contre son épaule.

Putain de merde.

Je m'arrachai de lui et reculai sur le lit jusqu'à ce que mon dos heurte le mur glacé. Heureusement, mon débardeur atténua le choc. Donc il me l'avait remis à un moment donné.

— Qu'est-ce qui s'est passé ? m'étonnai-je.

— Je t'ai guérie.

Sa réponse directe m'abasourdit. D'habitude, Melek parlait par énigmes ou éludait les réponses par des déclarations savamment formulées. Mais là, il m'avait répondu sans ambages.

— Pourquoi ? pointai-je, curieuse de voir jusqu'où irait cette facette de lui.

— Parce que tu as été blessée et que je peux le faire. (Il haussa les épaules.) Techniquement parlant, tu n'es pas une épouse Faë de l'Enfer pour le moment, alors il n'y a pas de règles en jeu. Je peux te donner tout ce que je veux, y compris un nouveau repas, si tu as faim.

Mon estomac choisit ce moment pour répondre à ma place, ce qui lui fit retrousser le coin des lèvres.

— Tes spaghettis sont froids, et ton Gardien est occupé à jouer avec un Phénix noir énervé. Donc je ne vois pas pourquoi je ne pourrais pas t'apporter tout le réconfort qu'il te faut, si tu le souhaites.

— Est-ce que ce réconfort inclut de me faire sortir de cet enfer infesté de serpents ? demandai-je d'un ton sec.

— Peut-être, sourit-il. Je suppose que ça dépend de la façon dont s'est déroulée ta séance de vérité avec Ajax.

— Il ne t'en a pas parlé ? (Je ne pus dissimuler le sarcasme dans ma voix.) Il ne croit rien de ce que j'ai dit. Et il n'y croira sûrement jamais. Tout ce qui compte pour lui, c'est sa réputation bafouée.

— Hmm. (Le bourdonnement évasif de Melek résonna autour de moi.) Qu'est-ce que tu lui as dit ?

Une partie de moi avait envie de dire : *Pourquoi tu ne vas pas lui demander ?* Mais à la place, je répondis :

— Pourquoi veux-tu le savoir ? J'imagine que tu ne me croiras pas non plus.

— Au contraire, Camillia. Je suis peut-être le seul à te croire.

Son emploi de mon nom complet et le sérieux de son ton me firent me demander si c'était vrai. Mais la règle n° 47 tournait dans mes pensées. Je ne pouvais faire confiance à aucun de ces Faë. Ils ne se souciaient pas de moi. Pas vraiment. Je n'étais qu'un jouet avec lequel ils s'amusaient, une poupée à marier lors d'une future épreuve.

Sauf que Melek avait dit que je n'étais plus une épouse Faë de l'Enfer. *Pour le moment.* Est-ce que c'est ce qu'il voulait dire ?

— Pourquoi ne suis-je plus une épouse Faë de l'Enfer ?

Il arqua un sourcil.

—Je croyais que tu ne voulais pas en être une ?

— En effet. Donc je veux savoir comment mon souhait a été exaucé. Et ce que tu veux dire par « pour le moment ».

J'imitai maladroitement sa voix, mais il ne parut pas le remarquer. Il haussa les épaules.

— Les épreuves sont suspendues. De plus, tu es actuellement en observation en tant que menace potentielle pour la Source des Faë de l'Enfer, ce qui te disqualifie pour les jeux nuptiaux.

Je cillai.

— Une menace pour la source ? (Je n'avais pas du tout envie d'être une candidate aux jeux nuptiaux, mais d'une certaine façon, ç'avait l'air bien pire.) Que-qu'est-ce que ça veut dire ?

— Ça ne veut rien dire tant qu'on n'aura pas déterminé ce qui s'est passé il y a trente jours.

Ses réponses ouvertes commençaient à m'énerver. Je préférais le Melek taquin aux répliques énigmatiques, pas cette version carrée qui me parlait comme…

Comme si j'étais une véritable prisonnière.

— Est-ce que tu vas me répéter ce que tu as dit à Ajax ? Je lui demanderais bien, mais comme j'ai dit, il est occupé en ce moment.

Il agita sa main et fit apparaître une sorte d'écran translucide. J'écarquillai les yeux en y voyant Ajax se faire projeter dans les airs par un Az furax. Je savais qu'ils étaient puissants tous les deux, mais là... c'était *intense*.

— C'est leur version des préliminaires, je suppose, murmura Melek, qui remua ses doigts pour disperser l'image.

— Comment as-tu fait ça ? m'étonnai-je.

Il haussa une épaule.

— Je sais faire beaucoup de choses, petit ange. Et peut-être que je te les enseignerai un de ces quatre. Mais j'ai besoin de savoir ce qui s'est passé il y a trente jours.

D'accord. La question à laquelle tout le monde veut une réponse.

— J'aimerais bien le savoir aussi, marmonnai-je. Mais au lieu de m'aider à le découvrir, tout le monde prétend que je le sais déjà.

— J'imagine que c'est parce que c'est toi qui as disparu, alors tout le monde suppose que tu sais où tu étais. (Melek se glissa sur le lit pour caler son dos contre le même mur que moi, mais laissa de l'espace entre nous.) Mais ta réponse me suggère que tu ne t'en souviens pas.

— Ce n'est pas ça, c'est que quelques heures seulement se sont écoulées pour moi depuis que j'étais dans la chambre d'Ajax. La prison, je veux dire.

— Tu veux dire *chambre*, je le sais parce que c'est moi qui t'y ai mise, répliqua-t-il. Mais continue. Dis-moi ce dont tu te souviens, et peut-être que nous pourrons résoudre cette énigme ensemble.

Je le dévisageai, quelque peu surprise par son offre. Il

était le premier à suggérer de travailler *ensemble* plutôt que me traiter comme une prisonnière.

Je ne peux toujours pas lui faire confiance, pensai-je, la règle n° 4 me trottant en tête. *Mais peut-être que je peux me servir de lui.*

— D'accord.

Je me raclai la gorge, mais avant que je commence, Melek fit apparaître une bouteille d'eau et me la tendit.

— Hydrate-toi d'abord, puis continue. Et mon offre de repas tient toujours.

Je fixai la bouteille, la gorge soudain sèche. Il était possible qu'il y ait ajouté quelque chose — peut-être sa propre version d'un sort de vérité —, mais je n'avais rien à cacher. Il savait tout du livre et de la façon dont il me montrait les choses. Tout comme il avait dû supposer que j'avais voulu m'échapper pendant tout le temps où j'avais été dans le royaume des Faë de l'Enfer. Que pourrait-il apprendre de plus ? Et il ne me tuerait pas avant d'avoir ces réponses. L'eau devait donc être bonne. Et quelque chose à manger ne ferait pas de mal non plus.

— Une pizza aux pepperonis serait fantastique en ce moment, admis-je en lui prenant l'eau. Croûte fine, de préférence. Très croustillante. Et peut-être des bâtonnets de mozzarella. Oh, et du pain à l'ail. Beaucoup d'ail.

Comme ça, il n'essaierait pas de m'embrasser.

Car je n'en ai carrément pas envie. Pas du tout. Jamais. Non.

Ses lèvres se retroussèrent comme s'il savait précisément pourquoi j'avais demandé cette dernière chose.

— Comme tu veux, mon ange.

Un assortiment italien apparut entre nous sur le lit, ainsi que des serviettes soyeuses et deux autres bouteilles d'eau. Celle-ci était bonne car une fois que je me mis à boire la première, je ne pus m'arrêter. Je la vidai en quelques secondes avant d'attraper la deuxième, puis la troisième.

Chaque fois que je posais une bouteille vide, une autre apparaissait. Le parfum délicieusement décadent de Melek flottait dans l'air à chaque tourbillon de magie.

Il m'observa pendant que je dévorais le repas, avec une lueur amusée dans le regard qui aurait dû me déstabiliser. Mais j'étais trop occupée à savourer la pizza pour le laisser gâcher ce moment.

S'il m'avait droguée, qu'il en soit ainsi. Au moins, il me nourrissait en même temps.

Or lorsque j'eus terminé, je me sentis rassasiée. Pas de vertiges. Pas de rêves nébuleux. Juste un appétit comblé et un estomac bien plein.

— Merci.

Il baissa le menton.

— Je profite simplement des règles et je te donne autant que je peux, tant que je le peux.

Je ne savais pas trop ce qu'il voulait dire par là, mais je n'insistai pas. À la place, je lui racontai tout ce que j'avais déjà avoué à Ajax. Car peut-être que Melek pensait vraiment ce qu'il avait dit : qu'il voulait que nous découvrions ensemble ce qui s'était passé.

Quand j'en arrivai à la partie où le livre était apparu et m'avait montré Lucifer tombant du ciel, je fis une pause et ajoutai :

— Tu étais là. Tu souriais.

Il hocha la tête.

— Oui, car je savais ce que Ty allait faire.

Je cillai.

— Attends, tu veux dire que c'était réel ?

— Bien sûr. Tout est réel dans ce livre, répondit-il en inclinant la tête. Tu as grandi dans le royaume des humains. Cette histoire t'en rappelle sûrement une autre célèbre que les mortels aiment croire ?

— Tu veux dire celle, religieuse, qui parle d'un ange déchu envoyé par Dieu pour régner sur l'Enfer ?

— Celle-là même, sourit-il. Beaucoup de folklore humain découle d'une expérience réaliste. Dans ce cas, l'héritage de Ty a été déformé pour effrayer les enfants humains afin qu'ils se repentent de leurs péchés. Mais ça ne le dérange pas. Pas trop, en tout cas.

— Donc tu es en train de dire que ce que j'ai vu s'est vraiment passé ? Même quand j'ai touché une source de lumière ?

Ses épaules se raidirent.

— Quelle partie ?

C'était vrai, je n'étais pas encore entrée dans ce détail. Je lui résumai donc tout ce que j'avais vu de la chute de Lucifer et comment j'avais été attirée vers ce chaud globe de puissance et contrainte de le toucher.

— Mais ensuite, la vrille a changé de couleur et l'énergie est devenue… *violente*.

Je lui narrai comment je m'étais mise à courir, ce qui m'avait finalement amenée à me réveiller dans mon ancienne chambre d'étudiante. Où Ajax et Az étaient arrivés quelques minutes plus tard.

Il me dévisagea un très long moment avant de demander :

— Tu as raconté ça à Ajax ?

— Oui. Ainsi qu'à Zeph et Zakkai.

Il arqua ses sourcils.

— Les Faë de Minuit époux de la reine ?

— Oui, ils aidaient Ajax avec son… interrogatoire. Bien qu'ils aient été bien plus gentils que lui. Zakkai m'a donné ces vêtements. (Je jetai un coup d'œil au débardeur et au jean unis.) Ils m'ont aussi débarrassée des serpents.

— Je vois. (Melek avait l'air pensif.) Ont-ils dit autre chose ?

— Pas vraiment. Ils m'ont juste demandé ce que je pensais d'Ajax et d'Az, puis Zakkai a posé des questions sur mes parents.

— Qu'est-ce qu'il voulait savoir sur eux ?

— Qui étaient leurs ancêtres, je suppose. Je lui ai dit que mon père est un Faë de l'Enfer et ma mère humaine. Mais il a paru en douter. (Je fronçai les sourcils.) Il n'arrêtait pas non plus d'affirmer que j'étais puissante. Et il a demandé à Ajax de dire à Lucifer de l'appeler quand il serait prêt à résoudre les problèmes.

Melek bourdonna de nouveau.

— Intéressant.

— J'imagine qu'Ajax n'a pas encore transmis ce message ?

— Non, il est assez occupé en ce moment. Et je ne suis pas sûr qu'il comprenne la gravité de ce que tu as révélé.

Il agita la main au-dessus de la vaisselle pour faire disparaître les assiettes vides, les serviettes usagées et les bouteilles.

— Ça m'a l'air inquiétant, répondis-je, quelque peu effrayée par ces paroles. Est-ce que j'ai fait quelque chose de mal ?

— Non. Mais Ty ne s'en rend peut-être pas compte.

Encore une déclaration menaçante.

— Sauf que tu sais que je n'ai rien fait de mal, alors ça... ça doit compter un peu, non ?

Je ne pus cacher le malaise dans mon ton. Il ne tenta pas non plus de le dissiper. À la place, il m'étudia d'un regard indéchiffrable, son expression ne laissant rien transparaître.

— Il y a trente jours, tu as réussi à t'échapper sans laisser de traces. Toutefois ce n'est pas la seule chose qui s'est produite. Un portail a été ouvert dans le royaume de l'Au-delà, ce qui a permis à plusieurs Faë du Cauchemar d'aller s'ébattre dans une réalité alternative.

— OK... Et ça s'est produit en même temps ?

— Oui. Tout s'est passé simultanément, au moment où Ty a remarqué une vrille obscure dans la Source des Faë de l'Enfer. (Il me fixa.) Une vrille noircie qui semblait avoir été *touchée*.

— Oh. (*Eh bien, merde.*) Donc tout est lié ?

— C'est ce que je pensais avant. Mais à présent, je ne crois pas que ce soit lié du tout. Pour moi, tu as touché la source d'une manière ou d'une autre − ce qui ne devrait pas être possible, mais on en reparlera plus tard −, et quand tu l'as fait, la source t'a forcé à partir par mesure défensive.

— Ce qui expliquerait toutes ces courses, devinai-je.

— En effet. Ainsi que ta perte de temps et le fait que notre meilleur traqueur, Azazel, n'a pas pu te retrouver.

— Et tu as dit que Ty... (Je déglutis, grimaçant à l'énoncé de ce qui devait être un surnom intime entre Melek et Lucifer.) Désolée, je voulais dire le roi Lucifer. Tu as dit que les épreuves étaient suspendues à cause d'une menace qui pèse sur la Source des Faë de l'Enfer. Et cette menace... c'est... c'est moi ?

Parce que j'ai touché la source, provoquant ainsi potentiellement l'ouverture du portail vers une réalité alternative ? Je frissonnai, submergée par l'intensité de ma situation. *Putain, Lucifer va me tuer.*

— Non. (La négation de Melek ramena mon attention sur lui.) Si tu représentais une vraie menace, la Source des Faë de l'Enfer t'aurait tuée pour se protéger. Mais elle t'a simplement repoussée. Un peu comme si tu n'étais pas encore prête à l'adopter.

Je haussai les sourcils.

— Prête à l'adopter ? (Je me rappelai les vives sensations que la source m'avait inspirées.) Je ne sais pas ce qu'il en est. Elle avait l'air sacrément énervée contre moi.

Il esquissa un sourire.

— Oui, j'imagine. La source est Ty, tout comme Ty est la source. Il n'est pas du genre à accepter facilement le changement. Et il ne fait pas non plus confiance à ceux qui ne font pas partie de son cercle.

Rien de tout cela n'avait de sens pour moi. Mais j'en étais encore à la partie sur l'adoption.

— Je n'essayais pas d'adopter la source. Je lisais juste le livre.

— Oui, il semble que le livre voulait tester ta compatibilité. Et comme tu as survécu, je dirais que tu as réussi. Mais ce n'est certainement pas arrivé sans quelques problèmes. (Il passa ses doigts dans ses cheveux châtains dont les pointes taquinaient ses oreilles.) Heureusement, les problèmes sont ma spécialité.

Tant mieux pour toi, faillis-je dire. *Je ne veux pas être un problème.*

— Malheureusement, le destin a d'autres plans pour toi, petit ange, murmura-t-il.

Ses iris m'évoquaient des opales scintillantes tant ils clignotaient de couleurs différentes. *Pourquoi doit-il être si beau ?* C'était distrayant, ses traits doux lui donnaient un éclat presque innocent — qui disparaissait dès qu'il ouvrait la bouche. Car il n'y avait absolument rien d'innocent chez ce Faë.

— Mais par chance, il semble que le portail n'ait pas été ouvert par quelqu'un qui aurait infecté la source, poursuivit-il. Savoir que les deux incidents ne sont pas liés est un soulagement. Mais maintenant, on doit découvrir qui a donné à Maliki et aux Goules les outils nécessaires pour créer ce portail.

Il glissa hors du lit, l'air déterminé.

— Tu m'as énormément aidé, petit ange. Je ne manquerai pas de te rendre la pareille. En attendant, n'hésite pas à faire souffrir Ajax. Le Phénix d'Az approuvera.

Il disparut avant que je puisse lui répondre, mais il laissa derrière lui une fontaine à eau. Une vraie fontaine, avec une carafe géante dessus, une pile de gobelets et un contrôle de température.

Par terre, à côté de la fontaine, il y avait une fiole avec une note qui disait : *Sérum de vérité pour Ajax.*

Je haussai un sourcil à sa vue. Ajax avait dû le demander à Melek, sans doute parce qu'il ne croyait toujours pas ce que j'avais dit sous l'influence du sort de Zakkai. *Connard*, me dis-je en levant les yeux au ciel. Je supposais que ce terme s'appliquait aussi à Melek, mais au moins, ce dernier avait paru me croire. Il m'avait aussi laissé une fontaine à eau, ce qui était utile et apprécié.

Mais qu'est-ce qu'il y a dessus ? me demandai-je, y remarquant une lueur vacillante.

Je me levai pour mieux voir. *Une plume.* Mais pas une plume ordinaire. Elle scintillait, comme prise dans une lumière éternelle.

Je levai les yeux vers l'ampoule terne qui pendait du plafond, puis vers les torches enfumées.

Cette lumière ne vient d'aucune d'elles. Il faisait sombre ici, ce qui en faisait une cellule de cachot plutôt standard. *Bizarre.*

Je pris la plume douce, la promenai entre mes doigts, et frémis lorsque son énergie me chauffa l'âme. Cela me rappela le don de guérison de Melek, celui qui m'avait donné l'impression de voler à travers les nuages.

Un peu troublée, je voulus la reposer, mais elle éclata en une nuée de paillettes qui recouvrit ma peau. Je voulus les brosser, mais cela ne fit que les ancrer dans mes bras. Cela me rappelait presque une lotion.

— Qu'est-ce que tu m'as fait ? chuchotai-je, tremblante du pouvoir qui vibrait dans mes veines. C'est quoi cette magie ?

Bien sûr, Melek ne répondit pas – il était parti.

Au moins, il m'avait aidée à comprendre ce qui s'était passé.

Malheureusement, cela ne me rendait guère plus confiante en mon avenir. Au contraire, je me sentais plus mal à l'aise que jamais.

J'ai touché la Source des Faë de l'Enfer. La source de Lucifer.

Oui, je suis assurément une Faë morte…

Chapitre 9

Melek

Dès que je mis le pied dans le palais, je sus que quelque chose n'allait pas. *Ty ?*

Je suis dans la salle du conseil, répondit-il brièvement.

Fronçant les sourcils, je déployai mes ailes et me téléportai vers sa place. Je n'avais pas l'habitude d'utiliser mes capacités éthérées en présence d'autres personnes, car je réservais ce secret à ceux avec qui je me sentais intimement lié, donc je choisis d'atterrir juste devant la porte.

Le chaos m'accueillit à l'entrée, plusieurs écrans allumés affichaient un éventail de rois Faë du Cauchemar à l'expression sévère. Typhos était en train de parler au roi Neptune du royaume Sous-marin, sa voix portant dans toute la pièce.

— Est-ce que tu as trouvé la source d'énergie ?

— Pas encore, répondit le roi Neptune, dont les yeux d'un bleu éclatant contrastaient avec ses longs cheveux noirs. Mais on a réussi à nous brancher temporairement.

— Ça tiendra combien de temps ?

Le roi divin secoua la tête, faisant onduler sa crinière autour de lui comme de l'eau noire.

— Je ne sais pas trop. Peut-être une heure. Ou plus longtemps, avec de la chance.

— Ce sera suffisant, acquiesça Typhos. (Il reporta son attention sur le roi Pyre.) Rassemble le plus de Dragons Rubis possible et dirigez-vous vers le royaume sous-marin.

— Oui, mon seigneur.

Ty s'adressa ensuite au roi Lazuli, dont le visage anguleux ressemblait plus à un rocher qu'à un humain.

— Il faut que tu réunisses tes Boggarts et que vous entassiez autant de pierres que possible.

Le roi Lazuli inclina son menton carré.

— Entendu, mon roi.

Sa voix évoquait du gravier, ce qui était approprié compte tenu de son espèce.

Les yeux dorés du roi Horus illuminèrent l'écran lorsque Ty se tourna vers lui et ordonna :

— Envoie tes Griffons auprès des Boggarts pour ramasser des pierres et rejoins les dragons du roi Pyre sur les rives du royaume sous-marin.

— Considérez que c'est fait, mon seigneur, répondit-il d'un ton soyeux qui paraissait aguicheur, mais c'était juste sa voix habituelle.

— Je serai là d'ici une heure pour enchanter le sceau et remplacer le noyau, leur annonça Typhos. Quant au reste d'entre vous, parcourez vos royaumes en quête de brèches potentielles et rapportez toutes les incohérences que vous trouverez.

Suivit un chœur de « oui, mon seigneur » et de « oui, mon roi ».

Typhos acquiesça et mit fin à tous les appels en même temps. Ses épaules s'affaissèrent dès qu'ils furent déconnectés, il baissa la tête et ses longs cheveux cascadèrent sur lui comme une chute d'eau sombre.

J'avais été tellement pris par Cami que je n'avais pas décelé la panique irradiant de mon compagnon, mais je la ressentais maintenant, telle une cacophonie qui faisait tambouriner mon cœur.

— Ty... (Je vins devant lui et pris ses joues dans mes mains pour lever son regard troublé vers le mien.) La source ?

Inutile de formuler une question complète. Il comprenait. Il secoua la tête.

— Non, je ne sens pas de vrilles sombres ni d'altération visible. (Il appuya son front contre le mien, ayant plus que jamais besoin de mon réconfort.) Mais un autre portail a été ouvert. Cette fois dans le royaume Sous-marin, plus précisément au milieu d'un nid de Dragons Saphirs.

— Encore vers une réalité alternative ?

— Non, il s'ouvre sur un océan de notre royaume humain. Mais il agit comme un vortex. Au moins douze dragons ont été pris dans sa création et emportés hors de notre monde. Le roi Neptune a déjà lancé des recherches. (Il poussa un long soupir frémissant.) Deux ont été retrouvés morts, peut-être à cause de l'impact de l'aspiration dans le portail.

— Donc il attire de force des Faë du Cauchemar hors de notre royaume ?

— C'est ce qu'il semble, oui. (Il déglutit, puis se recula pour me fixer dans les yeux.) Où étais-tu ?

— Je suis allé voir Cami, avouai-je, ne voulant pas lui mentir. (En temps normal, j'aurais tenté de dissimuler mes activités par quelque chose d'amusant ou d'énigmatique, mais ce n'était pas ce dont Typhos avait besoin en ce moment.) J'ai été avec elle pendant quatre-vingt-dix minutes environ. Elle avait besoin de soins et d'un repas.

L'expression de Typhos se durcit.

— Où étaient Ajax et Az ?

— Ils se battaient dans la cour d'un Faë de Minuit, non loin de là. (Je glissai mes mains dans son cou et le serrai contre moi.) On dirait que notre Commandant a perdu le contrôle de son Phénix.

Cela ne m'avait pas surpris. J'avais remarqué qu'il étranglait son animal lorsqu'il avait rendu visite à Ty plus tôt, et j'avais deviné que c'était lié à Cami.

Typhos grogna dans sa barbe et tenta de se dégager de ma prise.

— C'est une bonne chose, mon roi, lui dis-je. Ça veut dire que Cami n'a rien à voir avec le portail. Sinon je l'aurais su.

— Peut-être pas *ce* portail, mais qu'en est-il de l'autre ? Et de la source ?

— Deux portails dans notre monde en si peu de temps, ça suggère un dessein quelconque, non ? (Mes doigts se refermèrent sur son cou.) Je doute qu'elle soit responsable de l'un et pas de l'autre. De plus, elle n'a rien à y gagner. La source, en revanche, peut être une tout autre affaire.

Il cessa de vouloir se dégager de moi et planta ses yeux bleu foncé dans les miens.

— Elle t'a dit quelque chose d'intéressant.

— Elle m'a dit quelque chose d'intéressant, confirmai-je. Quelque chose que tu ne vas pas aimer.

Quelque chose que j'avais eu l'intention de garder pour moi pendant un temps, mais Ajax étant déjà au courant, il ne serait pas sage de retenir cette information. De plus, il valait mieux que ces informations viennent de moi plutôt que d'un autre.

— Ton livre lui a révélé la source de ton pouvoir.

Il n'était pas question d'atténuer la vérité ou de l'emballer dans des énigmes. On n'avait pas le temps pour ça, et j'avais besoin que Typhos se concentre et m'écoute, pas qu'il joue à un jeu.

— *Quoi ?* Mon livre ?

— Vita, confirmai-je, lui faisant écarquiller les yeux. C'est pour ça qu'il n'arrête pas de s'enfuir. Il a rendu visite à Cami.

— Et tu me dis ça seulement maintenant ?

Je haussai une épaule.

— Ce n'était pas important avant.

— Pas important que Vita *parle* à une candidate ? (Il avait l'air prêt à me tuer.) *Melek.*

— J'ai suivi la situation, mon seigneur. Cami l'a d'abord pris à la bibliothèque pour chercher un moyen de rompre ton marché. Mais depuis, elle s'en sert pour apprendre certaines choses. Comme tu le sais, le livre a son propre esprit. Il montre à Cami ce qu'il veut qu'elle apprenne, pas ce qu'elle demande à voir.

Il me fixa bouche bée, son expression m'indiquant qu'il avait besoin d'une minute pour assimiler la situation.

— Putain, souffla-t-il. C'est pour ça que tu l'as choisie. Parce qu'elle sait lire le livre.

— Une des nombreuses raisons, oui, souris-je.

— Elle ne devrait pas pouvoir le lire.

— Je sais. (Seuls Ty, Az et moi en étions capables.) Mais elle le peut. Je l'ai vue faire plusieurs fois.

— Et à chaque fois que tu as été témoin de cet acte miraculeux, tu as omis de m'en parler ?

— Comme je l'ai dit, ce n'était pas important jusqu'à présent.

Ce n'était pas tout à fait vrai, c'était juste que je n'avais pas encore capté qu'il s'agissait d'une information urgente à communiquer. Maintenant… maintenant c'était le cas, malheureusement. Et Ty prenait la nouvelle aussi bien que je m'y attendais.

— Une étrangère capable de lire *mon* livre, c'est toujours important, Melek.

— Je voulais voir où ça mènerait avant de dire quoi que ce soit.

— Ça lui a permis d'apprendre des informations sur moi – sur nous – qu'elle n'est pas censée connaître, rétorqua-t-il. Ça fait d'elle une menace, Melek. Tu ne le vois pas ? Ou tu es trop occupé à jouer à l'un de tes jeux ?

Je jouais toujours à un jeu. Il le savait mieux que quiconque. Toutefois, celui-ci avait une fin qui, je l'espérais, lui plairait un jour.

Mais pas aujourd'hui.

Car s'il pensait que le fait qu'elle puisse lire le livre était une menace, alors il n'allait vraiment pas aimer ce que j'avais encore à lui dire.

— Il y a autre chose, mon roi. Vita a été très… semblable à moi, je suppose. Touche-à-tout ? Sournois ? Magnifiquement intelligent ?

Ty plissa les yeux et serra les lèvres en une ligne désapprobatrice. Mon humour ne l'amusait visiblement pas.

— Vita ne lui a pas seulement montré la source. Il… Eh bien, il a conduit Cami au cœur de celle-ci. Et elle a touché l'une des vrilles, c'est pourquoi elle est devenue noire.

— C'est impossible. Vita ne ferait jamais ça.

— Il ne se présenterait pas non plus à une étrangère, comme tu as appelé Cami. Mais l'explication de Cami est la vérité. Le livre lui a raconté l'histoire de ta chute, puis l'a conduite à la source, où elle a été attirée par la lumière. L'une des vrilles s'est assombrie sous ses doigts, et elle s'est enfuie. Et, Ty, la source l'a *laissée* s'échapper.

Il me fixait sans un mot. Je développai donc :

— Si elle l'avait vraiment vue comme une menace, elle

l'aurait tuée, tout comme je sais que tu l'envisages maintenant. Mais la source de ton pouvoir l'a testée pendant trente jours et a décidé de la laisser vivre. Ça doit signifier quelque chose.

— Ça signifie que cette humaine est bien plus puissante qu'on le croyait et qu'elle doit être éliminée.

Je resserrai mon emprise sur lui avant qu'il ne tente de se téléporter dans le royaume des Fäe de Minuit pour s'occuper d'elle.

— Ça signifie qu'on doit découvrir ce qu'elle est et si elle nous est utile ou non.

Ce n'était pas exactement ce que je voulais faire avec Cami – je l'estimais bien plus importante qu'une ressource générale – mais je savais comment parler à Ty, Comment le convaincre de voir quelque chose comme un avantage plutôt qu'une menace.

— Elle a peur, Ty. Elle ne comprend pas ce qui s'est passé. Elle s'est réveillée dans le lit d'Ajax il y a quelques heures, est tombée sur un récit historique dans les pages de ton livre, a fait face à l'une des sources les plus puissantes de tous les royaumes Faë, et est revenue juste pour être interrogée par deux mâles Faë très énervés.

Je marquai une pause pour lui laisser le temps d'assimiler tout ça, puis je conclus :

— Ce n'est pas quelqu'un qui représente une menace, mon roi. C'est une personne innocente à propos de son propre pouvoir, qui a le potentiel d'être très utile si elle est formée correctement.

Ou le potentiel d'être une compagne parfaite pour nous, songeai-je en prenant soin de ne pas le signaler à Ty. Il n'était pas encore prêt à l'entendre. Mais il le serait un jour, et j'avais hâte de la lui présenter comme le cadeau ultime.

Car elle était la candidate idéale, sa visite à la source

l'avait prouvé. Elle pouvait aider à ancrer Ty, à arrimer la source, à être l'exutoire dont il avait vraiment besoin.

Mais seulement s'il le permettait. Seulement s'il était capable de voir au-delà de ses propres peurs et préjugés, de sa propre histoire, et de faire confiance à nouveau.

Cami pourrait être la clé, mais seulement s'il l'accepte.

— L'altération de la source et les portails ne sont pas liés, repris-je, Ty ne disant rien. Donc il faut qu'Azazel et Ajax rentrent à la maison. On a besoin d'eux pour traquer le coupable. En attendant, toi et moi pouvons aider Cami à définir ses véritables origines.

Car quoi qu'elle soit, elle était bien plus qu'une simple Faë de l'Enfer Halfeline.

— Si elle est aussi puissante que tu le prétends, je ne veux pas que tu t'approches d'elle, grinça Ty entre ses dents.

Je gloussai.

— Tu sais bien qu'il ne vaut mieux pas m'interdire quoi que ce soit, mon roi. Ça ne fera que m'inciter à me rebeller davantage.

Comme je l'avais déjà prouvé en m'aventurant dans le royaume des Fäe de Minuit pour la voir alors que je savais qu'il n'approuverait pas du tout.

Il était dangereux pour quelqu'un d'aussi haut placé que moi de s'aventurer dans un autre monde Faë sans permission. Toutefois cela ne m'avait pas empêché de voir mon ange adoré. Bien sûr, si je m'étais fait prendre, j'aurais simplement soutenu que la présence d'Az et d'Ajax rendait ma visite acceptable. J'étais lié à elle, après tout. Au premier niveau seulement, mais j'avais néanmoins un droit d'accès.

—Je suis sincère, Melek. Elle est dangereuse.

— Non, elle ne l'est pas, affirmai-je. Si elle l'était, la source l'aurait tuée.

Ça ne faisait pas de mal à le répéter, car c'était un argument valable. Et la façon dont ses pupilles se dilatèrent me montra qu'il le savait aussi.

— Elle aurait pu tromper la source, objecta-t-il.

— C'est possible, admis-je. Si c'est le cas, tu découvriras cette ruse par toi-même quand tu lui parleras.

Il plissa les paupières.

— Je n'ai pas donné mon accord.

— Mais tu le feras, mon roi. C'est le recours le plus pratique et tu le sais. Ramène Azazel et Ajax à la maison pour qu'ils nous aident à résoudre notre problème de portail pendant que tu t'occupes de l'ex-épouse Faë de l'Enfer.

— Je n'ai pas non plus accepté de la retirer des épreuves.

— Je pense qu'on sait tous les deux que c'est une garantie parce que tu vas soit la garder ici pour l'observer, soit la tuer, ce qui dans les deux cas la disqualifiera de tes jeux nuptiaux. (Je passai mon pouce sur son pouls et ajoutai :) Et je sais que tu ne la tueras pas parce que ça me ferait du mal, ce que tu as juré de ne jamais faire.

La douleur vacilla sur ses traits, son esprit assimilant ce que je venais de dire. J'avais gardé cette carte pour la fin, sachant qu'elle ferait mouche. Car j'avais raison. L'âme de Cami était liée à la mienne. S'il la tuait, je le sentirais. Plus encore, je devrais porter ça comme un fardeau pour le reste de ma très longue existence. Il ne voudrait pas faire une chose pareille sans absolue nécessité. J'espérais que ce ne serait pas le cas, mais c'était le risque que j'avais pris en décidant d'accorder à Cami mon premier vœu.

— Je dois me rendre au royaume Sous-marin, annonça-t-il, son front touchant de nouveau le mien. Nous reprendrons cette conversation à mon retour.

C'était mieux que sa réponse initiale de la tuer ; il allait donc réfléchir à ce que j'avais dit et trouver ses propres conditions pour la suite. Nous aurions probablement une négociation à l'avenir. C'était toujours le cas entre nous.

— Je viens avec toi. (Je fis glisser mes doigts le long de son bras jusqu'à sa paume.) Nos Faë du Cauchemar ont besoin d'un front uni en ce moment. Rester ici donnerait l'impression que tu cherches à me protéger. Mais je n'aurai jamais peur avec toi à mes côtés, et ils doivent le voir.

Il serra ma main, le regard brillant de gratitude. Il avait besoin d'entendre que j'avais encore foi en lui, car je le soupçonnais de perdre confiance. Deux brèches en un mois, c'était plus que nous n'en avions jamais eu dans toute notre histoire, et cela le préoccupait franchement.

— Je serai tes yeux et tes oreilles pendant que tu te concentreras sur le portail. Il y a peut-être un indice qui nous échappe. Et nous partirons de là. (Je posai mes lèvres sur son menton.) On va régler ce problème, Ty. Puis la vengeance sera tienne.

Sa poigne se resserra à mes mots, son excitation devint palpable alors qu'il réfléchissait au type de châtiment qu'il infligerait à ceux qui lui avaient causé du tort. Il créerait probablement une autre espèce de Faë du Cauchemar, comme il l'avait fait avec les Sirènes, juste pour se délecter du tourment et de la punition des coupables. J'avais hâte de voir ce qu'il ferait.

— Merci, murmura-t-il, sa bouche frôlant la mienne. Je serais perdu sans toi, petit prince.

— Non, lui répondis-je. Mais tu t'ennuierais sûrement un peu.

Il grogna.

— Beaucoup, admit-il. Allons-y.

CHAPITRE 10

AJAX

Quelques minutes plus tôt

Je n'avais pas réalisé à quel point je m'étais éloigné du bâtiment du Conseil jusqu'à ce qu'on revienne sur nos pas. Normalement, je me serais éclipsé. Mais le Phénix d'Az me forçait à marcher. Ou à clopiner, du moins.

Il m'avait vraiment fait un numéro avec ces lames. *Putain.*

Je n'avais jamais vu Az comme ça. D'habitude, il contrôlait son animal –parfois à grand mal –, mais jamais l'inverse.

Apparemment, Camillia était un sujet sensible. Vu comme j'avais le cœur brisé à son égard et à cause de tout ce qui s'était passé entre nous, je n'étais pas surpris.

Au moins, j'avais trouvé un moyen d'empêcher la bête d'Az de me tuer. Sa joie avait été palpable quand je lui avais proposé de laisser Camillia me punir. Et son excitation rayonnait autour de lui tandis qu'il m'entraînait à ses côtés. Je l'avais convaincu d'enfiler un jean et une chemise noirs, lui disant que Camillia serait sans doute un peu troublée de me voir ensanglanté et lui nu.

Son oiseau m'avait lancé un regard suspicieux, mais il avait tendu la main et accepté les vêtements que j'avais invoqués. Sitôt habillé, il m'avait de nouveau chopé par la nuque et s'était remis en route, sans se soucier aucunement de mes blessures.

Camillia allait sûrement me tuer. Ça craignait. Mais j'avais toujours côtoyé la mort. Je l'avais même courtisée, à une époque pas si lointaine. C'était pour cela que je m'étais lié d'amitié avec Az. Il était dangereux. Létal. Peut-être l'un des rares êtres de tous les royaumes à être capable de me tuer.

Mais à la place, il était devenu mon ami.

C'était ironique qu'il puisse me conduire à la mort maintenant, se livrant à cela même qu'il m'avait forcé à combattre – la pulsion de mort.

Il n'avait pas employé de mots pour m'en détourner, mais ses poings. Et ça avait marché. Chaque coup m'avait rappelé que j'étais encore en vie, que je pouvais encore ressentir quelque chose, contrairement à Emelyn et à mes parents.

Ils auraient été déçus de savoir à quel point j'avais creusé ma tombe pendant toutes ces années. Ils m'auraient dit de vivre quand ils ne le pouvaient pas. *Mais approuveraient-ils la personne que je suis à présent ?* me demandai-je. *Approuveraient-ils ce que je suis devenu ?* Parce que je ne me sentais pas très respectable en ce moment. *S'ils pouvaient me voir là maintenant, ils seraient sûrement dégoûtés.*

À l'origine, j'avais amené Camillia ici parce que c'était un endroit que je détestais, mais le destin s'était retourné contre moi, me faisant réaliser que je l'avais aussi amenée près des tombes d'êtres chers. Mon comportement équivalait à une profanation de leur existence.

J'ai torturé une femme innocente avec des lianes-serpents. J'ai voulu la tuer.

Tout ça pour quoi ? Pour sauver ma réputation ?

Non, ce n'était pas vrai. C'était bien plus profond que cela. Je m'étais senti trahi. Déçu d'avoir quelqu'un dans la peau alors qu'après Emelyn, j'avais juré que cela n'arriverait plus.

Et je m'étais senti *utilisé*.

Mais ce n'était pas une excuse pour mon comportement. J'aurais dû croire Camillia dès le début, me rendre compte qu'elle était effrayée, désorientée et incapable d'une telle trahison.

Je la connais à peine, pensai-je en guise de défense. *On a baisé une fois. On a passé quelques heures dans une cellule. C'est tout. Comment étais-je censé savoir qu'elle disait la vérité ?*

Je secouai la tête, épuisé par cette dispute, peiné qu'Az m'ait si bien botté le cul, et tout simplement fatigué d'être dans ce royaume.

Az me traîna pratiquement dans l'escalier en obsidienne jusqu'à la porte principale et me tira à l'intérieur, des lianes-serpents sifflant sur le mur à notre passage. Elles ne se jetèrent pas sur lui, ce qui me surprit, vu l'hostilité qui se dégageait de sa grande carcasse.

Peut-être avaient-elles senti qu'il avait droit à des représailles. Et peut-être avaient-elles raison.

Ma jambe me faisait souffrir tandis qu'il me tirait dans le couloir vers l'escalier de service. Il était encore enchanté par de vieux sortilèges, que je dus murmurer pour nous laisser passer, puis nous descendîmes jusqu'au cachot en dessous.

Des gargouilles se prélassaient près des portes sans poignées, leur travail ayant expiré depuis longtemps, depuis que la reine Aflora avait mis ce bâtiment hors service.

Je me demandai si Shade avait utilisé l'une des cellules pour les exercices d'incendie de Florica avant de monter dans la grande salle du conseil. Mais je ne sentis aucun dommage résiduel, sans doute grâce au sort de nettoyage de Zakkai.

Az s'arrêta soudain et fronça le nez. Est-ce que j'avais raté une odeur du bois brûlé quelque part ?

Mais je vis alors ce qui retenait son attention : Sir Callahan. Il était suspendu par des torons scintillants près du plafond, une pomme rouge brillante dans la bouche. Ses yeux de fouine couleur rubis flamboyaient de rage.

— Merde, soufflai-je. (Puis je perçus un effluve familier d'ambroisie et plissai les yeux.) Attends…

Je sortis ma baguette pour ouvrir la porte ensorcelée de la cellule de Camillia et la vis assise sur le lit près d'une fontaine à eau qui n'était pas là quand je l'avais quittée.

— Melek, dis-je, plus à l'intention du Phénix d'Az qu'à celle de Camillia. Évidemment, il ne pouvait pas rester à l'écart.

Le prince semblait toujours vouloir se mêler des affaires de Camillia.

Qu'a donc cette femelle pour tous nous embrouiller comme ça ?

Elle avait capté toute l'attention de Melek, le Phénix d'Az était en proie à une sorte de délire d'accouplement, et moi j'étais perdu dans les nuages de mon passé.

Je secouai la tête, puis grimaçai quand Az me poussa dans la pièce assez fort pour me faire trébucher. Ma jambe blessée céda et je me retrouvai à genoux devant une Camillia très effrayée.

La gargouille émit un son inintelligible derrière moi, la pomme l'empêchant de parler. On l'aiderait plus tard, supposai-je. Car la porte se referma et disparut dès qu'Az eut franchi le seuil.

Les yeux de Camillia me quittèrent pour fixer Az,

écarquillés de surprise. Elle tenait un bout de pied de chaise, le reste gisait en morceaux devant moi. Apparemment, elle avait décidé que cela ferait une bonne arme.

C'est très humain, avais-je envie de remarquer. *Mais les Faë de Minuit ne peuvent pas être tués avec un pieu dans le cœur.*

Hélas, il valait mieux que je ne parle pas. Sinon, le Phénix d'Az pourrait m'arracher la gorge et la lui offrir en guise de cadeau de consolation.

— Cami va bien, dit-il avec un soulagement évident. Je protège Cami d'Az et d'Ajax.

Camillia resta bouche bée.

— Quoi ?

— Son Phénix a pris le contrôle, lui expliquai-je doucement. Il a bloqué Az quelque part en lui.

C'était le mieux que je pouvais lui donner comme explication, car je ne savais pas vraiment comment tout cela fonctionnait puisque je n'étais pas un métamorphe.

— C'est çççça, siffla le Phénix, insistant sur le ç. Et je t'ai apporté un présssent.

Je me demandai si son nouveau zézaiement était un signe qu'Az essayait peut-être de se libérer. Ou alors l'oiseau était bouleversé par la vue de Camillia et avait du mal à formuler des mots corrects.

— C'est moi le présent, traduisis-je.

— C'est çççça, acquiesça le Phénix. Cami punit Ajax.

Elle haussa ses sourcils blond foncé et serra ses lèvres, tandis que son regard passait de moi à Az. Son expression incrédule disait : *À quel jeu jouent-ils encore ?*

Elle était méfiante, et je ne lui en voulais pas pour ça. À peine quelques heures plus tôt, nous l'interrogions avec des serpents violents. À présent, le Phénix d'Az m'avait traîné ici comme un animal battu et m'avait jeté à ses pieds.

Ses yeux se portèrent sur la blessure à ma jambe, qui

cicatrisait lentement à cause des dagues ensorcelées d'Az. Elles aspiraient l'énergie de leurs victimes, ce qui expliquait en partie pourquoi je me sentais si faible en ce moment. En principe, je pourrais utiliser ma baguette pour guérir, mais je me doutais que cela déclencherait à nouveau la furie de l'oiseau.

De son côté, le trou dans sa poitrine avait disparu, ne laissant qu'une tache de sang sur sa chemise.

— De quoi je dois punir Ajax au juste ? demanda Camillia d'un ton prudent.

— Pour fait mál à ma toi, répondit Az, ses mots incohérents indiquant très clairement que c'était la bête qui parlait et non l'homme. Ma Cami. Toi.

— Je… je vois. (Elle inclina la tête, ce qui amena Az à faire de même.) C'est une sorte de piège ? (Elle cligna des yeux, puis lâcha un petit rire.) Peu importe. Si c'était le cas, tu ne me le dirais pas.

Az s'avança, une dague à la main, et s'agenouilla près du lit.

— Un autre cadeau pour ma Cami.

Elle arqua de nouveau les sourcils.

— Maintenant, je sais que tu te fous de ma gueule.

— Non, pas du tout, dis-je, m'efforçant de garder une voix basse afin de ne pas fâcher le Phénix. Je lui ai suggéré qu'il te laisse me punir. C'était ça ou la mort.

— Et tu n'as pas peur que je te tue ? s'étonna-t-elle.

Je haussai une épaule.

— Tu le feras sans doute. Mais je préfère que ce soit toi plutôt qu'Az.

— Pourquoi ?

— Parce que tu te vengerais et que je peux l'accepter. Bon sang, je le mérite. Mais si c'est le Phénix d'Az qui le fait… Az, l'homme, ne pardonnera jamais à sa bête.

Il me paraissait juste de lui dire la vérité, compte tenu

de tout ce que nous avions vécu dans cette pièce aujourd'hui. Qu'elle me croie ou non, c'était à elle de le décider.

— Cami punit Ajax, répéta le Phénix d'Az en tendant à nouveau la lame. Ma Cami accepte mes cadeaux ?

Elle l'étudia, ses lèvres remuant sans bruit alors qu'elle considérait son offre. Elle devait savoir ce que tout cela signifiait : le Phénix la courtisait.

Camillia serait idiote de refuser ses cadeaux, surtout après tout ce que nous lui avions fait. Tout ce que *je* lui avais fait, du moins.

Dès le tout début, elle avait voulu échapper aux épreuves nuptiales. Mais c'était moi qui l'avais finalement soumise et emmenée au paradigme pour l'emprisonner. Tout comme c'était moi qui avais été affecté à sa cellule lorsque Typhos avait décidé de la réinstaller dans la prison. Et aujourd'hui, c'était moi qui avais mené la majorité de son interrogatoire.

Je méritais amplement sa colère.

C'était une femme innocente embringuée dans une dette qui n'avait vraiment rien à voir avec elle. C'était son père qui l'avait donnée. C'était à cause de lui qu'elle avait été piégée dans un concours et forcée de jouer contre son gré. Non pas parce qu'elle avait fait quelque chose de mal, mais parce que son père avait choisi ce destin pour elle.

Mais c'était moi qui avais veillé à ce qu'elle reste. C'était moi qui l'avais retrouvée et avais menacé de la ramener quand elle avait réussi à s'évader par magie. Sauf qu'elle ne s'était pas vraiment évadée. Elle avait été aidée par un livre magique. Pour ce que j'en savais, c'était Melek qui avait orchestré tout ça. Ce serait bien son genre de donner à une candidate un texte enchanté qui lui permettrait de s'enfuir, juste pour qu'il puisse nous regarder tous la traquer et la tourmenter pour obtenir des informations.

C'est pour ça qu'il lui a rendu visite ? me demandai-je. *Pour prendre des nouvelles de son petit projet ?*

— S'il te plaît ? dit le Phénix sur un ton très différent de l'Az que je connaissais. Accepte mes cadeaux ?

Camillia l'étudia encore un bon moment, puis me regarda avant de baisser les yeux sur la dague. Elle les plissa, puis tendit la main vers la lame.

Le Phénix gonfla ses plumes en réponse, satisfait qu'elle ait accepté son arme. Elle se crispa comme si elle s'attendait à une sorte de répercussion pour ses actions, mais comme rien ne vint, elle se détendit finalement.

Elle commençait à se rendre compte que tout ceci était réel. Qu'elle ne m'avait pas seulement à sa merci, mais aussi un mâle violent, semblable à un oiseau, prêt à brûler le monde pour elle si elle le lui demandait.

— Alors tu es le Phénix d'Az, murmura-t-elle en l'étudiant à nouveau.

— Oui, répondit la bête en rabaissant la tête. Et tu es ma Cami.

— Vraiment ? Parce que ton autre moitié n'a pas l'air de le penser.

— Mon autre moitié n'est pas aux commandes, répondit l'animal.

— Je le vois bien. (Elle fit tourner la lame entre ses doigts.) Merci.

Az s'inclina à nouveau, puis se leva et recula.

— Cami punit Ajax.

L'oiseau semblait bien aimer cette phrase.

— Oui, j'aimerais beaucoup punir Ajax, acquiesça-t-elle.

Ses yeux gris croisèrent les miens et un sourire sauvage

s'étala sur son visage, une expression de joie sanguinaire que je n'avais vue que chez le Phénix d'Az.

Compatible en effet, constatai-je. Quel que soit le véritable héritage de Camillia, elle était clairement à moitié Faë de l'Enfer. C'était confirmé, vu que Lucifer connaissait son père. Elle avait donc un côté impitoyable, comme tous les Faë de l'Enfer.

— On m'a balancée dans cette pièce complètement nue et attachée avec des cordes qui se sont changées en serpents, dit-elle en se levant. (Ses mots firent siffler le Phénix.) Je pense qu'Ajax devrait faire l'expérience de ce qu'on ressent.

Az pencha la tête comme s'il y réfléchissait.

— Ouiiii.

— Tu veux bien le déshabiller pour moi ? demanda Cami.

Elle paraissait le tester pour savoir jusqu'où elle pouvait pousser Az à faire ce qu'elle voulait.

Le Phénix émit un cliquetis que je reconnus comme étant de l'excitation. Il était très heureux d'accéder à sa demande, ce qui ne me choquait pas du tout. L'oiseau d'Az avait toujours été une créature sensuelle. Violent, oui, mais il aimait par-dessus tout les tourments sexuels.

Il s'avança vers moi et arracha d'abord ma cape, puis alluma ses doigts d'un feu noir pour brûler ma chemise. Je tressaillis, la chaleur me roussissant la peau. Mais elle ne brûlait pas tout à fait, ce qui me dit qu'il n'avait pas voulu me faire du mal. Il voulait juste que je ressente son pouvoir.

Puis ce fut au tour de mon pantalon. Az tira dessus sans se soucier de ma blessure et du sang qui en suintait. Puis il se servit de son feu pour ôter mon caleçon, la chaleur le long de mon aine un tourment charnel qui me fit grogner.

Az connaissait bien ma préférence pour la douleur pendant le sexe. C'était pourquoi je le laissais souvent me percer pour le plaisir. Mais la façon dont il fixait l'haltère dans ma bite en ce moment me disait qu'il songeait à l'arracher, juste pour me voir saigner.

À la place, il croisa mon regard et siffla :

— Lianes-serpents. Maintenant.

Je soupirai. En tant que Faë de Minuit, je devais les invoquer. D'un geste de la main, j'appelai ma baguette et créai une nouvelle chaise pour m'y asseoir, puis marmonnai un autre sort pour faire apparaître les lianes-serpents, m'enveloppant ainsi de ma propre magie.

— Je sais que tu as parlé de corde, mais comme ça, tu n'as pas besoin de les toucher, dis-je à Camillia en croisant son regard.

— Si tu les as invoquées, je suppose qu'elles ne te mordront pas ? devina-t-elle.

— Oh si, elles me mordront, lui promis-je. Elles se fichent de qui les a créées. Elles existent pour se défendre et mordent quand elles se sentent menacées. (Je levai une épaule pour lui faire une démonstration et grimaçai quand l'un des serpents planta ses crocs dans ma peau.) Voilà, comme ça.

Elle scruta la blessure, tordant le coin de ses lèvres d'une manière qui suggérait qu'elle n'aimait pas ça. Peut-être parce que ce n'était pas elle qui l'avait infligée.

— Elles ne m'attaqueront plus sauf si je bouge d'une façon qui leur déplaît ou si j'ai des pensées malveillantes.

Je pouvais facilement faire la première chose, mais la seconde… ce serait plus difficile. Car pour le moment, je me sentais simplement vaincu. Déçu par moi-même. *Confus.*

J'avais passé trente jours à être enragé et blessé par sa trahison. Mais quand tout cela m'avait été arraché, ç'avait laissé un vide en moi. Un vide issu de mon passé qui semblait s'élargir à chaque seconde que je passais dans cet endroit.

Camillia ne dit rien pendant un long moment, observant les blessures qui guérissaient lentement sur mon corps nu. Elle examina la marque sombre sur mon épaule, près de l'endroit où le serpent m'avait mordu, notant sans doute la différence de coloration. La morsure était fraîche, le sang rouge et normal tandis que l'autre blessure était noire, mon essence contaminée par la magie d'Az qui continuait à se nourrir de mon énergie.

Elle en trouva une similaire près de ma cage thoracique, puis jeta un nouveau coup d'œil à celle de ma cuisse avant que son regard ne remonte jusqu'à mon pubis. J'étais à moitié raide, grâce au contact ardent d'Az. Et peut-être aussi un peu excité par le fait d'être attaché, nu et menacé des pires sévices pendant qu'une belle femme m'observait.

Je n'avais jamais aimé le sexe classique. Je préférais le danger. La souffrance chassée par la félicité. Les thèmes sombres. Les *lames*.

Elle arqua un sourcil devant mon érection croissante.

— Tu aimes ça ?

Je haussai les épaules.

— Je ne déteste pas.

Je ne la détestais pas non plus. Au contraire, je l'aimais plutôt bien. Même dans ce jean et ce débardeur moulant, je la trouvais indéniablement sexy. Ce qui n'était pas peu dire, étant donné que je l'avais vue dans une variété de tenues révélatrices pendant son séjour en tant que candidate au mariage.

Je devrais sans doute essayer de refouler mon excitation envers elle, surtout considérant qu'elle allait sûrement me torturer lentement et me tuer. Mais je ne voyais pas l'intérêt de cacher mon attirance. Nous étions venus ici pour être honnêtes après tout, n'est-ce pas ?

Pourtant, le désir me balaya lorsqu'elle se mordit doucement la lèvre inférieure et baissa de nouveau les yeux. Ce devait être un geste involontaire, mais il me fit un effet qui durcit ma bite. Elle fronça les sourcils.

— Je dois en faire plus. (Elle jeta un coup d'œil autour d'elle, et son regard se porta sur la fontaine à eau puis sur le sol.) Le cadeau que Melek t'a laissé.

— Melek m'a laissé un cadeau ? demandai-je, perplexe.

Elle ramassa une fiole et me la montra.

— Sérum de vérité pour Ajax, lut-elle.

Je fis la moue.

— Je ne lui ai pas demandé de sérum de vérité.

Elle cilla, puis regarda de nouveau l'objet.

— Oh. Alors c'est pour moi. (Elle croisa de nouveau mon regard.) Pour que je l'utilise sur toi.

Bien sûr. Soit Melek avait entendu ma proposition à Az, soit il était soudain devin.

— Foutu Faë malin, marmonnai-je.

Puis j'ouvris la bouche en soutenant le regard de Camillia, lui faisant comprendre que je la boirais sans me faire prier. Si elle voulait mes vérités, je les lui donnerais. Même si je n'avais aucune idée de ce qu'elle avait envie de savoir. Mais elle avait l'air bien décidée à reproduire l'interrogatoire que je lui avais fait subir, alors je jouerais le jeu.

Elle s'approcha de moi et versa le contenu de la fiole dans ma bouche, puis poussa mon menton vers le haut comme si elle craignait que je le recrache.

Je préférai avaler, tout en la fixant. Une douzaine d'émotions tourbillonnaient dans ses iris couleur d'orage, la principale étant la colère. Mais elle ne dit rien, cherchant quelque chose dans mes yeux.

J'attendis, la laissant mener la danse tandis qu'Az se tenait juste derrière elle, son regard révérencieux posé sur elle. C'était un regard que je n'avais jamais vu chez Az, dont je ne le savais même pas capable.

Il devait tourner rageusement en rond dans son esprit, exigeant que son Phénix le libère. Et je craignais ce qui pourrait se produire lorsqu'il le ferait.

J'espérais qu'il ne punirait pas Camillia pour la folie de son oiseau. Mais s'il estimait qu'elle représentait une menace pour lui et sa bête, il pourrait bien tenter de la tuer.

Que ferais-je si ça arrive ? me demandai-je. *Serai-je même encore en vie pour le découvrir ?*

— À quoi tu penses ?

La question de Camillia me prit au dépourvu.

— Je… je me demandais si je serais encore en vie quand Az reprendra le contrôle de son Phénix, avouai-je avec une grimace, réalisant que le sérum de vérité faisait déjà son effet – les mots avaient pratiquement roulé sur ma langue.

— Tu crois que je vais te tuer ?

— Je ne sais pas trop, répondis-je franchement. Tu pourrais tout à fait le faire. Je suppose que ça dépend d'à quel point tu es en colère.

— À quel point je suis en colère, répéta-t-elle, comme si elle soupesait mes paroles. Eh bien, tu m'as interrogée avec des lianes-serpents et tu m'as forcée à cracher la vérité, qui n'était pas si différente de ce que j'avais déjà avoué. Et tu n'as toujours pas l'air de me croire, même maintenant.

Je levai les yeux vers elle, conscient qu'elle ne m'avait

rien demandé, mais estimant qu'il était nécessaire de clarifier les choses malgré son absence de question.

— Je te crois maintenant. Et je me sens comme un con de ne pas t'avoir crue avant.

— Tu… tu quoi ?

Je répétai ce que je venais de dire, le sérum de vérité me forçant à parler. Mais cette fois, j'ajoutai :

— J'ai cru que tu m'avais trahi. Ça a obscurci mon jugement.

Elle fronça les sourcils.

— Tu veux dire que j'ai porté atteinte à ta précieuse réputation et que tu as ressenti le besoin de te venger. C'est ça ta définition de la trahison ?

— Non, ma définition est de me confier à quelqu'un et que ces confessions soient utilisées contre moi dans l'intérêt de ce quelqu'un, déclarai-je sans ambages.

Elle cligna des yeux.

— Et tu penses que c'est ce que j'ai fait ?

— Je l'ai pensé, oui. Mais après avoir entendu ta vérité… je n'en suis plus sûr.

Parce qu'elle aurait pu prévoir d'exploiter mes faiblesses plus tard. Ou peut-être qu'elle n'avait pas du tout prévu de profiter de moi. Camillia avait dit elle-même qu'elle avait envisagé de me demander de l'aide, mais qu'elle avait préféré s'en abstenir. Il était donc logique qu'elle n'ait pas prévu de me manipuler ou d'utiliser mon passé à des fins malveillantes.

Le feu s'atténua dans son regard, son expression devint pensive.

— Pourquoi tu as pensé ça ?

— Tu as disparu pendant que j'étais sous la douche. J'ai cru que tu nous avais séduits, Az et moi, pour qu'on baisse nos gardes afin de t'échapper. Et… (Je déglutis.) Et j'ai pensé que tu t'étais servie de mon passé pour percer mes défenses.

— Me servir de ton passé ? (Elle secoua la tête.) Je n'en sais pas assez pour faire ça.

— Mais si, tu en sais assez. Plus que la plupart des gens. À propos de… d'Emelyn.

Cela me fit mal de prononcer son nom à voix haute, mais c'était le sérum de vérité qui faisait son œuvre. Je ne pouvais pas le combattre, et je n'étais même pas sûr de le vouloir. Je me sentais si fatigué. Surtout à cause des armes obscures d'Az et des blessures pompeuses d'énergie qu'il m'avait infligées, mais aussi à cause de cet endroit. De ces trente derniers jours. De tout ce que j'avais enduré.

— Qui est Emelyn ? (La question de Camilla planta un poignard dans mon cœur.) Non, attends. C'est celle que tu as dit que je te rappelais ?

— Oui, acquiesçai-je. C'était une battante. Forte. Elle défendait ce en quoi elle croyait, même quand toutes les chances étaient contre elle. Elle n'abandonnait jamais. Tout comme toi.

— Où est-elle maintenant ?

Camillia avait l'air plus curieuse que fâchée maintenant, mais son interrogation me transperçait, la vérité tiraillant douloureusement mon âme.

— Elle est morte.

— Oh. (Elle se racla la gorge.) Est-ce que j'ai envie de savoir comment ?

Je lâchai un rire, puis tressaillis lorsque deux serpents me mordirent en même temps. *Puuutain !* Je détestais les lianes-serpents. Pourtant je les avais infligées à Camillia tout à l'heure, car j'avais cru la détester elle aussi.

J'en avais eu envie, du moins.

Grinçant des dents, je m'efforçai d'ignorer la douleur tandis que la potion m'arrachait la vérité de la bouche.

— Tu n'as sûrement pas envie de savoir. Personne ne le veut vraiment. Mais c'est une mort bien connue. Elle a défendu les abominations, tout comme ma famille. Tout comme moi. Et Constantin les a tous changés en marbre en forçant plusieurs d'entre nous à regarder, moi y compris.

Camillia grimaça, et je détournai le regard.

— J'ai juré de ne plus jamais m'intéresser à quelqu'un de cette façon. Mais toi... tu lui ressembles trop. Bien que tu ne sois pas du tout comme elle. Tu es même plus forte. Résiliente aussi. Je n'aurais jamais cru que tu puisses t'échapper, mais tu l'as fait.

— Tu as juste cru que je m'étais servie de toi au passage, releva-t-elle.

— Oui. Non. (Je secouai la tête.) Je me suis senti trahi, oui. Mais surtout, je... je ne voulais pas admettre ce que je ressentais pour nous, pour *toi*. Et penser que tu aurais pu m'utiliser... *nous* utiliser... (Je jetai un coup d'œil à un Az silencieux puis revins à Camillia.) Ça m'a rendu furieux.

— Mais tu m'as dit que tu étais contrarié pour ta réputation de Gardien que j'aurais ternie en m'évadant de ta prison. C'est vrai aussi, non ?

— Ma réputation de Gardien est tout ce que je suis maintenant. Alors oui, c'est aussi vrai. Cependant, j'ai avancé ce prétexte pour masquer ma véritable blessure. Il était plus facile d'être contrarié par un affront à ma réputation que d'admettre que mes sentiments étaient blessés par une femme à laquelle j'avais commencé à m'attacher.

Putain. Si je survis à tout ça, je vais tuer Melek. Son sort me ramenait au Faë que j'étais, celui qui ne craignait pas de ressentir les choses. Or je n'ai vraiment pas envie de ressentir quoi que ce soit en ce moment. Ni de raconter tout cela à Camillia.

Elle avait cessé de faire tourner la lame d'Az, et ses traits n'exprimaient plus la rage meurtrière que j'y avais vue plus tôt. À la place, elle paraissait… complaisante. Et je n'avais aucune idée de comment interpréter cela.

— Comment se débarrasse-t-on des serpents ? demanda-t-elle, se tournant vers Az.

— Ajax peut les faire disparaître d'une simple commande, répondit-il.

Je lui jetai un coup d'œil. Ses iris brillaient d'une vive teinte violette, ce qui fit me serra le cœur. *Tu es de retour*, faillis-je dire, plus soulagé que jamais de retrouver mon ami. Je me demandai combien de temps il était resté là, silencieux, à écouter l'interrogatoire de Camillia sans intervenir.

Bon sang, il avait sûrement tout entendu.

Mais j'étais surpris qu'il n'ait pas essayé de prendre le dessus ou de la maîtriser. Peut-être était-il parvenu à une sorte de compromis avec son Phénix. Quoi qu'il en soit, j'étais heureux qu'il reprenne le contrôle.

Camillia ne parut pas le remarquer, concentrée sur moi.

— Renvoie les serpents.

Je ne me le fis pas dire deux fois, j'obéis en prononçant quelques mots. Les lianes s'évanouirent en un instant, me laissant nu sur la chaise.

— Tu peux te soigner ? s'enquit Camillia.

— Oui.

— Alors pourquoi tu ne le fais pas ?

Je haussai les épaules.

— Parce que ça irait à l'encontre du but recherché, à moins que tu veuilles que je sois en pleine santé avant de me tuer.

Elle n'en serait plus capable maintenant qu'Az était de

retour — ce que ses yeux plissés me disaient —, mais si elle essayait, je ne l'en empêcherais pas.

— Je ne veux pas te tuer, Ajax. (Elle glissa la lame dans la poche de son jean au lieu de la rendre à Az.) Je veux dire, je voulais le faire il y a quelques heures, mais maintenant… (Elle s'interrompit, haussa une épaule.) Je crois qu'on s'est tous mal compris à un moment donné.

— Oui, je suis d'accord avec cette impression, murmura Az en se rapprochant de Camillia.

— Az, l'avertis-je, mes instincts s'enflammant. Pas de ça.

— Pas de quoi ? demanda-t-il d'un ton doucereux, ses yeux ardents scrutant Camillia comme une proie.

Elle parut soudain comprendre que le Phénix dans son dos n'était plus aux commandes, et les épaules raides, elle se tourna lentement pour faire face à un Commandant furieux.

— Je vais reprendre cette lame maintenant, lui dit-il, tendant sa main paume en l'air. S'il te plaît.

Chapitre 11

Cami

Les pupilles d'Az pulsaient, ses iris violets s'amincissaient et s'élargissaient comme si lui et son Phénix luttaient encore pour le contrôle. Mais de toute évidence, l'homme en lui avait repris le dessus. Je me retrouvais donc face à un Faë furieux au lieu d'un Phénix noir enamouré. Je ne savais pas trop pourquoi sa bête intérieure avait décidé de me revendiquer ; mais ça avait été agréable le temps que ça avait duré.

— La lame, répéta Az. *Tout de suite.*

Je levai les yeux sur lui.

— Tu sais quoi ? Non, je ne crois pas.

Il haussa ses sourcils noirs.

— Pardon ?

— Je suis sûre que tu m'as entendue, mais je vais le répéter au cas où : *non.* (Je croisai les bras sur ma poitrine, sans me laisser impressionner par le mâle qui bouillonnait devant moi.) *Mon* Phénix me l'a offerte en cadeau, et je n'ai pas envie de te la rendre.

Les narines d'Az se dilatèrent tandis que des flammes

obsidiennes envahissaient ses yeux, avant d'être étouffées par une vague de violet vibrant.

— Ce n'est pas une demande, Camillia. Cette dague est à moi.

— Non, elle appartenait à ton Phénix noir. Mais il me l'a donnée, et je la garde.

Je jouais sûrement avec le feu, mais j'en avais assez de me faire bousculer pour aujourd'hui. Malheureusement, Az avait d'autres idées, ce qu'il prouva en me chopant à la gorge et en me poussant contre le mur.

— *Az.* (Ajax était derrière lui, l'air méfiant.) Ne fais pas ça.

—Je veux récupérer ma lame.

Sa fureur me faisait froid dans le dos. Son Phénix noir m'aimait peut-être, mais l'homme avec qui il cohabitait clairement pas. Et tous deux étaient aussi mortels l'un que l'autre. Pourtant, je me surpris à soutenir son regard sans broncher. S'il voulait récupérer ce couteau, il devrait me l'arracher. Au moins, je n'offenserais pas son côté animal en abandonnant si facilement.

Az resserra sa main sur ma gorge, me coupant le souffle, tandis que son autre main se posait sur ma hanche.

— Tu n'as aucune idée de qui tu défies, petite guerrière.

Je ne voulais défier personne, je faisais simplement ce qui me semblait juste – comme hausser un sourcil. Gaspiller mon air me semblait peu pratique alors que je pouvais transmettre ma réponse de façon non verbale.

Ses yeux prirent un éclat qui rivalisait avec le mien, et il se rapprocha pour me plaquer contre le mur. Je ne tentai pas de résister. Je ne saisis pas son poignet en vue de négocier ma libération. Je le fixai simplement, attendant qu'il fasse ce qu'il voulait faire. L'électricité crépita entre nous, faisant se hérisser tous les poils de mes bras en signe d'avertissement.

Cet être est dangereux. Ancien. Capable de me tuer sans sourciller.

Mes instincts faisaient feu de tout bois, mes poumons brûlaient du manque d'air.

Pourtant, je ne pouvais pas laisser tomber. Ç'aurait été mal, comme si je perdrais quelque chose d'incroyablement important si je cédais à sa demande.

— Az, tenta de nouveau Ajax, posant la main sur son épaule. Laisse-la.

Le mâle obstiné devant moi ne bougea pas, sa poigne cimentée autour de ma gorge, menaçant d'écraser ma trachée. Ses iris violets devenaient inquiétants, s'assombrissant d'une promesse mortelle. Mais je perçus la trace de son Phénix dans ses pupilles, un soupçon de feu qui signalait son approbation.

Ou peut-être étais-je en train d'interpréter la situation et de la transformer en un fantasme.

Ou peut-être même que j'avais envie de mourir.

Après tout ce qui s'était passé aujourd'hui, cela ne m'étonnerait pas. Je n'avais même pas pu torturer Ajax correctement. Car lorsqu'il avait révélé ses vérités, j'avais été paralysée par mes propres émotions.

Il avait vécu l'enfer.

Cela ne compensait pas ce qu'il m'avait fait aujourd'hui, et je n'étais pas sûre de lui pardonner vraiment. Mais au moins, je comprenais *pourquoi* il l'avait fait. Cela nous avait permis de parvenir à un accord précaire, que nous n'avions pas vraiment exprimé, mais il me croyait maintenant. Et moi de même.

Cela pourrait nous permettre d'aller de l'avant — en supposant qu'Az ne me tue pas.

— Azazel, lança Ajax. C'est entre toi et ton Phénix. Camillia…

Az le coupa avec un grondement qui résonna contre ma poitrine, un son si sauvage et cruel que je ne pus retenir le hoquet silencieux que mes lèvres tentèrent de former. Mais je n'avais plus d'air à inhaler.

— *Putain.*

Ce mot fit vibrer ma langue alors qu'Az capturait ma bouche avec la sienne en un baiser punitif. Son oxygène devint le mien quand il relâcha sa prise sur ma gorge. J'inspirai brusquement, mes poumons réclamant l'essence dont ils avaient besoin pour survivre.

Mais tout ce que je pus absorber, ce fut Az. Son air. Son goût. Son parfum addictif.

Je gémis, la sensation d'être ranimée faisant picoter mes membres d'une énergie renouvelée. J'avais sombré, j'étais en train de mourir, punie par sa main dangereuse, et maintenant il me récompensait d'avoir survécu.

C'est vraiment tordu, me dis-je. Pourtant, je ne pus m'empêcher de lui rendre son baiser, ma langue luttant avec la sienne dans une nouvelle croisade menée par nos âmes.

Il plaqua ses mains sur mes hanches et m'attira contre lui, me força à sentir son érection à travers nos vêtements. J'entourai son cou de mes bras et plantai mes ongles dans ses épaules, ayant une envie irrésistible de faire couler son sang.

Ça ne l'arrêta pas. Au contraire, il me poussa à le faire, à le marquer, à le griffer.

Putain, c'est dingue. Je n'arrivais plus à penser, mes sens étaient perdus face à ce mâle monstrueux qui me plaquait contre le mur, me dévorant jusqu'à l'âme.

Je hoquetai de nouveau, la gorge irritée par sa rudesse, mes poumons en réclamant toujours plus. Plus d'Az. Plus de parfum. Plus de *tout*.

Mais j'eus le tournis avant d'avoir pu m'accorder tout

l'oxygène dont j'avais besoin, car il pressa de nouveau sa main sur ma gorge tandis que son autre main plongeait vers mon bas-ventre.

J'émis un son étranglé quand il me retourna contre son corps musclé, son torse dans mon dos, ses lèvres à mon oreille.

— Ajax doit guérir, dit-il d'une voix soyeuse et sombre, à peine bordée de violence. Tu vas l'aider à guérir.

Ma poitrine se souleva avec effort, et mon esprit tournoya à tenter de déchiffrer ce qui se passait et comment nous en étions arrivés là.

Je suis censée être en colère. Je suis en colère.

Sauf que je suis aussi… Oh, putain, je suis aussi excitée.

Ajax était toujours nu, son corps encore ensanglanté de son combat avec Az, des serpents qui l'avaient mordu, et de tout ce qu'il avait fait d'autre.

Mais il était aussi raide. *Dur de chez dur.*

— Az, prévint-il, l'air peiné.

— Tais-toi et prends ce qu'il te faut, Ajax, exigea Az en me poussant vers lui. Prends-la.

— Ce n'est pas bien, grogna l'autre mâle, qui posa quand même sa main sur ma hanche. On ne peut pas.

— Si, on peut, insista Az en resserrant son bras autour de mon abdomen. Défie-le, Camillia. Montre-lui qu'on peut le faire.

Je déglutis, incertaine de ce qu'il voulait dire et excitée en même temps. *Le défier de faire quoi ?* me demandai-je, mon regard parcourant les traits ciselés d'Ajax. Son visage n'avait pas été abîmé, alors que son corps…

Mes yeux s'embrasèrent. *Attends…*

— Je t'ai dit de te soigner. (Mon regard remonta jusqu'au sien.) Pourquoi tu ne l'as pas fait ?

— Parce qu'il pense qu'il mérite de souffrir, murmura Az, ses lèvres effleurant mon pouls. Et il *aime* la douleur.

Ses hanches se pressèrent contre les miennes, me forçant à sentir à la fois son érection et celle qui se trouvait devant moi. Un tremblement me parcourut lorsque le gland percé d'Ajax toucha mon bas-ventre, sa barre de métal me distrayant un instant.

Je veux le lécher à nouveau, me dis-je. Mais plus encore, je voulais le sentir en moi.

Je voulais les sentir tous les deux.

Putain, c'est pas bon.

Je devrais essayer de les tuer, pas… pas m'offrir à eux.

Cependant, une bouffée de pin, de menthe et de masculinité écrasante me consuma dans la seconde suivante, mes sens drogués par les deux mâles enivrants qui me cernaient. C'était à la fois familier et nouveau. Sûr mais souligné par des courants dangereux. Sensuel mais violent.

— Aide-le à guérir, Cami, murmura encore Az. Embrasse-le. Montre-lui qu'il est loin d'être aussi horrible qu'il le croit.

— Va te faire foutre, Az, gronda Ajax d'un ton bas et menaçant. Je n'ai pas besoin de ça.

— Si, tu en as besoin, rétorqua le mâle derrière moi. Tu as vécu dans un monde de chagrin pendant si longtemps, en refusant de parler du passé, en n'acceptant pas qu'il n'y avait rien que tu puisses faire.

La poigne d'Ajax se resserra contre ma hanche, son corps parut vibrer en réaction aux paroles d'Az. Mais l'homme dans mon dos n'avait pas fini :

— Tout le monde commet des erreurs. Le destin est un foutu salaud. Mais tu peux tout de même avoir un avenir. (Les lèvres d'Az effleurèrent mon oreille lorsqu'il ajouta :) Donne-lui un aperçu du goût de notre avenir, petite guerrière. Montre-lui ce que nous pourrions être.

Ça me paraissait être un plan terrible. Mais aussi excellent.

Ajax m'avait montré son cœur saignant, ses secrets qui n'étaient plus emprisonnés sous son voile colérique. Et il l'avait fait de son plein gré, du moins dans une certaine mesure. Car il n'avait pas résisté au sérum de vérité. Il l'avait juste avalé.

Il s'était également porté volontaire pour mon châtiment, en se mettant à nu et en s'enveloppant de serpents mortels. *Des serpents qu'il aurait pu faire disparaître en quelques mots*, me rappelai-je, repensant à la facilité avec laquelle il s'était libéré lorsque je lui en avais donné la permission. *Malgré tout, il s'était soumis à la douleur pour moi.*

Bon, en partie aussi pour le Phénix d'Az. Ou peut-être surtout à cause de lui. Je ne savais pas trop. Sauf qu'Ajax avait eu l'air contrit. Il avait aussi avoué que ce n'était pas vraiment une question de réputation, mais plutôt qu'il commençait à ressentir des choses pour moi.

« Il était plus facile d'être contrarié par un affront à ma réputation que d'admettre que mes sentiments étaient blessés par une femme à laquelle j'avais commencé à m'attacher. »

Je portai ma main à sa joue, ses paroles me trottant en tête. Je ressentais aussi quelque chose pour lui, que je ne pouvais pas définir. Et que je ne devrais absolument pas ressentir. Mais nous étions connectés d'une certaine façon. Ou peut-être que nous vivions simplement le moment présent.

Pourtant je me surpris à vouloir l'aider à guérir. Peut-être pas physiquement, mais au moins mentalement, en lui accordant un peu de pardon. Parce qu'il n'était pas aussi horrible qu'il le prétendait. Oui, il m'avait interrogée assez cruellement, mais il avait cru que je l'avais trahi, l'avais utilisé, m'étais enfuie sans laisser de traces.

Personne ne pouvait vraiment me reprocher d'avoir voulu m'échapper. Mais ce n'était pas le moment d'en débattre. Pour l'instant, je voulais le faire se sentir mieux, enlever cette tristesse de son regard sombre, faire réapparaître cet anneau de feu bleu au bord de ses iris, le convaincre de se laisser guérir.

— Tu n'es pas obligée de faire ça, murmura-t-il en me fixant.

— Si, répondis-je. Mais pas parce qu'Az me le demande. (Je me hissai sur la pointe des pieds pour effleurer d'un baiser ses lèvres pulpeuses.) Je fais ça pour moi. Pour toi. Pour *nous*. (Je glissai ma main derrière sa tête pour le coincer au cas où il voudrait fuir.) Tu en as besoin. Tu as besoin de *moi*.

J'ignorais comment je le savais, mais je le sentais dans sa rigidité, le lisais dans son regard triste. Il avait besoin d'une distraction. Ou plutôt d'un rappel. Un rappel qu'il était vivant.

— Embrasse-moi, soufflai-je contre sa bouche. Excuse-toi avec ta langue, et j'envisagerai de m'excuser moi aussi.

Il gémit et saisit ma hanche opposée de l'autre main pour me tirer à lui.

— Je vous déteste tous les deux, putain.

— Menteur, rétorqua Az, l'air amusé. Heureusement que mon Phénix n'est plus aux commandes, hein ?

Ajax émit un bruit rauque du fond de sa gorge avant de prendre enfin ma bouche.

Il n'était pas aussi rude qu'Az, son baiser était presque doux en comparaison, comme s'il ne s'estimait pas digne de ce moment et voulait s'assurer que je me sente aimée en conséquence. Ou peut-être essayait-il vraiment de s'excuser, de me faire sentir adorée, respectée, admirée.

Sa langue de velours semblait murmurer d'autres vérités contre la mienne, des vérités qu'il ne voulait même pas s'avouer à lui-même mais qu'il était prêt à partager avec moi, à condition que nous acceptions de garder ce secret entre nous. Je le laissai faire, recevant ses mots non dits et échangeant quelques-uns des miens.

Je ne te déteste pas vraiment.

J'ai envie de toi.

Mais je ne peux pas te désirer non plus.

C'est mal, n'est-ce pas ?

Sauf que ça fait du bien. Pourquoi ?

Il ne pouvait pas vraiment entendre mes pensées, ni moi les siennes, mais quelque chose me disait que nous étions sur la même longueur d'onde. Car ses gestes hésitants s'enhardirent, tout comme mes pensées.

Pourquoi est-ce que je réfléchis trop ? Je devrais juste en profiter.

L'embrasser. Le posséder, putain.

Az grogna d'approbation derrière moi, et je devinai que ce bruit venait de son Phénix. Cela ressemblait presque à un ronronnement. Il embrassa ma nuque, ses mains remontèrent mes flancs sous mon débardeur et prirent mes seins en coupe. Je me cambrai vers lui et mes hanches rencontrèrent celles d'Ajax tandis que le plaisir m'envahissait tout entière. Leur contact était hypnotique, leurs bouches une dépendance dangereuse. Je remarquai à peine qu'Az m'avait ôté mon haut, les lèvres d'Ajax ne quittant les miennes qu'une seconde.

Mais je sentis sa poitrine ferme contre la mienne, ses blessures offrant une texture que je trouvais plus excitante que répugnante.

C'est trop bizarre, m'étonnais-je. Apparemment, j'aimais sa douleur. Son sang. Son halètement rauque quand la pire de ses plaies effleurait ma peau immaculée.

C'était sans doute parce qu'une partie de moi voulait encore qu'il ait mal. Ou plutôt, je trouvais son sacrifice séduisant. Ces coupures devaient être atroces, mais il préférait jouer avec moi au lieu de se concentrer sur sa guérison.

Parce qu'il croyait le mériter. Peut-être que c'était le cas. Mais je lui dis que non avec ma langue. Je lui dis à chaque baiser que je voulais qu'il soit entier, qu'il soit vivant, qu'il soit… qu'il soit Ajax à nouveau.

Or soit il ne me comprit pas, soit il ne voulut pas se soigner, car il continua à saigner tandis que ses doigts se posaient sur le haut de mon jean. La main d'Az l'y rejoignit, et il abaissa ma fermeture éclair pendant qu'Ajax faisait sauter le bouton. Puis ils œuvrèrent ensemble à m'enlever mon pantalon, me laissant nue entre eux.

La bite percée d'Ajax frappa mon ventre, son gland bulbeux suintant d'impatience.

Je voulus le goûter à nouveau. Mais j'avais aussi besoin d'autre chose.

Ce serait comment, toute cette puissance en moi ? Est-ce que ça le ferait saigner davantage ? Est-ce qu'il me donnerait tout, malgré la douleur ?

Az posa ses mains sur mes hanches, ses lèvres à nouveau près de mon oreille.

— J'ai envie qu'il te baise contre moi, douce guerrière. Utilise-moi comme un mur, laisse-moi te soutenir pendant qu'il te prend.

Je frissonnai, cette proposition peignant dans mon esprit une image saisissante que je ne voulus pas repousser.

Puis il accrut mon désir en enlevant sa chemise et en collant sa peau chaude contre mon dos, me marquant au fer rouge de sa chaleur.

— Oui…

C'était une réponse à la sensation, mais aussi à ce qu'il m'avait proposé. Parce que oui, c'était ce que je voulais. Tout cela. Les sentir. Vivre cette expérience.

Ajax se recula pour étudier mon expression, ses yeux

cherchant dans les miens quelque chose que je ne comprenais pas.

Quoi qu'il en soit, cela pouvait attendre, parce que j'étais prête pour lui, mes cuisses luisantes d'un désir évident. Je refermai ma main sur sa queue que j'attirai vers moi et inclinai vers le bas tout en me hissant de nouveau sur la pointe des pieds. Il siffla quand son gland toucha ma moiteur, son corps tout entier fut secoué comme s'il agonisait.

Puis Az me souleva, nous donnant une meilleure position et me permettant d'enrouler mes jambes autour des hanches d'Ajax.

— Puuutain, gémit-il tandis que je frottais sa bite contre ma chatte, lui prouvant que je le voulais, que j'étais plus que prête à le prendre.

Ou du moins je l'espérais.

J'y étais préparée depuis notre dernière séance, car je n'avais pas l'impression que ça faisait si longtemps que ça. Toutefois, Ajax était épais. Et il était *percé*. Je n'avais aucune idée de ce que cela me ferait, mais je savais que je pouvais le prendre. Je devais le faire. Je le *voulais*.

Il posa son front sur le mien et ferma les yeux en grimaçant, tandis qu'il saisissait l'épaule d'Az pour se soutenir.

— Prends-la, l'encouragea ce dernier. Je veux te sentir la baiser contre moi.

— Ça va me pousser à la mordre, prévint Ajax. (Il déglutit.) Je ne veux pas… je ne peux pas… l'accoupler… contre… sa volonté.

— Alors je vais la saigner pour toi, proposa Az, le chaume de son menton me chatouillant le cou. En supposant que j'ai ta permission, petite guerrière ?

Ses mots étaient chauds contre ma peau, ses dents effleuraient mon pouls.

— Les liens du métamorphe, grogna Ajax. Ton Phénix…

— Ce n'est pas lui qui commande en ce moment, murmura Az. C'est moi. (Sa langue taquinait ma veine qui battait la chamade.) Puis-je te mordre pour Ajax, Cami ?

Je frissonnai, son offre étant étrangement euphorique alors qu'elle aurait dû être terrifiante. Mais ma vie n'avait jamais été calme ou normale. J'avais toujours été entourée d'intrigues et de dangers, et ce moment n'était pas différent.

Je prononçai donc la seule réponse possible :

— *Oui.*

CHAPITRE 12

AJAX

PUTAIN DE PHÉNIX.

Putain d'Az.

Putain de merde…

Je ne pouvais pas lutter contre le charisme d'Az. Il était incroyablement séduisant quand il s'y mettait, il était foutrement addictif, et Camillia…

Camillia était juste *parfaite*.

Sa poigne ferme autour de ma hampe me maintenait captif devant elle, perdu dans la sensation de sa chatte humide qui se frottait contre ma queue palpitante.

Je la désirais plus que l'air que je respirais.

Et si c'était le Phénix d'Az qui faisait ça ? Il était magnétique. Sensuel. *Hypnotique.* Ça lui venait si naturellement que la moitié du temps, il ne s'en rendait même pas compte.

Cami est-elle tombée sous son charme ? Ou est-ce que ça vient d'elle ? A-t-elle vraiment envie de ça ?

Son corps disait que oui. Putain, même ses yeux confirmaient son excitation. Tout comme ses mots. *Et son gémissement…*

L'odeur de son sang me frappa avec une force qui expulsa l'air de mes poumons. Elle resserra sa prise autour de moi tandis qu'Az plantait ses dents dans son cou, juste à l'endroit où je voulais la marquer.

C'était de la folie. Je ne pouvais pas m'accoupler avec cette femelle. Elle ne m'appartenait pas. Pas même pour la goûter. Pourtant, je ne pouvais pas la rejeter alors que mon corps répondait si intensément au sien. Elle était une envie dont je n'avais pas eu conscience. Un repas dont je n'avais même pas réalisé mon besoin.

— Elle est prête, murmura Az, éloignant ses lèvres sanguinolentes de sa gorge.

Je me penchai vers lui par réflexe, désirant lécher l'essence sur sa bouche. Mon érection se frotta encore plus contre Camillia prise en sandwich entre nous, ma faim de son sang et d'Az me poussant à agir. Elle me relâcha pour saisir ma nuque, ses doigts taquinant mes cheveux, et me rapprocha encore plus d'Az.

Ses lèvres se collèrent aux miennes avec un sourire victorieux. Cela me dit que son Phénix le chevauchait durement, dictant ses mouvements tout en laissant Az mener la danse.

Mais j'étais trop barré pour émettre des commentaires. J'acceptai simplement un aperçu de la saveur addictive de Camillia directement sur sa langue et je gémis quand son essence descendit dans ma gorge.

Plus, s'enrageaient mes instincts. *Prends-en plus.*

Je m'écartai d'Az avec un hoquet et me penchai sur la gorge gracile de Camillia et le sang qui m'y attendait.

C'était trop tentant pour refuser. *Elle* était trop tentante pour refuser.

— Tu es sûre ? parvins-je à articuler.

Camillia répondit en se pressant contre mon pubis, son

baiser humide étant une invitation claire. Mais je voulais l'entendre le dire.

— Dis-moi ce que tu veux, Camillia. Dis-le-moi en termes explicites, et je te le donnerai.

Je voulais son consentement. Je voulais savoir que c'était réel. J'avais besoin de croire que ce n'était pas juste le Phénix d'Az qui nous séduisait tous les deux.

— S'il te plaît, Camillia. Dis-moi ce dont tu as envie.

— De toi, répondit-elle, ses ongles mordant ma nuque. Je veux que tu sois en moi. Sentir ce piercing. Te sentir *toi*. Et tu désires que je saigne. (Elle tendit son cou.) Alors bois-moi et baise-moi.

Az ronronna d'approbation, une vibration qu'il émettait rarement et qui provenait de son Phénix. J'aperçus des lueurs de feu noir dans son regard, confirmant que son animal était très proche de la surface. Mais le violet demeurait, gardant mon ami les pieds sur terre tandis qu'il continuait à tenir Camillia comme une satanée offrande à baiser.

Elle resserra ses cuisses autour de moi, poussa sa chatte contre ma bite.

— *Je t'en prie*, Ajax. Je veux sentir ton pouvoir.

Je saisis sa hanche, ma main frôlant celle d'Az qui glissait sur sa taille.

— Tu es sûre de toi, Camillia ? lui demandai-je, me glissant entre ses replis moites. Je pourrais te faire mal.

— Alors on saignera ensemble.

Ses doigts descendirent sur mon épaule, son pouce effleura une de mes morsures de serpent, puis exerça une pression suffisante pour me faire gémir.

— Donne-moi tout, Ajax.

Ce n'était pas du tout ce à quoi je m'étais attendu. Mais j'en avais fini avec les doutes. Fini de m'inquiéter de l'interférence d'Az. Fini de *trop réfléchir*. Je voulais juste Camillia. Sa chaleur. Ses gémissements. Son *plaisir*.

Je reculai pour me repositionner contre elle. Az tendit le bras et empoigna ma hampe d'une prise ferme et cruelle, tandis qu'il me forçait à croiser son regard brûlant.

— Tu vas me dire comment tu la sens, et tu vas la faire jouir au moins deux fois avant de te vider en elle.

Foutu Az. Bien sûr qu'il me dicterait cela, tout comme il avait contrôlé toutes les autres rencontres que nous avions eues ensemble. Mais je n'allais pas discuter avec lui. S'il voulait que je fasse jouir Camillia, alors je la ferais exploser.

Il dut capter mon accord dans mon regard car il inclina mon gland vers le bas, vers son ouverture humide, me guidant directement au cœur d'elle. J'agis sans réfléchir, poussai en avant dès qu'il me lâcha. Camillia cria sous l'impact et enfonça brutalement son pouce dans ma blessure tandis qu'Az ramenait ses lèvres sur son cou pour la mordre à nouveau.

Un juron s'échappa de sa bouche. Son corps se crispa entre les nôtres et je me figeai.

— Tu vas bien ? demandai-je, craignant que nous ne l'ayons vraiment blessée.

— Oui, souffla-t-elle. Plus que bien. Maintenant baise-moi, Ajax. Bien fort.

Putain. Cette femme allait me démanteler, détruire toutes mes idées préconçues, me forcer à faire plus que ressentir.

Elle allait m'enflammer. *Elle pourrait me faire aimer à nouveau.*

Je refusai de laisser cette pensée s'infiltrer dans l'instant, et mon esprit s'éteignit tandis que je me concentrais sur mon ressenti.

— Tellement serrée, soufflai-je, donnant à Az les détails qu'il voulait. J'ai l'impression d'être à peine à sa taille.

— Alors détends-la, suggéra-t-il, une note pécheresse dans la voix. Laisse-la te prendre.

Camillia répondit à ses mots en pressant ma hampe. Ses muscles internes étaient plus forts que je ne l'aurais cru.

— Elle aime vraiment entendre tes ordres, dis-je à Az en sortant complètement d'elle. Son vagin s'est contracté autour de moi dès que tu as parlé.

Je repris Camillia d'un coup, ce qui lui provoqua un cri, ainsi qu'un grognement d'Az. Il avait senti la puissance de cette poussée à travers elle et avait dû s'imaginer en train de la pénétrer par derrière. Mais au lieu de participer, il la saisit par la taille et la maintint en place pendant que j'empoignais ses hanches et m'enfonçais de nouveau en elle. Et encore. Et encore.

Elle bougeait contre moi, acceptant mon rythme avec empressement, y répondant par ses propres girations. C'était une perfection sans faille, nos corps dansaient à l'unisson tandis qu'Az ajoutait ses commentaires obscènes.

— Tu le prends si bien, petite guerrière.

— Putain, regardez-moi cette belle chatte qui avale la grosse bite d'Ajax.

— J'ai hâte de te sentir.

— Pousse plus fort. Fais-la crier.

— Hmm, c'est ça. Halète pour lui, ma douce. Supplie-le de te laisser jouir.

Camillia gémit, son fourreau palpitait autour de moi tandis que son orgasme commençait à monter.

— Continue à lui parler, dis-je à Az. Ça va la faire exploser.

— Ou bien je pourrais la toucher, murmura-t-il. (Il

entoura le ventre de Camillia de son bras.) Peut-être que ses seins ont besoin d'attention.

— Oui, gémit Camillia. (Son excitation se calait sur la mienne.) *S'il te plaît.*

Az palpa son sein, son pouce encercla son mamelon.

— Comme ça ? s'enquit-il. Ou comme ceci ?

Il pinça le bouton et le tordit brusquement, ce qui arracha un cri à Camillia.

— Hmm, oui, c'est bon.

Son resserrement autour de ma queue confirma ses paroles.

— Elle préfère vraiment comme ça.

La tenant par les hanches, je l'inclinai un peu différemment puis me glissai de nouveau en elle, cette fois en frottant son clitoris au passage.

— Ohhh, *encore…*

Sa voix était rauque, cassée par tous ses cris et gémissements.

Je répétai mes mouvements pendant qu'Az jouait avec ses seins. Nous la poussions tous deux en avant, teintant sa peau d'une rougeur décadente. Puis je me penchai pour laper le sang sur son cou, ma langue sondant la morsure d'Az.

Et Camillia explosa.

Je souris contre sa gorge, me délectant des sensations palpitantes qu'elle me provoquait.

— Elle est encore plus serrée maintenant, Az. Elle pulse autour de moi. Elle essaie de me forcer à jouir avec elle.

— Mais tu ne le feras pas.

— Pas encore, convins-je, glissant dans et hors d'elle pendant qu'elle s'abandonnait à son orgasme. Il faut absolument qu'elle jouisse de nouveau. Elle est trop mouillée pour ne pas le faire. Elle en a trop *besoin.*

Je suçai son cou, gémissant à son goût exquis. *Comme une vie nouvelle*, m'émerveillais-je. *Un nouveau jour.* Je n'avais même pas réalisé que cela avait une saveur, mais c'était bien le cas. Tel le pollen d'un jour de printemps dans le royaume des humains.

Je gémis encore, mes dents me démangeaient de se planter dans sa chair, de me délecter d'elle. Mais je me retins, préférant sucer sa plaie ouverte, avalant un peu plus de son sang.

C'est si bon, putain…

— Glisse ta main sur ton ventre et caresse ton clito, murmura Az à l'oreille de Camillia. Ajax veut te sentir craquer à nouveau.

—Je… je ne sais pas si… je peux.

La poitrine de Camillia se gonflait, son souffle était pantelant, son plaisir palpable.

— Tu peux, assura Az. Tu vas le faire.

Elle haleta lorsqu'il joua de nouveau avec son mamelon, son corps tressauta contre le mien, ce qui m'enfonça encore plus en elle. J'avais ralenti mon rythme pendant son orgasme, préférant m'abreuver d'elle et savourer les sensations qui s'épanouissaient entre nous.

Mais cette fois je la pénétrai encore plus fort, juste pour renforcer le point de vue d'Az. Parce que Camillia allait absolument jouir de nouveau. Je ferais tout pour ça.

Je descendis ma main vers son bas-ventre et glissai mon pouce sur son clito, vu qu'elle n'avait pas obéi à Az. Elle grogna en signe de protestation et saisit mon poignet, mais je n'arrêtai pas, mon envie de la faire exploser de nouveau étant trop forte pour être ignorée.

Elle gémit, souffla brusquement.

— Chut, laisse-le te faire plaisir, murmura Az. Tu mérites de te sentir bien, petite guerrière. Surtout après tout ce qu'on t'a fait. Laisse-nous nous rattraper.

J'opinai d'un bourdonnement, ma bouche toujours dans son cou.

C'est alors que je réalisai qu'elle avait besoin de plus que ça. Plus que moi suçant sa veine. Plus que mon pouce sur son bouton sensible. Plus que ma bite.

Elle avait besoin d'être *adorée*. De se sentir comme une déesse. D'être le centre de notre existence.

Je remontai mes lèvres le long de son cou jusqu'à son menton, puis je capturai sa bouche en un baiser destiné à la ravager. Un baiser qui scellerait un vœu tacite de la chérir. De la respecter. De lui faire plaisir.

Elle porta ses mains à mes épaules, et je me demandai si elle allait me repousser. Mais au contraire, elle se colla encore plus étroitement contre moi, son frémissement dû à l'émotion plus qu'au besoin physique.

Elle se mit à fondre entre nous.

Je ralentis mes mouvements une fois de plus, attisant son désir, amadouant le feu en elle pour qu'il brûle plus fort. Sa respiration se fit saccadée, ses muscles internes se contractèrent à nouveau. *Tu y es presque,* me dis-je. *Vas-y, jouis, petite rebelle. Hurle pour moi.*

Elle ne m'entendait pas mais elle sentait mes intentions. Elle les goûtait dans ma bouche, les ressentait sur ma langue et dans la façon dont mon pouce continuait à lui masser la chatte.

Elle était incapable d'arrêter le brasier qui l'engloutissait. Il se développait en elle – autour de ma bite palpitante – et menaçait de nous détruire tous.

Az avait dû s'en apercevoir aussi. Il prit son sein en coupe et l'entoura une fois de plus de son autre bras, la maintenant en sécurité tandis qu'elle approchait de la pâmoison.

Elle allait m'emmener avec elle cette fois.

Je le sentais dans mes couilles, à la façon dont elles se

resserraient, se préparaient à éjaculer. Et je ne tentai pas de me retenir. Je voulais franchir le bord avec elle.

— Jouis, Camillia. (Les mots d'Az étaient un ordre teinté d'un désir sensuel.) Jouis pour Ajax. Fais-le gicler en toi. Traie-le avec ta douce chatte.

Elle se cramponna autour de moi, son orgasme vacillant au bord du gouffre pendant ce qui parut une éternité. Puis elle hurla dans ma bouche, tout son corps convulsé, ses parois internes formant un étau autour de ma hampe qui refusa de me libérer jusqu'à ce que je la suive dans un bonheur extatique. Je ne résistai pas, choisissant plutôt de plonger tête la première à sa suite avec un grondement qui me fit vibrer jusqu'aux orteils.

J'appuyai mon pouce sur son clito, forçant son extase à durer, l'entraînant dans une vague de délicieuses répliques qui nous secouèrent tous les deux tandis que je continuais à pulser en elle.

Cela faisait si longtemps – *trop longtemps* – que je n'avais pas ressenti la chaleur du toucher d'une femme.

Et mon corps semblait déterminé à couvrir chaque centimètre d'elle de ma semence. À la revendiquer de la manière la plus élémentaire qui soit. La posséder. *La marquer comme mienne.*

Mes incisives me brûlaient du désir de mordre. De marquer. De m'accoupler.

Les tendons de mon cou me faisaient mal à force de serrer la mâchoire, refusant de forcer Camillia à se lier de la sorte. Elle n'était pas à moi. Pas de cette façon.

Pas encore, murmura une voix obscure dans ma tête, me faisant frissonner.

J'enfouis mon visage dans son cou, haletant sous l'effet de mon orgasme et de l'émotion qu'il avait déclenchée. Cette fois-ci, c'était tellement plus puissant qu'avant, tellement plus *significatif.*

Un poids lourd parut s'installer dans ma poitrine, une ancre appartenant à Camillia.

Foutue Camillia.

Mais je ne pus l'empêcher de se former, mon âme étant déjà marquée par la sienne. *Nous ne sommes pas compatibles*, me dis-je. *Nous ne pouvons pas l'être.* Or mon esprit paraissait penser le contraire.

C'est impossible. Je reculai pour la regarder, notant l'éclat vitreux du plaisir dans ses jolis yeux gris. Si elle ressentait la même chose, elle ne le montrait pas. Elle avait juste l'air somnolente et bien baisée, ses joues rosies par l'effort de ce moment ensemble.

Mais le regard d'Az recelait une autre lueur, qui disait qu'il se doutait de ce que je ressentais. Heureusement, il ne fit pas de commentaire. Il embrassa simplement la gorge de Camillia et dit :

— Guéris-la.

Je chuchotai un enchantement à cet effet, en lui donnant la priorité sur moi-même. Elle ne parut pas le remarquer, trop perdue dans ses sensations résiduelles pour cela. Son fourreau se resserra autour de moi, ses répliques allant et venant en vagues subtiles qui massaient ma queue encore dure. Je n'étais pas encore tout à fait prêt pour un autre round, mais je pourrais certainement recommencer dans quelques minutes. Les Faë sont insatiables.

Mais Camillia était censée être en partie humaine. *À moins que la déclaration énigmatique de Zakkai ne soit crédible…* Cependant, ce n'est pas parce que Zakkai voyait autre chose en elle qu'elle était aussi incassable qu'une Faë pur sang.

C'est avec cette pensée en tête que je me retirai lentement d'elle, conscient qu'il lui faudrait un peu de temps pour récupérer, même avec mon sort de guérison qui tissait sa magie dans ses veines.

Az l'attrapa dans ses bras avant que ses jambes ne tombent à terre, son Phénix apparaissant brièvement sur ses traits avant que le violet ne reprenne le dessus.

— Elle n'est pas encore prête pour toi, lui dis-je, craignant qu'il veuille la baiser maintenant.

J'avais du mal à contenir son énergie dans les bons jours, je n'imaginais pas Camillia la recevoir maintenant.

— Je sais. (Il l'allongea sur le matelas et lui écarta doucement les cuisses.) Je vais juste l'aider à se nettoyer.

Camillia glapit quand les lèvres d'Az descendirent sur son sexe maltraité, et elle empoigna ses cheveux pour tenter de l'écarter. Il saisit ses poignets d'une main et les bloqua sur son ventre.

— Chut, détends-toi et profite, petite guerrière.

Il prononça ces paroles tout contre son clito, ce qui la fit crier.

Je m'agenouillai à côté du lit, posai une main sur sa joue et tournai sa tête vers moi.

— Dis-moi si tu veux qu'il s'arrête, et je le distrairai.

Az grogna en réponse, puis fit quelque chose avec sa langue qui cambra Camillia sur le lit avec un gémissement de surprise. Des mots inintelligibles jaillirent de sa bouche, ce qui me fit retrousser les lèvres.

— Ouais, il est doué.

Je le savais car j'avais connu sa bouche quelques fois déjà. Pas souvent, cependant. Parce qu'Az considérait que s'agenouiller était une démonstration de soumission.

Ce qui rendait son choix présent exceptionnellement intéressant.

Il s'excuse, réalisai-je avec un sursaut. Tout ceci avait été sa façon de s'excuser auprès de Camillia et moi. Il n'était pas du genre à se contenter de paroles apaisantes, mais il croyait fermement aux actes.

C'était pour cela qu'il me l'avait offerte – il voulait

me faire plaisir. Et maintenant, il s'assurait qu'on s'occupait bien d'elle aussi. Je décidai de l'aider en embrassant Camillia, en m'excusant à ma façon avec ma langue. Ou peut-être que je la remerciais. Sans doute un peu des deux. Parce qu'elle m'avait époustouflé par sa perfection.

La façon dont elle m'avait encouragé à la saigner, prenant ma bite sans hésitation, jouissant deux fois avec moi en elle. *Putain.*

Je pourrais tout refaire maintenant. La pilonner sur le lit. La forcer à crier pendant des heures. Mais je voulais m'assurer qu'elle allait bien, qu'elle était complètement guérie, qu'elle ne nous détestait pas pour tout ce qui s'était passé aujourd'hui.

Tout avait été tellement merdique. On aurait dû discuter davantage. On n'avait toujours aucune idée de ce qui lui était vraiment arrivé. Oh, je croyais ce qu'elle avait dit. Mais cela ne faisait qu'embrouiller davantage la situation. *Où est-elle allée pendant trente jours ? Que lui est-il arrivé ? Est-ce que ça l'a blessée d'une manière ou d'une autre ? Va-t-elle bien s'en tirer ?* Les questions se bousculaient dans mon esprit tandis que je l'embrassais, le cœur serré, cette ancre me tiraillant avec de sombres intentions.

Pendant ce temps, Az amenait Camillia vers un nouveau paroxysme qui allait sûrement l'assommer. C'était peut-être son plan. Si elle s'évanouissait, nous pourrions enfin discuter. Mais je désirais qu'elle participe à la conversation. Je ne voulais plus prendre de décisions à sa place. Ça n'avait pas fonctionné par le passé. Nous devions collaborer. Parler. Comprendre ce qui se passe.

Qui suis-je au juste ? me questionnai-je, cette ligne de pensée contredisant tout ce que j'avais construit en moi au cours des dix dernières années.

Je ressemblais à l'ancien Ajax, celui qui avait été

déterminé à aider Emelyn, et qui avait tout perdu à cause de cela.

Mais ai-je vraiment vécu ces dernières années ? Je respirais, d'accord, mais étais-je vraiment heureux ?

Clignant des yeux, je m'éloignai de Camillia pour laisser ces pensées percoler dans mon esprit.

Elle ouvrit les yeux pour capter les miens. Puis ils s'écarquillèrent en se portant sur quelque chose derrière mon épaule, et un cri lui échappa.

Je me retournai et vis Melek assis sur la chaise, jambes croisées, une coupe de glace dans les mains. Il portait la cuillère à ses lèvres quand Az se releva d'un bond.

— Quoi ? demanda Melek, tandis que Camillia se précipitait dans le lit pour se couvrir. Azazel est-il le seul à avoir droit à une collation ?

— Qu'est-ce que tu fous ici ? lança Az, se plaçant devant Camillia pour la protéger.

— Eh bien, je suis venu apporter un message de Typhos, mais je ne voulais pas vous interrompre. Donc… (Il désigna sa glace avec la cuillère et haussa les épaules.) Je me suis dit que tu en aurais encore pour cinq bonnes minutes, et le spectacle m'a donné… faim.

Az se passa une main sur la figure, lâchant un juron.

— Ce n'est pas ce que tu crois.

Melek haussa les sourcils.

— Ah ? Tu n'essayais pas de faire jouir cette chère Cami une troisième fois ? (Il pencha la tête.) Alors tu faisais quoi ?

Je déglutis, les paroles de Melek confirmant qu'il avait vu bien davantage qu'Az à genoux devant Camillia. Il m'avait aussi vu la baiser.

Moi, le Gardien. Le Fäe que Lucifer blâmait d'avoir perdu Camillia. Celui que le roi des Fäe de l'Enfer avait chargé d'interroger la candidate épouse qui s'était enfuie.

Et quel boulot d'enfer j'avais fait.

À la minute où Melek remettrait son rapport à Lucifer, je serais un homme mort. Ou viré, pour le moins. Car il n'y avait aucune chance que Lucifer me fasse à nouveau confiance après ça. Et s'il ne me faisait plus confiance, je ne serais plus le bienvenu dans le royaume des Faë de l'Enfer. Ce qui signifiait que je n'avais plus de chez-moi.

Je n'avais plus rien du tout.

Chapitre 13

Cami

Az récupéra son t-shirt sur le sol et me le tendit tout en scrutant Melek. Il n'avait pas encore répondu à sa question, ce qui ne me surprenait pas puisque le résumé de Melek était assez précis.

J'enfilai le t-shirt noir d'Az, qui me faisait comme une tunique. Mais c'était plus facile que de remettre mon jean et mon débardeur, supposais-je. En plus, l'odeur de cendre était agréable. Comme les braises mourantes d'un beau feu de joie.

Ce doit être le phénix d'Az, pensai-je en frissonnant.

— C'est quoi le message de Typhos ? demanda Az, son dos m'empêchant de voir Melek.

Mais je voyais toujours Ajax – qui n'avait pas pris la peine de s'habiller. J'admirai son cul ferme, puis je fronçai les sourcils en constatant qu'il n'avait pas encore soigné sa jambe. En fait, il ne s'était pas soigné du tout. *Pourquoi ?*

— Il a besoin de vous au palais, répondit Melek. Tous les trois.

Ajax se raidit. Az se contenta de croiser les bras.

— On a trois jours.

— Plus maintenant. (Le bruit d'une chaise remuée résonna dans la pièce, puis Melek apparut en s'approchant d'Az.) Un autre portail s'est ouvert dans le royaume sous-marin. Et cette fois, il y a eu des victimes.

Du coup, Az se crispa.

— Comment ? La source a encore été perturbée ?

— La source va bien. Cet incident n'a rien à voir avec ces portails sauvages, semble-t-il. (Melek me jeta un coup d'œil.) Mais Ty a besoin de votre aide pour retrouver celui qui ouvre ces portails illégaux.

— Et le problème de la source ? s'enquit Az.

— Ty sait ce qui l'a provoqué et s'en chargera lui-même.

Melek me regarda de nouveau, son avertissement était clair.

Le Roi des Faë de l'Enfer sait que j'ai touché la source. Et maintenant, il a l'intention de s'occuper personnellement de mon cas. Merde.

Az acquiesça, acceptant ce plan sans se rendre compte de ce qu'il signifiait vraiment. De toute façon, cela ne l'affecterait pas vraiment. Son Phénix m'aimait peut-être, mais je doutais que ce soit une motivation assez puissante pour s'opposer à Typhos Lucifer en mon nom.

— Est-ce que le portail a été fermé ?

Le ton professionnel d'Az lui donnait presque l'air de s'ennuyer.

— Oui. Plusieurs lieutenants de Ty ont mis leurs ressources en commun pour l'aider à colmater la brèche. Mais on ne sait toujours pas comment ni pourquoi c'est arrivé. Le premier a conduit à la célébration de la Nuit des Monstres. Celui-ci s'est ouvert sur un lieu du royaume humain.

— Dans notre réalité ?

La question d'Az me fit sourciller. *Par rapport à quoi ?* me demandai-je. *Et qu'est-ce qu'une célébration de la Nuit des Monstres ?* Ça faisait froid dans le dos, pas du tout le genre de fête à laquelle j'aimerais participer.

— Oui, répondit Melek. Nous avons réussi à repousser la plupart des Faë du Cauchemar, mais le nombre de morts s'élève à six maintenant. On pense que c'est parce que le portail a fonctionné comme un trou noir, aspirant les Faë sans méfiance dans l'autre royaume et ses eaux étrangères.

— Contrairement à celui de l'Au-delà que les Faë ont emprunté volontairement, comprit Az.

— C'est ça.

— Vous avez des pistes ? De la magie à traquer pour moi ?

Melek hésita.

— C'est pour ça que tu dois voir Ty. Il te fournira les détails nécessaires. (Il porta son attention sur Ajax.) Et toi aussi, il veut te voir. Mais pour autre chose, je crois.

Ajax inclina le menton en signe de révérence.

— Bien sûr, mon prince.

Cette réponse formelle me parut bizarre. Mais ni Az ni Melek ne réagirent.

— Je suggère que vous fassiez tous deux un rapport direct à Ty. (Melek remarqua la nudité d'Ajax.) Mais enfilez d'abord quelques vêtements. Et soignez-vous aussi. Vous devrez être en pleine possession de vos moyens devant lui.

Ajax se contenta de baisser de nouveau la tête. Puis sa baguette apparut en un clin d'œil, et l'odeur du pin chatouilla l'air. Je haussai les sourcils en voyant sa magie tournoyer autour de lui, l'habillant d'un jean et d'une chemise en moins d'une seconde.

— Guéris-toi complètement, Gardien, lui intima Melek d'un ton sévère.

— Je m'en assurerai, intervint Az. Et Cami ?

— Oh, je vais m'occuper de notre petit ange, murmura Melek, son sourire révélant une paire de fossettes. J'ai l'autorisation de lui faire visiter le palais et de lui présenter les quartiers des invités.

Je le dévisageai, mes pensées coincées quelque part entre la jubilation sarcastique — parce que Melek serait mon guide — et l'horreur à l'idée d'à quoi pourraient ressembler ces *quartiers des invités*.

Az me jeta par-dessus son épaule un regard violet indéchiffrable. Ajax, lui, restait concentré sur Melek.

Est-ce qu'il regrette ce qu'on a fait ? me demandai-je. *Est-ce qu'il va redevenir un froid connard, comme il l'a tenté la dernière fois ?*

— Ajax nous suivra jusqu'à l'aile est, dit Az. Ensuite, tu pourras faire visiter Cami. On se retrouve là-bas, Melek.

Le prince Fäe de l'Enfer m'étudia un long moment, ses iris multicolores ne laissant rien paraître.

— Elle doit d'abord se changer. Ton t-shirt n'est pas adapté à sa visite.

— Et tu as autre chose en tête, j'imagine ? releva Az.

Melek rayonnait positivement.

— Oui, en effet.

Il se pencha vers Ajax et lui chuchota à l'oreille. Le Fäe de Minuit secoua la tête et sortit sa baguette. Melek continua à murmurer, ignorant la réaction d'Ajax, et remua les sourcils.

— Vas-y, Gardien.

Ajax soupira, puis agita sa main dans les airs tout en marmonnant un sort.

Une jupe en cuir noir apparut sur le lit près de moi, ainsi qu'un corset rouge orné de paillettes noires. Attendez, non, pas des paillettes. Des *diamants*.

Je restai bouche bée.

— Je ne vais pas porter ça alors que j'ai un très beau jean et un débardeur là-bas.

Je pointai du doigt les vêtements en question, ce qui amena Melek à me regarder, puis l'autre tenue – laquelle disparut aussitôt dans une nuée scintillante.

— Non, ça ne va pas.

Je lui dardai un regard noir.

— Alors je vais continuer à porter le t-shirt d'Az.

— Je peux aussi le transformer en paillettes, prévint Melek. Dois-je le faire ?

— Habille-toi, Camillia, enjoignit Ajax d'un ton fatigué. Nous ne gagnerons pas à ce jeu.

Nous ? relevai-je. *Où est le nous là-dedans ? C'est moi qu'on force à porter un corset.*

— Je ne suis pas une poupée qu'on déguise, lançai-je à Melek plus qu'à Ajax. Si tu veux que je me change, laisse-moi au moins choisir ce que j'aimerais porter.

Le prince Fäe de l'Enfer me regarda de haut en bas et fredonna :

— Hmm, d'accord. Qu'aimerais-tu porter, petit ange ? Je te dirai si c'est approprié pour la cour ou non.

— Un jean noir et un débardeur. De préférence avec des sous-vêtements.

Il m'étudia un long moment avant de murmurer de nouveau à l'oreille d'Ajax.

Le Fäe de Minuit pointa sa baguette vers moi. Ses traits étaient marqués par un épuisement total tandis qu'il tissait sa magie parfumée au pin dans l'air. Je glapis lorsqu'elle rampa sur ma peau, m'obligeant à porter une tenue de leur choix.

J'ouvris la bouche pour protester – ou jurer – mais je me rendis compte que Melek avait en grande partie respecté mon désir : un pantalon noir – pas un jean, un tissu plus souple – assorti à des bottes de cuir à talons qui montaient jusqu'aux genoux. Et un haut rouge foncé sans bretelles qui se nouait dans le dos comme un corset, mais en plus confortable. Je ne voyais pas les cordons, mais je les sentais. Le décolleté en cœur épousait magnifiquement ma poitrine, me donnant l'air d'être parée pour un bar de motards. Une paire de gants noirs en dentelle ornait mes mains jusqu'aux coudes, le tissu scintillant au moindre mouvement.

— D'accord.

Je pouvais accepter cette tenue, même si elle me moulait comme une seconde peau.

— Encore une chose, murmura Melek, la main dans la poche.

J'écarquillai les yeux lorsqu'il en sortit un collier familier.

— Oh, non. Non, non, non. Ce collier, c'est un problème.

— C'est une protection, rétorqua-t-il. Et tu en auras besoin au palais, petit ange.

— La dernière fois…

— S'il a récupéré le talisman, c'est que Typhos le lui a donné, intervint Az. Ce qui veut dire que tu as la permission de le porter.

Je cillai.

— Mais…

Mais Lucifer sait que j'ai touché la source. Pourquoi j'aurais sa permission ?

— Fais-moi confiance, murmura Melek, qui contourna la grande carrure d'Az pour atteindre mon cou.

— Te faire confiance ? répétai-je d'un ton incrédule. Je ne peux faire confiance à aucun de vous.

— C'est très sage de ta part, opina Az. Mais à ta place, j'accepterais le cadeau de Melek. C'est peut-être le seul que tu auras jamais.

Je plissai les yeux, comprenant ce qu'il voulait dire. *Ma lame.* Cet enfoiré m'avait distrait avec ce baiser – et tout le reste – juste pour me la reprendre.

— On verra bien, lui dis-je, acceptant le défi dans son regard vibrant.

Ses lèvres tressaillirent.

— Oui, je suppose. (Il tendit la main vers Ajax.) Passe devant, emmène-nous au palais. Melek va s'occuper de Camillia.

Je faillis ricaner. *Tant pis pour notre trajet ensemble.*

Les yeux d'Ajax croisèrent les miens, et sa méfiance me frappa en pleine poitrine. C'était un bref aperçu d'émotion qu'il n'avait sans doute pas l'intention de me montrer, mais il était inquiet.

Ce qui m'inquiéta à mon tour. Il devait savoir qu'il se préparait quelque chose de grave.

Car il sait aussi que j'ai touché la source, réalisai-je. *Je l'ai avoué lors de mon interrogatoire.*

Et maintenant, nous allions tous voir Lucifer. Ajax lui rendrait d'abord visite, et il devrait confirmer ce que Melek avait déjà dit au roi des Faë de l'Enfer.

Le sexe ne pouvait pas changer la vérité. Et ne changerait pas non plus mon destin.

Un soupçon d'excuse parut se tapir dans son expression, mais disparut en un clin d'œil.

Puis il empoigna la main d'Az et s'évapora.

CHAPITRE 14

Az

Le goût de Cami s'attardait dans ma bouche, ce qui plaisait à mon Phénix intérieur. Mais c'était une distraction dont je n'avais pas besoin en ce moment, pas avec Typhos qui exigeait mon attention.

Un portail dans le royaume Sous-marin. Putain de merde.

Au moins, on ne pouvait pas reprocher celui-ci à mon demi-frère. Il était toujours emprisonné depuis la première brèche illégale.

J'atterris dans un couloir de l'aile est du palais, Ajax à mes côtés. Il lâcha aussitôt ma main et regarda autour de lui, l'air timide. Je fronçai les sourcils.

— Qu'est-ce qui ne va pas ?

— Rien, mentit-il.

Mon Phénix se hérissa, n'appréciant pas du tout cette réponse. Et franchement, moi non plus.

Je le chopai par le cou, le poussai contre le mur — comme j'avais fait à Cami, mais en plus brutal — et le forçai à croiser mon regard.

— Parle.

Il leva les yeux au ciel.

— Va te faire foutre, Az.

— Oh, tu n'as pas idée d'à quel point j'aimerais ça, là tout de suite.

Ma récréation avec Cami avait été indûment interrompue. Quoique je n'avais pas prévu de prendre du plaisir avec elle. Pas aujourd'hui en tout cas. Non, tout ça avait été pour elle et Ajax. Ma façon d'essayer de faire amende honorable.

Mon oiseau infidèle avait tenté de tuer Ajax, ce dont je ne m'excuserais jamais assez. Et Cami, eh bien, je ne savais pas trop pourquoi j'éprouvais le besoin de la satisfaire. Je voulais croire que c'était parce que mon Phénix l'avait exigé, mais je me mentais à moi-même. J'avais eu envie de lui faire plaisir. Qu'elle se sente bien. La récompenser de sa force, de m'avoir tenu tête même quand elle n'aurait pas dû, et me délecter de sa magnificence.

Tout cela avait été entièrement désintéressé de ma part. J'avais simplement voulu qu'ils ressentent du plaisir, et il m'avait semblé approprié d'offrir Cami en cadeau à Ajax après tout ce que je lui avais fait.

Sans parler du déchirement causé par sa confession.

Il ne parlait jamais de son passé. Même si je savais ce qui était arrivé, cela ne m'avait pas préparé à entendre l'angoisse dans sa voix lorsque le sérum de vérité l'avait poussé à parler.

Je déglutis. Le souvenir de cette expérience embrouillait mon esprit et me fit desserrer ma prise sur sa gorge. Mais je ne le relâchai pas. À la place, je pressai ma bouche contre la sienne et lui dis muettement qu'il comptait pour moi. Que j'étais là. Que même si nous n'étions pas du genre à partager nos émotions, nous étions tout de même liés par la fraternité. Par la vie. Par l'*expérience*. La mienne était peut-être différente de la sienne, mais cela ne diminuait en rien l'amitié entre nous et l'affection que je ressentais pour lui.

Il tenta de me repousser mais je ne le laissai pas faire, ma bouche exigeant qu'il accepte ma possession. *Tu es mon ami. Mon amant. Mon quelque chose de plus. Je suis désolé de ne pas avoir pu contrôler mon Phénix. Je suis désolé pour le sérum de vérité…*

— Arrête, grogna Ajax contre ma bouche. Arrête ça.

— Non.

Je saisis sa hanche, l'écrasai contre le mur, le forçai à prendre ma langue. *À moi.*

Il commença à serrer sa mâchoire mais se retint à la dernière seconde, conscient de ce qui se passerait s'il me mordait : *un lien d'accouplement.* Les Faë de Minuit ne pouvaient pas s'en empêcher. Il suffisait d'une morsure pour que le lien spirituel entre deux Faë s'enflamme.

Oh, un humain, c'était bien. Ajax pouvait les mordre autant qu'il voulait, et il ne s'en privait pas puisqu'il avait besoin de leur sang pour alimenter sa magie. Mais il ne pouvait pas me mordre *moi* – pas sans marier nos âmes.

C'était pourquoi il n'avait pas voulu mordre Cami non plus.

Un jour, mon Phénix accepterait un tel acte, et je n'aurais besoin que d'une seule morsure. Mais les Faë Métamorphes devaient être sous leur forme animale pour que l'empreinte ait lieu, et en tant que Phénix noir, je faisais techniquement partie des Faë Métamorphes. Donc je pouvais mordre autant que je voulais sous ma forme humaine, et j'avais bien l'intention d'en profiter pleinement avec Cami. Car son sang avait un goût euphorique, et je le referais très certainement. Surtout si c'était pour le bien d'Ajax.

Sa langue joua avec la mienne comme s'il y pensait. Ou, plus vraisemblablement, il goûtait le plaisir de notre douce petite guerrière dans ma bouche, qui se mêlait à sa saveur tout aussi unique, leur baise ayant créé un dessert décadent que j'avais savouré à peine quelques instants plus tôt.

Jusqu'à ce que Melek m'interrompe, pensai-je, me rappelant la raison de notre retour au palais.

Je n'aimais pas faire attendre Typhos, mais Ajax avait besoin de moi. Et je m'estimais obligé de m'assurer qu'il allait bien avant de retrouver le roi des Faë de l'Enfer.

— Dis-moi ce qui te tracasse, murmurai-je contre la bouche d'Ajax. C'est ce qui s'est passé avec Cami ? Parce que crois-moi, Ajax, elle a apprécié ça encore plus que toi.

— On était censés l'interroger, pas la baiser, grogna-t-il.

Je lâchai un rire en secouant la tête.

— Le sexe est un fantastique outil d'interrogatoire. Tu le sais mieux que quiconque.

J'appuyai mon bas-ventre contre le sien, lui rappelant à dessein nos premières fois au lit où je l'avais sensuellement tourmenté pendant des heures. Mon Phénix avait voulu s'assurer qu'il était digne de confiance – pas seulement pour moi, mais pour Typhos. Et il s'était révélé tout à fait admirable.

Ajax plissa les yeux.

— Ce n'est pas ce que je voulais dire.

— Tu te sens coupable de l'avoir baisée ?

—Je devrais l'être, oui.

— Ah, mais ce n'est pas ce que j'ai demandé. Est-ce que tu te *sens* coupable ?

Il serra les dents, son agacement était tangible.

— Non.

— Et ça te dérange parce que tu penses que tu devrais te sentir mal d'avoir baisé la prisonnière alors qu'on était censés la travailler, traduisis-je, saisissant bien son état d'esprit après des années d'amitié. C'est ridicule.

— Ce n'est pas ridicule. J'ai merdé quand elle s'est échappée, et c'était mon travail de la…

— *Notre* travail, le coupai-je.

— Capturer à nouveau, acheva-t-il. Et j'étais chargé de trouver des réponses, ce que j'ai fait, mais elles ne vont pas apaiser Lucifer.

— Pourquoi ? demandai-je, sincèrement curieux. Zakkai a jeté un sort de vérité, et elle t'a tout dit, n'est-ce pas ?

— Oui, en effet. Donc en résumé, elle n'a aucune idée de ce qui lui est arrivé parce qu'un livre magique l'a emmenée dans un voyage vers une lumière éclatante avant qu'elle ne se réveille dans son ancienne chambre d'université, trancha-t-il.

— Vita, intervint une voix grave qui hérissa les poils de ma nuque.

Je déteste quand tu fais ça, émis-je en biaisant un regard au roi des Faë de l'Enfer. *Tu pourrais au moins faire miroiter l'air pour annoncer ta présence.* Melek pourrait faire la même chose. Hélas, le prince des Faë de l'Enfer aimait se faufiler partout et surprendre les gens, donc j'étais habitué à ses pitreries. Mais Typhos, lui, mettait généralement mes sens en alerte avant d'apparaître ouvertement.

Tu as mis trop de temps, répliqua Typhos d'un ton mental ennuyé.

— Le livre dont a parlé Camillia de la Croix s'appelle Vita, ajouta-t-il à voix haute à l'intention d'Ajax.

Je sourcillai.

— Cami l'a lu ?

— Apparemment, répondit Typhos avec une légère pointe d'agacement. On dirait bien que Vita lui a rendu visite et lui a montré des choses qu'il n'aurait pas dû.

Ça n'avait aucun sens.

— Même si c'est vrai, elle n'aurait pas dû pouvoir le lire.

— D'après Melek, elle le peut et l'a fait. (Typhos haussa une épaule.) J'ai l'intention d'enquêter personnellement sur la question, c'est pourquoi j'ai demandé qu'on l'amène ici. Alors, où est-elle ?

— Avec Melek. (Je relâchai enfin la gorge d'Ajax.) Nous étions justement en route pour venir te voir.

— Vraiment ? (Typhos avait l'air amusé.) Parce que je vous ai surpris tous les deux à un moment intéressant, semble-t-il.

— Comme si ça n'était jamais arrivé, dis-je d'un ton pince-sans-rire, faisant référence aux nombreuses occasions où j'avais surpris Typhos avec Melek dans une situation similaire – mais bien moins habillé.

Ses lèvres tressaillirent.

— Oui, en effet. (Il revint à Ajax.) Tu m'as déçu en tant que Gardien, mais je ne vais pas te bannir. J'ai une autre tâche en tête pour que tu te rachètes. Alors cesse de te tracasser pour tes erreurs et concentre-toi sur la rédemption.

Le front plissé, je dévisageai Typhos, puis Ajax.

— C'est ça qui t'embête tant ? Que Typhos te punisse d'avoir baisé Cami ? (Je faillis rire, mais l'expression d'Ajax me refroidit aussitôt.) Il faudrait qu'il me punisse aussi. Et il ne le fera pas.

Je ne le ferai pas ? envoya Typhos de son ton soyeux dans mon esprit. *Qu'est-ce qui te rend si sûr ?*

Parce que tu as besoin de moi, répondis-je sans le regarder. *Alors arrête d'emmerder Ajax et parle-nous de ce nouveau portail.*

Je n'emmerde pas Ajax, répondit-il d'un ton toujours aussi velouté, bien qu'il mentît ouvertement.

Si, mon seigneur. J'imprégnai ces deux derniers mots

d'autant de sarcasme que possible, sachant que cela l'exaspérerait d'entendre ce titre formel venant de moi. *Tu lui as dit qu'il te décevait alors que ce n'est pas vrai. Il a été un Gardien fantastique et tu le sais.*

Peut-être. Mais il est clairement distrait par la chatte de Camillia de la Croix.

Ouais, eh bien, c'est une chatte assez fantastique. Tu devrais peut-être y goûter ? suggérai-je, croisant audacieusement son regard. *On sait tous deux que ton petit prince en a envie.*

Hmm. Ce n'était pas un refus, plutôt un bruit dédaigneux.

— Je n'ai pas demandé à vous voir tous les deux pour parler de l'ancienne candidate, dit-il finalement à haute voix. Quoique la nouvelle mission d'Ajax l'implique. Mais nous y reviendrons. On doit discuter du nouveau portail et de ce que j'ai senti autour de lui.

Je haussai un sourcil.

— Qu'est-ce que tu as senti ?

— Pas ici. Dans mon bureau.

Sur ce, il disparut avec la même magie furtive qu'il avait employée pour masquer son irruption.

Je secouai la tête. *Frimeur.*

Arrête de perdre ton temps et ramène tes fesses ici, exigea-t-il.

Oui, mon seigneur.

Son grognement mental fut sa seule réponse.

Je souris et me tournai vers Ajax, qui avait l'air moins inquiet mais dont le regard était toujours aussi brisé.

— Il ne va pas te bannir, lui répétai-je les paroles de Typhos.

— Le problème n'est pas d'être banni ou non. C'est ce que je ressens à ce sujet.

Je fronçai les sourcils.

— Qu'est-ce que tu veux dire ?

Il parut sur le point de répondre, mais se ravisa.

— Peu importe. Il ne faut pas traîner. Mes problèmes peuvent attendre. Ce portail est plus important.

J'avais envie d'argumenter, de le forcer à s'ouvrir, mais il avait raison. Ces portails illégaux étaient un problème plus grave.

Tout comme la capacité de Cami à lire Vita. Très peu de gens comprenaient la langue de ce texte – seulement Melek, Typhos et moi. Car le livre appartenait à Typhos, faisait partie de sa magie. C'était pourquoi ses compagnons pouvaient lire ses pages.

Mais Cami n'était pas une compagne de Typhos.

Alors pourquoi peut-elle le lire ? me demandai-je, tandis qu'Ajax et moi marchions dans le couloir vers le bureau principal de Typhos. *Et comment Typhos compte-t-il gérer la situation ?*

Je devrais réfléchir plus longuement à ces questions plus tard, après avoir discuté de la brèche dans le royaume Sous-marin. En tant que Commandant, je devais gérer les Faë du Cauchemar dans tout le royaume des Faë de l'Enfer. Si l'un d'eux était à l'origine de ce problème, je le trouverais et l'éliminerais. Et si c'était quelqu'un d'autre en dehors de notre monde, je traquerais aussi ce coupable.

C'était mon travail. Ma vie. *Mon engagement.*

Chapitre 15

Cami

Quelques minutes plus tôt

— C'est vraiment nécessaire de me porter ? protestai-je.

Melek me tenait en l'air, mes jambes pendant d'un de ses bras, l'autre soutenant mon dos. Il ne répondit pas.

De petites pointes d'énergie dansèrent sur ma peau tandis qu'un souffle surprit mes oreilles. Je glapis et me cramponnai à lui, le changement soudain d'atmosphère me laissant pantoise.

Puis je ne vis plus que lui. Son visage parfait. Sa mâchoire ciselée. Ses yeux étincelants. *Ses lèvres à embrasser.*

Quelque chose me dit qu'il avait choisi ce moyen de transport à dessein. Car rien de ce que faisait Melek n'était innocent, et me tenir dans ses bras tout en me masquant la vue de tout à part ses beaux traits était certainement un acte sournois.

— Comment tu te sens ? s'enquit-il, ignorant totalement ma question et confirmant mes soupçons.

Le mot *bien* roula sur ma langue avant d'être ravalé par une vague de nausée malvenue qui m'empêcha de répondre.

Je posai ma tête sur son épaule, les yeux mi-clos. C'était comme si sa question avait déclenché un maelström de sensations. Je gémis, incapable de formuler des mots. *Y compris des jurons*, constatai-je, irritée par ce qu'il venait de me faire. Et doublement agacée quand mon gémissement le fit glousser.

— Je pensais que ce serait le cas, petit ange, murmura-t-il. Voler entre les royaumes est une aptitude qui s'acquiert, à laquelle ton corps s'habituera avec le temps.

Ajax qui m'a filée dans le royaume des Faë de Minuit ne m'a pas fait ressentir ça, avais-je envie de lui dire. À la place, je fermai les yeux pour tenter de lutter contre le vertige qui troublait ma vision. Un seul visage magnifique de Melek me suffisait. Je n'avais pas besoin d'en voir des versions doubles ou triples.

— Attends, je vais t'aider.

Sa voix était douce, son souffle un baiser contre ma tempe. Une vague de puissance apaisante caressa ma peau, provoquant un picotement le long de ma colonne. Le parfum décadent de Melek m'envahit, me noya dans un réconfort bienheureux.

Je me sentis soudain fatiguée. *Comme tout à l'heure… quand j'étais devenue un nuage…*

Une partie de moi savait qu'il valait mieux ne pas l'accepter, mais *ohhh… juste quelques secondes… ça ne fera pas de mal… pas vrai ?*

Melek m'avait dit quelques minutes plus tôt qu'il devait me toucher pour que sa magie de téléportation fonctionne. Je m'attendais à ce qu'il me prenne la main, mais non. Il me souleva et me porta comme une mariée, ce qui m'incita à protester. Sauf que je ne me rappelais plus pourquoi je devais m'en soucier.

Je me sentais bien. En sécurité. *Au chaud.*

Le tissu de mon pantalon noir bruissait tandis que mes

bottes de cuir se balançaient dans l'air. Ma position gonflait aussi mes seins dans le haut moulant façon corset, surtout parce que mes bras étaient enroulés autour du cou de Melek.

Pourquoi je me préoccupe de cette tenue ? me demandai-je, fronçant les sourcils. *Pourquoi je suis contrariée ?*

Je jetai un coup d'œil à Melek, cherchant à comprendre pourquoi j'avais voulu protester. *Il y a quelque chose*, me dis-je. *Il y a une raison pour laquelle je ne veux pas être tenue comme ça…*

Les fossettes de Melek apparurent lorsqu'il me sourit, visiblement amusé.

Est-il obligé d'être aussi beau ?

— Pour répondre à ta première question, petit ange, non, je n'avais pas besoin de te porter. Mais j'ignorais comment tu réagirais à mes capacités éthérées. (Il effleura ma tempe de ses lèvres, et ce bref baiser fit jaillir des étincelles à toutes mes terminaisons nerveuses.) De plus, je ne pouvais pas te laisser toucher le sol de cette aile avant que tu ne portes le collier.

Lorsque je rouvris les yeux, je le vis me scruter avec ses iris multicolores. Il était… hypnotique. Différent du Phénix d'Az, mais tout aussi séduisant.

Je cillai, réalisant qu'il attendait de moi que je fasse quelque chose.

— J'ai le collier dans la main gauche, si tu veux le récupérer. (Ses fossettes réapparurent.) À moins que tu veuilles que je te porte pendant toute la visite ? Ça ne me dérangerait pas.

— Et que se passera-t-il si je touche le sol sans ton collier ? répliquai-je en me tortillant pour m'écarter de lui. (J'avais besoin d'espace. D'air. De distance.) Est-ce que le palais est fait de lave ou d'une autre…

Je m'interrompis quand je pus voir au-delà du visage ensorcelant de Melek.

— Oh…

Putain… de merde…

Mon intuition n'était pas si éloignée de la réalité. Les murs étaient faits de feu, de tourbillons noirs et rouges de flammes et de fumée qui montaient verticalement, laissant le sol rouge sang immaculé.

Pourtant je ne ressentais aucune chaleur. Peut-être parce que Melek me protégeait.

Le sol était constitué d'une sorte de pierre scintillante qui reflétait l'énergie irradiant des murs. C'est peut-être aussi pour cela que je ne sentais pas la chaleur du feu. J'en étudiai la texture, puis promenai mon regard autour de moi.

On n'est pas seuls, réalisai-je.

Tous les quelques mètres, des chiens de l'Enfer étaient attachés au bout de longues laisses. J'en avais déjà vu sous leur forme humaine, mais ils étaient terrifiants ainsi métamorphosés. Dressant leurs oreilles pointues, tous nous fixaient avec des yeux ardents et intenses.

Il y avait aussi plusieurs Faë de l'Enfer qui traînaient dans le couloir.

D'accord, donc Melek ne plaisantait pas à propos de ma tenue, pensai-je en remarquant les leurs, plutôt habillées. *C'est comme s'il nous avait téléportés au milieu d'une galerie d'art infernale.*

Tous les Faë autour de nous portaient des costumes avec des boutons de manchette sertis de diamants. Certains avaient des cravates en soie noire, d'autres arboraient des chemises rouge vif. Je ne repérai aucune arme – aucune visible, en tout cas –, mais la plupart des Faë de l'Enfer n'avaient pas besoin d'une arme pour être une menace.

Et même s'il y avait un problème, je supposais qu'il leur suffirait de lâcher les chiens de l'Enfer sur les intrus.

J'avais abattu de nombreux chiens de l'Enfer lorsque Lucifer avait essayé de m'éliminer lors des épreuves nuptiales, mais ç'avait toujours été à un contre un. Me colleter avec toutes ces bêtes en même temps ? Non merci. Quoique les voir attachés me suggérait qu'ils n'avaient pas le droit de se transformer dans le palais. Je me demandais ce qu'ils avaient fait pour mériter pareil traitement, ou si Lucifer les préférait simplement sous leur forme animale.

En les détaillant, je remarquai qu'ils portaient des colliers cloutés de diamants et d'onyx noir. Eh bien, visiblement, aucune dépense n'avait été épargnée pour le palais et ses occupants.

— Non, répondit Melek, reportant mon attention sur lui. Le sol n'est pas fait de lave.

Je cillai, désorientée par son changement de sujet. Puis je me rappelai que je venais de poser une question sur le sol et la raison de ces colliers.

— Oh.

J'avais l'air d'être loquace ce soir. *Euh, ce matin ? Cet après-midi ? Quelle heure au juste ?*

— En fait, aucune partie du palais n'est en lave, poursuivit-il. Les murs sont faits de feu d'Enfer. Du moins dans cette aile. Mais l'aile est n'a pas de flammes, surtout parce qu'elle réservée aux réunions d'affaires et aux visiteurs étrangers.

Il me serra contre son torse, me masquant de nouveau la vue. J'eus le souffle coupé d'être ainsi collée à lui.

— Mais on n'est pas dans l'aile est. Donc tu as besoin de protection. (Il lança un coup d'œil par-dessus mon épaule.) Tu vas devoir prendre le collier.

Il me fallut quelques secondes pour saisir ses paroles. *C'est vrai, il tient le collier dans sa main gauche.*

Il n'avait pas répondu à ma question sur ce qui se passerait si je posais le pied sur le sol du palais de Lucifer sans ce talisman, mais d'après ce que j'avais vu jusqu'à présent, je serais sans doute brûlée vive ou mettrais les chiens de l'Enfer aux abois.

Je me tournai et tendis le bras pour attraper le collier, que je tins sur ma poitrine.

— Lève-le et je t'aiderai à le mettre.

Sans prévenir, il me posa doucement par terre. La chaleur monta aussitôt le long de mes jambes tandis que l'énergie grésillait dans mes talons. Une vague d'épuisement m'envahit d'un coup. *Putain de merde.* Je serrai le collier, sentant qu'il tirait quelque chose en moi. Quelque chose que je ne comprenais pas.

Melek m'avait dit une fois que le talisman était une sorte de conduit. Je ne savais pas trop si c'était un conduit pour son pouvoir, ou le mien, ou peut-être les deux.

— C'est pour ça que Ty – je veux dire Lucifer – a dit que tu pouvais me rendre le collier ? demandai-je tandis que Melek me passait la chaîne autour du cou.

— Ty voudra d'abord te parler, éluda-t-il en la fermant sur ma nuque.

Cela ne répondait pas à ma question. Et cela laissait aussi entendre que me brûler vive ou me donner en pâture aux chiens de l'Enfer n'était pas non plus exclu. Lucifer était tout simplement trop occupé en ce moment pour me consacrer du temps.

Parce qu'il discute avec Ajax et Az pendant que Melek me distrait avec sa visite.

Ma mort était probablement sans importance pour Lucifer. Il verrait ça quand il trouverait un moment.

Je levai brusquement les yeux quand un chien de l'Enfer se mit à me gronder dessus. Par réflexe, je portai ma main à ma hanche en quête d'une arme. Sauf que je n'en avais pas. *Car Az m'avait repris la dague et Ajax n'en avait pas invoqué une nouvelle pour aller avec cette tenue. Merde.*

Az n'avait pas le droit de reprendre cette dague. Son Phénix — *mon* Phénix — me l'avait offerte. Je ne savais pas trop pourquoi, mais j'appréciais que sa bête m'aime bien. J'espérais qu'elle m'offrirait une certaine protection. Peut-être.

Mais c'est peu probable, me dis-je. Car Az était du genre à tenir son Phénix en laisse. Il me fallait donc conquérir l'homme afin que cette protection me soit garantie. Eh bien, je ne voyais pas ça arriver de sitôt, malgré tous les jeux sexy que nous venions de partager.

Cependant, j'avais apprécié la dévotion totale dont sa bête avait fait preuve. Nul autre ne m'avait jamais protégée comme ça. Nul autre n'avait été prêt à *tuer* pour moi. Pas seulement dans le royaume des Faë de l'Enfer, mais en général.

— Camillia, m'appela Melek, en attente à quelques pas devant. Par ici.

D'accord. Visite du palais. Distraction. Pigé.

Ce n'était pas mon premier choix d'activité, mais c'était mieux que me faire dévorer par un chien de l'Enfer hargneux.

Marchant aussi vite que mes talons trop hauts me le permettaient sans me tordre la cheville, je suivis Melek dans un couloir où brûlaient encore plus de flammes. Heureusement, la chaleur ne m'affectait plus du tout. *Grâce au collier ?* Je palpai le talisman : le métal était froid. Lorsque je touchai sa pierre, une onde rafraîchissante me balaya.

— Alors, euh, c'est le palais de Lucifer ?

Je connaissais déjà la réponse. Je voulais juste que Melek parle. *De préférence à propos de Lucifer et de ce qu'il va bien pouvoir me faire.* Pas seulement parce qu'il devait penser que j'avais séduit son Gardien et son Commandant, mais parce que j'avais touché sa précieuse source. Ce qui n'aurait pas dû être possible.

Tout ça n'a aucun sens.

— En partie, oui, répondit Melek évasivement.

Il tourna à un angle du couloir et passa devant deux sentinelles pour entrer dans ce qui avait l'air d'un espace privé. Du moins je supposais qu'il l'était car nous étions seuls dans ce couloir, laissant tous les chiens de l'Enfer et autres Faë derrière nous.

Il marcha en silence pendant quelques instants, me laissant admirer les murs en feu d'Enfer et le sol en pierre. *Pas de fenêtres. Pas de portes. Juste un couloir sans fin de flammes et de sang.* C'était sinistre. Mortel. *Comme si je marchais vers ma propre exécution.*

Cependant, le couloir donna sur un grand espace ouvert encadré par un immense balcon. Mais c'est l'objet au centre de la pièce qui me captiva. Car il était *massif.*

Les yeux écarquillés, je contemplais une statue de Lucifer sculptée dans du marbre rouge et filetée d'or.

Si on m'avait demandé de représenter artistiquement le roi des Faë de l'Enfer, je l'aurais installé sur un trône, régnant sur ses sujets. Mais ce n'était pas ça du tout. L'œuvre d'art colossale montrait un Lucifer brisé, étendu à terre, la tête penchée. La statue semblait presque vivante, chaque mèche de cheveux était bien définie, disposée en couches qui tombaient sur le sol.

Mes talons claquant sur la pierre, j'entamai un lent cercle autour de la statue.

Chaque muscle était tendu, représentant une pure agonie, mais le visage de Lucifer n'affichait aucune émotion. Dans son dos, deux cicatrices sanglantes déchiraient ses omoplates. Elles avaient l'air douloureuses. Atroces, même. Réalistes. Cela provoqua en moi l'envie fort étrange de lui tendre la main et lui offrir du réconfort.

Mais je m'en abstins, vaguement consciente que c'était un objet inanimé.

— Ty a demandé que cette statue soit installée à l'entrée de son aile personnelle, afin que tous ses proches se souviennent de ce qui nous réunit, m'informa Melek d'une voix douce.

Sa présence à mes côtés fut à la fois bienvenue et surprenante. J'avais presque oublié qu'il était là.

— Et qu'est-ce qui vous réunit ? m'enquis-je. (*La douleur ? Le sacrifice ?*)

— Le rejet, répliqua-t-il.

Un mot que je n'avais pas envisagé mais qui s'avérait parfaitement logique avec ce que j'avais appris récemment.

Lucifer avait chuté. Le livre me l'avait montré. Toutefois c'était bien plus que cela. Sa chute avait été significative, mais je soupçonnais que c'était ce qui s'était passé avant qui le définissait vraiment.

Il avait été chassé de chez lui et – supposai-je – *rejeté* par ceux qui étaient censés être sa famille.

Tout comme les abominations qu'il avait prises sous ses ailes brisées.

Incapable de résister, je revins devant la statue, m'avançai et passai mes doigts sur la pierre parfaite. Elle était si grande que je ne pouvais qu'effleurer sa main – mais à ma grande surprise, elle était chaude.

J'avais l'impression de mieux comprendre Lucifer à présent. La création d'une nouvelle source n'avait pas été une démonstration de grand pouvoir ou contrôle.

Il avait simplement essayé de survivre.

Et ce faisant, il avait placé d'autres races déchues sous sa protection. Certains pourraient même qualifier cela d'admirable.

À part le kidnapping d'épouses forcées.

Melek se rendit sur le balcon et croisa ses mains dans

son dos. Ses doux cheveux blond foncé se balançaient au gré du vent chaud, m'évoquant des plumes. Je le rejoignis et hoquetai en découvrant enfin la vue extérieure.

C'était impressionnant, c'est le moins qu'on puisse dire. Des bâtiments rouges, noirs et dorés bordaient une rue en marbre au loin, et des cours de flammes et de roches charbonneuses séparaient l'enceinte du palais de ce qui devait être la ville.

— On est au cœur du domaine des Faë de l'Enfer ? demandai-je, ne connaissant pas tous les différents royaumes sur lesquels régnait Lucifer.

— C'est le *royaume* des Faë de l'Enfer, précisa Melek. C'est là que Lucifer et moi vivons, ainsi que ses Faë de l'Enfer et les parias – ou *abominations*, comme les appellent les autres royaumes – sous son commandement.

Je hochai lentement la tête, essayant de distinguer au-delà des somptueux bâtiments de la ville.

— Alors les Terres Stériles…

Je m'interrompis, ne voyant rien dans les environs qui ressemble au paysage aride que j'avais arpenté au cours des épreuves.

— Les Terres Stériles sont un autre royaume. C'est l'une des nombreuses régions où résident les Faë du Cauchemar.

Je fronçai les sourcils.

— Et quelle est la différence ?

Il garda le silence un moment, promenant son regard sur le paysage.

— Le livre t'a montré la chute de Lucifer, mais est-ce qu'il t'a expliqué comment et où il a atterri ?

Je me rappelais la douleur que j'avais vue sur les traits de Lucifer, comment j'avais surpris le sourire en coin de Melek, et la fureur viscérale qui avait suivi, qui m'avait ébranlée jusqu'au tréfonds de moi-même… et puis…

— Tout a déraillé après qu'il ait éclaté en une boule de lumière, murmurai-je, la gorge soudain sèche. Il était tellement en colère…

— À juste titre, murmura Melek, dont les traits s'assombrirent un instant. Quand Lucifer a chuté, il a atterri dans les fosses de l'Enfer. C'est là qu'ont été envoyés ceux que nous appellerons les *parias*. Tu connais ces parias sous le nom de Faë du Cauchemar de nos jours.

J'étudiai le profil de Melek, étonnée qu'il s'exprime en des termes compréhensibles plutôt que par énigmes. Mais je m'abstins de tout commentaire, car je ne voulais pas risquer de gâcher ce moment.

— Il n'y en avait pas beaucoup au début, reprit-il. Mais c'était bien assez. Ils n'avaient pas d'ordre ni de foyer, pas de rois ni de chefs pour les guider, juste des âmes brisées qui se débattaient pour survivre. (Melek jeta un coup d'œil à la statue derrière lui, une pointe d'admiration sur ses traits.) Lucifer a assumé le fardeau de devenir leur lumière. Au cours des millénaires, il a fourni structure et protection. Des royaumes ont été créés, des terres parfaitement adaptées aux Faë du Cauchemar qui y résident. Mais les environnements hostiles ne conviennent pas à tous, c'est pourquoi on a créé tout ceci.

Il désigna le palais et la ville au-delà.

— Le royaume des Faë de l'Enfer, dis-je, reprenant ses propres termes.

— Oui. Un endroit où les Faë aux origines mixtes, comme toi, peuvent résider en toute sécurité, sans jugement ni menace de violence de la part des autres royaumes Faë. Nous n'employons pas le mot *abomination* ici. Nous embrassons simplement tous les genres de Faë, accueillons ceux que les autres craignent et leur donnons un foyer.

— Mais on les considère comme différents des Faë du

Cauchemar, soulignai-je, afin de m'assurer que j'avais bien saisi.

— Oui. Les Faë du Cauchemar sont plus spécifiques ; leurs origines découlent en général d'une seule espèce plutôt que de plusieurs.

Il s'accouda sur la rambarde du balcon et croisa mon regard.

— OK, donc ils ne sont pas des Faë de l'Enfer parce qu'ils n'ont pas de mélange de types de Faë en eux, précisai-je, commençant à comprendre.

— Oui. Ainsi, un Naga, par exemple, est un Faë du Cauchemar parce qu'il est uniquement d'origine naga. Alors qu'Azazel est un Faë de l'Enfer parce qu'il a des ancêtres mixtes. Son père était un Faë de l'Enfer, à la fois Faë du Paradoxe, Faë des Cadavres et Goule, tandis que sa mère était une Faë Phénix Noir pure souche.

J'ignorais qu'Azazel était tout ça. Bon, je connaissais son côté Phénix. Mais l'autre partie était tout aussi intense.

Cependant, il y avait une chose que je n'avais toujours pas comprise.

— Pourquoi ne pas simplement appeler le Naga, eh bien, un Naga ?

— Parce que les Nagas sont un type de Faë du Cauchemar. Tout comme les Dragons Rubis, les Centaures ou les Minotaures. Ce sont tous des types de Faë du Cauchemar.

— Parce qu'ils sont, euh, un peu comme des monstres ? Par conséquent, ce sont des Faë du Cauchemar ? devinai-je.

Je n'essayais pas de faire des stéréotypes ; c'est juste que je n'avais jamais su que ces êtres mythiques existaient vraiment avant de devenir une épouse Faë de l'Enfer. Lucifer les avait manifestement bien cachés.

Alors pourquoi j'apprends tout ça maintenant ? Parce que Melek a envie de partager ses connaissances et me fait confiance pour ne rien divulguer ? Ou parce qu'il sait que je ne vivrai pas assez longtemps pour utiliser ces informations ?

Melek haussa une épaule.

— C'est une façon de les définir. Moi je les vois plus comme des créatures incomprises que comme des monstres, mais de nombreux royaumes Faë les rejettent sous ce prétexte, les qualifiant de cauchemardesques et de monstrueux.

Entendre sa définition me fit reconsidérer mes propres termes.

— Des créatures incomprises, ça sonne mieux.

— N'est-ce pas ? opina-t-il avec un sourire. Il se trouve aussi que c'est vrai, ce que tu as appris dernièrement dans tes épreuves, je crois ?

Les mirages, me dis-je, interprétant ses paroles. *Il parle des mirages.*

J'avais remarqué les auras autour de certains Faë du Cauchemar en courant dans les Terres Stériles. Certains Centaures étaient violents, alors que d'autres… semblaient presque gentils. Aimants, même.

Mais une chose que Melek avait dite me fit sourciller.

— Tu as dit que ce royaume a été bâti pour les Faë de l'Enfer qui ne peuvent pas survivre dans les environnements des Faë du Cauchemar.

Ce n'était pas mot pour mot ce qu'il avait prononcé, mais c'était le sens général.

Son regard hypnotique scintillait dans la lumière, lui conférant un éclat surnaturel qui me détourna presque du fil de mes pensées. Sauf que je butais sur un certain détail maintenant, un détail qui m'avait renfrognée.

— Alors comment les épouses Faë de l'Enfer sont-elles censées survivre dans les Terres Stériles ? À moins que ce royaume-là soit considéré comme habitable ?

Je ne pus réfréner la note de sarcasme dans ma voix. Parce qu'en aucun cas, dans les royaumes de l'Enfer, cet environnement ne pouvait être considéré comme hospitalier.

Melek sourit.

— Les accouplements des Faë du Cauchemar assureront la survie des épouses Faë de l'Enfer.

Je ne lui rendis pas son sourire.

— Ce qui veut dire que les épouses auront le choix entre s'accoupler avec leurs ravisseurs ou mourir ?

— Celles qui se trouvent être des compagnes appropriées ne refuseront pas le lien. C'est tout l'intérêt des épreuves. (Il inclina la tête.) Est-ce qu'elles t'ont paru terrifiées ou contentes ?

Une ruse, me dis-je. Parce qu'elles avaient eu l'air absolument horrifiées jusqu'à ce que je voie à travers le mirage.

— Leurs cris suggéraient qu'elles n'étaient pas enchantées par cette perspective, éludais-je.

Melek me lança un regard entendu, un sourire amusé au coin des lèvres.

— Eh bien, on verra ce que tu ressens après la prochaine épreuve.

Je blêmis à cette idée.

— Et ce sera quand ?

Est-ce que ça veut dire aussi que je serai encore en vie à ce moment ? ajoutai-je mentalement.

— C'est une question pour Ty, murmura-t-il. Ce qui me rappelle que nous devrions continuer notre visite.

Il ne me laissa pas l'occasion de poser d'autres questions. Il quitta le balcon et sortit de la pièce par une autre issue, elle aussi gardée par des sentinelles silencieuses.

Je faillis trébucher sur mes bottes à talons hauts en m'efforçant de le suivre.

— Je vais me rompre le cou avec ça, grommelai-je.

Les douces fossettes de Melek réapparurent.

— Tu finiras par apprécier les vêtements propres aux Faë de l'Enfer. Après tout, tu vas sans doute rester ici un bon moment.

— Au palais ?

Ça veut donc dire que je serai toujours en vie ? supputai-je encore.

Il m'emmena dans un autre couloir sinistre et bordé de flammes vers des doubles portes en obsidienne. Il chuchota quelques mots que je ne saisis pas, qui firent fondre la roche devant nous. *Littéralement.* Telle une cascade noire. J'écarquillai les yeux devant ce spectacle, puis les baissai vers le sol. Mais la roche liquide – ou je ne sais quel matériau – s'était simplement évaporée.

Melek me fit franchir le seuil. Un claquement sec retentit derrière moi sitôt que j'eus posé le pied dans le nouvel endroit. Je fis volte-face d'un sursaut.

Les portes étaient de nouveau en place.

Et nous étions bien seuls dans un nouveau couloir.

— Qu'est-il arrivé aux autres Faë de l'Enfer ? m'enquis-je, soudain mal à l'aise.

— Ils restent dans les lieux publics. (Il marqua une pause, comme s'il songeait à eux.) La plupart occupent divers postes au palais. Mais certains ne sont que de passage. À mon avis, ils veulent avoir un aperçu de Lucifer pour se rassurer.

Je ne savais pas trop ce qu'il entendait par ces derniers mots, mais je n'étais guère focalisée sur ces détails. Sa première phrase me préoccupait davantage.

— Donc on n'est plus dans un lieu public ? relevai-je en déglutissant.

Ses paroles à propos de la statue me revinrent à

l'esprit : « *Ty a demandé qu'elle soit installée à l'entrée de son aile personnelle… »*

— Nous sommes… (Je m'interrompis, déglutis de nouveau.) Nous sommes dans les quartiers personnels de Lucifer ?

— Tout à fait, petit ange, sourit Melek. Viens, il y a beaucoup de choses à voir ici.

CHAPITRE 16

CAMI

Je suis dans l'aile privée de Typhos Lucifer. Chez le roi des Faë de l'Enfer.

Celui-là même qui pourrait vouloir me tuer – ou pas.

Ma gorge se serra soudain, mes jambes devinrent de plomb. *Voilà donc ce qu'on ressent lorsqu'on marche sciemment vers son exécution. Putain.*

Melek s'était remis en route d'un pas long et assuré. Je jetai un coup d'œil à la porte derrière moi. *Décidément aucune issue.* Mais au moins, il n'y avait pas de chiens de l'Enfer ici.

Jurant à voix basse, je me mis à suivre Melek, mes talons claquant bruyamment sur le sol de pierre. Ces bottes ne me permettraient pas de courir. De toute façon, je ne savais pas où aller.

— Nous allons en rester à l'aile privée de Lucifer pour aujourd'hui, déclara-t-il quand je l'eus rejoint. Il y a trop de choses à te montrer en une seule visite, et j'ai pensé qu'il serait préférable que tu voies d'abord où tu vas loger.

On visite l'aile où je vais loger… Je répétai ces mots dans ma tête, peinant à les assimiler.

— Mais c'est l'aile de Lucifer, remarquai-je bêtement.

Une lueur malicieuse apparut dans ses yeux fractals.

— En effet.

— Et c'est… c'est là que je vais loger ?

— Oui.

Mon estomac se retourna, et j'eus l'impression d'avoir été de nouveau téléportée par la magie de Melek.

J'imaginais que c'était mieux que d'être enfermée dans un cachot. *Est-ce que ça l'est vraiment ?* appréhendai-je. *Est-ce que j'ai envie d'être aussi proche du Roi des Faë de l'Enfer ?*

Un frisson me parcourut l'échine et raidit mes jambes alors que je me forçais à suivre Melek. Je ne savais plus quoi dire ni quelles questions poser. J'étais trop perdue dans ma propre confusion pour me concentrer.

Il dit quelque chose que je ne saisis pas bien à propos d'un couloir en particulier. Je ne retins que les mots *salle de jeux*, mais ne pris pas la peine de demander des précisions. Je n'étais pas sûre d'avoir envie de savoir dans quel genre de « salle de jeux » le roi des Faë de l'Enfer pouvait bien se divertir.

Nous continuâmes à marcher pendant ce qui me parut des heures, mais qui ne devait être que quelques minutes. Puis nous arrivâmes dans une nouvelle salle peuplée d'autres chiens de l'Enfer. Ceux-ci n'étaient pas enchaînés aux murs de flammes, ils étaient assis sur des plates-formes en cuir. Et nombre d'entre eux étaient sous leur forme humaine.

Je les regardai en battant des paupières, et sursautai quand un Faë de l'Enfer vêtu d'un smoking nous croisa, tenant un chien de l'Enfer en laisse.

— Hum… (Il emprunta le couloir que nous venions de quitter.) Est-ce qu'il va être puni comme les autres ou un truc comme ça ?

Melek me jeta un coup d'œil en haussant les sourcils.

— Puni ?

— Ouais. (Je me raclai la gorge.) Comme les chiens de l'Enfer de tout à l'heure, enchaînés aux murs de feu ?

Il s'arrêta et me fit face.

— Ils ne sont pas punis. Les chiens de l'Enfer aiment le feu. Et ils acceptent mieux les ordres sous leur forme canine.

Non loin, l'un d'eux ricana, ses yeux noirs perçants capturèrent les miens et une boule de feu se forma dans sa paume. Je m'attendais à moitié à ce qu'il me lance ce brasier à la figure, mais non, il le jeta au chien de l'Enfer transformé de l'autre côté de la salle. Ce dernier attrapa la sphère ardente dans sa gueule et la croqua en remuant la queue de contentement. Puis il fonça à quatre pattes sur l'autre, le plaqua au sol et tous deux s'engagèrent dans une lutte au corps-à-corps, humain contre chien embrasé.

— Tu vois ? dit Melek d'un ton amusé. Ce sont des créatures très joueuses. C'est l'une des pièces que Lucifer leur a données de ce côté du palais pour qu'ils se détendent pendant leur pause. Leur aile de sécurité se trouve à un bon kilomètre de là, et même si ce n'est rien pour un chien de l'Enfer, beaucoup préfèrent se relaxer ici.

— Sécurité, relevai-je. Les chiens de l'Enfer constituent la principale sécurité du palais. (C'était logique.) Mais ils ont besoin d'une laisse ?

— Comme j'ai dit, ils obéissent mieux aux ordres sous leur forme canine. Mais ils peuvent être assez bordéliques, et leur penchant pour le feu provoque souvent des dégâts. C'est plus facile si un Faë de l'Enfer les aide à rejoindre leurs postes.

Melek se remit en route. Il était anormalement communicatif, ce qui me suggérait qu'il devait me préparer à quelque chose. J'avais un peu appris à déchiffrer ses indices au bout des quelques jours ou semaines que nous avions passés ensemble. Tout ce qu'il faisait et disait avait un but. Ce n'était pas différent maintenant.

Et il n'avait pas encore parlé des intentions de Lucifer à mon égard. Ce ne pouvait pas être un manquement : il évitait le sujet pour une bonne raison. J'aurais aimé savoir laquelle.

Mes doigts me démangeaient de l'absence d'un couteau, d'une arme quelconque pour me protéger de ce qui allait arriver, mais les objets les plus pointus que je portais en ce moment étaient mes talons qui continuaient à claquer bruyamment sur le sol rouge sang.

La suite de notre visite comprenait un tour dans la salle des trophées, qui contenait beaucoup trop de crânes à mon goût. Puis Melek me montra les cuisines – avec du personnel ou en self-service – et plusieurs coins lecture aux bibliothèques remplies de livres. Je n'étais pas surprise que Lucifer apprécie la littérature. Sans doute parce que j'avais fait la connaissance d'un de ses livres.

À mesure que Melek me faisait visiter les lieux, je commençais à remarquer une tendance : chaque pièce était ornée d'une œuvre d'art ou d'une statue incroyable. Parfois il les commentait, parfois non. Mais lorsqu'il faisait une remarque sur une œuvre, elle était toujours liée à Lucifer d'une manière ou d'une autre.

— Ty a commandé ceci il y a environ deux mille ans pour commémorer la création du royaume sous-marin.

— Cette pièce a été créée en l'honneur des négociations de Ty avec les Faë du Mythe. La collection de mains représente leur accord monumental, mais si tu la regardes de cette façon, tu peux voir qu'elle forme une cage. Une œuvre d'art très parlante, pourrait-on dire.

— Ce sont les chiens de l'Enfer qui ont fait ça pour Ty.

C'est… eh bien, c'est unique. Mais Ty l'adore, c'est pourquoi il se trouve dans sa bibliothèque préférée.

— Mon roi tient très à cœur à ses accords et à ceux qui l'ont trompé. C'est ce que représente cette statue de Sirène – une forme ultime de punition.

— Quoi que tu fasses, ne touche jamais cette plume d'or. Je sais qu'elle est attirante, mais c'est une relique ensorcelée d'un très ancien royaume Faë. Ty la conserverait dans du verre s'il le pouvait. Mais sa magie s'y refuse.

Ce dernier objet flottait au milieu d'un coin lecture, ses doux plumets scintillant d'un éclat qui me rappelait la Source des Faë de l'Enfer. Je m'en écartai largement et suivis le chemin tracé par Melek.

— Et voici la salle des contrats.

Il désigna des doubles portes massives, entièrement métalliques. Un entrelacs de chaînes en interdisait l'accès, et une serrure en forme de crâne crachant des flammes me dissuadait de la crocheter. Non pas que j'en avais envie.

D'accord, peut-être juste un peu.

J'aurais bien aimé voir s'il y avait plus de détails sur le marché que mon père avait passé avec Lucifer. Car le contrat que j'avais lu pouvait être incomplet.

Ou peut-être que c'était aussi simple que ça. Ce n'était pas comme si mes parents s'étaient vraiment souciés de moi.

— La plupart des Faë ne voient qu'un mur de flammes ordinaire ici, ajouta Melek, une note de curiosité dans le ton.

Il me fallut un moment pour saisir ses paroles. Il me testait. *Est-ce qu'il a interprété mon examen comme une tentative de voir à travers le mirage, ou comme une simple évaluation des portes ?*

Sans doute la seconde hypothèse.

Ma capacité à voir des choses que je ne devrais pas voir n'était pas un secret. Alors, au lieu d'émettre un commentaire, je haussai simplement un sourcil en attendant son prochain mouvement.

Il retroussa ses lèvres à sa manière diabolique, me laissant entendre qu'il savait parfaitement ce que j'avais vu. Mais il ne le dit pas, annonça simplement :

— On approche des quartiers résidentiels.

Cela sonnait à la fois comme une promesse et une menace, me rappelant mon destin plus qu'incertain.

Je le suivis en silence, mon esprit touillant un mélange de crainte et de curiosité. Cette dernière l'emporta quand nous franchîmes une autre porte fondante pour déboucher dans un vaste vestibule tout embrasé de flammes. Plusieurs chiens de l'Enfer se tenaient en faction le long des murs.

Je déglutis. *Je vais clairement vers mon exécution.*

Cette pensée s'assombrit encore quand Melek s'arrêta devant une barrière rouge qui miroitait au milieu du vestibule.

— Après toi, me convia-t-il.

Je lui lançai un regard étonné.

— Tu veux que je traverse ce truc ?

— Oui. (Ces maudites fossettes me firent de l'œil.) À moins que tu préfères dormir avec les chiens de l'Enfer ?

Je lui dardai un regard noir.

— Qu'est-ce qui m'attend de l'autre côté ?

— Tu verras, répondit Melek, l'air amusé.

Comme j'hésitais encore, il haussa les épaules et franchit la barrière, me laissant seule.

L'envie de fuir me prit à la gorge et me pétrifia un moment, l'esprit embrouillé par le labyrinthe que nous avions parcouru. *Il n'y a pas d'échappatoire. Les portes fondent ici, bordel. Il y a des chiens de l'Enfer partout. Je suis littéralement au cœur du domaine des Faë de l'Enfer. Ou du royaume des Faë de l'Enfer. Peu importe. C'est le palais de Lucifer. Merde.*

Même si je savais comment m'échapper, on me

traquerait à nouveau. Et cette fois, je ne m'en sortirais pas vivante.

Ou je serais embarquée par Az et Ajax pour être encore interrogée. Puis baisée à nouveau. Peut-être. Avec un peu de chance.

La chaleur irradia ma peau déjà chaude tandis que des souvenirs flashaient derrière mes paupières. J'empoignai le talisman et m'imprégnai de son énergie froide. J'avais besoin de me concentrer, de garder les pieds sur terre.

Oui, c'était incroyable. La meilleure baise de ma vie. Mais ce n'est pas le moment d'y songer.

Que cela se reproduise était un vœu pieux, surtout si je m'échappais. Mais je ne voyais pas comment. Il était donc inutile d'y songer.

Ou de me délecter de ces souvenirs. *Ou d'en redemander.*

D'autant plus que j'étais peut-être en train de marcher vers ma mort.

Concentre-toi, Cami, me morigénai-je, scrutant la barrière. *Tu peux y arriver. Redresse les épaules. Garde la tête haute. Regarde-le en face. Tu n'as rien fait de mal. Tu dois juste en convaincre Lucifer.*

J'avais affronté pas mal de diables au cours de ma vie. Des connards dans les fêtes étudiantes. Des chiens de l'Enfer flippants. Sans parler de mon père.

Mais Lucifer était *le* diable en personne, et il me faisait une peur bleue — une expression juste même si Melek ne l'aimait pas.

Qu'est-ce qu'il va me faire ? m'inquiétai-je. *Bon, il n'y a qu'une seule façon de le savoir.*

Je pris une grande inspiration et traversai la barrière miroitante. Mon collier bourdonna, me faisant tressaillir. Une lumière blanche voleta dans mon champ de vision, me donnant le vertige un instant avant que la belle silhouette de Melek n'apparaisse.

— Voilà mon petit ange, murmura-t-il en me tendant la main. Allez, viens. Le meilleur est encore à venir.

Je n'avais aucune idée de ce qu'il voulait dire, ni de ce qui me poussait à prendre la main qu'il me tendait, mais j'avais l'esprit embrumé comme tout à l'heure, ce qui me rendait bizarrement sensible à son charme.

Il devait être en train de me droguer.

Car ça n'avait certainement rien à voir avec le fait que Melek venait de me conduire dans ce qui était manifestement ses quartiers privés. Et ce n'était pas du tout lié à son regard angélique ou à ce sourire ravageur qu'il n'arrêtait pas de me lancer.

Non. Il ne m'attire pas du tout. Absolument pas.

Sa main serra la mienne comme s'il captait mes pensées. *Menteuse*, disait son geste.

Ou bien c'était ma conscience qui n'était pas dupe.

Melek n'avait pas vraiment tenté de me faire du mal, malgré sa propension à me chercher des noises. En vérité, il avait été le premier à croire à mon histoire de temps perdu. Et il paraissait également se soucier de ma protection. Du moins c'était ainsi que j'interprétais le cadeau du talisman.

Et la plume ? me demandai-je. *Qu'est-ce qu'elle m'a fait ?*

J'avais la question sur le bout de la langue, mais alors que nous passions devant une porte au cadre orné de cornes, Melek m'annonça :

— Mon enfer.

— Hein ? m'étonnai-je.

Il m'adressa un clin d'œil et m'amena à une autre porte, quelques pas plus loin.

— Et là, ce sera ton *home sweet hell*.

— Tu veux dire *home* ? L'expression est bien « home sweet home », non ?

Au lieu de répondre à mes divagations – dues à ma

nervosité —, il me fit franchir le seuil et me révéla la superbe suite sur laquelle il débouchait.

Je restai bouche bée. *C'est carrément une amélioration par rapport à ma cellule.* Ce qui était normal puisqu'on était dans les quartiers personnels de Lucifer.

Tout à coup je regrettai mon ancien logement, avec ses barreaux de fer et son lit invoqué. Parce que cette suite était bien trop proche du roi des Faë de l'Enfer.

Il va me tuer pendant mon sommeil, devinai-je. *Ou pire encore.*

Un soupçon de chaleur caressa ma peau, une chaleur qui ressemblait mystérieusement à celle de la plume. Sauf qu'il n'y en avait pas. Et Melek ne me regardait même pas. *Bizarre.*

Réfrénant mon stress, j'entrai dans la pièce et la parcourus des yeux.

Un vestibule en marbre donnait sur un salon géant meublé de canapés en cuir noir, de tapis rouge sang et un énorme écran noir qui devait fonctionner comme une télévision chez les humains. À côté se trouvait une cuisine avec un bar qui avait l'air bien garni.

Il y avait aussi des poteaux métalliques bizarres qui ressemblaient à… *Attends un peu.*

— Ce sont des barres de strip-tease ? demandai-je, incrédule.

— Seulement si tu veux t'en servir de cette façon, répondit Melek. Il y a aussi une grande chambre et une salle de bains luxueuse au bout du couloir à droite. Toutes deux sont conçues pour accueillir des groupes – je veux dire, plusieurs invités.

Je lui jetai un coup d'œil, bien consciente que ce n'était pas du tout ce qu'il voulait dire.

— Uh-huh.

J'allais le corriger – en disant quoi, je n'en savais rien, vu qu'il m'avait surprise avec Az entre mes jambes et Ajax m'embrassant – quand il se mit à chuchoter dans sa barbe.

Tout se déforma autour de moi. Je fronçai les sourcils. *Attends. Est-ce que tout ça n'est qu'illusion ? Un moyen de passer le temps ? Est-ce qu'on m'emmène à… ?* Mes pensées ralentirent quand la pièce réapparut, mais avec plusieurs nouveautés.

Un four à pizza avait rejoint la cuisine, avec de vraies flammes. Une machine à espresso trônait maintenant sur le comptoir. Et une cave à vin était installée près de l'écran noir dans le salon.

— Oh. Eh bien, c'est… c'est gentil. Merci.

Les fossettes de Melek réapparurent, il avait l'air content de mon appréciation.

—J'ai aussi garni le frigo de quelques-uns de mes plats préférés, dit-il. Des aliments humains, je veux dire. Comme du fromage.

Je gagnai la cuisine, curieuse de voir ce qu'il avait ajouté, quand la porte d'entrée s'ouvrit à la volée, me faisant sursauter.

Oh non. Il est…

— Ajax ?

Je lâchai un soupir de soulagement et détendis mes épaules, mon rythme cardiaque s'apaisant aussitôt. *Dieu merci.*

Sauf qu'il n'avait pas l'air très content de me voir. En fait, il était plutôt énervé.

Il laissa tomber un sac de sport par terre dans le vestibule et fila droit vers la cuisine.

— Il y a intérêt à ce qu'il y ait de l'alcool ici.

Je haussai les sourcils et Melek gloussa.

— Il y en a maintenant, répondit-il avec un pétillement dans le regard. (Puis il se tourna vers moi.) Mon service est terminé, dirait-on. Mais si tu as besoin de quoi que ce soit, n'hésite pas à m'appeler.

Euh… Je n'avais guère envie qu'il parte tout de suite, surtout avec Ajax et son humeur maussade.

— Tu ne veux pas rester un peu ? demandai-je.

Je détestai mon ton presque suppliant. Ce n'était pas du tout mon genre, mais je me sentais si peu protégée ici, trop à la merci du roi des Enfers. Et pas du tout préparée à ce qui allait advenir ensuite, quoi que ce fût.

— Tu es en de bonnes mains, petit ange, m'assura Melek.

Puis il rejoignit Ajax pour lui chuchoter quelques mots qui le firent sourciller. Je fis de même, curieuse de savoir ce qu'il avait dit. Mais avant que je puisse poser la question, il disparut, me laissant seule avec le Gardien.

Ajax ouvrit un placard en bougonnant et en sortit une bouteille d'un liquide ambré.

Il dévissa le bouchon et en lampa une bonne gorgée, sans même prendre un verre.

Je le fixai, attendant une explication sur son humeur actuelle. Mais il garda bouche close.

L'avertissement d'Az me traversa l'esprit, celui qu'il m'avait donné quand je m'étais réveillée dans le lit d'Ajax :

« Ça va l'obliger à ressentir. Du coup, il fera de son mieux pour te repousser. »

« Il croira le regretter. Mais ce ne sera pas vrai. »

Est-ce que c'est ça ? songeai-je. *Ajax qui régresse encore en mode connard ?*

Hors de question que j'accepte ça, après tout ce qui s'était passé entre nous. Il m'avait interrogée. Tourmentée avec des serpents. Puis il s'était montré tout contrit – quoiqu'un peu forcé par un Phénix en colère, mais j'avais bien senti ses remords – et m'avait permis de lui rendre la pareille. Il avait partagé ses secrets, ses blessures, son passé. Et puis il m'avait baisée avec une intensité que je n'avais jamais connue. Il m'avait pratiquement *possédée*.

Alors non. On n'allait pas revenir en arrière, surtout si je risquais de ne plus vivre très longtemps.

— Dis-moi ce qui te tracasse, l'enjoignis-je. Parle, qu'on puisse arranger ça.

Ses yeux noirs brillaient à la lueur du feu provenant des murs, et le bord bleu de ses iris prit une teinte violacée qui me rappela un peu Az.

— Je ne suis pas un chien de l'Enfer, Camillia. Je n'obéis pas aux ordres.

Je croisai les bras.

— Eh bien moi je n'accepte pas qu'un connard bougon assombrisse mon espace personnel sans raison valable. Alors vas-y, parle.

Il grogna et siffla une autre lampée avant de poser la bouteille sur le comptoir d'obsidienne.

— Ce n'est pas ton espace personnel, c'est celui d'Az. (Il promena son regard dans la pièce.) Ou du moins ça l'était jusqu'aux petites enjolivures de Melek.

Le voyant plisser les yeux devant les barres de strip-tease, je supposai qu'il les incluait également dans les *enjolivures*. Cela ne m'étonna pas. Ces poteaux métalliques portaient le nom de Melek en toutes lettres.

— Et je ne suis pas un connard bougon. Je réfléchis, c'est tout, ajouta-t-il. Mais je peux très bien être un connard, si c'est ce que tu préfères.

Il sortit sa baguette de sa poche et l'agita dans les airs, faisant apparaître une paire de menottes dont l'une enserrait mon poignet. Suivit une rafale de vent qui me propulsa droit vers l'une des barres. Et l'autre menotte se referma dessus.

— Libère-moi. Tout de suite.

— Non. (Il prit sa bouteille, but une autre gorgée, la reposa sur le comptoir.) Je te libérerai après avoir pris une douche. En attendant, reste ici.

— *Ajax.* (Je pouvais supporter les menottes dans un moment coquin, mais là ça n'avait rien à voir.) Tu ne vas pas me menotter à une putain de barre de strip-tease.

— C'est déjà fait. (Il passa devant moi d'un pas désinvolte pour ramasser son sac.) Maintenant, tâche de bien te tenir et je te donnerai la clé en récompense.

J'ouvris de grands yeux.

— Tu te fous de ma gueule ! Az m'avait prévenu que tu tenterais de me repousser, mais je n'imaginais pas que tu serais aussi doué pour ça.

Il s'arrêta sur le seuil de la chambre — du moins le supposais-je d'après ce que Melek avait dit — et me lança un coup d'œil par-dessus son épaule.

— Je ne fais rien d'autre que te garder ici, ce qui est ma nouvelle mission. La dernière fois que j'ai pris une douche, tu as disparu, putain. Ça n'arrivera plus.

— *Nouvelle mission ?* Qu'est-ce que tu veux dire ? Tu as toujours été mon Gardien. En quoi c'est une nouvelle mission ?

— J'ai toujours été *le* Gardien. (Il me fit face.) Mais à présent je ne suis plus que *ton* Gardien. Mon poste a été temporairement réaffecté, le temps que Lucifer décide de ce qu'il va faire de toi et de moi. Alors fais-moi une faveur et tiens-toi à carreau. Parce que je n'ai aucune envie de mourir pour toi.

Sur ce, il s'éclipsa, me laissant bouche bée.

Merde. On allait donc partager cette chambre ? Ça expliquait son sac de sport, supposai-je. Ainsi que sa mauvaise humeur.

« Mon poste a été temporairement réaffecté... » Donc Lucifer l'avait démis de ses fonctions. *À cause de moi.*

Sauf que je n'avais rien fait de mal. Je n'avais pas eu l'intention de m'échapper. Ni de toucher la source.

Alors, qu'est-ce que ça implique pour nous deux ? Qu'est-ce que va décider Lucifer ?

Je m'assis par terre, les yeux rivés sur le couloir par lequel Ajax venait de s'éclipser. Toute l'exaspération que j'avais ressentie à son égard fondit en réalisant qu'il devait être autant dans le brouillard que moi.

Car Lucifer l'avait tenu pour responsable de ce qui m'était arrivé. J'étais dans le lit d'Ajax quand j'avais non seulement fui l'Enfer par magie, mais m'étais retrouvée près du cœur du pouvoir de ce royaume. Il était logique que Lucifer soupçonne Ajax d'être impliqué ou de m'avoir indirectement aidée d'une façon ou d'une autre.

Ajax était donc à la fois mon allié et mon ennemi. Un allié parce que nous étions maintenant dans le même bateau. Un ennemi parce qu'il n'avait pas choisi d'être embarqué dans tout ça.

Je repliai mes genoux contre ma poitrine et croisai mes bras autour de mes tibias du mieux que je pus avec la menotte au poignet.

J'avais les mots « je suis désolée » au bout de la langue, même si je ne savais pas trop de quoi je m'excusais au juste. Pourtant, ils flottaient encore dans ma bouche quand Ajax réapparut enfin. Il portait un jogging gris et un t-shirt blanc qui moulait sa carrure musclée. Ses cheveux noirs étaient humides de sa douche, et ses traits affichaient un total épuisement.

Il tressaillit en me voyant recroquevillée par terre et marmonna un sort qui tissa de la magie autour de mon poignet. Les menottes disparurent.

Je me massai le bras. Ma colère s'était complètement éteinte durant ces quelques minutes. J'étais aussi fatiguée que lui, voire plus, vu tout ce qui s'était passé. Ou peut-être moins. Difficile à dire.

— Je dormirai sur le canapé, m'annonça-t-il d'une voix douce. La chambre est à toi.

— Eh bien, techniquement, c'est celle d'Az, répliquai-je, tentant de détendre l'atmosphère avec un peu d'humour.

Mais Ajax ne sourit pas.

— Techniquement, c'est une chambre d'amis destinée à ceux que Lucifer considère comme sa famille, mais Az est le seul à remplir cette condition. C'est pourquoi j'ai dit que c'était sa chambre.

— Alors c'est un peu étrange qu'il nous garde tous les deux ici alors qu'on n'est manifestement pas de sa famille, remarquai-je.

— Ce n'est pas étrange, c'est stratégique. Il pourrait nous mettre dans un cachot, mais je suis l'ancien Gardien. Je connais ces cellules mieux que les détenus qui s'y trouvent. Et tu t'es avérée être un problème magique qui nécessite un niveau extrême de baby-sitting. Il nous garde donc près de lui, là où il peut nous surveiller lui-même.

Ouais, ça n'a rien d'inquiétant, me dis-je en déglutissant.

— D'accord.

De plus, c'était plutôt agréable d'avoir un *nous* dans cette situation, m'avouais-je. Une prise de conscience qui me fit culpabiliser parce qu'il ne devrait pas y avoir de *nous* du tout.

Je me passai la main sur la figure et bâillai. Une douche chaude et un bon lit, c'était ce qu'il y avait de mieux pour l'instant. Mais je risquais de m'endormir sous la douche. Alors peut-être un petit somme d'abord.

Ajax fit apparaître un oreiller et une couverture et alla chercher de l'eau dans la cuisine. Il prit une bouteille pour moi aussi, qu'il me tendit sans un mot, puis s'allongea sur le canapé.

— Essaie de dormir un peu. Je pense qu'on en a bien besoin tous les deux.

Je déglutis de nouveau, acquiesçai et me dirigeai vers la chambre.

— Bonne nuit, Ajax.

Comme il ne répondit pas, je soupirai et le laissai se reposer. Mais au moment où je fermais la porte, je l'entendis murmurer :

— Bonne nuit, petite rebelle.

Chapitre 17

Typhos

Mon lit était froid sans Melek à mes côtés, sa chaleur étant ce dont j'avais le plus besoin à mon réveil. Je le cherchai aussitôt mentalement, désireux de savoir qu'il était en sécurité et à l'aise.

Tu me manques aussi, me transmit-il, sentant manifestement mon désir. *Nous sommes toujours dans le royaume de l'Au-delà avec Maliki.*

Est-ce qu'il t'a donné quelque chose d'utile ? demandai-je.

Pour le moment, il est engagé dans une sorte de bataille de volontés avec Az, alors non. Melek avait l'air fatigué. *Maliki ne s'excuse pas. Il a dit que les Goules avaient faim et que quelqu'un devait les nourrir.*

Oui, c'était l'excuse qu'il m'avait donnée lorsque je lui avais rendu visite. Maliki avait une Faë des Cadavres pour mère et partageait un père Faë mixte avec Az. Tous deux avaient donc des Faë du Paradoxe, des Faë des Cadavres et des Goules en eux.

Mais cela n'avait jamais poussé Az à accorder un traitement spécial aux Goules. Contrairement à Maliki, qui les considérait comme ses proches, parfois plus que les Faë des Cadavres. C'était un mâle compliqué que j'aurais probablement dû tuer pour sa défiance. Toutefois, il était lié à Az. Et malheureusement, ses motivations étaient admirables.

Parce qu'il avait raison : les Goules étaient affamées. C'était pourquoi leurs épreuves avaient été avancées. Leur tour allait venir dans le cycle d'accouplements, juste après les Faë des Cadavres.

Jusqu'à ce que leur petite initiative de la Nuit des Monstres vienne tout gâcher.

Je me passai la main sur le visage, épuisé par ces trente jours et quelques de chaos.

Mes Faë du Cauchemar commençaient à s'impatienter, leur besoin de goûter aux offrandes nuptiales était palpable au fond de mon esprit.

Et pour couronner le tout, il régnait un profond sentiment d'incertitude, causé par la formation de deux portails illégaux dans mon royaume. Personne n'avait encore remis en question mes pouvoirs ou ma force, mais cela ne saurait tarder. Ces actes sapaient mon autorité et menaçaient ma position. Ils devaient cesser immédiatement.

On trouvera une solution, Ty, chuchota Melek dans mon esprit. *Az voulait d'abord parler à Maliki et continuer d'enquêter sur le site du portail ici pour voir si on peut trouver une trace similaire à celle du royaume Sous-marin.*

Je hochai la tête, bien qu'il ne puisse pas me voir.

On a été tellement occupés par la Nuit des Monstres qu'on n'a pas dû le sentir.

C'est ce que j'ai dit à Az, mais il avait déjà pensé la même chose.

Bien entendu. C'est pour ça qu'il est notre Commandant.

Oui. Alors fais-lui confiance, ainsi qu'à ton prince préféré, pour débrouiller tout ça.

Tu es mon unique prince, émis-je avec un grognement.

Tout comme tu es mon unique roi, rétorqua-t-il. *Alors s'il te plaît, vas-y doucement avec Cami aujourd'hui. Pour moi.*

Je l'ai laissée se reposer pendant quinze heures, lui rappelai-je. *C'était notre seul accord.*

Melek avait accepté d'aider Azazel à retrouver la source de la magie à condition que je m'engage à laisser Camillia et Ajax se reposer pendant au moins quinze heures avant d'entamer mon interrogatoire. J'aurais pu l'inciter à partir avec quelques cajoleries – comme lui faire remarquer que ce problème était bien plus important que le confort d'une Halfeline – mais c'était plus amusant de participer aux jeux de Melek que de contrecarrer ses efforts.

Voudrais-tu passer un autre accord ? proposa-t-il.

J'ai toujours envie de conclure des accords avec toi, petit prince. Mais je crois que j'en ai fait beaucoup trop en ce qui concerne cette femme. Elle est à moi maintenant. Je te ferai mon rapport quand j'aurai terminé.

Comme tu voudras, mon roi, répondit-il, son ton enjôleur étant comme un baiser à mes sens. *Je suis là si tu as besoin de moi.*

Je sais. Et je lui en serais toujours reconnaissant. *Reste en sécurité.*

Je suis dans ton monde, Ty. Ici, je suis toujours en sécurité.

J'aurais aimé y croire autant que lui. Parce qu'en ce moment, rien n'était sûr à mes yeux. Quelqu'un s'était infiltré dans mon domaine, et pire encore, j'avais une Halfeline qui pouvait non seulement lire mon livre, mais qui avait également touché *ma* source.

Tout ça devenait chaotique. Comme si je ne contrôlais plus rien.

J'avais passé un millier d'années à préparer les épreuves nuptiales des Faë de l'Enfer. Il y avait des milliers de plans, tous assortis de mises en garde et d'alternatives destinées à anticiper la moindre déviance. Mais nulle part je n'avais intégré des portails errants et Vita montrant la source à une femme.

Au moins, je pouvais faire quelque chose à ce sujet maintenant.

Je me glissai hors de mon lit et fronçai les sourcils en voyant apparaître un plein mug de café chaud. L'odeur d'ambroisie de Melek flottait dans l'air, m'indiquant qu'il avait fait en sorte que cela se produise dès que mes pieds toucheraient le sol.

Merci, petit prince.

Je m'assure simplement qu'on s'occupe de toi, répondit-il. *Maintenant, je dois me concentrer sur Maliki. Il semble se plier à la volonté de son frère. Enfin.*

Je ne répondis pas, le laissant se concentrer, et bus une gorgée du divin breuvage que seul Melek savait préparer. Il avait fait quelque chose avec son essence magique pour en rehausser la saveur, j'en étais certain.

Revigoré par ce grandiose café chaud, je gagnai la salle de bains pour me préparer à la journée.

En pratique, je laissais à Camillia encore plus de temps pour se reposer que je ne l'avais promis au départ, mais Melek m'avait mis de bonne humeur. Ce qui était probablement son but, à ce rusé petit prince.

Après une longue douche — sous laquelle je songeais à son fantasme impliquant de la soie rouge et une certaine femme —, j'enfilai un costume entièrement noir. Je n'aimais pas trop d'autres couleurs, mais il m'arrivait d'accéder aux demandes de Melek quand il avait des tenues spécifiques en tête.

Je chauffai un peigne et le passai dans mes longs cheveux, dont les mèches séchaient instantanément sous l'effet de ma magie chauffante. Puis je les repoussai dans ma nuque et vérifiai mon look dans le miroir.

Pourquoi je me soucie de mon apparence ? m'étonnai-je. *Je suis le roi, bordel.*

Cette fille n'était rien pour moi.

Bon, ce n'était pas tout à fait vrai. Elle avait réussi à se lier avec deux de mes compagnons, et elle avait séduit mon Gardien – quelqu'un en qui j'avais confiance.

Az avait eu raison hier de dire que je n'étais pas réellement déçu par Ajax. Il s'était montré admirable. Je n'allais pas le renvoyer pour une aventure avec une femme, surtout quand mon prince et mon Commandant la désiraient aussi. Malgré tout, je devais faire comme s'il était puni pour ses erreurs. Une candidate au mariage s'était échappée sous sa surveillance, et plusieurs de mes Faë de l'Enfer le savaient. Si je ne réglais pas ce problème, je passerais pour un faible ou serais accusé de favoritisme.

Bien sûr, je pouvais faire ce que je voulais en tant que roi, y compris l'autoriser à fréquenter cette fille bien qu'il ne soit pas un Faë de l'Enfer. Mais il faudrait que je joue finement les pièces sur l'échiquier pour que cela fonctionne. Car ce n'était pas le moment pour moi de faire des gestes qui pourraient être interprétés comme faillibles ou anormalement mous.

Je devais paraître fort, capable et maître de la situation. C'était le seul moyen de faire en sorte que mes sujets se sentent en sécurité. J'avais besoin qu'ils me craignent pour respecter mes lois. Car un roi cruel gérerait la menace pesant sur son royaume et y mettrait fin sans broncher, tandis qu'un roi au cœur tendre serait enclin à négocier, ce qui pourrait mettre en danger la vie d'innocents Faë de l'Enfer. Je serais toujours le premier et jamais le second.

C'est avec cette idée en tête que je quittai mes quartiers et me dirigeai vers la chambre que Melek avait donnée à Cami. Elle se trouvait au fond de mon aile personnelle et était généralement réservée à Az, mais ce dernier y passait rarement la nuit. Ces derniers temps, il préférait de loin sa chaumière, aux abords de l'arène nuptiale, ou, à l'occasion, la maison d'Ajax dans les bois.

J'envisageai un instant de frapper à la porte, mais m'en abstins. C'était *mon* domaine. Un roi n'avait pas à frapper.

Je me téléportai donc dans le salon.

Le parfum de Melek m'assaillit dès que je me matérialisai, hérissant tous les poils de mes bras — je m'attendis presque à le trouver quelque part dans la suite.

Mais non. Ce n'était pas mon petit prince, c'était sa magie. Partout.

Car il avait complètement redécoré l'espace autrefois moderne. Oh, les rouges et les noirs étaient restés — car c'était le thème récurrent chez moi — et les murs brûlaient toujours magnifiquement. Mais tout le reste avait changé.

— C'est un four à pizza ? lançai-je pour signaler ma présence.

Ajax se redressa d'un bond sur le canapé, le visage fripé de rides de sommeil.

Apparemment, quinze heures n'avaient pas suffi.

Camillia entra dans la pièce, une serviette sur la tête, vêtue d'un peignoir rouge soyeux qui me rappela le ruban que Melek avait tissé dans son fantasme.

Dès qu'elle me vit dans le salon, sa mâchoire tomba et elle se mit à regarder autour d'elle, comme si elle cherchait quelqu'un ou quelque chose. Je fronçai les sourcils.

— Tu espères trouver une arme ? Parce que je te promets qu'elle ne te sauvera pas.

— N-Non, Votre Altesse. Je… Je ne sais pas si… Suis-je censée m'incliner ? Ou faire une révérence ? Ou… ?

Elle finit par exécuter un mouvement maladroit en pliant les genoux tout en se penchant en avant, et faillit s'affaler face contre terre. Mais seule sa serviette glissa de sa tête et tomba, laissant ses mèches humides pendre autour d'elle comme une serpillière mouillée.

Je battis des paupières. *C'est cette femme qui tient tous mes hommes par les couilles ?*

Ce peignoir court et sexy découvrait sûrement son petit cul tandis qu'elle s'efforçait de garder cette étrange position, mais la grâce et l'élégance laissaient fort à désirer.

— Qu'est-ce que tu fous ? m'étonnai-je.

— Je crois qu'elle veut te saluer formellement, dit Ajax, l'air amusé. Mais elle a plutôt l'air un flamant rose dément.

Camillia se redressa et lui jeta un regard noir.

— Comment suis-je censée savoir de quelle façon saluer le roi des Faë de l'enfer ? Melek ou toi ne m'avez pas appris grand-chose.

— Non, mais j'ai entendu dire que mon livre t'en a appris beaucoup, dis-je avant qu'Ajax ne réponde. Et il faut l'appeler *Prince* Melek, surtout lorsqu'on s'adresse à son compagnon royal.

Elle déglutit, et son éclat devant Ajax s'éteignit dans la seconde.

— Mes excuses, mon… euh… Monsieur.

Ajax grogna à son cafouillage. Quant à moi, je ne fis que la fixer.

— Ton père ne t'a manifestement pas fait découvrir ce monde.

Ce n'était pas une question, mais une affirmation. Laquelle la fit ricaner.

— Mon père n'a pas fait plein de choses qu'il aurait dû faire, y compris m'avertir qu'il avait vendu mon âme au diable.

— Cami, souffla Ajax.

Elle l'ignora, ses yeux gris s'embrasant de nouveau alors qu'elle croisait hardiment mon regard.

— Je sais que vous êtes ici pour parler de la source, ou

peut-être pour me tuer sur-le-champ. Or je n'ai ouvert ce livre que pour y chercher des failles dans l'accord que vous avez passé avec mon bâtard de père. Mais le livre m'a montré d'autres choses… Et… (Elle s'interrompit, haussa les épaules.) Je ne sais pas trop quoi dire de plus.

Hmm. Je la cernais peut-être un peu mieux à présent. Elle évoquait un chat noyé avec ses cheveux mouillés et ses yeux plissés, mais c'était clair qu'elle avait du courage.

Elle était également couverte de la poussière d'ange de Melek, chose que je n'avais pas remarquée jusqu'à maintenant, quand la lumière fit scintiller sa peau.

Prince sournois, lui émis-je. *Elle est couverte de tes plumes.*

D'une seule plume, corrigea-t-il. *J'espérais que ça suffirait à te convaincre de ne pas lui faire de mal.*

Je faillis lever les yeux au ciel.

Je peux facilement passer outre ta protection, Melek.

C'est vrai, admit-il. *Mais j'espère que tu ne le feras pas.*

Je ne répondis pas. Car il savait que je n'oserais pas toucher à son manteau protecteur. Cette plume faisait autant partie de lui qu'elle faisait partie d'elle maintenant. Donc ça lui ferait mal de démanteler le charme.

Ça peut tout à fait être considéré comme un cadeau concret, petit prince, l'avertis-je. (J'observai le cou de Camilla.) *Tout comme le talisman que tu as réussi à me reprendre.*

Elle n'est plus candidate, mon roi. Par conséquent, les termes de notre précédent accord ne s'appliquent plus. Mais si tu veux renégocier, je suis à ta disposition.

Je soupirai, à la fois physiquement et mentalement.

Tu gagnes cette manche, petit prince.

Son plaisir me fit chaud au cœur, ce qui améliora considérablement mon humeur.

— Recommençons, lançai-je à Camillia en croisant son regard.

Elle ne broncha même pas, le dos droit, affichant une

assurance qui me fit la respecter de plus en plus. C'était bien mieux que sa… Comment Ajax avait-il appelé ça ? Une pose de pingouin dément ? Ou un autre animal maladroit ? De toute façon, c'était bien mieux que *ça*.

— Je ne crois pas que nous nous soyons déjà rencontrés officiellement, mais je suis Typhos Lucifer. La plupart des gens m'appellent « mon roi » ou « mon seigneur ». Cependant, tu as développé certaines relations qui font fi des règles de la normalité.

Je ne parlais pas seulement de mes hommes, mais d'autre chose. Quelque chose qui avait été créé par mon pur esprit.

— *Vita, ven ad me*, appelai-je le livre.

Camillia écarquilla les yeux à la vue du volume relié de cuir sous mon bras.

— Tu peux donc juste m'appeler Lucifer, conclus-je. Pour le moment.

Chapitre 18

Ajax

Camillia n'avait aucune idée d'à quel point il était important que Typhos Lucifer lui donne la permission de s'adresser à lui par son nom.

J'avais travaillé pour lui pendant près de huit ans avant qu'il ne me dise de laisser tomber l'adresse formelle et de l'appeler Lucifer. Et c'était bien avant beaucoup, beaucoup d'autres. Même ses lieutenants l'appelaient généralement *mon seigneur* ou *mon roi*. La seule raison qui m'avait fait entrer dans le cercle des intimes était ma relation avec Az.

Je supposais donc qu'il était logique que Lucifer accorde à Camillia des libertés similaires, puisqu'elle avait un lien très net avec Az, Melek et moi. Mais après le manque de respect qu'elle avait montré, c'était encore plus stupéfiant qu'il laisse une telle familiarité se développer entre eux. Elle l'avait appelé le *diable*, un surnom qu'il méprisait. Az m'avait averti depuis longtemps de ne même pas chuchoter ce terme au royaume des Faë de l'enfer, sinon Lucifer l'entendrait. Pourtant, elle l'avait appelé par ce nom et il lui avait répondu : « *Tu peux m'appeler Lucifer. Pour le moment.* »

Bon, il avait dit quelques trucs avant ça. Mais c'était tout de même surprenant.

Camillia tendit la main.

— Je m'appelle Camillia de la Croix. Mes amis m'appellent Cami. Les vôtres m'appellent Candidate Soixante-six.

Typhos sourit et lui serra la main.

—Je t'appellerai Camillia.

Il se tourna vers les canapés et parcourut de nouveau la pièce du regard en grimaçant. Je comprenais pourquoi car j'avais déjà dormi dans cette pièce avec Az. Melek l'avait carrément redécorée en tenant compte des goûts de Camillia.

À part les poteaux de strip-tease. Ceux-ci étaient du Melek tout craché. Quoique je ne me plaindrais pas si Camillia désirait s'effeuiller en se livrant à quelques pole-dances. En fait, elle pourrait même le faire maintenant – juste tomber le peignoir et grimper sur la barre.

À la place, elle s'assit à côté de moi sur le canapé tandis que Lucifer s'installait sur celui adjacent, écartant ses longues jambes. Sa silhouette musclée avait une allure royale sur le cuir noir, comme s'il venait de créer un nouveau trône rien que par sa présence intimidante. Car seul Lucifer pouvait conserver une stature dominatrice tout en étant assis avec un livre posé sur sa cuisse épaisse.

Cami ramena ses jambes sous elle, se fichant complètement d'être en peignoir. En fait, elle avait l'air plus préoccupée par ses cheveux mouillés, ses doigts lissant les mèches blond foncé comme si elle désirait les dompter.

J'éprouvai l'envie soudaine de lui trouver une brosse et de lui proposer de la coiffer. Heureusement, ma bouche eut l'intelligence de réfréner cette envie lorsqu'elle me chatouilla la langue. Parce que non, je n'allais pas lui proposer de lui brosser les cheveux.

Qu'est-ce qui ne va pas chez moi, bordel ?

— C'est le livre que tu as lu, c'est ça ? demanda Lucifer en rompant le silence, son regard posé sur Camillia.

— Oui. Il m'apparaît au hasard, puis se cache. Et parfois, c'est Melek qui l'a, répondit-elle, provoquant un haussement de sourcil de Lucifer. Je veux dire, le *prince* Melek.

— Est-ce que mon Melek s'est servi de toi pour aider la candidate ? (Lucifer parlait à son livre et non à Camillia, car il caressait sa reliure en cuir.) Qu'est-ce qu'il t'a dit de lui montrer exactement, hmm ?

Le livre s'ouvrit de lui-même et les feuilles voltigèrent pour afficher une page vierge. Je fronçai les sourcils, me demandant ce que cela signifiait. Mais Lucifer paraissait être en train de lire.

— *Quomodo tame a bestia*, lit-il à voix haute avec un sourire en coin. Des sorts pour apprivoiser les bêtes. (Il leva les yeux sur Camillia.) Tu n'as utilisé aucun de ces sorts.

— Non, pas du tout.

— Parce que tu les as oubliés ?

— Parce que je ne fais pas confiance au prince Melek, répondit-elle. Il m'a lu tout un passage sur les talismans et m'a donné ceci. (Elle désigna la breloque suspendue à son cou gracile.) Et ça a mal fini.

Lucifer réfléchit un long moment avant de reprendre :

— Tu en es certaine ? Parce que de mon point de vue, ça t'a fait atterrir dans la cellule du Gardien, ce qui t'a finalement amenée dans son lit et celui d'Az. Et maintenant, tu es dans une suite pour invités réservée à ceux que je considère comme ma famille, au lieu d'être fourrée dans la caserne des fiancées avec les autres candidates.

Camillia haussa les sourcils.

— Êtes-vous en train de suggérer que j'ai fait exprès

afin que tout ça se produise ? Que j'ai demandé à Melek (elle leva la main) – pardon, au *prince* Melek – de se pointer dans ma chambre à l'improviste un nombre incalculable de fois avec des cadeaux bizarres, juste pour que je me retrouve ici avec *vous* ?

Elle s'esclaffa bruyamment, ne voyant manifestement pas les vagues bleues tonitruantes qui roulaient dans le regard de Lucifer. Je faillis presser ma main sur sa jambe en guise d'avertissement, mais elle n'avait pas fini.

— J'admets qu'une rencontre avec vous aurait pu me tenter un peu au début, ne serait-ce que pour renégocier l'accord que vous avez passé avec mon enfoiré de donneur de sperme, mais ça ? (Elle balaya la pièce de la main.) Les murs en feu. Les poteaux de strip-tease. OK, le four à pizza c'est sympa, et le bar ne me dérange pas, mais croyez-moi quand je vous dis que rien de tout ça n'a jamais été mon objectif. Je voulais juste rentrer chez moi.

— Ce que tu as réussi à faire, souligna Lucifer. En passant par *ma* source.

Elle marqua une pause, respirant fort sous l'effet de son éclat.

— Eh bien, ce n'était pas prévu non plus. C'est le livre qui m'y a conduite. Je n'ai rien compris.

— Je pense au contraire que tu as compris beaucoup de choses, rétorqua-t-il. Ma chute. La création de la Source des Faë de l'Enfer. Ça a pu te sembler incroyable, mais tu sais que tout ça est vrai, comme tout ce que Vita t'a montré. (Il baissa les yeux sur l'objet en question.) Parle-moi de ce jour-là, Vita. Fais-moi voir ce que tu lui as montré.

Les feuilles voletèrent magiquement une fois de plus, s'arrêtant de nouveau sur une page vierge. Ou plutôt, elle contenait manifestement des mots que je ne voyais pas. Des mots que Lucifer lisait sans problème, et que Camillia pouvait déchiffrer aussi.

Je commençais à avoir l'impression que je ne devrais pas être dans cette pièce, qu'on me montrait des choses qui pourraient me coûter la vie. Car il s'agissait des affaires privées de Lucifer, d'un livre qu'il considérait clairement comme important.

Peut-être que ne pas pouvoir le lire me sauverait. Mais quelque chose me disait que j'étais bien trop impliqué maintenant pour que Lucifer me laisse partir indemne. Et pas seulement à cause d'aujourd'hui. Cela faisait des années que je me hissais sur les échelons de son cercle intérieur sans même le vouloir.

Tout ça à cause d'Az, en fait.

Au début, nous étions des amis qui aimaient se battre et baiser. Mais les choses avaient évolué. Et Camillia… elle semblait nous avoir poussés un cran plus loin, ce qui rendait encore moins possible de faire marche arrière maintenant.

— Ce n'est pas ce que le livre m'a montré, dit Camillia au bout d'une minute. C'est… quelque chose de différent.

Lucifer lui jeta un coup d'œil, puis posa le livre sur la table basse en obsidienne.

— Vita, arrête de déconner et montre-moi ce qui s'est passé quand tu as emmené Camillia de la Croix à la source.

La reliure en cuir parut vibrer en réponse, un peu comme si elle disait : *C'est ça, espèce d'idiot.*

Camillia s'absorba dans ce que le livre présentait, ses yeux balayant le texte, puis elle secoua la tête.

— Je ne comprends pas. Le livre m'a montré votre chute, comme vous l'avez dit. Mais j'avais l'impression d'y être et de la vivre avec vous. Ça… c'est plein de cercles. Et ça… (Elle pencha la tête.) Ça ressemble à un arbre généalogique.

Lucifer tourna la page sans un mot.

— Eh bien, il ne m'a *vraiment* pas montré ça. (Elle leva sur lui des yeux écarquillés.) Je ne sais pas du tout pourquoi il me dépeint avec une couronne et tenant une boule de feu. Ou bien c'est quelqu'un qui me ressemble ? Mais ce n'est pas ce qui s'est passé. Pas du tout.

Au lieu de répondre, Lucifer feuilleta la section suivante, et porta son attention sur ce qui me parut de nouveau être une page blanche. Mais il y avait apparemment quelque chose de grave dessus, car les traits de Camillia blêmirent.

— Et ça non plus, ça n'est pas arrivé. Si le prince Melek dit le contraire, il ment. Je ne lui ai pas fait ça.

Je haussai les sourcils, ma curiosité piquée. Lucifer continua à feuilleter les pages, comme s'il regardait un livre d'images au lieu de lire un texte. Ce qui pouvait être le cas, vu ce qu'avait dit Camillia.

— Oh mon Dieu…

Ses yeux étaient ronds comme des soucoupes.

— Mauvaise divinité, releva Lucifer. Mais ça me rappelle que je dois donner à un certain Faë du Mythe des nouvelles des épreuves.

Il reposa le livre sur ses genoux et continua à parcourir ce qu'il lui montrait, son expression ne laissant rien paraître. Pendant ce temps, Camillia était d'une pâleur mortelle.

— Votre source ne m'intéresse pas du tout. Le livre m'a menée jusqu'à elle, j'ai touché une vrille parce qu'elle… elle m'appelait… et puis elle a vibré de colère, et j'ai couru pendant ce qui m'a paru quelques minutes, mais c'était apparemment trente jours.

— Je connais ta version des faits, Camillia, dit Lucifer sans lever les yeux. Je découvre maintenant le point de vue de Vita.

— Mais le livre ment. Toutes ces évènements… rien de tout ça n'est arrivé.

— Pas encore, précisa Lucifer. Elles ne se sont pas encore produites.

Camillia cilla.

— Quoi ?

— Je crois que Vita essaie de s'expliquer en me montrant pourquoi il a décidé de t'apparaître. (Il finit par regarder Camillia.) Vita voit en toi une sorte de potentiel, ce qui me pousse de nouveau à m'interroger sur tes origines. C'est dommage que ton père ait échappé à la traque d'Azazel.

Camillia serra les dents.

— Mon père est un Faë de l'Enfer.

— Oui, je suis au courant. Une abomination. Une sorte de Faë hybride, ce qui est la définition même d'un Faë de l'Enfer. Ou peut-être a-t-il des racines de Faë du Cauchemar. La question est, qu'est-ce qui a fait de lui un Faë de l'Enfer ?

— Je… je ne sais pas, avoua-t-elle. Honnêtement, je n'ai jamais demandé. Mais je ne pense pas qu'il soit un Faë du Cauchemar. Je ne savais pas que ça existait jusqu'à… vos épreuves.

Lucifer hocha la tête.

— Oui, j'ai fait de mon mieux pour les cacher dans les divers royaumes Faë de l'Enfer, en les gardant auprès de la Source. Ils seraient chassés et tués dans la plupart des autres royaumes, comme tous ceux que je protège à l'intérieur de mes portes.

Les abominations, traduisis-je, car je les connaissais bien après tout ce qui s'était passé dans le royaume des Faë de Minuit une dizaine d'années plus tôt.

Comme l'avait dit Lucifer, les Faë de l'Enfer étaient des Faë mixtes. Ce que beaucoup d'autres royaumes qualifiaient d'*abominations*. Toutefois, Lucifer était allé plus loin en protégeant également toutes les espèces répondant à l'appellation générique de Faë du Cauchemar, car il considérait ces derniers comme un type de Faë de l'Enfer.

Les Faë du Cauchemar avaient tous été créés à partir de diverses anomalies magiques et de flux de puissance chaotiques. Leur existence définissait donc essentiellement le sens du mot *abomination*. Quant aux Faë de l'Enfer, c'étaient de vrais hybrides de différents types de Faë.

Tout était lié, mais le cœur du problème pour Lucifer était de protéger ceux qu'il considérait comme victimes d'une discrimination injustifiée.

Beaucoup d'autres Faë n'en étaient pas conscients. Cependant, dès que j'avais appris son véritable objectif, je lui avais prêté allégeance. Car je voulais avoir une chance de contribuer à protéger ceux qui en avaient besoin depuis que j'avais spectaculairement échoué à cette tâche dans ma jeunesse.

— Bon, il me paraît clair que mon Vita nourrit de grandes attentes en ce qui te concerne, déclara Lucifer en refermant le livre. Reste à savoir si ces attentes sont bonnes ou non. Mais c'est évident que tu ne peux plus participer aux épreuves nuptiales. Tu es donc disqualifiée.

Camillia se redressa.

— Vraiment ? (Un soupçon d'excitation tinta sa voix, mais son expression devint suspicieuse à la seconde suivante, quand elle capta ce que cela pouvait sous-entendre.) Ça veut dire que vous allez me tuer ?

— Même si j'aimerais bien, je ne peux pas pour l'instant, grogna-t-il. Donc ça veut dire que je dois te donner un nouveau rôle. (Ses lèvres se retroussèrent en un sourire narquois qui me rappela un peu Melek.) Ton âme m'appartient, après tout. Mais peut-être que si Az retrouve ton père, nous aurons l'occasion de la renégocier.

— Si c'est votre façon d'essayer de me faire révéler où il est, ça ne marchera pas, parce que je l'ignore totalement. Croyez-moi, si c'était le cas, vous seriez le premier à le savoir. J'adorerais vous voir le tuer.

L'amusement taquina les traits de Lucifer.

— Tu es assoiffée de sang, hein ? Pas étonnant qu'Azazel t'apprécie. (Il me jeta un coup d'œil.) Et Ajax aussi.

Je déglutis, ne sachant trop si c'était une remarque positive ou négative. Impossible à dire avec Lucifer.

— Eh bien, je crois que j'ai terminé pour le moment. (Il posa le livre sur la table en se levant.) Mais comme tu vas sans doute demeurer ici un certain temps, je pense qu'il serait judicieux qu'Ajax t'enseigne correctement ce que signifie être une Faë de l'Enfer. Il les étudie depuis une dizaine d'années. Je suis sûr qu'il pourra te donner d'excellents conseils. (Son regard intense croisa le mien.) D'accord ?

— Bien sûr, mon seigneur, acquiesçai-je. Comme vous voudrez.

Il poussa un soupir.

— Même si je t'ai temporairement déchargé de tes responsabilités de Gardien, je ne t'ai pas pour autant écarté de mon cercle. Et tu sais à quel point ces conneries formelles m'ennuient. Donc ne m'agace pas avec ça.

— Désolé, tout cela est… très confus, avouai-je.

— Sur ce point, Ajax, nous sommes tout à fait d'accord. (Il me darda un regard indéchiffrable et gagna la porte.) Oh, Camillia, si je te retrouve près de ma source

237

sans permission, je te tue. Alors ne cède pas aux tentations du livre. Sinon ça finira mal pour toi.

Sur ce, il s'évapora sans prendre la peine de passer par la porte, laissant Camillia bouche bée devant le vestibule vide.

Chapitre 19

Cami

Je me retirai dans la chambre en marmonnant que je devais m'habiller pendant que j'analysais la farce qu'avait été ma première rencontre réelle avec Lucifer, le roi des Faë de l'Enfer. Sûrement le Faë le plus puissant de tous les royaumes.

Et je m'étais présentée comme… comment Ajax m'avait-il appelée déjà ? *Ah oui, un flamant rose dément.*

— Beau travail, Cami, grommelai-je en me séchant les cheveux avec une serviette.

Et puis il y avait l'autre question : ce que le livre avait montré à Lucifer.

Des images très, très dérangeantes, me dis-je. Mais au fond de moi résonna l'écho d'un autre choix de mots : *très, très délicieuses aussi.*

— Concentre-toi, m'exhortai-je en jetant ma serviette dans un panier à linge noir.

Elle s'évapora dans une bouffée de fumée.

Il valait sans doute mieux que j'efface les images du livre de ma tête — car rien de tout cela n'était en train d'arriver — et que je me concentre sur ce que j'avais à faire.

Ce qui, pour l'instant, consistait à porter autre chose qu'un peignoir. Heureusement, j'avais toute une garde-robe à ma disposition.

Ça change des tenues qu'on choisit pour moi, songeai-je en entrant dans le dressing. Je pris mon temps pour palper mon vaste choix. Tout était très ajusté, et apparemment, je ne pouvais porter que du noir, du rouge ou un mélange des deux, mais pour l'essentiel, il y avait suffisamment d'options pour répondre à mes goûts.

Je choisis un haut rouge et passai le bustier sans bretelles par-dessus ma tête. Puis j'enfilai un pantalon en cuir noir. J'aurais préféré un jean, mais il n'y en avait pas. De plus, le cuir était doux contre ma peau. Et au lieu de mettre des chaussures, je restai pieds nus.

J'attachai mes cheveux en queue de cheval, m'assurai que mon collier était toujours en place et retournai dans le salon.

Heureusement, Lucifer n'était pas revenu à l'improviste en mon absence. Je ne m'attendais pas à ce qu'il le fasse, mais vu comme il m'avait surprise tout à l'heure, je ne pouvais être sûre de rien.

Je viens de rencontrer le roi des Faë de l'Enfer, m'émerveillai-je encore. *Et il n'a pas tenté de me tuer.* À la place, il avait demandé à Ajax de « m'enseigner correctement » les Faë de l'Enfer. Je ne savais pas trop ce que signifiait cet ordre, mais être formée à devenir Faë de l'Enfer ne sonnait guère mieux que d'être formée à devenir une épouse de Faë de l'Enfer.

Au lieu de poser la question, je demandai à Ajax :

— Hum, alors, ça s'est… bien passé ?

— Il ne t'a pas tuée, alors oui, grogna-t-il.

— Toi non plus, grimaçai-je.

— Moi non plus, acquiesça-t-il. À la place, il veut que

je te serve de prof. Mais d'abord, je veux finir de manger et prendre une douche.

Nous avions tous deux passé la plupart des quinze dernières heures à dormir, alors cela ne me surprit pas. C'était la première chose que j'avais faite en me réveillant. Puis j'étais sortie et j'avais trouvé Lucifer dans le salon. Et… mon cerveau avait aussitôt rendu l'âme, emportant avec lui ma santé mentale et ma fierté.

Ajax se leva, laissant son petit déjeuner bien entamé sur la table. J'ignorais quand et comment il l'avait préparé, mais je supposais que la magie y était pour quelque chose.

Il revint avec un plateau qu'il me tendit.

— Il n'y a rien de spécial, juste des œufs et du bacon. Si tu veux autre chose, dis-le-moi et je l'invoquerai.

— Euh, merci.

Je lui adressai un demi-sourire et le rejoignis sur le canapé. Le plateau était également garni de couverts et d'un verre de jus d'orange. Lui semblait boire un Bloody Mary, que je supposais n'être en fait que du sang. *Parce que c'est un Faë de Minuit. D'accord.*

Mon cou me picota là où il m'avait sucée, me remémorant aussitôt ce que j'avais éprouvé en sentant ses lèvres sur ma peau. Je me raclai la gorge, chassant ce souvenir. Car ce n'était pas le moment. Surtout après la visite de Lucifer… et l'avertissement qu'il m'avait donné.

Ce n'est pas tout ce qu'il m'a laissé, constatai-je en jetant un coup d'œil au livre. *Vita.*

J'ignorais pourquoi il l'avait laissé ici alors qu'il m'avait prévenue de ne pas céder à ses tentations. *C'est peut-être un test ?* Je faillis ricaner. *Si c'est le cas, il est facile à passer.*

Parce que je n'allais plus jamais toucher à ce satané truc. Pas seulement à cause de l'avertissement de Lucifer, mais aussi à cause de tout ce qu'il m'avait fait subir. Le temps perdu. Me montrer la source. *Me dépeindre un avenir potentiel que je ne veux même pas envisager…*

J'enfournai une bouchée d'œuf dans ma bouche, me forçant à me focaliser sur la nourriture plutôt que sur les images qui menaçaient de suivre. *Non. N'y pense pas. Jamais.*

Le livre et moi, c'était fini. Finito. Terminé. Bye bye.

Mes mains tremblèrent légèrement quand je pris une gorgée de mon jus d'orange, ce qu'Ajax dut remarquer car il murmura :

— Lucifer peut être intimidant.

Sans déconner, me dis-je en me raclant la gorge. Je scrutai la machine à espresso et mis mon plateau de côté.

— J'ai besoin de quelque chose de plus fort qu'un jus de fruit.

Avant que je me lève apparut devant moi un verre de café avec de la crème fouettée sur le dessus. Je haussai un sourcil.

— Qu'est-ce que c'est que ça ?

— Un café très fort, répondit Ajax, les yeux pétillants. À l'irlandaise.

Je penchai la tête et le pris, curieuse.

— À l'irlandaise, hein ? (Il y avait donc ajouté du whisky.) D'accord. (Je bus une gorgée et gémis à sa saveur décadente.) Ohhh, oui. Encore un peu, s'il te plaît.

Ajax gloussa et deux autres verres garnirent mon plateau.

— Considère ça comme des excuses pour la façon dont j'ai agi hier soir.

Je le regardai de travers.

— Seulement hier soir ?

— Pour m'excuser pour tout le reste, il faudrait que j'invoque beaucoup plus d'Irish coffees.

— Pas faux, convins-je avec un demi-sourire.

C'était plutôt agréable, nous avions une conversation à

peu près normale. Je n'abordai donc pas la question de mon enseignement et ce que ça signifiait, car je ne voulais pas gâcher ce moment.

Nous mangeâmes en silence pendant quelques instants, bien que je fasse plutôt honneur au délicieux Irish coffee. Il allait sûrement me soûler, mais mon métabolisme surnaturel arrangerait ça assez vite.

— C'est bon signe que Lucifer te permette de l'appeler de façon informelle, déclara soudain Ajax, rompant le silence. Ce n'est pas courant.

— Pourtant, il t'a dit qu'il détestait les titres formels, remarquai-je.

— Dans certaines situations, oui. Mais comme je le lui ai dit, tout me paraît confus en ce moment. Ça me rend hésitant sur la façon de procéder. (Il termina son verre et le reposa.) Cependant, je sais au moins comment m'incliner correctement quand c'est nécessaire.

Je me renfrognai tandis qu'il s'esclaffait.

— On pourra en faire la leçon numéro un après ma douche, ajouta Ajax, ce qui me fit lever les yeux au ciel. (Il jeta un sort qui fit disparaître son plateau.) Tu as fini ?

Je grommelai quelque chose de peu flatteur et avalai une dernière bouchée avant d'acquiescer.

— Merci.

Les plats disparurent, mais il resta un Irish coffee.

— De rien.

Il inclina la tête avec un doux sourire. Ses cheveux noirs en bataille s'étalèrent sur son front, le rendant d'une certaine manière encore plus craquant.

— Mais sérieux, il va falloir qu'on travaille ta révérence.

Je sourcillai.

— Ça fait partie de la vie d'un Faë de l'Enfer ?

Il haussa les épaules.

— Ça en fait partie maintenant, car je préférerais que tu ne t'étales pas par terre quand tu reverras Lucifer.

Je n'arrivais pas à savoir s'il était sarcastique ou non. Il y avait une lueur sournoise dans son regard qui me rendait indécise.

— Tant que tu me formes à devenir une citoyenne Faë de l'Enfer et non une épouse, je pourrais coopérer, l'avertis-je.

Il se pencha vers moi, et sa soudaine proximité me coupa le souffle.

— Oh, je vais m'assurer que tu coopères. Je ne peux pas me permettre d'échouer. *De nouveau.*

Une nouvelle boule se forma dans ma gorge, me faisant déglutir. Le charme enfantin d'Ajax avait fait place au puissant Faë qui bouillonnait en lui.

Il pouvait facilement être convaincant quand il le voulait. Mon esprit se mit à mouliner toutes les façons dont il pourrait solliciter ma coopération.

Comme m'embrasser tout de suite. Ça me rendrait plutôt docile.

Seuls quelques centimètres nous séparaient sur le canapé. Ajax ne portait pas de chemise. Il avait dû l'enlever pour dormir après s'être enfin soigné. Je n'avais pas vraiment remarqué sa semi-nudité pendant que Lucifer était ici, mais je m'en rendais compte à présent. Tout comme je remarquai encore ce joli jogging gris.

Oui, il pourrait certainement s'assurer que je coopère... Ce ne serait pas difficile.

Il faut vraiment que j'arrête de penser à tout ça. À lui. Au sexe.

Je me raclai de nouveau la gorge, cherchant une diversion. *De quoi on parlait ? Ah oui, de ma préférence potentielle à être une citoyenne Faë de l'Enfer plutôt qu'une épouse.*

— Ce sont deux choses différentes, n'est-ce pas ?

demandai-je d'une voix plus rauque que prévu. Être une citoyenne plutôt qu'une épouse, je veux dire.

Il porta son regard sur ma bouche.

— Ça dépend si tu choisis de prendre un compagnon Faë de l'Enfer, je suppose. L'entraînement pour devenir une candidate épouse est une préparation à la fois aux tests de la source et à suivre un mâle Faë de l'Enfer.

Les paroles non dites flottèrent dans l'air. Je n'avais pas vraiment été acceptée par la source, mais elle ne m'avait pas tuée non plus. Et si suivre un mâle Faë de l'Enfer revenait à demeurer entre lui et Az, alors je souhaitais certainement me qualifier.

Ce qui me frappa, cependant, ce fut la formulation spécifique qu'il avait employée : « *Si tu* choisis *de prendre un compagnon Faë de l'Enfer.* » Il y avait là une différence très nette : les candidates épouses n'avaient pas le choix.

Puis je saisis la nuance de sa déclaration.

— Je n'aurais le droit de choisir qu'un Faë de l'Enfer ? m'enquis-je en penchant la tête.

Ajax n'était pas un Faë de l'Enfer. C'était un Faë de Minuit.

Il m'adressa un sourire triste.

— Il faudrait que tu t'arranges avec Lucifer. Je ne suis même pas sûr que tu puisses rester sans compagnon. La Source des Faë de l'Enfer n'accepte pas trop les femmes. C'est d'ailleurs pour ça que ces épreuves ont été créées.

— Pour tester la valeur des épouses ? devinai-je.

— Oui, pour trouver des candidates dignes de s'accoupler. Bien que l'accouplement mâle-mâle se produise couramment, certains préfèrent les femelles. Elles sont également nécessaires à la procréation. (Il haussa les épaules.) Lucifer essaie donc de trouver un moyen sûr de satisfaire ses sujets.

— En forçant les femelles Faë à participer aux épreuves nuptiales, ironisai-je.

— Elles ne sont pas toutes forcées, Camillia. Beaucoup sont ici de leur propre chef.

— Pas moi, rétorquai-je. Je n'ai rien accepté de tout ça.

Il porta de nouveau son regard à ma bouche avant de revenir lentement à mes yeux.

— C'est vrai. Mais ce n'est pas Lucifer qui t'a imposé ça, c'est ton père. Et peut-être qu'avec le temps, tu comprendras pourquoi Lucifer a dû faire certains choix.

Sur ce, il se leva et étira ses bras au-dessus de sa tête, la discussion étant apparemment terminée. J'admirai ses muscles tendus pendant qu'il bougeait, la bouche un peu sèche devant ce splendide V taillé dans ses hanches.

Mais Ajax n'est pas un Faë de l'Enfer. Je ne peux donc pas le choisir comme compagnon.

Mes pensées me firent sourciller. *Pourquoi je pense à lui comme compagnon ?* Je pourrais simplement le baiser, non ? Et je ne voudrais peut-être pas d'un compagnon Faë de l'Enfer. Merde, je n'étais même pas sûre de vouloir en être une. Même si ça faisait partie de mon patrimoine génétique, ça ne définissait pas qui j'étais.

— Je vais prendre une douche, annonça Ajax, me tirant de mes pensées. Quand j'aurai fini, on parlera des royaumes Faë de l'Enfer. Ce sera un bon début pour ta formation.

C'était le brusque changement de sujet dont j'avais besoin. Un bon seau d'eau froide pour éteindre les flammes bizarres qui grandissaient en moi.

— Les royaumes ? répétai-je. Hum, ouais. Ça m'a l'air bien.

Melek avait mentionné que nous étions dans le royaume des Faë de l'Enfer, et je savais que les Terres Stériles en étaient un autre. Ajax avait aussi parlé d'un royaume de l'Au-delà. En apprendre plus sur tous ces endroits, et plus encore, pourrait s'avérer bénéfique.

— Ne va nulle part, avertit Ajax avant de s'éloigner.

Je faillis demander : *Quoi ? Pas de menottes ?* Mais je m'en abstins. J'admirai plutôt son dos et la façon dont il s'effilait jusqu'à ses fesses. *Quel bel homme !*

Arrête, me réprimandai-je. *Oui, il a une bonne queue. Mais il y a des choses plus importantes que le sexe dans ce monde.*

C'était peut-être cette pièce qui me faisait perdre la tête. Connaissant Melek, il avait dû laisser derrière lui une sorte d'aphrodisiaque destiné à stimuler ma libido.

Mais en voyant l'épaule d'Ajax s'affaisser juste avant qu'il n'atteigne la porte, mon cœur se fendit un peu. La solitude semblait le draper comme un manteau invisible. Peut-être que je l'imaginais, inventais des perceptions basées sur tout ce qu'il avait avoué sous l'effet du sérum de vérité. Toutefois, il avait l'air… triste. Égaré. Irrésolu.

Parce qu'il n'est plus le Gardien, réalisai-je. Même s'il selon lui, ça n'avait pas été la raison principale qui l'avait poussé à m'interroger, il avait admis que ç'avait été un facteur. Sachant ce que je savais de lui maintenant, je pouvais comprendre pourquoi. Il avait tout perdu au royaume des Faë de Minuit. Mais il avait trouvé le bonheur – ou quelque chose d'approchant, en tout cas – et un but ici, au royaume des Faë de l'Enfer, en tant que Gardien.

Or tout cela lui avait été enlevé, à cause de son affiliation avec moi.

La gêne qui se frayait un chemin dans mon cerveau me fit tordre les lèvres. Je n'étais pas à blâmer pour ce qui s'était passé, et pourtant, quelque chose d'acéré me piquait le cœur, qui ressemblait beaucoup à de la culpabilité.

Je soupirai et attrapai mon Irish coffee. J'avais besoin d'une diversion. L'écran noir devant moi me tendait les bras, sauf que je ne voyais de télécommande nulle part.

— Bon, comment je t'allume ? demandai-je, balayant de nouveau la pièce du regard.

Je me levai afin de voir s'il y avait un bouton sur le mur ou sur l'écran lui-même, quand quelque chose de dur me frappa les cuisses, me faisant retomber sur le canapé avec un « oumph ».

Je baissai les yeux et vis le livre qui vibrait sur mes genoux.

— Ouais, ben non, ricanai-je en chopant le volume pour le jeter sur la table. La dernière fois que je t'ai écouté, j'ai perdu trente jours. Pardonne-moi de ne plus être intéressée.

Le livre clignota, disparut, puis atterrit de nouveau sur mes genoux.

— J'ai dit *non*, lui intimai-je.

Je le repris, mais il s'évapora de mes mains et atterrit encore sur mes cuisses.

Satané parchemin têtu. Je le fusillai du regard.

— Non.

Il répondit en s'ouvrant d'un coup sec. Je poussai un cri et me plaquai les mains sur les yeux.

— Tu vas arrêter ça ! criai-je. Lucifer a dit qu'il me tuerait si je m'approche encore de la source, saleté de bouquin !

Vita pulsait comme pour me donner des coups de coude dans les jambes. Je grognai, exaspérée, et croisai les bras.

— Je refuse de te lire.

Une part de moi reconnaissait que c'était la chose la plus ridicule qui me soit arrivée dans toute mon existence : me disputer avec un objet inanimé. Lequel pulsa encore plus fort — si fort, en fait, que je me mis à claquer des dents sous l'effet des vibrations qui ricochaient le long de ma colonne vertébrale.

— Putain, jurai-je en baissant enfin les yeux. Si tu m'entraînes encore dans la source, je te jure que je te brûle jusqu'à la dernière page.

Le livre se feuilleta, ses pages émettant un battement qui ressemblait presque à un gloussement.

Je suis en train de perdre la tête.

Lucifer venait de me dire de ne plus toucher à sa source, et me voilà en train de fixer l'objet qui m'y avait amenée en premier lieu. Mais il n'avait pas dit que je ne pouvais pas lire le livre. Il l'avait même laissé ici. *Sans doute en guise de test,* me rappelai-je. *Un test auquel j'échoue parce que je regarde une page ouverte.*

Je soupirai et secouai la tête.

— Très bien. Montre-moi quelque chose qui en vaille la peine, alors. Que je puisse au moins m'amuser avant de mourir.

Peut-être qu'il afficherait à nouveau ce cercle – celui avec une femme nue entre quatre hommes. Quatre hommes qui ressemblaient bizarrement à Ajax, Az, Melek et Lucifer.

Je me demande lequel d'entre eux baise le mieux, songeai-je. *Peut-être que le livre pourra me le dire en guise de dernière volonté.*

Hélas, à ma grande déception, il n'y avait pas de photos de bites non sollicitées sur la page. Ni de profils sexuels.

— C'est bon, murmurai-je. Je peux faire preuve d'imagination.

Ajax était le plus épais, son piercing offrant d'intéressants picotements sous-jacents.

Az était le plus long, le plus dominant, ses poussées… elles faisaient mal de la meilleure des façons.

Melek serait attentif, peut-être même doux et gentil, et exceptionnellement minutieux.

Et Lucifer… eh bien, Lucifer serait punitif. Il aimait sans doute causer de la douleur. Beaucoup de douleur.

Je frissonnai en songeant à ces quatre hommes, grâce aux images explicites montrées par le livre pendant que Lucifer était là.

La page était blanche à présent, ce qui me rendit méfiante quant à ce que le livre allait me montrer. Lorsqu'il sentit qu'il avait enfin toute mon attention, il passa à une nouvelle page affichant un portrait de mon père.

C'est carrément un tueur d'ambiance, pensai-je en lui jetant un regard noir.

— Tu me montres mon donneur de sperme parce que tu sais où il se trouve ? demandai-je au livre.

En ce cas, ça vaudrait vraiment la peine de risquer la colère de Lucifer.

D'après ce qu'Az avait dit, celui-ci voulait retrouver mon père. Si le livre était prêt à révéler où il se planquait, je me ferais un plaisir de lui transmettre l'information. Ne serait-ce que pour voir ce salaud payer de m'avoir mise dans ce pétrin.

— D'accord, je t'écoute. (Je levai l'index.) Mais si je vois ne serait-ce qu'un aperçu d'une lumière aveuglante, je ferme les yeux et je te jette à travers la pièce.

Le livre ne tourna pas ses pages cette fois-ci, il remplaça mon père par l'image d'une étoile scintillante. Je haussai un sourcil.

— Euh, d'accord ?

J'attendis d'en savoir plus, mais le livre bondit sur ma poitrine et retomba sur mes genoux.

— Aïe ! m'écriai-je. C'est quoi ce bordel ?

Vita trembla en réaction, non pas de peur, mais de ce qui me parut être de l'insistance.

— Je n'ai pas souvenir de t'avoir vu aussi violent, marmonnai-je en me frottant la poitrine.

Ces satanées pages avaient presque incrusté mon talisman dans ma… *Attends.*

Je baissai les yeux sur le pendentif entre mes seins. *Une étoile scintillante.* Je regardai à nouveau le livre. *Tout comme celle-ci.*

— Tu veux dire que ça peut me servir à retrouver mon père ? demandai-je au livre.

Je m'étais tellement méfiée des dons de Melek que je n'avais pas réfléchi à ce que ce talisman pouvait réellement faire pour moi. Toutefois, il l'avait appelé un conduit. Et il m'avait aussi fourni quelques sorts.

Et si ça amplifiait mon lien de sang avec mon père ? me dis-je. *Est-ce que ça m'aiderait à le retrouver ?*

Je fis glisser mes doigts sur le collier et un frisson glacial me parcourut l'échine.

C'était dangereux. Risqué. Ça finirait probablement dans le sang.

Mais c'est ma vie maintenant, n'est-ce pas ?

Prenant une inspiration tremblante, je serrai le collier quand la page révéla quelque chose de nouveau. Cette fois, c'était la transcription d'un sort.

Le livre essayait-il encore de me piéger ? Je ne savais pas trop ce qu'il avait gagné en m'amenant à la source, ni s'il voulait recommencer. Mais cela pourrait me permettre de trouver des réponses et de faire un peu payer mon père pour tout ce qu'il avait fait.

Cette récompense à elle seule était bien trop belle pour la laisser passer.

Mon cœur envoya du sang rugir dans mes oreilles tandis que je prononçais l'incantation : « *Invenire. Inveniunt. Aperi ianuam.* »

Les cheveux dressés sur ma tête, je vis s'ouvrir un

énorme portail, qui éteignit les flammes le long des murs pour produire de la fumée.

Non, pas de la fumée. Des *ombres*.

Un ovale vacillant révélait un autre monde au-delà, un paysage jonché de pierres tombales faiblement éclairées par la lune. Il me rappelait un peu le monde des Faë de Minuit – ou du moins ce que j'en imaginais depuis le cachot. Mais là des ombres noires bougeaient au loin, des ombres qui n'avaient pas du tout l'air de Faë de Minuit.

Euh, ça ne sent pas bon…

— Mon père est ici ? chuchotai-je au livre, craignant de parler trop fort et d'être entendue par ce qui rôdait de l'autre côté. Dans un cimetière ?

Le livre ne répondit pas, étalant la même page devant moi comme s'il s'attendait à ce que je la relise.

Ou que je traverse le portail, réalisai-je, un frisson me parcourant le dos. *Oui mais non, ça n'arrivera pas.* Même si ça n'avait pas ressemblé à un cimetière hanté, j'avais appris la leçon la dernière fois. *Je ne bouge pas d'ici.* Pas avant d'avoir mis en place une véritable issue de secours, en tout cas. Et un plan pour *après* mon évasion. Ce qui n'allait sans doute jamais…

Une voix familière dériva entre les pierres tombales noires, des mots presque inaudibles jusqu'à ce qu'ils soient transportés dans la pièce par une subtile rafale de vent glacial.

— Tu sens ça ?

Je fronçai les sourcils.

— Az ?

Le portail tournoya, me montrant soudain Az et Melek au milieu du cimetière.

Mes yeux s'écarquillèrent.

— Oh. Euh, salut ?

Aucun des deux ne répondit, gardant les yeux baissés.

Ils ne me voient pas ou quoi ? Et quel est le rapport avec mon père ? Je jetai un coup d'œil à Vita, mais la page n'avait pas changé.

— Je le sens. (Le ton méfiant de Melek ondulait au gré du vent, rendant sa voix inquiétante.) C'est la même chose que j'ai ressentie dans le royaume Sous-marin – la magie vertueuse.

Az acquiesça, passant ses doigts dans ses épais cheveux noirs.

— Mais pourquoi apparaîtraient-ils après tout ce temps ?

— Le temps est subjectif, répondit Melek. (La brise frémissante qui soufflait à travers le portail déforma de nouveau sa voix.) Surtout pour des gens aussi vieux que nous. Mais ils sont clairement derrière le portail. La question est, qu'est-ce qu'ils cherchent vraiment à accomplir ? Parce que lâcher des Faë du Cauchemar dans le royaume humain n'était pas leur objectif final.

— Non, ce n'était qu'une diversion. (Az plissa ses yeux violets.) On doit parler au roi Onyx, et peut-être même à Hadès. Voir quels autres indices ils auraient pu manquer pendant qu'ils étaient distraits par la Nuit des Monstres.

— D'accord, murmura Melek.

Je me penchai en avant, curieuse d'en savoir plus, mais le portail s'assombrit brusquement, la fumée crachotant comme si elle était à court de carburant. Je saisis mon collier, prête à prononcer de nouveau le sort, quand Ajax entra dans la pièce, ne portant rien d'autre qu'une serviette.

Oh. Oh merde, me dis-je, réalisant de quoi tout ça avait l'air.

La dernière fois qu'il était allé prendre une douche, j'avais disparu pendant trente jours. Il avait dû sentir le portail dans le salon, ce qui l'avait amené à tirer des conclusions hâtives.

— Ajax, commençai-je. Ce n'est pas…

— C'est quoi ce bordel, Camillia ? rugit-il.

Il me plaqua au sol sans me laisser finir. Confuse, je regardai autour de moi à la recherche du livre, pour expliquer ce que j'avais fait.

Mais il n'était plus là.

Bien sûr, putain.

Chapitre 20

Ajax

— Putain, je n'y crois pas, grognai-je.

Je n'arrivais pas à admettre que je lui avais fait confiance, avais gobé ses mensonges, pensé qu'elle était innocente. Mais je connaissais la vérité maintenant.

Un portail. C'est comme ça qu'elle s'est échappée.

Et elle avait presque réussi à recommencer. Mais j'avais perçu un soupçon de magie dans l'air et l'avais arrêtée avant qu'elle ne puisse s'enfuir.

Son pantalon de cuir moulant me collait à la peau tandis que je lui plaquais un bras sous la gorge, la clouant au sol. J'avais perdu ma serviette dans l'action, mais tant pis.

Qu'elle aille se faire foutre.

J'avais pratiquement saigné à ses pieds à cause de ce foutu sérum de vérité, et c'était ça sa réponse ? Essayer de s'enfuir ? Encore une fois ?

— Si tu avais… juste…

Elle se tortillait sous moi et tentait de me repousser, mais je n'allais pas la lâcher avant d'être certain que le portail s'était complètement dissipé. Il vacillait derrière moi, crachotant ses dernières forces. *Parce que j'avais brisé sa concentration. Juste à temps.*

Lucifer ne me tuerait peut-être pas pour avoir échoué – encore une fois – mais il me chasserait assurément de son cercle intérieur. La perte de mon titre de Gardien ne serait plus temporaire mais définitive. Il pourrait même aller jusqu'à rompre mes liens avec le royaume des Faë de l'Enfer et m'en exclure complètement.

En outre, il tuerait Camillia. Et même si j'en avais envie maintenant, en réalité je ne voulais pas la voir mourir. Je voulais qu'elle *survive*. Qu'elle *vive*. Qu'elle soit *libre*.

Je sourcillai. Elle ne pouvait pas être libre ici. Pas vraiment. Mais elle pouvait rester en vie. Et peut-être qu'elle apprendrait à aimer ça.

Ça doit être pour ça que Lucifer veut que je l'enseigne : pour l'aider à comprendre ce royaume et lui donner des raisons d'y demeurer. Elle n'avait aucune idée de l'importance de cette opportunité, en particulier pour une *femelle* Faë de l'Enfer. Elles étaient si rares ici, la source rejetant quatre-vingt-dix-neuf pour cent d'entre elles.

Mais Lucifer semblait penser que Camillia pourrait rester ici. Et il voulait mon aide pour garantir sa survie. Hélas, je n'y arriverais pas si elle persistait à vouloir s'enfuir.

— Bien que j'apprécie ton combat, petite rebelle, j'aimerais vraiment que tu prennes un moment pour considérer les opportunités qu'on t'offre ici. Parce que je peux t'assurer qu'elles sont meilleures que tout ce qui t'attend dans le royaume humain.

Elle leva les yeux au ciel et tenta de me repousser encore.

— Ajax, parvint-elle à articuler avant que j'appuie plus fort mon bras sur sa gorge.

L'énergie du portail était quasi morte derrière moi, mais je refusais de bouger tant que je n'étais pas absolument certain qu'elle ne pourrait plus s'en servir.

— Tu n'iras nulle part, lui intimai-je en pesant de tout mon poids sur sa poitrine.

Je relâchai sa gorge suffisamment pour la laisser respirer en attendant que le froid dans l'air se dissipe.

Elle avait ouvert un portail. Vers le royaume de l'Au-delà.

C'est quoi ce bordel ?

Ce n'était pas mon premier choix pour m'enfuir, mais peut-être que c'était ainsi qu'elle nous avait échappé, Az et moi, pendant si longtemps ? Avait-elle sauté d'un royaume Faë de l'Enfer à l'autre pendant que nous la recherchions dans les différents royaumes Faë ? Cela me paraissait… impossible. Et aussi ridicule. Dans la plupart des royaumes, elle aurait fini dévorée vive, et nous l'aurions sentie.

Alors peut-être que ça n'avait été qu'un saut temporaire ?

S'est-elle rendue dans l'Au-delà la dernière fois et s'est-elle échappée par le portail de la Nuit des Monstres ? S'est-elle cachée dans une réalité alternative pendant trente jours ? Pourquoi revenir en ce cas ?

— Ajax ! (Elle tortilla des hanches.) Dégage !

Elle balança son genou entre nous, faisant fleurir la douleur dans mon bas-ventre. *Coup bas, petite rebelle.* Un coup qui me surprit suffisamment pour qu'elle parvienne à rouler de sous moi et à détaler derrière le canapé. Comme si cela pouvait la sauver.

— Montre-toi, Vita. Aide-moi. (Elle balayait la pièce d'un regard frénétique.) Allez, *viens.*

Un tourbillon de pages apparut sur le canapé, au grand soulagement de Camillia.

— Merci. (Elle se tourna vers moi.) Maintenant,

écoute-moi une seconde. (Elle tendit le bras par-dessus le canapé pour attraper le livre.) J'étais juste en train de lire ce…

En jurant, je plongeai pour lui arracher le volume. Car cette partie de son histoire pouvait être vraie : le livre l'avait aidée à s'échapper. Elle avait juste omis de mentionner comment, au lieu de mentir en disant qu'il l'avait attirée vers la source. Peut-être que son histoire avait été assez proche de la vérité pour tromper le sort de Zakkai.

Eh bien, je t'ai à l'œil maintenant, petite rebelle.

— Tu n'invoqueras pas un autre portail, grondai-je en empoignant le livre. (Il vibra en signe de protestation, mais je l'ignorai.) Tu vas rester ici. Avec moi. Ton *Gardien*.

J'avais travaillé dur à bâtir ma nouvelle identité. Bien qu'il y ait encore de la place pour la croissance, j'étais toujours le Gardien de Lucifer. Mais à un autre titre pour le moment.

Camillia croisa les bras et me regarda comme si j'étais un idiot.

— Je ne crois pas que Vita apprécie d'être malmené comme ça.

Comme pour confirmer les dires de Camillia, le livre chauffa jusqu'à me brûler la main, m'obligeant à le lâcher avec un autre juron.

— Et je n'essayais pas de m'échapper, ajouta-t-elle.

— Vraiment ? fis-je en contournant le canapé. Parce que ça m'en avait tout l'air.

J'appelai ma baguette et invoquai les menottes que j'aurais dû lui mettre dès le début. Comme hier soir. Ç'avait été une erreur de les enlever.

Elle écarta ses bras et fit un pas en arrière.

— Tu ne me les mettras pas.

Faisant tournoyer ma baguette, j'envoyai les menottes encercler ses poignets.

Mais elle les dévia, une vive lumière jaillit de son collier et les menottes inutiles se fracassèrent par terre. Je haussai un sourcil. Elle avait appris d'autres tours que l'invocation de portails, dirait-on.

— Alors tout n'a été que mensonges ? lui lançai-je. Toutes tes histoires ? Tes jeux de séduction ? Tes prétendus sentiments ?

Elle parut surprise, comme si elle ne s'attendait pas à ce que je pointe du doigt ses conneries.

— *Quoi ?*

— Tu m'as bien entendu. (Je fis un pas vers elle.) Tes mensonges ont tous été révélés maintenant, Camillia. Je vois en toi.

Pendant quelques instants incroyables, je m'étais vraiment laissé séduire par ses airs innocents. Qui pourrait m'en vouloir ? Elle était maligne, belle, séduisante et déterminée. Putain, je bandais rien qu'à la regarder. Toute cette énergie rusée et cette intelligence astucieuse la rendaient si incroyablement forte, si *magnifique*.

Je me ruai sur elle et la plaquai contre le mur enflammé. Elle sursauta tout d'abord, craignant d'être brûlée, mais son pouvoir intérieur jaillit pour la protéger, confirmant tous mes soupçons.

— Tu es tellement plus que ce que tu dis, petite rebelle, murmurai-je, mes mains sur ses hanches, mes jointures frôlant le mur. Mais moi aussi.

Comme je le prouvai en m'accrochant à elle alors que les flammes déferlaient. Je n'étais peut-être pas un vrai Faë de l'Enfer, mais mon pouvoir avait été réaligné par Zakkai à la demande de Lucifer – sa façon d'assurer ma sécurité pendant que je travaillais dans son royaume. Ce réalignement avait fait de moi une vraie abomination, connectée à la fois à la Source des Faë de Minuit et à celle des Faë de l'Enfer. Peu de gens connaissaient l'existence de ce lien ténu qui était plus un test qu'une connexion permanente. Mais il me protégeait maintenant que le feu de l'Enfer brûlait derrière Camillia.

Toutefois sa magie à elle paraissait différente. Elle luisait sur sa peau, ce qui me fit plisser le front. Car elle ne ressemblait pas du tout à celle d'une Faë de l'Enfer.

En fait, elle… elle me fait penser à Melek.

À cause de son collier ? me demandai-je en remarquant l'étoile brillante. C'était aussi ce qu'elle avait utilisé pour détourner mes menottes. *Est-ce qu'elle utilise les sorts qu'il lui a enseignés ? Ou est-ce tout autre chose ?*

Je croisai son regard gris et remarquai la panique qui dilatait ses pupilles. Elle était figée, bien qu'elle soit plaquée contre un mur brûlant, et serrait les dents.

— Je te fais mal ? m'enquis-je – des mots qui me râpaient la langue.

Car une partie de moi voulait lui faire du mal, l'étrangler, la réprimander pour avoir tenté de me piéger – *encore une fois*. Mais une autre partie plus profonde, que j'avais ignorée pendant très longtemps, s'inquiétait du fait que je venais de commettre une terrible erreur.

Elle ne répondit pas, son expression presque spectrale me rappelant le royaume où elle avait failli s'enfuir. Sauf que… elle ne s'était pas approchée du portail. Elle était sur le canapé, simplement penchée en avant, comme si elle regardait un film ou une émission de télévision passionnants.

Je m'efforçai de me remémorer toute la scène dans ma tête, de visualiser ce que j'avais vraiment vu. J'avais été tellement occupé à arrêter Camillia et à fermer le portail que je m'étais surtout concentré sur elle. Mais j'avais eu des aperçus de l'Au-delà.

Et j'avais entendu des voix. *La voix d'Az.*

Je l'avais ressenti également. Tout comme j'avais ressenti l'enchantement.

C'est n'importe quoi. Pourquoi aurait-elle ouvert un portail près du Commandant des Faë de l'Enfer ? Était-ce un accident ? Avait-elle essayé de trouver un bon endroit où se réfugier, mais était tombée sur Az à la place ?

Une autre impulsion de pouvoir jaillit de son collier, la recouvrant d'une poussière chatoyante qui la fit frissonner, lèvres tremblantes. Un soupçon de décadence s'ensuivit, me rappelant encore beaucoup Melek. *Parce que c'est son talisman*, me redis-je. *Mais il y a quelque chose qui cloche ici.*

Je fis un pas en arrière, la laissant contre le mur. Elle ne bougea pas, apparemment gelée.

Avec un soupir, j'attrapai sa hanche d'une main et sa nuque de l'autre et l'éloignai des flammes. Elle me paraissait cassante dans mes bras, comme si elle s'était changée en glaçon. Or sa peau n'était pas froide, juste fraîche.

Je la menai jusqu'au canapé et l'installai sur un coussin. Le livre se hérissa, ses pages battirent tandis qu'il voletait du sol à la table, produisant un bruit qui me rappelait un « oumph » féminin.

Foutu livre bizarre, me dis-je en reprenant ma baguette. Il me fallait des vêtements, surtout pour cacher ma réaction physique face à Camillia – bien qu'elle n'ait pas l'air de la remarquer. Son regard était un peu perdu. N'avais-je pas surréagi ?

Peut-être qu'elle avait encore essayé de s'échapper – mais peut-être pas.

À ce stade, je n'en avais plus la moindre idée. Mais une chose était sûre : j'en avais marre des jeux, que ce soit les interrogatoires ou l'ingérence exaspérante de Melek. Je voulais juste une vraie discussion avec de vraies foutues réponses.

Invoquant une tenue royale, je m'habillai d'un costume ouvert qui mettait ma poitrine en valeur, avec des boutons de manchette en diamant et un liseré rouge sang. Je voulais être prêt au cas où je devrais m'aventurer à la recherche de Lucifer.

Je créai également par magie une nouvelle paire de menottes, sans clé, que j'accrochai à ma ceinture avant de m'asseoir à côté de Camillia toujours tremblante.

— Je ne-ne comprends pas ce-cette ma-magie, balbutia-t-elle en tressaillant. Le p-portail… m'a m-montré Azzz et Mel…

Elle ferma les yeux, ses traits affichant sa frustration. Un grognement sourd s'éleva dans sa poitrine, ce qui me fit aussitôt bander de nouveau dans mon pantalon.

De toute évidence, elle n'appréciait pas de se sentir faible. Je pouvais le comprendre.

Prenant place à côté d'elle, j'invoquai un thé à la pomme – mon remède préféré pour chasser les frissons – et le lui tendit.

— Tiens. Bois ça. Ensuite, nous parlerons.

Elle jeta à la boisson un coup d'œil méfiant.

— C'est comme du cidre chaud, en un peu moins épais. Et je ne l'ai pas drogué.

J'ajoutai cette dernière phrase car je savais qu'elle soupçonnait le contraire.

— Même si-si tu l'a-avait fait, ça n-n'aurait p-pas vraiment d'imp-portance, hein ?

Sa voix tremblait, et sa main aussi quand elle prit la tasse.

— Pourquoi ça n'aurait pas d'importance ? m'étonnai-je.

Je fixai la tasse qui cliquetait dans sa main, prêt à la

rattraper si elle la laissait tomber par accident. Je ne voulais certainement pas qu'elle se brûle.

Sans répondre, elle porta le thé à ses lèvres, ferma les yeux et se mit à le boire à petites gorgées. Elle avait un air de chien battu.

Cela me rappela ce que j'avais ressenti hier : épuisé, au bout du rouleau.

Est-ce qu'elle se sent comme ça maintenant parce que je l'ai surprise en pleine fuite ? Ou est-ce dû à ma réaction ?

Le silence plana entre nous un bon moment, tandis qu'elle avalait lentement à petites gorgées la boisson que j'avais élaborée pour elle. Lorsqu'elle eut terminé, ses tremblements s'étaient calmés. Tandis qu'elle posait la tasse sur la table, une légère rougeur apparut sur ses joues, donnant à sa peau la couleur dont elle avait tant besoin.

Plusieurs minutes s'écoulèrent encore tandis que j'attendais, curieux de savoir ce qu'elle allait tenter à présent. Mais tout ce qu'elle fit fut de se tourner vers moi et me lancer un regard circonspect.

— Que se passe-t-il maintenant ? demande-t-elle. Ou est-ce que ton sort me tourmente en m'obligeant à attendre avec appréhension ?

— Quel sort ?

Elle désigna la tasse du menton.

— Celui-là.

— Il a déjà fait son effet, répondis-je. Tu ne trembles plus. Mais ce n'était pas un sort en vérité, juste une boisson chaude.

Elle haussa un sourcil.

— Tu veux dire que tu as vraiment voulu m'aider ?

— Oui.

— Pourquoi ? s'étonna-t-elle d'un ton incrédule.

— Parce que tu en avais besoin. Tu avais l'air gelée.

— *J'étais* gelée, confirma-t-elle en frissonnant. (Elle

saisit le talisman pendant à son cou.) C'est ce truc. Je ne le comprends pas vraiment. Comme la façon dont il a dévié tes menottes ou le pouvoir de refroidissement qu'il envoie sur ma peau.

Un autre tremblement secoua visiblement ses épaules, la faisant se mordre la lèvre inférieure en grimaçant.

Je m'adossai au canapé et allongeai un bras derrière elle.

— C'est dur de savoir ce qui réel et ce qui ne l'est pas avec toi, Camillia. (Je me penchai vers elle, posant ma cheville sur ma cuisse.) Et j'en ai vraiment marre de deviner. Est-ce qu'on peut essayer d'être francs ? S'il te plaît ?

Elle émit un bruit de gorge et secoua la tête.

— Je ne t'ai pas menti, Ajax. En fait, j'ai été plutôt franche, et ce dès le début.

— Alors recommençons, suggérai-je. Dis-moi ce que tu faisais avec le portail, et j'essaierai de te croire.

CHAPITRE 21

AJAX

CAMILLIA ME JETA un coup d'œil en coin.

— Essayer de me croire. D'accord.

— J'essaie, Camillia. Mais rien de tout ça n'a été très facile. Tu…

— Tu as raison, me coupa-t-elle. Rien de tout ça n'a été facile. Depuis le tout premier moment où tu m'as entraînée dans le royaume des Faë de l'Enfer, tout a été sacrément difficile. Et même si j'ai envie de t'en rendre responsable, je ne peux pas. Parce que ce n'était pas *ton* marché. C'était entre Lucifer et mon père.

— Eh bien, je suis en partie responsable de t'avoir capturée et mise dans le paradigme, remarquai-je.

Il me paraissait juste de reconnaître mon rôle dans cette affaire.

— Tu n'as fait que ton travail. Tout comme lorsque tu m'as traquée et interrogée. (Elle secoua de nouveau la tête et s'effondra dans le canapé, ses cheveux effleurant mon bras.) C'est mon père le vrai coupable.

— Là-dessus, nous sommes d'accord. (Parce qu'elle avait raison. Elle ne serait pas ici sans le marché de son père.) Mais ça m'étonne que tu n'en veuilles pas aussi à Lucifer.

— Oh, il est certainement impliqué, dit-elle avec un rire sec. Mais je ne sais pas. Il… Il y a quelque chose chez lui qui me fait m'interroger sur ses véritables motivations.

Je hochai la tête, comprenant ce qu'elle voulait dire.

— Il est une énigme.

— En effet, convint-elle.

Un autre ange passa entre nous avant qu'elle ne se tourne un peu pour me scruter.

— Je n'essayais pas de m'échapper, répéta-t-elle. Le livre s'est montré insistant et n'arrêtait pas de se poser sur mes genoux, alors j'ai fini par le regarder, et il m'a montré une image de mon père.

Son nez se plissa sur ces mots, ce qui lui donna un air adorablement exaspéré. Mais au lieu de le lui faire remarquer, je demandai :

— Et après, qu'est-ce qui s'est passé ?

— Eh bien, il m'a montré une étoile. (Elle reprit le talisman, caressa du pouce les gemmes scintillantes.) Et ensuite, il m'a révélé un sort.

Donc c'est encore l'ingérence de Melek, me dis-je sans toutefois l'exprimer à voix haute.

— Je croyais qu'il allait m'aider à retrouver mon père. À la place, il a ouvert un portail. Sauf que ce n'était pas vraiment un portail. Ou du moins, je ne crois pas que c'en était un. Parce qu'il n'a montré qu'Az et Melek. J'ai essayé de leur parler, mais ils ne m'entendaient pas.

Elle redevint pensive, caressant toujours le talisman. Je m'attendais à moitié à ce qu'elle tente quelque chose de malfaisant, peut-être qu'elle prononce un autre sort qui m'immobiliserait pendant qu'elle s'échapperait, mais elle ne fit que soupirer encore et lâcher l'étoile.

— Melek m'a dit un jour que c'était un conduit, alors

j'ai pensé que c'était peut-être un conduit pour une sorte de lien de sang et que le livre essayait de me dire comment l'utiliser, tu sais, pour m'aider à retrouver mon père. Puis j'ai laissé mon désir de vengeance prendre le dessus.

Elle serra les poings, son expression devint féroce. Ce qui, bien sûr, fit de nouveau réagir ma queue.

Cette femme va me tuer.

— Quoi qu'il en soit, le livre m'a dupée, encore une fois, et m'a montré Az et Melek dans un cimetière.

— Le royaume de l'Au-delà, corrigeai-je. C'est une terre pleine de Faë des Cadavres et de Faë de la Mort. (Ç'aurait dû être le lieu de la prochaine épreuve un mois plus tôt, mais celle-ci avait été annulée après le chaos de la Nuit des Monstres.) J'étais censé t'en apprendre plus sur eux pour l'épreuve nuptiale.

Elle hocha lentement la tête.

— Je m'en souviens. (Ses yeux gris brillèrent.) Parce que pour moi, c'était il y a quelques jours. Ou il y a un jour. Je ne sais plus. Le temps me fait vraiment perdre la tête.

— Eh bien, tout me fait perdre la mienne, répliquai-je sans prendre la peine de cacher mon irritation.

Je voulais croire Camillia, mais c'était un risque. Non pas parce qu'elle pourrait réussir à s'échapper, mais parce que je ne voulais pas qu'elle me fasse du mal. J'avais eu plus que mon lot de souffrances dans ma vie. Je n'avais pas besoin d'en subir davantage.

Mais quelque chose chez cette femme faisait que les barreaux autour de mon cœur menaçaient de se briser. Pas seulement parce qu'elle me rappelait Emelyn, même si c'était en grande partie le cas. Ou du moins, c'était ce qui avait suscité mon intérêt. Mais chaque moment passé avec Camillia m'attirait encore plus vers elle. Comme maintenant, alors que je devrais lui tordre le cou pour ce qu'elle m'avait fait, tout ce que je voulais en vérité, c'était l'embrasser. L'adorer. La *baiser*.

Ça défiait toute logique. Et me donnait l'impression de devenir dingue.

— C'était quoi le sort ? m'enquis-je, curieux de savoir ce que le livre lui avait soi-disant montré.

— Oh, hum… (Elle fronça les sourcils.) *Invenire. Inveniunt. Aperi ianuam.* (Ses yeux volèrent vers le mur comme si elle s'attendait à ce que le portail réapparaisse, et comme il n'en fut rien, elle lâcha un soupir de soulagement.) Bon, il faut que je touche le talisman, dit-elle, se parlant à elle-même. Ou… (Elle me lança un coup d'œil.) Tu voulais le voir ?

Je secouai la tête.

— Non, les mots me suffisent. (Et constater qu'elle avait besoin du talisman pour que ça marche me dit aussi ce que je voulais savoir.) Ce n'est pas de la magie Faë de l'Enfer. (Je désignai son collier.) Et ça non plus.

Tout cela était l'œuvre de Melek. *Foutu prince.*

— Je ne crois pas que le livre soit vraiment de la magie Faë de l'Enfer non plus, supposa Camillia, les yeux baissés sur le texte ancien posé sur la table. Il a quelque chose de très… *surnaturel.* (Elle releva les yeux sur moi.) Tu peux le lire ?

— Non. Les pages m'ont paru vierges tout à l'heure.

— Donc au moins Melek a dit la vérité à ce sujet, j'imagine. Il m'a trouvée dans la bibliothèque en train de le lire lors de mon premier jour ici. Je cherchais un moyen légal de rompre l'accord de mon père avec Lucifer, et les invisibles m'ont apporté ce livre. Mais il ne m'a pas aidé comme je le pensais. (Elle reporta son regard sur l'objet en question.) Il ne fait jamais rien de ce que j'attends de lui.

— On dirait Melek, songeai-je à voix haute. Je peux toujours escompter qu'il fasse quelque chose de sournois.

Elle répondit par un grognement.

— Chaque fois. (Son expression devint pensive.) Bien qu'il ait été beaucoup plus franc ces derniers temps. Sérieux, même. Par exemple, quand il parlait à Az de l'autre côté du portail, il n'avait pas du tout l'air taquin.

— Qu'est-ce qu'il disait ?

— Une histoire de magie vertueuse. (Elle fronça les sourcils.) Tu sais ce que ça veut dire ?

Je secouai lentement la tête et esquissai une moue imitant la sienne.

— Non, je n'en ai jamais entendu parler.

Ce qui était troublant. Car si Az et Melek discutaient d'un type de magie dont je n'avais jamais entendu parler, cela signifiait que personne n'était censé le savoir.

Lucifer ne m'avait même pas parlé des Faë du Cauchemar avant que je n'aie passé une série de tests et gagné un niveau de confiance plus élevé. Ils étaient bien cachés de la population Faë pour leur propre protection. Lucifer ne révélait pas ses secrets à n'importe qui. Je les avais appris parce que j'avais mérité cette connaissance. Et la plupart du temps, c'était grâce à Az.

— Pourtant tu es censé être mon tuteur Faë de l'Enfer ? releva Camillia avec une pointe de taquinerie dans son ton. (Comme je ne riais pas, elle s'éclaircit la gorge.) Désolée, j'ai juste… J'ai pensé que tu pourrais… Peu importe.

— Si c'est un truc que j'ignore, c'est qu'aucun de nous n'est censé le savoir, lui dis-je. Lucifer garde beaucoup de secrets. L'une des premières leçons que j'ai apprises dans ce royaume est de ne jamais être indiscret. Ici, tout arrive pour une raison prédéterminée, même des choses que je n'aime pas forcément.

Elle me fixa.

— Par exemple les épreuves nuptiales ?

— Même si je ne suis pas d'accord avec certaines méthodes, je comprends l'objectif général des épreuves, ce qui me permet de les respecter.

— Et c'est quoi l'objectif général ? s'enquit-elle avec une curiosité sincère. À part forcer les Faë à s'accoupler contre leur volonté ?

— Non, justement, ce n'est pas contre la volonté de qui que ce soit. Les accouplements des Faë de l'Enfer ne peuvent se réaliser que si les deux esprits sont consentants, et les épreuves ont pour but de trier celles qui en sont dignes de celles qui ne le sont pas.

— Et qu'arrive-t-il à celles qui sont considérées comme indignes ? insista-t-elle. Elles meurent ?

— Franchement, ça dépend de la raison pour laquelle la source les considère comme indignes. La plupart des femmes sont simplement renvoyées d'où elles venaient. Mais si la candidate a de la mauvaise volonté ou des ténèbres en elle, la source exterminera l'intruse, ne serait-ce que pour protéger ceux qui se sont sous son pouvoir.

— OK, alors en ce cas, pourquoi je suis ici ? (Elle haussa ses sourcils blond foncé en une démonstration hautaine d'agacement.) La source m'a littéralement renvoyée chez moi. Pourtant Az et toi m'avez ramenée ici.

— C'est vrai, admis-je. Mais je parle des candidates qui sont jugées indignes de tous les Faë de ce royaume à la fin des épreuves. Ta situation est unique en ce sens que tu as touché la source, et ce n'était pas du tout pendant les épreuves.

Elle se tordit les lèvres, l'air de vouloir argumenter, mais il n'y avait pas à contester la vérité.

— Veux-tu connaître le véritable but des épreuves ? lui proposai-je. La vraie raison pour laquelle elles ont été créées ?

— Pour trouver des partenaires pour les Faë du Cauchemar et les Faë de l'Enfer ? devina-t-elle.

— Dans une certaine mesure, oui. Mais c'est bien plus que ça, Camillia.

— Alors éclairez-moi, professeur Ajax. Enseignez-moi.

Je voyais bien qu'elle était facétieuse, mais j'ignorai son sarcasme. Parce qu'elle avait vraiment besoin d'apprendre. C'était le cœur de son conflit : être forcée de participer à ces épreuves. Et bien que je comprenne sa colère, il fallait qu'elle sache pourquoi c'était nécessaire.

— Plusieurs espèces de Faë du Cauchemar sont en voie d'extinction parce qu'il n'y a pas de femelles, et sans femelles il n'y a pas de procréation. Cependant, la source est terriblement sélective quant aux personnes qu'elle autorise à franchir les portes du royaume. Tout le but de ce domaine est de protéger les monstres que tous les autres rejettent. Et il suffit d'un ou deux mauvais Faë pour ruiner tout ce que Lucifer a construit.

— Et pour une raison quelconque, la source rejette les femelles plutôt que les mâles ? demanda-t-elle d'un ton empreint de doute.

— Oui. J'ignore pourquoi, mais il semble que les femelles soient moins enclines à la compassion envers les monstres. Peut-être par peur ou par répulsion. Or ça paraît moins souvent être un problème chez les mâles Faë.

— Donc même les femelles Faë de l'Enfer ont tendance à être rejetées, remarqua-t-elle.

— Oui, acquiesçai-je. Mais les femelles Faë de l'Enfer sont rares en général. La plupart des Faë de l'Enfer naissent de sexe masculin. Lucifer a passé les mille dernières années à chasser les bonnes candidates – Faë de l'Enfer et autres Faë – pour participer aux épreuves. Il n'a conclu d'accords que pour celles dont il savait que la source leur permettrait de franchir les portes. Les épreuves sont organisées pour déterminer si toutes ses recherches et son travail se sont avérés fructueux.

Elle y réfléchit un instant.

— Donc il a trouvé des lignées de femelles qui devraient survivre dans son monde, mais seulement si elles sont vraiment compatissantes ou dignes de ses créatures incomprises.

— Oui, confirmai-je. Et si elles se révèlent être de vraies candidates, leur âme s'alignera sur celle d'un Faë et un lien d'accouplement se formera. Mais il faut que tous deux l'acceptent.

— Hmm. (Elle n'avait pas l'air tout à fait convaincue, mais je voyais les pièces du puzzle s'emboîter lentement.) Donc maintenant, je ne suis plus éligible parce que la source m'a renvoyée chez moi.

— Tu n'es plus éligible parce que tu n'es pas facile à gérer, la corrigeai-je. La source ne t'a encore ni acceptée ni rejetée. Et Lucifer essaie de décider ce qu'il doit faire de toi.

— Me tuer ou me garder, devina-t-elle. Excellents choix.

— Ou une bonne raison d'essayer de fuir, lançai-je.

Elle me darda un regard acéré.

— Tu ne me crois toujours pas ?

Je soutins son regard furieux pendant un bon moment avant de déclarer :

— Honnêtement, je pense que je te crois. À peu près sur tout. (Je tendis la main pour toucher son talisman, notant sa texture glacée.) Melek joue un jeu qui nous implique tous les deux. Je dois juste déterminer si je veux rester un pion sur son vicieux petit échiquier.

— Et Az ?

Sa voix baissa d'un ton sur ces mots, ce qui détourna mon regard de son collier vers ses lèvres et le fit remonter jusqu'à ses iris éblouissants. Ses pupilles dilatées scintillaient de puissance, et je me demandai ce que le talisman lui faisait en ce moment même.

Ou bien ce soupçon de magie n'est-il dû qu'à elle ?

— Et Az ? répétai-je. Tu veux savoir s'il est un pion lui aussi ?

— Oui. Non. Je ne sais pas. C'est juste que… vous avez l'air proches tous les deux. Et c'est évident qu'il connaît bien Melek. Tu peux l'interroger à ce sujet ?

— Je le ferai sûrement, oui.

— Et est-ce qu'il te parlera de la magie vertueuse ? insista-t-elle. De ce dont Melek et lui ont discuté, je veux dire ?

Ça… je n'en étais pas sûr.

— Ça dépend si j'ai besoin de le savoir.

— Pourquoi tu n'en aurais pas besoin ?

Je haussai les épaules.

— Les secrets sont parfois un mal nécessaire, même entre amis.

J'avais appris cette leçon de Shade des années plus tôt. Pour sauver le royaume des Faë de Minuit, il avait fait des choses dont je ne saurais jamais rien, et cela me convenait. En grande partie. Je préférais croire que s'il avait su ce qui allait arriver à mes parents et à Emelyn, il aurait agi. M'aurait prévenu, pour le moins. Parce que croire le contraire…

Je déglutis. *Croire le contraire ruinerait une amitié de toute une vie.*

Chassant cette pensée de mon esprit, je revins à Camillia et me changeai les idées en lui demandant :

— Tu les as entendus dire autre chose ?

Je ne devrais pas l'interroger, car elle avait pour l'essentiel surpris une conversation privée. Mais je ne pouvais pas réfréner la curiosité qui couvait en moi.

— Ils ont dit qu'ils devraient parler au roi Onyx et à, euh, Hadès, à propos d'autres indices, mais je n'ai pas pu en entendre plus parce que tu m'es rentré dedans comme un maniaque.

J'esquissai un sourire, amusé par son terme descriptif.

— Oui, j'imagine. Désolé de t'avoir plaquée *comme un maniaque*, Camillia.

Elle resta bouche bée.

— Quoi ? (Elle cilla.) Est-ce que tu... viens de t'excuser ?

Je haussai une épaule.

— Je suis capable de reconnaître mes erreurs. Ne sois pas si surprise. Mais puisqu'on en parle, je suis aussi désolé de t'avoir poussée contre le mur. Je ne m'attendais pas à ce que tu *gèles*.

Elle tressaillit.

— Moi non plus. (Elle toucha de nouveau son talisman.) Je n'ai pas confiance en ce machin, mais je n'ose pas l'enlever non plus. C'est clair qu'il essaie de me protéger.

— Il semblerait, opinai-je. Alors que dirais-tu qu'on fasse quelque chose pour te changer les idées un petit moment ? Te faire oublier tout ça ?

Elle m'étudia avec un scepticisme non dissimulé.

— Qu'est-ce que tu as en tête ?

Je désignai le four à pizza de la tête.

— Un tutoriel sur comment on se sert de ça.

Son regard suivit l'inclinaison de ma tête, un doux petit sourire ornant ses traits.

— C'est assez simple : tu prépares une pizza et tu la mets dans le four.

— Et si tu m'aidais à préparer une pizza et que je m'occupais du feu ?

Car j'avais besoin de me distraire de la faim qui

grandissait en moi, ainsi que du chaos qui me brassait l'esprit. Et je soupçonnais qu'elle avait besoin de la même chose – surtout à propos du chaos.

— J'aurais suggéré que tu nous invoques une pizza d'un coup de baguette magique, mais cuisiner doit être assez fun, admit-elle. Ça a l'air presque normal. (Elle jeta un bref coup d'œil aux murs.) Tu sais, à part le fait d'être dans un château infernal et de séjourner dans une suite au bout du couloir du roi des Faë de l'Enfer en personne.

— Faisons de notre mieux pour oublier ce dernier point. Au moins jusqu'à ce qu'on ait fini de manger, proposai-je. Marché conclu ?

Je ne pus m'empêcher de formuler cette phrase, conscient pourtant qu'elle évoquait directement sa situation. Mais heureusement, son sourire s'accentua.

— Marché conclu.

Elle me tendit la main. Je la serrai, l'aidai à se lever du canapé puis la suivis dans la cuisine, faisant comme si nous étions deux Faë normaux se préparant un dîner.

Après quoi je redeviendrais son Gardien.

Mais pour l'instant, on allait vivre dans le présent juste en tant qu'Ajax et Cami.

Chapitre 22

Cami

Quelques jours plus tard

Ces derniers temps, Ajax et moi avions instauré une certaine routine.

On prenait le petit déjeuner ensemble, discutait des différents types de Faë du Cauchemar, déjeunait, visitait l'une des nombreuses bibliothèques de Lucifer dans l'après-midi pour lire, puis on dînait et passait nos soirées à être simplement nous-mêmes.

Hier soir, nous avions même regardé un film du royaume des humains, que j'avais espéré voir le mois dernier. Lorsque j'en avais parlé à Ajax, il avait fait apparaître un appareil contenant le film. Nous nous étions installés sur le canapé avec du pop-corn et avions transformé le salon en notre petite salle de cinéma personnelle.

Il s'avérait que l'écran noir n'était pas actionné par une télécommande mais par des commandes spécifiques, qu'Ajax m'avait apprises pour que je puisse l'utiliser à ma guise. Hélas, il contenait surtout des vidéos de surveillance des Faë de l'Enfer plutôt que des spectacles divertissants.

J'avais donc été plutôt intriguée par les divers livres de la bibliothèque de Lucifer, dont celui que j'avais posé sur mon lit pour le lire une fois que j'aurais fini de me préparer. Sauf que je n'arrivais pas à décider que porter aujourd'hui, car ma routine avec Ajax avait été perturbée.

Ce matin, Az l'avait appelé, ce qui avait fait dérailler notre petit-déjeuner habituel. Au lieu de m'inviter – ce que j'avais bêtement espéré –, Ajax m'avait dit de rester dans la suite et de lire un peu. Puis il avait invoqué une sorte de filet magique autour de moi, afin que je ne puisse pas m'enfuir.

— Je vois que tu ne me fais toujours pas confiance, avais-je marmonné, dérangée d'être exclue et par son sort de baby-sitting.

Mon côté pragmatique avait reconnu que ses actions étaient logiques, mais cela ne m'avait pas empêchée d'être déçue d'avoir été rabaissée au statut de captive.

—Je ne sais pas trop, avait-il répondu en me jetant un regard énigmatique. Mais je ne fais pas confiance à *ça*. (Il avait désigné Vita sur la table basse, où il était resté depuis l'autre jour.) S'il te plaît, ne crée pas de portails pendant mon absence. Si Lucifer vient ici et voit ça, il ne sera pas content.

Sur cet avertissement inutile, Ajax avait disparu, me laissant préparer seule mon petit déjeuner. J'avais opté pour un café, puis j'avais pris une douche et commencé à explorer mon dressing afin de choisir quoi porter. Je voulais un vêtement confortable, mais la plupart des pyjamas étaient des ensembles de lingerie. Du coup j'avais passé les dernières nuits à porter un débardeur et une culotte en dentelle au lit. Ils étaient pratiques, mais aussi mignons.

Juste au cas où un certain Faë de Minuit déciderait de me rejoindre, avais-je pensé avec un soupir.

Or il n'était pas venu. Ajax avait dormi sur le canapé ces cinq dernières nuits.

Il ne m'avait pas touchée non plus. Enfin, à part m'avoir plaquée contre le mur l'autre jour après l'incident du portail. Même hier soir, il avait gardé un espace entre nous sur le canapé pendant que nous regardions le film. Comme s'il essayait activement de ne pas être trop près de moi malgré notre proximité.

Il avait paru réellement soulagé d'avoir des nouvelles d'Az ce matin, son envie de fuir étant palpable lorsqu'il avait annoncé ses intentions. Peut-être que je me faisais trop d'idées quant à la situation. Ce ne serait pas étonnant, vu tout ce qui s'était passé depuis que j'avais été forcée de rejoindre le royaume des Faë de l'Enfer.

Poussant un soupir, je revins à mes vêtements. *Je devrais opter pour une tenue à la fois confortable et sexy*, songeai-je. *Qui sait combien de temps Ajax sera parti ? Je peux au moins me sentir bien dans ma peau pendant que je suis seule, non ?*

Et peut-être qu'un côté sournois en moi espérait qu'il ne serait pas parti trop longtemps et qu'il me surprendrait dans une tenue provocante.

On verra alors jusqu'où tient ta détermination, pensai-je en esquissant un sourire.

Car je savais qu'il était attiré par moi. J'en avais eu la preuve flagrante l'autre jour, lorsqu'il m'avait plaquée au sol, puis au mur. Et ce n'était pas comme s'il ignorait si c'était réciproque ou non ; on avait fait l'amour moins d'une semaine plus tôt. De toute évidence, j'étais attirée par lui. *Et par sa bite épaisse et percée.*

Je devais bien admettre que ne pas avoir été invitée à le suivre aujourd'hui m'avait déçue. Je voulais aussi voir Az.

Parce que je suis brisée.

Ou plutôt, j'avais été détruite par les deux mâles Faë. Ils avaient réveillé en moi une libido qui exigeait maintenant de l'attention – avec ou sans raisonnement intact.

Levant les yeux au ciel face à mes hormones, je choisis un petit article sexy qui était plus une nuisette légère qu'une véritable robe. Son rouge vif scintillait comme si elle était faite de feu plutôt que de soie. Elle était aussi étonnamment chaude, ce qui suggérait qu'un enchantement était tapi sous cette couleur ardente.

C'est une belle touche qui serait utile si je sortais vraiment dans cette robe, me dis-je. Mais je n'allais pas sortir.

J'associai donc la robe à un peignoir assorti et je me délectai de la sensualité du tissu. Quelques clous scintillants, semblables à des diamants, en ornaient les manches, lui donnant un style opulent qui me fit sourire. Je n'étais pas du genre à me déguiser, mais c'était agréable.

Sur un signe de tête à mon reflet, je retournai dans ma chambre et trouvai Vita posé sur le livre que j'avais choisi.

— Ah non !

Je l'écartai et m'installai contre les oreillers pour une séance de lecture avec un livre *sûr*. Vita vibra près de moi, mais je l'ignorai, attrapant plutôt ma tasse de café tiède.

J'envisageai un instant de me rendre à la cuisine pour préparer une nouvelle cafetière, mais je préférai pousser la tasse en céramique contre le mur enflammé et la laisser sur la table de chevet. Le mur encadrait la tête de lit, éclairant la pièce d'une lueur ardente. En outre, il allait servir à réchauffer mon café.

— Bon, on attaque ?

J'ouvris le livre intitulé *Les Terres Marécageuses : une documentation historique de la dégradation.*

Vita palpita de nouveau.

—Je ne veux pas te parler, lui intimai-je.

Je revins au texte que j'avais choisi. Une représentation d'une forêt luxuriante m'accueillit sur la page d'introduction, ce qui me fit hausser les sourcils. *Je ne m'attendais vraiment pas à ça*, m'étonnai-je. Toutefois la page suivante expliquait que ce visuel était une relique du passé…

« Jadis c'était une forêt remplie de Centaures et de Griffons, il y avait beaucoup d'espace pour la vie dans cette vaste étendue de terre fertile. Cependant, ces espèces étaient parvenues à s'accaparer une zone importante entre ce qui est aujourd'hui le royaume sous-marin et les Terres Stériles. Malheureusement, sans chef pour guider ces créatures, leurs succès devinrent rapidement précaires, et elles formèrent un pont entre les deux régions, donnant naissance à ce qui est aujourd'hui les Terres Marécageuses. »

Je tournai la page, curieuse. Il semblait que Lucifer avait fait plus qu'établir les différents royaumes, il avait aussi empêché les « parias » existants d'aggraver la situation.

« Typhos Lucifer nomma des rois de deux espèces compatibles pour gouverner les Terres Marécageuses. Les Nagas et les Unseelies avaient pour mission d'œuvrer ensemble à cultiver leur domaine et le faire prospérer. »

Un bruit d'aspiration me fit lâcher le livre et bondir à genoux.

Un coup d'œil en biais me révéla Melek en train de boire mon café.

— Hé ! Fais ton café toi-même, le grondai-je, surprise et agacée par sa présence inattendue.

Il ne répondit pas. Il se contenta de me fixer, la tasse au bord des lèvres, promenant son regard sur ma tenue. Mon peignoir était tombé de mes épaules quand j'avais sursauté, révélant ma nuisette.

Il rabaissa lentement la tasse, un sourire satisfait

s'étirant sur son beau visage et mettant en valeur ses fossettes emblématiques.

— Eh bien, je ne m'attendais certainement pas à ce que tu acceptes ce cadeau si vite.

J'eus chaud aux joues, et cela n'avait rien à voir avec les murs embrasés.

Me raclant la gorge, je me glissai hors du lit – qui me parut soudain comme une invitation dans mon état actuel – et j'arrangeai mon peignoir, le resserrant autour de ma taille avec un nœud bâclé.

— Qu'est-ce que tu fais là ? m'étonnai-je.

Son sourire s'effaça tandis qu'il observait le nœud de mon peignoir en sourcillant.

— C'est comme ça qu'on fait un nœud ?

Je baissai les yeux dessus.

— Quoi ?

— Mon ange, non, reprit-il. C'est tout bonnement inacceptable.

Il reposa la tasse de café, s'avança vers moi et saisit la ceinture de soie qui ceignait ma taille. Je couinai lorsqu'il la détacha habilement d'un geste rapide et décidé.

— Qu'est-ce que tu… ?

Il drapa le ruban soyeux sur le galbe de ma hanche et referma soigneusement le peignoir sur mes seins, s'assurant que ses deux pans soient parfaitement alignés jusqu'à mon nombril. Puis il reprit le ruban et façonna sur mon ventre un nœud décadent en forme de rose.

— C'est beaucoup mieux.

J'avais tout à coup l'impression d'être un cadeau. La question était de savoir pour qui il venait de m'emballer ainsi ?

Je secouai brièvement la tête pour évacuer toute pensée indésirable et demandai :

— Pourquoi tu es ici, Melek ? (*Attends, non.*) Pardon, *Prince* Melek.

Ou devais-je l'appeler ainsi seulement en présence de Lucifer ? Je ne m'étais pas souciée d'employer son titre officiel lorsque je parlais de Melek avec Ajax, car nous l'avions toujours appelé par son seul nom. Mais depuis que j'avais rencontré le roi des Faë de l'Enfer, je n'étais plus sûre de la façon de m'adresser à Melek.

Il haussa un sourcil blond foncé.

— Prince ?

— Je, euh, oui. Lucifer m'a dit que je devais t'appeler *Prince* Melek.

Il retroussa le coin de ses lèvres.

— Et pourtant, tu nommes Lucifer sans titre ?

— C'est comme ça qu'il m'a dit de le nommer.

Je voulus passer mes doigts dans mes cheveux, mais me souvins que je les avais tirés en queue de cheval.

Argh. Pourquoi je me sens si nerveuse ?

Je lâchais un long soupir et secouai la tête. D'ordinaire, Melek me mettait mal à l'aise à cause de ses perpétuelles énigmes. Mais là, c'était différent. Je me sentais… *gênée.* Comme si je ne savais pas comment me comporter avec lui. Ni quoi dire.

Un grognement exaspéré s'échappa de ma bouche. *Ce n'est pas moi. Je ne suis pas inepte ou irrésolue. Je suis Cami. Je vis selon un ensemble de règles. Je botte les fesses et nomme les gens. Et je ne m'incline pas.* Sauf devant Lucifer, apparemment. *Comme un flamant rose dément.*

Un autre grognement menaça de quitter mes lèvres, mais je le ravalai en grimaçant.

— Tu désires m'appeler « prince », petit ange ? Ou peut-être « monsieur » ? proposa Melek, sa voix soyeuse ramenant mon attention sur lui.

Il se tenait tout près de moi, son costume noir à quelques centimètres de mon peignoir.

— Ou bien tu veux savoir ma préférence ?

— Je n'ai pas envie de jouer aujourd'hui, avouai-je. Pas même à un jeu sur les titres et les noms.

Il me considéra un instant d'un regard adouci.

— Alors je te dirai de m'appeler Melek. Parce qu'avec toi, je n'ai pas de titre. Je suis simplement à toi.

— À moi ? (Je faillis ricaner, mais la partie de mon être qui fondait sous ses paroles empêcha l'incrédulité de percer dans mon ton.) Tu es le compagnon de Lucifer.

— En effet, acquiesça-t-il. Mais je suis aussi le tien.

Je plissai le front.

— Tu n'es pas mon compagnon.

Ces mots sortirent sur un ton plus confus que défensif. Car ce qu'il disait était absurde.

Il se contenta de sourire.

— Alors on va dire que j'ai *l'intention* d'être à toi, si tu me choisis un jour. (Il effleura ma joue de ses phalanges, provoquant un frisson d'énergie chaude dans tout mon être.) Mais ce n'est pas ce dont je suis venu discuter avec toi aujourd'hui.

Je… je ne savais pas quoi lui répondre.

« J'ai l'intention d'être à toi », avait-il dit.

Comme… comme compagnon…

Chapitre 23

Cami

Melek a l'intention de s'accoupler avec moi ?

Ce n'était pas du tout ce à quoi je m'attendais de sa part.

Est-ce une ruse ? Une sorte de mensonge ? Un nouveau jeu ?

Est-ce que j'ai envie de m'accoupler avec lui ?

Je ne pouvais pas répondre à cette question. Je pouvais à peine penser.

Ses jointures continuèrent leur chemin le long de mon cou, et sa chaleur se répandit davantage sur ma peau. Son parfum décadent suivit, m'enveloppant d'une sensualité qui me fit frissonner à son attouchement.

Je tournais ses paroles en boucle dans ma tête, essayant d'en percer le sens caché. Il ne m'avait jamais parlé avec sincérité. Pas directement, en tout cas. Sauf récemment.

Lors de la visite, il m'avait parlé ouvertement de Lucifer et de son histoire. Il m'avait aussi aidé à comprendre le temps que j'avais perdu en déchiffrant ce que le livre m'avait fait.

Et maintenant, il prétend avoir l'intention de s'accoupler avec moi.

— Pourquoi ? lâchai-je. Parce que je peux lire le livre ?

— C'est ironiquement ce dont je voulais discuter, murmura-t-il. Mais qu'est-ce que tu veux dire ?

— Pourquoi tu veux t'accoupler avec moi ? réitérai-je.

— Parce que tu es spéciale, petit ange, sourit-il. Quoi d'autre ?

Je le fixai bouche bée.

— Mais on se connaît à peine. Et Lucifer…

Est ton compagnon ? Déjà qu'il pourrait vouloir me tuer, ça lui en donnerait encore plus envie ? Je ne savais pas trop laquelle de ces suites était la meilleure. Mais Melek avait une autre idée en tête, car il déclara :

— Lucifer va mettre un moment à apprécier cette évolution. Ce qui est une bonne chose, car du coup nous aussi avons le temps d'en apprendre plus l'un sur l'autre. (Il retira sa main et s'assit sur le lit.) Maintenant, au sujet de Vita, pourquoi tu le négliges ? Pourquoi tu évites les informations qu'il te donne ?

— Euh, eh bien, parce que Vita n'arrête pas de me mettre dans le pétrin. (C'était selon moi une très bonne raison de repousser le livre magique.) Il m'a menée à la source, et Lucifer m'a bien fait comprendre que si ça se reproduisait, il me tuerait. Et l'autre jour, il m'a fait faire un…

— T'a dit quoi ? me coupa Melek.

— Il a dit que si je m'approchais encore de sa source, il me tuerait, répétai-je.

Les cheveux de Melek voletèrent autour de lui sous l'effet d'un vent invisible, tandis que des paillettes dorées scintillaient juste au-dessus de sa peau.

— Je vois.

Son ton se durcit sur ces deux mots, devint étrangement menaçant. Ou peut-être étaient-ce ses yeux brillants qui me donnèrent cette impression.

Est-il… en colère ? me demandai-je.

— Je parlerai à Ty. (Cela ressemblait plus à une menace qu'à une promesse.) Mais est-ce que tu as envisagé que ce ne soit pas Vita qui t'a menée à la source de Lucifer ?

Je le regardai en cillant.

— Eh bien, ce n'est certainement pas moi qui l'ai fait toute seule.

Comment pourrais-je savoir comment procéder ?

Melek n'avait pas l'air convaincu.

— Tu en es certaine ? insista-t-il. Peut-être que le livre essayait simplement de te préparer à ton destin en te montrant le passé. Et peut-être que tu t'es rendue à la source pour voir le présent.

— Je ne saurais même pas comment faire, protestai-je. Ça ne peut qu'être le livre.

— Hmm, mais tu es dans le royaume des Faë de l'Enfer, petit ange. Tout est possible ici. Et il y a quelque chose de tout à fait unique chez toi. Je veux dire, comment tu pourrais lire le livre de Ty sinon ? Comment tu as pu toucher la source et survivre ? (Il pencha la tête, faisant tomber une mèche de ses cheveux blonds sur son front et dans ses yeux.) Non, petit ange. Je ne crois pas du tout que ce soit le livre, reprit-il. Tu es un être très puissant. Un mystère que nous devons résoudre. Mais pas aujourd'hui.

Un être très puissant, relevai-je, ces mots me rappelant ceux que Zakkai, l'Architecte de la Source des Faë de Minuit, avait prononcés l'autre jour.

Je ne suis qu'une Faë de l'Enfer Halfeline, voulus-je argumenter. Mais si la suggestion de Melek selon laquelle j'avais atteint la source de Lucifer par moi-même était vraie, alors ma vie était clairement en danger. Car je ne voyais pas le roi des Faë de l'Enfer tolérer ce genre de menace.

— Si tout ça est vrai, alors je suis morte, murmurai-je. Lucifer va me tuer.

Melek n'eut pas l'air de s'en soucier.

— Non, petit ange. Il ne le fera pas. Et tu vas t'en protéger en apprenant à mieux le connaître – en lisant son livre.

Je le fixai.

— En quoi ça va m'aider à mieux connaître le roi des Faë de l'Enfer ?

— Parce que le livre *est* Typhos Lucifer, répondit Melek. C'est une partie de son âme. C'est pourquoi je t'ai trouvée si intrigante le premier jour où je t'ai rencontrée et pourquoi tu continues à me fasciner. Tu es forte. Courageuse. Extrêmement intelligente. Pleine de ressources. (Il me détailla avec ses iris hypnotiques.) Et belle aussi.

Mes joues s'échauffèrent sous son examen, et mon pouls s'accéléra lorsqu'il se leva et s'avança vers moi.

— Comprendre comment communiquer avec Ty ne pourra qu'assurer ta sécurité, Cami, dit-il doucement. Le livre est la clé qui te permettra d'apprendre à le faire. Parce que, comme j'ai dit, il *est* Typhos Lucifer. Une partie de lui, en tout cas. Et cette partie de lui veut te connaître. Sinon, tu ne pourrais pas le lire. (Il posa une main sur ma joue et l'autre sur ma hanche.) Je pense que c'est aussi pour ça que tu as pu atteindre la source. C'est une partie de son âme, tout comme Vita. Et ces parties-là t'ont choisie. Adopte-les et Ty t'adoptera aussi.

— Pourquoi je le voudrais ? lui demandai-je, soutenant son regard. Pourquoi je voudrais tout ça ? (Je fronçai les sourcils.) Et comment je peux savoir que ça ne vient pas de toi ? (Il était là le jour où j'avais trouvé le livre.) C'est peut-être grâce à toi que je peux lire Vita.

Son regard se teinta d'humour tandis qu'il se rapprochait jusqu'à presser son corps contre le mien.

— Je suis peut-être le compagnon de Ty, mais je n'ai pas le pouvoir de laisser quiconque toucher son âme. Seule sa magie éternelle peut le faire.

Je réfléchis à cela un moment. *Magie éternelle ?* Qu'est-ce que ça voulait dire ? Cela me rappelait un peu ce que j'avais entendu à travers le portail – un portail que le livre m'avait incitée à créer. *Pour en savoir plus sur Lucifer ?* me demandai-je. *En savoir plus sur le royaume ? Plus sur Az et Melek ?* Ils étaient tous deux importants pour Lucifer. Alors peut-être que c'était à propos d'eux.

Ou peut-être que ma première intuition était la bonne : le livre avait voulu m'apprendre des choses sur Lucifer.

— Magie vertueuse, dis-je lentement, me rappelant les mots que j'avais entendus ce jour-là.

Melek écarquilla ses yeux, me laissant voir toute la gamme de couleurs qui pétillaient autour de ses pupilles.

— Petit ange, ce n'est pas souvent que je suis surpris. (Il incline la tête.) Tu as lu un peu, alors.

— Pas assez pour savoir ce que ça veut dire, éludai-je.

— Alors je te suggère d'ouvrir le bon livre et de poursuivre ton éducation, répliqua-t-il. (Son souffle était chaud contre ma bouche.) Maintenant, avant que je parte...

Sa main glissa de ma hanche au bas de mon dos, et l'autre remonta vers ma nuque. Je tremblais sous son contact, choquée qu'il me tienne si près, si intimement, si *parfaitement*. Toute la semaine, j'avais eu envie d'être touchée par un homme, mes hormones me suppliant de répéter l'expérience avec Ajax ou Az.

Mais ça... ça, je ne m'y attendais pas. Je n'avais même pas réalisé que j'en avais envie jusqu'à maintenant.

Ce qui était un mensonge. Un mensonge total et absolu.

Car j'avais été attirée par Melek dès la première fois que je l'avais vu. Ses jeux étaient dissuasifs, mais aussi perspicaces, et j'avais trouvé sa récente franchise des plus charmantes.

Alors pourquoi il ne m'embrasse pas encore ? Pourquoi il me serre si fort sans rapprocher sa bouche de la mienne ?

— Pour intensifier le moment, chuchota-t-il. (Cela me provoqua un choc. *Est-ce qu'il m'entend ?*) Et pour te rappeler nos vœux, ajouta-t-il, son pouce effleurant mon pouls. Tu m'es destinée, Camillia de la Croix. Mais c'est toi qui choisiras au final. Une fréquentation temporaire ou une relation éternelle ?

Voilà encore ses énigmes, pensai-je étourdiment.

Mais quand sa bouche rejoignit enfin la mienne, je ne pus me concentrer suffisamment pour en déchiffrer le sens. J'étais trop perdue dans l'énergie qui se répandait sur ma peau à cause de sa proximité, de sa magie puissante qui me noyait dans son arôme de péché.

J'écartai les lèvres, désireuse de goûter à cette pureté pulpeuse qui émanait de sa bouche, et qu'il me donna avidement avec sa langue. Je gémis, savourant l'intensité, me perdant dans son attouchement, son pouvoir, son *baiser* lent mais résolu. Une introduction parfaite à ce qu'il avait à m'offrir – *l'extase érotique*. Melek ne serait pas gentil, mais pas cruel non plus. Il serait magistral. Connaisseur. *Délicieusement méticuleux.* Je pouvais le sentir dans chaque coup de langue contre la mienne, dans sa promesse tacite de ce qu'il ferait à mon corps, de la façon dont il effilocherait mon plaisir avec des torsions délicates et des liens significatifs.

Ses doigts dansaient le long de la ceinture de mon peignoir, et je me demandai s'il avait l'intention d'aller plus loin. Mais lorsqu'ils s'arrêtèrent près du nœud, je compris qu'il cherchait à transmettre un tout autre message, que lui seul semblait comprendre. Quelque chose que je voulais qu'il m'explique.

Car cela ressemblait beaucoup à une promesse licencieuse, une façon de me prédire l'avenir sans vraiment prononcer de mots. *Bientôt*, disait ce toucher. *Quand tu seras prête.*

Il s'écarta, ses yeux avaient pris une teinte dorée profonde.

— Puissante, en effet, murmura-t-il. Lis le livre, Camillia. Fais-moi confiance.

Je frémis, incapable de répondre.

Puis son regard passa par-dessus mon épaule, ce qui me figea.

Oh, mon Dieu. Lucifer est-il derrière moi ? S'il te plaît... s'il te plaît, ne sois pas Lucifer.

— Ah, Gardien, fit Melek.

Son salut fit retomber mes épaules de soulagement. Jusqu'à ce que je réalise que le *Gardien* venait de me voir embrasser Melek.

Putain de merde.

— J'ai une suggestion de formation pour toi. (Melek me lâcha pour produire un papier plié dans sa paume.) D'après ce que j'ai vu jusqu'à présent, Cami a grand besoin d'une formation sur ce sujet.

Il me contourna, sans doute pour remettre le papier à Ajax. Je me retournai lentement, craignant ce que j'allais voir sur les traits du Gardien, mais il se contenta de scruter la feuille avec intérêt.

— De plus, Vita possède les connaissances dont Cami aura besoin pour passer les tests de Ty, poursuivit Melek. Pas ces vieux livres poussiéreux. Alors ne perds pas un temps précieux pour quelque chose qui ne l'aidera pas au final.

Des tests ? relevai-je. *Quels tests ?*

— Elle ne fait peut-être plus partie des épreuves nuptiales, reprit Melek, dont les yeux complices croisant les miens brûlaient encore de flammes dorées. Mais je soupçonne qu'elle subit l'idée que Ty se fait d'une épreuve, tout comme toi.

Sur ces mots énigmatiques, il s'évapora à sa façon bien à lui.

Ajax fronça les sourcils devant l'espace qu'il venait d'occuper, puis se concentra sur moi, et ses yeux s'arrondirent aussitôt.

— C'est Melek qui a invoqué ça pour toi ? s'enquit-il, désignant ma tenue.

Je clignai des yeux, le brusque changement de sujet me laissant un peu perplexe. Peut-être que le baiser de Melek y était aussi pour quelque chose.

— Je, euh, non. (Je m'éclaircis la gorge en tentant de retrouver ma raison égarée.) Il… Je veux dire, c'est moi qui ai choisi ça. J'ai supposé que je pouvais me mettre à l'aise pour un moment. Et ce n'est pas comme si mon dressing était rempli de sweats.

Ça sonnait beaucoup moins bien que ce que j'avais souhaité. Après tout, j'avais espéré m'en servir pour séduire Ajax, ou pour obtenir une réaction quelconque. Mais maintenant, mon cerveau était trop grillé pour que je puisse me concentrer.

—J'aime bien, dit Ajax, ce qui me surprit.

Puis il parut sortir de sa transe et regarda le papier qu'il tenait. Il le déplia et ouvrit des yeux encore plus ronds.

— D'accord.

Il froissa le papier en boule et visa un récipient proche,

prêt à le lancer. Un récipient qui le réduirait en cendres s'il passait le bord, comme le faisaient les paniers à linge ici.

Agissant par réflexe, je plongeai et l'attrapai, désirant savoir ce que Melek avait suggéré comme formation.

— Ne fais pas ça, grogna Ajax. C'est juste du pur Melek.

L'insistance d'Ajax pour que je ne regarde pas la feuille me donna encore plus envie de la voir. Je la défroissai et la levai juste au moment où Ajax me plaquait à terre. Je tournai sur moi-même et bloquai mes jambes autour de son cou en une prise d'arts martiaux que j'avais apprise il y avait bien longtemps.

L'entraînement à la survie des Faë de l'Enfer avec ce bon vieux papa. Au moins, il m'avait appris quelques trucs utiles.

J'inspirai un grand coup en découvrant qu'il ne s'agissait pas d'une liste d'instructions, mais d'une illustration.

Si c'était Melek qui l'avait dessinée, il avait du talent. Mais par-dessus tout, c'était la complexité du croquis qui retint mon attention, révélant ses véritables capacités.

Parce que c'était moi. Attachée avec des cordes. Dans une pose très érotique. Et couverte de nœuds. *Des nœuds complexes.*

— *Camillia*, grogna Ajax d'un ton rauque, presque douloureux.

Je baissai les yeux et le vis toujours coincé entre mes jambes, sa joue appuyée sur ma nuisette rouge soyeuse.

Oh.

CHAPITRE 24

AJAX

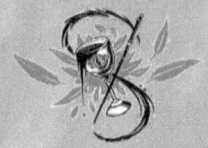

LE SATANÉ parfum de Camillia me retenait captif entre ses cuisses.

C'était comme si j'avais perdu la volonté de me battre, tout mon être s'étant figé au moment où sa culotte rouge était entrée en contact avec mon visage.

Tout ce que je voulais, c'était la dévorer. Et sa tenue ardente n'arrangeait pas les choses. Elle était chaude. Sensuelle. Carrément ravissante. Je n'en avais presque rien vu, son peignoir en ayant recouvert une grande partie. Mais je l'avais assez aperçue pour savoir qu'elle allait parfaitement à Camillia.

— Hum, fredonna-t-elle en se tortillant un peu.

Ce qui la fit effleurer davantage ma joue de sa chaleur couverte de dentelle.

Putain. Son excitation sentait si bon, était si attirante. Je voulais lui arracher sa culotte et la lécher. La *mordre*. Me saturer de son désir addictif.

Az m'avait offert un exutoire bien nécessaire à peine une heure plus tôt avec un match d'entraînement brutal. Passer ces derniers jours enfermé avec cette délectable femelle avait été éprouvant. Il m'avait fallu une sacrée retenue physique pour ne pas la toucher. Mais je savais que c'était une sorte de test de la part de Lucifer, une façon de mesurer ma capacité à ne pas céder à la tentation.

Camillia de la Croix n'était pas censée être à moi. Bon sang, Melek venait de le démontrer avec son baiser. J'étais apparu juste au moment où ses lèvres s'étaient posées sur les siennes.

J'avais été trop surpris pour partir, mon agressivité épuisée revenant en force et faisant trembler mes genoux du besoin de réagir. De repousser Melek. Ou peut-être de le rejoindre. À ce stade, j'ignorais ce que je désirais le plus. Et ne le savais toujours pas, même maintenant.

Elle n'est pas disponible pour moi. Non pas parce que Lucifer l'avait dit explicitement, mais parce que je savais qu'il y aurait des répercussions si je la prenais.

C'était ainsi que Lucifer agissait. Il ne me bannirait ou ne me tuerait peut-être pas, mais il y aurait une sorte de punition si je touchais à nouveau Camillia. Il voulait que je prenne cette tâche de gardien au sérieux, pas que je ne m'en serve d'excuse pour la baiser.

Je serrai les dents lorsqu'elle bougea encore, son arôme sensuel infiltrant davantage mes sens. C'était l'ultime épreuve de la retenue. L'image d'elle attachée avec des cordes me traversa l'esprit, suivie d'elle embrassant Melek.

Il a fait ça pour me torturer, décidai-je. *Il veut que je perde à ce jeu, quel qu'il soit. Mais pourquoi ?*

Melek devait savoir ce que Lucifer préparait, qu'il s'agissait d'un moyen élaboré pour déterminer ma valeur. Lucifer aspirait à contrôler tout ce qu'il faisait. Il n'y avait pas de coïncidences ou de tâches frivoles. Il agissait toujours dans un but précis.

Y compris me réaffecter à Camillia en tant que son Gardien personnel.

C'était ce que j'avais dit à Az tout à l'heure, après qu'il m'avait demandé pourquoi je ne jouais pas avec Camillia.

— Pourquoi diable tu dors sur le canapé ? s'était-il étonné quand j'avais mentionné mon mal de dos. Ce lit est plus qu'assez grand pour vous deux, ce dont je sais que tu es conscient puisqu'on l'a déjà partagé ensemble.

— Je lui ai laissé la chambre pour qu'elle puisse avoir son intimité.

Cela lui avait fait hausser un sourcil.

— De l'intimité ? Après tout ce qu'on a fait ? Maintenant, elle n'est sûrement pas gênée d'être nue devant toi.

— Je préfère vraiment ne pas le savoir, avais-je grogné, grimaçant alors qu'Az m'envoyait de nouveau au tapis. Elle est déjà bien assez attirante habillée. Je n'ai pas envie de la voir nue aussi, avais-je répliqué, un peu essoufflé à cause de l'impact du plaquage d'Az.

Il s'était figé au-dessus de moi.

— Attends… tu ne la baises pas ?

— Non.

J'avais profité de sa surprise pour le repousser d'un souffle magique. Mais au lieu de contrer ou d'essayer de me frapper en retour, il m'avait fixé bouche bée.

— Pourquoi pas, bordel ?

— Parce que Lucifer me teste et que je ne veux pas échouer.

— C'est une raison à la con, avait grommelé Az. Typhos ne te mettrait pas dans une chambre avec un seul lit s'il ne s'attendait pas à ce que tu la baises. Oui, il pourrait faire semblant d'être en colère. Mais c'est un sadique. Il aime juste avoir un prétexte pour punir ceux qui sont sous son aile.

— Mais est-ce que je suis vraiment « sous son aile » ?

avais-je rétorqué. Je ne suis pas un Faë de l'Enfer. Pas vraiment, en tout cas.

Zakkai avait peut-être réorienté mes pouvoirs pour que mes capacités de Faë de Minuit soient liées à la Source des Faë de l'Enfer, mais j'étais toujours considéré comme un étranger ici.

Az avait répondu par un autre plaquage, et cette fois s'était mis à califourchon sur mes hanches.

— Arrête de remettre en question ta place dans ce monde. Arrête d'ignorer ton instinct. Et arrête d'utiliser Typhos comme prétexte pour ne pas baiser Camillia. Ta vraie peur réside dans ton envie de la mordre. Admets-le, surmonte-la et donne-lui ce dont vous avez besoin tous les deux.

J'avais grondé en réponse et réfuté son accusation en lui balançant mon poing dans la figure. Et Az m'avait donné un coup de pied au cul, à sa manière typique.

Mais cette bagarre avait été une distraction bienvenue par rapport au mal que j'avais au bas-ventre. Un mal qui s'était ravivé avec fureur au moment où j'avais trouvé Melek en train de serrer Camillia. À présent, ce mal menaçait ma santé mentale alors que j'inspirais profondément, inhalant la saveur de Camillia par la bouche.

Elle mouillait. Je la sentais contre ma joue.

En manque. Brûlante de désir. Elle me suppliait pratiquement de la prendre.

Elle n'avait toujours pas bougé, comme si elle était paralysée en ma présence.

— Camillia, répétai-je en essayant de nouveau de l'écarter. Si tu ne me relâches pas, je vais arracher cette culotte et te baiser avec ma langue.

Elle sursauta et pressa davantage ce tissu humide contre mon visage.

— D'accord, souffla-t-elle.

Ses cuisses restèrent serrées autour de moi, sa chaleur s'infiltra dans mon corps. C'était une invitation sensuelle que je devais refuser. Mais un doux gémissement quitta ses lèvres et elle tressaillit de nouveau, son désir s'enroulant autour de mon cou comme un nœud coulant, se resserrant et menaçant de m'étouffer si je ne réagissais pas.

Les paroles d'Az continuaient de tourner dans ma tête, son accord sur le fait que Lucifer avait fait tout cela pour une bonne raison, très différente de ce que je voulais croire.

« *Mais c'est un sadique. Il aime juste avoir un prétexte pour punir ceux qui sont sous son aile.* »

C'est donc ça ? me demandai-je. *Une sorte de jeu tordu ? Un moyen de donner à Lucifer une raison de prendre le contrôle et de me punir… parce que ça lui plaît ?*

Cela ne me paraissait pas trop tiré par les cheveux. En fait, ça lui ressemblait bien. Et ce serait tout à fait le genre de Melek de s'assurer que son compagnon, le roi des Faë de l'Enfer, reçoive exactement ce qu'il voulait.

Je gémis, partagé entre la lutte contre leurs intentions vicieuses et la tentation de céder au désir ardent qui s'épanouissait sur ma langue.

Camillia n'avait toujours pas bougé. Elle avait même dit « d'accord », comme si elle prenait ma menace pour une offre.

C'est complètement dingue. Comment suis-je censé lui refuser ?

J'avais déjà goûté sa chatte, senti son pouls autour de ma bite, et ça n'avait pas suffi. Ce ne serait peut-être *jamais* suffisant.

Je frottai mon nez contre son centre humide, un grognement montant dans ma gorge.

— Melek t'a excitée. (Ma voix était rauque, comme si

je n'avais pas assez d'air.) Et maintenant, tu veux ma langue.

— *Tu* m'as excitée, corrigea-t-elle.

Elle se mit sur le dos, ses jambes toujours bloquées autour de mon cou.

Je roulai de concert avec elle, hypnotisé par sa forme séduisante, et me retrouvai sur le ventre, le visage parfaitement en place pour la satisfaire. Il fallait juste que j'enlève sa culotte.

Ses cuisses serraient ma nuque, ses talons nus étaient plantés dans mon dos.

— J'ai eu envie de toi toute la semaine, Ajax. Mais tu n'as pas voulu me toucher.

Son ton contenait une pointe d'accusation. Elle enfila ses doigts dans mes cheveux.

— Parce que tu n'es pas à moi.

— Ça veut dire quoi, ça ? rétorqua-t-elle. Je ne suis plus une candidate, d'accord ? Je ne peux pas être revendiquée. À moins que…

Je croisai son regard orageux entre ses cuisses.

— À moins que quoi ?

— C'est à cause de ce que Melek a dit ? Qu'il prévoit de s'accoupler avec moi ?

Sa voix n'avait plus ce mordant accusateur, ses mots recelaient un sous-entendu plus songeur.

— C'est ce qu'il t'a dit ?

J'eus un pincement au cœur. *Melek veut s'accoupler avec Camillia ?*

Elle parut quelque peu perplexe.

— Oui, il a expliqué que nous étions destinés l'un à l'autre. Mais c'est Melek. Il parle toujours par énigmes.

— Hmm.

L'écho de mon bourdonnement la fit tressaillir, et elle crispa ses doigts dans mes cheveux. J'avais supposé que

Melek jouait à une sorte de jeu, voire qu'il utilisait Camillia pour parvenir à ses fins. Mais peut-être qu'il la désirait vraiment.

Qu'est-ce que ça signifie pour moi ? Pour Az ? Et pourquoi je pense à ça, d'abord ? Camillia ne peut pas être à moi. Je peux jouer avec elle, l'apprécier dans l'instant, mais je ne peux pas la garder.

J'eus un autre pincement au cœur, une sensation à la fois familière et étrangère. Familière car je l'avais éprouvée d'innombrables fois après avoir perdu des êtres chers. Et étrangère parce que je ne m'attendais pas à l'éprouver avec Camillia.

Qu'est-ce que ça signifiait ? Pourquoi me soucier des intentions de Melek à son égard ?

Lucifer est-il au courant ? Tout ça fait-il partie de ce test élaboré ?

Az ne devrait-il pas être au courant lui aussi ? Il était lié à Lucifer. Il devait bien savoir si Camillia allait potentiellement rejoindre la dynamique de Melek et Lucifer.

Elle me tira encore les cheveux et ses yeux gris capturèrent de nouveau les miens.

— Gardien.

— Rebelle, répondis-je.

— *Touche-moi.*

Je souris contre sa dentelle humide.

— C'est ce que je fais.

Elle émit un son impatient et écarta ses jambes de mon cou.

— Si tu veux faire le difficile, je vais me débrouiller toute seule.

Je saisis ses hanches alors qu'elle essayait de se dégager de sous moi en se tortillant. Puis je rampai le long de son corps sexy et la serrai entre mes bras.

— Dis-moi ce que tu veux, petite rebelle, et j'envisagerai de te le donner.

Oh, c'était un jeu dangereux que je venais d'entamer. Mais je ne pouvais pas m'en empêcher. Car elle était la tentation incarnée. Un prix que je n'étais pas censé gagner. Une femme qui était trop bien pour moi.

Mais je l'avais clouée au sol, sa chaleur suintant contre mon pubis douloureux.

Parce qu'elle me désire. Elle l'avait avoué de vive voix, donnant vie à tous mes fantasmes. Melek avait peut-être l'intention de la revendiquer, mais c'était moi qui l'avais en ce moment. Et c'était peut-être justement ce qu'il voulait. Sinon, pourquoi m'aurait-il laissé ce dessin enchanteur de Camillia attachée ?

J'y jetai un coup d'œil, le papier étant tombé au sol quand Camillia avait roulé sur elle-même. C'était vraiment une œuvre d'art, son corps nu ligoté par des cordes soyeuses. Cela me donnait envie de mordiller ses mamelons tout en tirant sur le nœud soigneusement placé entre ses cuisses.

— C'est ce que tu veux ? insistai-je, désignant le dessin de la tête. Être attachée ?

Elle déglutit.

—Je… je veux tes perversions. Tes préférences. *Toi.*

Je la regardai en cillant de surprise.

— Tu préfères ça plutôt que d'être habillée de rubans soyeux ?

—Je préfère te connaître toi, Ajax. Tes désirs. Pas ceux de Melek. (Elle posa la main sur mon visage, ses yeux brillant d'un éclat intense.) Az n'est pas là pour diriger. L'image de Melek a rempli son rôle. Tout comme ma tenue, je pense. Maintenant, c'est toi que je veux.

Mon regard glissa vers son cou et le peignoir qui tombait de ses épaules.

— Tu as porté ça pour moi ? demandai-je, amusé.

— Je l'ai porté pour moi, corrigea-t-elle. Mais aussi pour voir comment tu réagirais.

Elle fourra de nouveau ses doigts dans mes cheveux, ce qui reporta mon attention sur ses yeux.

— Je te veux, Ajax.

— Je te veux aussi, Camillia, avouai-je.

Une partie de moi s'était demandée si le Phénix d'Az avait influencé nos deux dernières rencontres, son animal séduisant étant un phare naturel de grâce et de sensualité. Bien que je sache que j'avais eu très envie d'elle – et c'était toujours le cas – je n'avais pas été certain de ses véritables penchants. Le Phénix d'Az était un puissant influenceur, capable d'hypnotiser sa proie sans même le vouloir. Sachant que Camillia me désirait maintenant, ici, *seule*, mon corps se tendait dans une attente à l'état pur.

Elle me désire. Juste Ajax. Juste ici. Juste maintenant.

Et ce n'était pas non plus à cause de l'influence de Melek, c'était à cause de *moi*.

Comment pourrais-je refuser ça ? m'émerveillai-je. *Pourquoi même essayer ?*

Lucifer voulait un prétexte pour me punir ? Très bien. Je pouvais l'accepter si cela signifiait s'adonner à cette passion. Un souvenir avec Camillia valait mille punitions.

Elle ne serait peut-être pas à moi pour l'éternité, mais elle le serait pour aujourd'hui. Pour cette semaine, même.

Juste à moi, me dis-je, posant mon regard sur sa bouche. *Et je vais m'assurer que chaque seconde compte.*

Chapitre 25

Cami

Les ombres tourbillonnaient autour de moi tandis qu'Ajax éveillait son pouvoir, me faisant retenir mon souffle. J'ouvris la bouche pour protester, craignant qu'il n'ait décidé de disparaître, mais mon dos s'écrasa sur le lit et le poids délicieux d'Ajax se posa de nouveau sur moi.

J'avais été directe dans mes désirs, m'assurant qu'il comprenne parfaitement où j'en étais et ce que je voulais : *lui.*

Melek avait peut-être contribué à attiser le feu qui brûlait en moi, mais c'était Ajax qui avait allumé cette flamme au départ. Et je voulais profiter de lui. Seulement lui. Pas d'influences extérieures. Pas d'attentes. Juste l'union de nos corps dans une danse sensuelle inspirée par une satisfaction mutuelle. C'était lui qui m'avait amenée en Enfer. Maintenant, il allait m'emmener au paradis, si un tel niveau existait vraiment.

C'était dangereux de le désirer, mais j'en avais marre de me soucier du bien et du mal. Il était mon Gardien, et alors ? Ouais, il se pourrait que j'aie un penchant tordu pour le kidnapping. Cependant, ma vie avait toujours été tordue. Et je n'allais pas aspirer à la normalité maintenant.

Le regard sombre d'Ajax se planta dans le mien, ses iris bleus effacés par un brasier noir de désirs lubriques. Il ne m'avait pas dit quelles étaient ses préférences, mais j'espérais qu'il allait me les montrer.

Son nez effleura ma joue, son souffle était chaud sur ma peau.

— Ton sang chante pour moi, douce rebelle, murmura-t-il, son corps frémissant sur le mien. Mais je ne peux pas te mordre.

— Tu peux me couper, proposai-je, frissonnant à cette suggestion.

Az m'avait entaillé le sein la première fois que nous avions joué, offrant à Ajax l'essence dont il avait tant envie. Ça m'avait d'abord piquée, mais la bouche d'Ajax avait volé la douleur et l'avait remplacée par un plaisir exquis.

Je voulais ressentir cela de nouveau. Lui donner ce dont il avait besoin tandis qu'il comblait mes attentes.

Il émit un grondement sourd et commença à embrasser mon cou, ses mains remontant le long de mes flancs. Nous étions encore habillés – moi en peignoir et nuisette, lui en sweater gris et t-shirt. Il s'était douché récemment, peut-être avec Az.

Ils ont baisé ? me demandai-je. *Ou ils se sont battus ?* Peut-être les deux. Mon esprit me dépeignit une vision érotique de ces deux-là se battant tout en baisant, ce qui eut pour effet de me faire resserrer encore plus mes jambes autour de la taille d'Ajax. Ces deux mâles étaient des créatures mortelles, leur faim était d'une intensité inquiétante. Je partageais ce désir charnel, j'avais envie de leur rudesse. Leur toucher masculin. Leur besoin féroce.

Les mains d'Ajax atteignirent mes épaules, sa bouche s'approcha de mon oreille.

— Même si j'aime cette matière soyeuse que tu portes, j'ai envie qu'elle disparaisse.

Ses mots furent suivis d'une explosion de magie qui me roussit la peau, me faisant sursauter. La chaleur inonda mes veines, rehaussée par son odeur de pin et de menthe. Je frissonnai, la chair de poule grêlant ma chair échauffée tandis que le tissu semblait fondre sur mon corps, me laissant nue sous lui.

— C'est bien pratique, soufflai-je.

Il murmura son accord, et une autre vague de pouvoir lui ôta ses propres vêtements.

— C'est vrai. Mais ne crois pas que je vais précipiter les choses. Je vais te rendre tellement excitée que tu me supplieras de te baiser.

J'étais déjà à mi-chemin, mon audace ayant expulsé de ma bouche des mots que je n'avais pas prévu de dire. Quoique d'une certaine façon, j'avais su qu'il avait eu besoin d'entendre mes désirs exprimés à voix haute. Et ça avait marché.

Oh oui, comment ça a marché, m'émerveillai-je quand sa bite percée rencontra mon centre sensible. Je me cambrai contre lui en réaction, ce qui provoqua un gloussement de la part du mâle au-dessus de moi.

Il mordilla mon oreille, puis reprit son exploration en embrassant mon cou jusqu'à ma clavicule. Je fis courir mes doigts dans son dos, me délectant de ses muscles et de la façon dont ils se contractaient lorsqu'il bougeait. *Tellement fort.*

Je sentais son énergie puissante bourdonner sous sa peau, l'impulsion magnétique appelant mon esprit. Il était tout en force masculine, son essence de Faë de Minuit le rendant invulnérable et d'autant plus intense.

Il referma ses lèvres sur mon téton, me faisant

sursauter sous lui, ses dents effleurant mon bouton sensible en une promesse d'en faire plus.

Je griffai sa colonne vertébrale, lui rappelant mon offre. Je n'avais pas peur d'un peu de douleur, ni peur d'en donner. Il gémit en réaction, son abdomen se tendit quand il déplaça ses hanches vers le bas, loin du delta entre mes cuisses.

— J'ai menacé de te lécher, pas vrai ? (Ses mots résonnèrent contre mon mamelon, suivis d'un tracé subtil de sa langue.) Bien que tu aies fini par bouger. (Il mordilla ma pointe rigide, son regard coquin croisa le mien.) Alors que dois-je faire, petit rebelle ?

— Mets carrément ta menace à exécution. (Ma voix était rauque, ma vulve palpitait de désir.) Je veux sentir ta bouche sur moi.

— Elle est sur toi, murmura-t-il en passant à mon autre sein. J'ai l'intention de goûter chaque centimètre de toi jusqu'à la fin.

Oui, s'il te plaît, pensai-je, hoquetant quand un soupçon de métal froid toucha mon flanc. C'était si soudain et inattendu que je me figeai, mais Ajax remonta l'objet acéré le long de ma cage thoracique jusqu'à mon sein. Une pointe de magie parfumée au pin suivit, m'indiquant qu'il avait invoqué la lame.

Mon cœur manqua plusieurs battements lorsqu'il l'approcha de ma poitrine, son regard sombre captant et retenant le mien comme s'il cherchait à obtenir mon consentement. Ou peut-être voulait-il simplement observer ma réaction.

Je me léchai les lèvres et portai mon attention sur la dague avant de revenir sur son visage. Je le défiai de continuer du regard, voulant qu'il m'utilise. Me revendique. Me fasse sienne, même si ce n'était que l'espace d'un instant.

Il promena la pointe acérée le long de la partie charnue de mon sein, pas assez fort pour saigner, juste pour taquiner, puis il appuya au-dessus de mon mamelon, façon piqûre d'épingle. Un frisson me parcourut le dos, la piqûre subtile excitant mes terminaisons nerveuses.

Ajax pratiqua une seconde incision, les deux trous m'évoquant une morsure de vampire. Puis sa bouche descendit, sa langue apaisa doucement la piqûre. Je déglutis et mes orteils se recroquevillèrent sous ce contact sensuel. Ce n'était pas tant une sensation envahissante qu'une brûlure lente qui glissait le long de ma peau, faisant palpiter mon cœur.

Ajax pratiqua deux autres entailles sur mon autre sein, répéta son mouvement et envoya davantage de cette chaleur béate dans mes veines.

C'était différent de tout ce que j'avais connu, ses attouchements n'étaient pas aussi rudes que ce à quoi je m'attendais d'après nos deux dernières séances. Mais c'était Ajax. Ses préférences. Ses désirs. On aurait dit qu'il aimait faire durer le plaisir, taquiner mes nerfs et faire naître des papillons dans mon estomac.

Je tremblai quand il s'aventura plus bas, sa dague suivant sa bouche, s'arrêtant à l'os de ma hanche où il pratiqua deux autres entailles. Elles me piquèrent un peu plus, la peau étant plus fine à cet endroit, mais cela ajoutait à l'effet général de sa sensualité.

Tout mon corps était prêt à exploser, surchauffé par ses méthodes excitantes.

Comment est-ce possible ? m'émerveillai-je. *Il m'a encore à peine touchée, pourtant je me sens entièrement possédée rien que par ces quelques marques.*

Il en ajouta une quatrième à l'intérieur de ma cuisse, et sa bouche scella les entailles pour laper mon essence. Mes veines pulsaient de la meilleure façon qui soit, mon cœur chantait au rythme de sa langue hypnotique.

Sa dague s'enfonça un peu plus dans mon autre jambe, me fit tressaillir et me tira de mon état brumeux, pour m'y plonger encore plus profond lorsque ses lèvres se refermèrent sur la nouvelle blessure. Puis je le sentis boire. Il avalait vraiment mon essence. Il aspirait ma vie dans la sienne, m'entraînait encore plus loin dans cet étrange cocon de sensations torrides.

J'étais étourdie. Submergée. *Et tellement excitée.*

Il semblait bien que ce jeu du couteau soit l'une des perversions d'Ajax. Ou peut-être le réservait-il juste pour moi. Quoi qu'il en soit, il était doué, et j'étais complètement perdue dans ses bons soins.

Je plantai mes doigts dans ses cheveux et le retins contre ma cuisse, exigeant plus, désirant qu'il se rassasie et continue à me droguer avec son baiser de Faë de Minuit. Mais il s'écarta quelques instants plus tard, et sa bouche remonta jusqu'à mon centre moite.

— Tu as une odeur incroyable, murmura-t-il. (Son nez glissa le long de ma fente humide jusqu'à la balise sensible qui suppliait qu'on la touche.) Je vais te dévorer, Camillia.

Mon Dieu, je me sentais déjà dévorée par lui, tout mon corps brûlant à son contact. Qui aurait cru que son jeu du couteau pouvait être aussi stimulant ?

— S'il te plaît, chuchotai-je, nouant encore plus mes doigts dans ses cheveux. Je… Il m'en faut plus.

— Je sais, petite rebelle. (Ses mots faisaient vibrer ma chair délicate.) Mais j'ai promis de te faire vraiment supplier. Et tu vas le faire.

Sa bouche captura mon clito avant que je puisse répondre, et sa langue m'arracha un cri de gorge. Je cabrai mes hanches contre lui, mais sa main sur mon ventre me maintint sur le lit, sa dague gisant sous moi.

Dangereux. Si je bougeais encore, la pointe s'enfoncerait dans ma peau. Une pensée qui me fit mouiller encore plus.

J'aimais la menace d'une punition si je me comportais mal, ce qui était de la folie. Mais c'était Ajax. C'était nous. Rien de tout ça n'était sain.

De violents tremblements menaçaient de me submerger tandis qu'Ajax faisait tournoyer habilement sa langue sur moi, envoyant des picotements dans tout mon corps.

Je gémis son nom, resserrai ma prise dans ses cheveux.

Si près, me dis-je, choquée par la rapidité avec laquelle il m'avait amenée au bord du gouffre. *Vraiment tout près.* Tout brûlait, mon cœur s'emballait, le temps semblait suspendu.

Et puis tout s'arrêta.

— *Ajax.*

Son soupçon de barbe se hérissa contre ma chair stimulée, sa bouche forma un rictus railleur qui rivalisait avec son regard maléfique. Je grognai, frustrée, excitée, anéantie.

— Tu me tues.

— Vraiment ? (Son doigt caressa mes replis luisants, trouva mon entrée et se glissa à l'intérieur.) Mmmh, si humide.

Il lécha de nouveau ma vulve, ce qui me fit pousser un profond gémissement.

— Toute prête à jouir, remarqua-t-il. Mais je veux sentir cette douce chatte étrangler à nouveau ma queue.

Son doigt et sa bouche disparurent, me laissant pantelante sous lui, puis il rampa sur mon corps allongé.

— Tu es prête à supplier, Camillia ? demanda-t-il doucement. Ou préfères-tu prendre ce que tu désires ?

Il s'appuya sur ses coudes de chaque côté de ma tête, sa queue marquant le bas de mon corps. Je haletais pratiquement sous lui, prête à lui dire tout ce qu'il voulait, mais sa dernière question me prit au dépourvu.

« *Ou préfères-tu prendre ce que tu désires ?* » Ces paroles me plaisaient bien.

Saisissant ses épaules, je lui donnai une petite poussée pour voir ce qu'il allait faire.

— Deuxième option, je vois, sourit-il. D'accord, Camillia. (Il se détacha de moi et s'allongea sur le dos.) Je n'ai pas de limites. Fais ce que tu veux.

Oh, j'allais vraiment le prendre au mot.

Son sourire s'élargit tandis que je le chevauchais, sa bite chaude et prête contre ma chatte. Mais je voulais le taquiner comme il m'avait taquiné. Plus encore, je voulais le goûter. Sentir ce piercing dans ma bouche. Le pousser jusqu'à la folie. Qu'il *me* supplie de venir.

Je me penchai pour l'embrasser, me délectant de ma saveur sur sa langue, et le mordis doucement. Il gémit, appréciant visiblement la douleur subtile. J'allais utiliser cette réaction à mon avantage, voir quels autres sons je pouvais tirer de lui.

Je cherchai le couteau qu'il avait utilisé, mais ne le vis nulle part. Il avait dû le faire disparaître par magie lors de nos changements de position, car maintenant il avait ses mains derrière la tête.

— Ne bouge pas, lui intimai-je.

— Comme tu veux, répliqua-t-il, sa hampe palpitant entre mes cuisses.

Il apprécie que je prenne un peu les choses en main, constatai-je. *Très bien.*

Je léchai un chemin le long de son torse, admirant ses creux et plats musclés. Ses yeux m'évoquaient deux flaques noires, son désir était une présence palpable qui palpitait entre nous. J'éprouvais ce même désir, mais je voulais que ça dure.

Pour nous torturer tous les deux. Pour *jouir* de la satisfaction finale.

Mes entrailles étaient nouées par l'envie de le chevaucher et le prendre jusqu'à la garde, mais ma bouche exigeait d'abord de l'attention. Je voulais avaler ce gland percé, le sentir pulser dans ma gorge et l'amener au bord de l'orgasme, comme il l'avait fait avec moi quelques instants plus tôt.

Quid pro quo, pensai-je en me penchant sur son pubis.

Le liquide séminal luisait au bout de son érection, une rémanence de mon propre plaisir demeurant sur sa peau. Je le léchai de bas en haut avant de prendre cette offrande sensuelle et laisser sa saveur s'épanouir sur ma langue.

Il siffla en réaction, faisant saillir ses muscles tandis qu'il s'efforçait de ne pas bouger et reprendre le contrôle. Je me doutais que c'était une sorte de cadeau – me laisser mener la danse – et me jurai de ne pas le déprécier en perdant du temps. Donc j'ouvris la bouche et l'engloutis aussi loin que possible sans m'étouffer, ce qui était un peu plus difficile avec son piercing.

— *Putain.*

Ce mot lui échappa en un grognement sonore, ce qui me fit serrer les cuisses.

Mon Dieu, je veux qu'il soit en moi. Mais pas encore. Je veux qu'il soit aussi perdu sous mes caresses, qu'il…

Je gémis lorsque son suint recouvrit ma langue – son excitation avait une saveur érotique qui renforçait mon propre désir. J'étais captivée par son essence, son corps était une œuvre d'art que je voulais conquérir. Marquer. Revendiquer pour toujours. C'était une réaction viscérale, nouvelle et très inattendue.

Cette envie de lui n'est pas naturelle.

Malgré tout, je ne pouvais pas m'arrêter de le sucer, ma bouche remontant et descendant le long de sa tige, son piercing venant à chaque fois me titiller la gorge. C'était aussi incroyable que je m'y attendais, sa taille était une présence bienvenue dans ma bouche.

— *Camillia.* (Il empoigna mes cheveux, m'arracha à sa queue et me tira le long de son corps.) Prends-moi en toi. *Maintenant.*

Il avait clairement perdu le contrôle, mais je m'en fichais. J'avais hâte d'obéir à son ordre. Tout mon corps était en feu, mes veines explosaient dans un brasier que seul Ajax pouvait contenir.

Je chevauchai ses hanches et le positionnai, puis criai lorsqu'il s'enfonça dans ma chaleur en attente. La réalité vira en une toile sombre de faim euphorique, nous perdîmes tous deux notre âme dans la demande physique qui grandissait entre nous.

Il se redressa, m'entoura de ses bras, posa sa main sur ma nuque et dévora ma bouche. J'avais à peine eu conscience de la vitesse de son mouvement, ni des dimensions de mon corps, car j'étais complètement collée à Ajax, assise sur ses genoux, mes jambes enroulées autour de sa taille, tandis qu'il s'enfonçait brutalement en moi.

Ce piercing, m'émerveillai-je, l'esprit perdu, l'extase menaçant de me consumer. *Mon Dieu, ce piercing…* Il était si profond. Si épais. Si irréel.

Je suivis son rythme, mes hanches enchantées par sa danse sexuelle. Ses prouesses. Sa *vigueur.*

— Oh mon Dieu, haletai-je, mes entrailles se tordant brusquement tandis que le plaisir brassait mon bas-ventre. Si près…

Je n'arrivais plus à former des phrases, mais Ajax devait savoir, devait *sentir* que j'étais sur le point de jouir. Que tout ce désir et cette énergie refoulés entre nous étaient sur le point de se déverser en moi dans une −

Explosion.

Ajax avala mon cri, sa main sur ma nuque me forçant à continuer à l'embrasser alors que je me disloquais dans l'un des orgasmes les plus intenses de mon existence.

Son autre main descendit entre nous et son pouce encercla mon clito, provoquant de violents tremblements dans tout mon corps. Je me tortillai, les sensations étant trop fortes, mais il ne voulut pas me lâcher, sa force surpassant la mienne.

Son piercing me massait de l'intérieur. *Me touchait. Si profond. Juste là. Ohhh…*

D'autres tremblements survinrent, une autre éruption déjà à l'horizon, chaque partie de moi trop prête, trop stimulée, trop faible dans ses bras.

— Ajax, émis-je dans sa bouche. *Ajax.*

— Tu peux le supporter, promit-il, tandis que son pouce et sa bite me détruisaient. Maintenant, *hurle.*

Cette fois, il n'avala pas mon cri. Il me laissa exploser complètement, brailler son nom dans la pièce tandis que mon corps se déchaînait en harmonie avec les murs ardents.

Ajax me fit basculer sur le dos, ses hanches punissant les miennes pendant que des vagues d'extase orgasmique me volaient ma conscience.

J'aurais juré qu'il me fit jouir une troisième fois. Peut-être. J'étais trop partie dans ma pâmoison pour m'en rendre compte. Je tremblais sans cesse, mes membres s'engourdissaient sous la force de ma passion. *C'est trop*, me dis-je, délirante. *Mais oh, pas assez…*

Ajax semblait d'accord, son érection palpitait en moi alors qu'il continuait à pousser, s'enfoncer, *posséder.* Je respirais par à-coups, mon cœur battait trop vite, mon corps était rassasié et à moitié paralysé par notre baise. Mais je sentais sa queue grossir encore en moi, sa pointe atteignait un sommet et menaçait de nous détruire tous les deux.

Car il allait me faire exploser à nouveau. Je le sentais, mon corps réagissait au sien, apprenait ses préférences, devenait son maître.

Je saisis son épaule et mes ongles se plantèrent dans sa peau, j'avais besoin de m'ancrer à quelque chose. Mais je me disloquai dans le souffle suivant quand nous basculâmes tête la première dans une obscurité profonde où toute notre existence ne tournait qu'autour l'un de l'autre. Je fus à peine consciente de sa langue qui titillait la mienne, de sa bouche qui réclamait un baiser destiné à cimenter nos âmes. Pas en tant que compagnons. Pas vraiment. Mais comme quelque chose de bien plus fort que de simples amants.

Je ne comprenais pas. Et je doutais qu'il comprenne lui aussi. Mais au lieu de me poser des questions, je m'en délectais. Me délectais de lui. Me détendais. Existais. *Aimais.*

Ses bras m'entouraient, son corps me retenait telle une cage protectrice au-dessus de moi. Des baisers paresseux. Des platitudes murmurées. Tant de tendresse que je reconnaissais à peine le Faë de Minuit en moi.

Mais c'était parfait. Magnifique. *Chaud.*

— On recommence dès que tu es prête, chuchota-t-il.

Sa promesse me fit serrer les cuisses autour des siennes.

Je ne m'en plaindrais pas. Car c'était tellement mieux que d'étudier la vie des Faë de l'Enfer. Tellement mieux que de devoir penser à l'avenir ou au sens de la vie. Tellement mieux que de s'inquiéter de Vita et de la source.

C'était juste vivre le moment présent. Et je pourrais certainement m'y habituer.

CHAPITRE 26

MELEK

LE PLAISIR de Cami me réchauffait l'âme, améliorant quelque peu mon humeur. Mais je ne pouvais pas me débarrasser de l'exaspération qui assombrissait mon esprit, de la colère très réelle que je ressentais envers celui que j'aimais le plus dans cette vie.

J'étais dans notre chambre, attendant le retour de cet amour. Mon Ty. Ma raison d'être. Mon compagnon.

Il savait que j'étais en colère, il le captait clairement dans notre lien, mais il n'avait pas encore cherché à me tendre la main. Toutefois je sentais sa présence se rapprocher de moi. Ty était en route pour ici, son esprit sans doute prêt pour la bataille.

Je bus une gorgée de vin et fis les cent pas, ma robe de chambre soyeuse froufroutant dans mon sillage. J'avais quitté ma tenue royale dès que j'avais perçu l'intrigue de Camillia, sachant qu'Ajax et elle étaient sur le point de s'amuser. Et la dernière chose dont j'avais envie, c'était de bander sous mon pantalon inconfortable. La soie était un tissu bien plus agréable pour caresser mon embarrassante érection. Peut-être que je laisserais Ty me soulager vraiment. Mais seulement s'il me suppliait.

« Lucifer m'a bien fait comprendre que si ça se reproduisait, il me tuerait. »

« Il a dit que si je m'approchais encore de sa source, il me tuerait. »

Les paroles de Cami tournaient dans mon esprit, me faisant presque écraser le pied de cristal dans ma main. C'était très rare que je sois bouleversé. Très rare que je sois vraiment furieux. Mais les quelques mots qu'elle avait prononcés m'avaient mis dans cet état.

Connaissant Ty, il avait juste voulu lui faire peur. Mais je devais m'en assurer.

La source l'aurait massacrée si elle l'avait soupçonnée d'être une véritable menace. Il le savait. Je le savais. Tout le monde dans ce foutu royaume le comprendrait si on lui racontait l'histoire.

Bien que j'admette qu'il ait ressenti le besoin de se protéger, de nous protéger, de protéger la source et tout ça, il ne pouvait pas menacer une âme si étroitement liée à la mienne.

Elle peut toucher cette source pour une bonne raison, Tout comme elle peut lire Vita pour une bonne raison. Et cette raison était très claire pour moi : *elle est censée être à nous.*

Pas seulement à Ty et moi, mais aussi à Az et Ajax. À nous cinq, nous formerions un cercle formidable. Ty n'en serait que plus fort, ce qui nous permettrait à tous de mieux protéger son royaume et ceux qui y résidaient, et de chasser cette dernière menace.

Les Faë Vertueux.

Az et moi avions confirmé que leur magie était impliquée dans ces portails illégaux d'une manière ou d'une autre. Ce qui signifiait que quelqu'un du passé avait décidé de relancer d'anciens jeux. Des jeux qu'ils n'oseraient pas organiser si Ty avait un cercle plus fort.

Camillia était la clé. Je l'avais su dès que je l'avais trouvée en train de lire Vita. Elle pouvait toujours supposer que j'avais fait quelque chose pour activer cette capacité, cela ne le rendrait jamais vrai. La vérité, c'était que l'âme de Ty avait vu en elle une partenaire potentielle et lui avait donné accès à ses secrets les plus profonds. *Vita.*

On ne pouvait pas l'ignorer, ni le négliger. Et elle ne pouvait certainement pas être *tuée.*

— Hmm, bourdonna Ty en apparaissant dans la pièce, utilisant ses capacités de téléportation au lieu de passer par la porte. Je vois que le Gardien a finalement cédé à la tentation. Tu es en colère parce que tu n'as pas été invité ?

Je me retournai lentement pour lui faire face, les yeux plissés.

—Je n'ai pas besoin d'être invité. On sait tous les deux que si je voulais les baiser, ils ne diraient pas non.

— Mais tu as envie de les baiser, Melek. Alors pourquoi ne pas y aller ?

— Parce que ce n'est pas encore mon heure, objectai-je.

Et ce ne sera pas le bon moment tant que Camillia ne m'aura pas choisi. Ni Ajax.

En attendant, je les courtiserai à ma façon. Enfin, peut-être pas Ajax. Mais je ne serais pas contre un jeu de groupe avec Camillia entre nous. C'était plus au goût d'Az qu'au mien, mais je respectais le potentiel d'Ajax pour notre cercle et j'aimais bien qu'il prenne soin de ma promise.

Ce qu'il faisait à fond, semblait-il. Car ils étaient déjà en train de s'y remettre.

La chaleur de la passion de Camillia me chauffait les veines et faisait palpiter ma bite de désir. Mais fixer Ty m'ancra dans le moment présent, et ma colère monta encore.

Il haussa un sourcil.

— Tu es furieux contre moi.

Ce n'était pas une question, mais une affirmation. Car il voyait sans nul doute les nuances de colère qui tourbillonnaient dans mon regard.

— En effet.

Un peu de son amusement fondit dans un masque d'inquiétude. Il pouvait facilement regarder dans mon esprit pour trouver des réponses, mais ce n'était pas notre façon de jouer. On privilégiait la communication, et parfois des énigmes déguisées en jeux. Il ne s'immisçait dans mon intimité que s'il le jugeait absolument nécessaire.

— Hmm, bourdonna-t-il de nouveau. (Il gagna le bar pour se servir un verre – ce que j'aurais fait pour lui normalement, mais là je n'avais pas pris cette peine.) Tu reveux un verre, mon prince ?

Mon prince au lieu de *petit prince*. Une concession de sa part. Ou peut-être une preuve de possession. Ou bien un peu des deux.

— Non.

Je posai mon verre et fourrai mes mains dans les poches de ma robe de chambre, tandis que le plaisir de Camillia chantait dans mon sang. *Oui, Ajax prend certainement soin de notre promise*, pensai-je, frissonnant tandis que mon bas-ventre se tendait d'envie.

Ty s'adossa au bar en sirotant son scotch, ses yeux saphir intenses posés sur moi, attendant que je prenne la parole. Normalement, j'aurais tourné autour du pot et joué un peu avec lui. Mais là j'étais trop irrité pour ça.

— Tu as menacé Camillia. (Ces mots avaient un goût amer dans ma bouche.) Tu lui as dit que tu la tuerais si elle s'approchait à nouveau de la source.

— Oui, je lui ai dit ça. (Aucune excuse ne se cachait dans son ton, juste de la détermination.) Je ne tolère pas les menaces qui pèsent sur notre royaume, Melek. Plus encore, je ne tolérerai aucune menace qui pourrait nous blesser, toi ou moi. Rien de tout ça ne devrait te surprendre.

Oh, cela ne me surprenait pas. Cela m'exaspérait juste qu'il ne puisse pas voir au-delà de son propre besoin de protection pour envisager d'autres solutions à la situation.

— Est-ce que tu peux réfléchir une minute à ce que ça signifie, Ty ? Essayer de considérer pour quelle raison cette femme peut non seulement lire Vita mais aussi toucher la source ?

Il me dévisagea.

— Je ne vois aucune raison positive à tout ça, non.

— Parce que tu es trop aveuglé par tes instincts, arguai-je.

— Et tu es trop aveuglé par les tiens toi aussi, rétorqua-t-il en faisant claquer son verre sur le comptoir. Tout ce que tu vois, c'est une jolie fille avec une chatte que tu veux baiser. Alors vas-y, fais-le. Fais-la sortir de ton système. Pendant ce temps, je te protégerai, toi et le royaume que nous avons créé.

Je me hérissai à son insinuation comme quoi je me souciais plus de tirer mon coup que de soutenir notre royaume.

— Tu crois vraiment que je laisse mes hormones gouverner mon esprit ? Que tout ce que je ressens pour elle, c'est du désir ?

Cela ferait de moi un ange bien superficiel. Je fis un pas vers lui, ses paroles attisant mon feu déjà brûlant.

— Tout ce que je fais dans cette vie, c'est pour toi, Ty. Ça a toujours été *pour toi*. Chaque marché. Chaque jeu. Chaque décision. Pourquoi Camillia de la Croix serait-elle différente ? Parce que tu crois que je suis si désespérément en manque que je ne peux pas voir au-delà de sa beauté ?

Il serra les dents.

—Je crois qu'elle a une chatte magique qui a enchanté tous mes meilleurs hommes.

Je ricanai à ces paroles.

— Il ne s'agit pas de sa chatte, Ty. Il s'agit d'*elle*. Elle est spéciale. Et tu es le seul à refuser de le voir.

— Oh, je le vois bien, trancha-t-il. Je vois exactement ce qu'elle t'a fait, ce qu'elle a fait à Az, ce qu'elle fait à Ajax en ce moment même. C'est juste que je ne vois pas *pourquoi*.

— Exactement. (Je me plantai devant lui.) Parce que tu refuses de voir au-delà de tes préjugés. C'est une femme, donc on ne peut donc pas lui faire confiance. Mais toutes les femmes ne sont pas des Vivaxia, Ty.

Il tressaillit à l'évocation du nom interdit, celui de la salope traîtresse dont on parlait rarement. Mais cette fois, il avait besoin de l'entendre.

— Tu as passé des milliers d'années à haïr les femmes Faë à cause de celle qui t'a causé du tort, et je n'ai rien fait pour te détromper parce que je comprends. Putain, j'étais là. Mais à un moment donné, il faut guérir. Il faut croire à nouveau. Il faut faire confiance.

La source faisait partie de lui. Elle acceptait rarement les femelles pour une raison bien précise. Il était temps qu'il s'en rende compte.

J'appuyai ma main sur son cœur pour qu'il éloigne de moi sa trogne orageuse.

— Et tu veux que je fasse ça avec *elle* ? La femelle qui fait des révérences comme un pélican dément ?

— Quoi ? cillai-je.

Il agita la main.

— Peu importe. Rien de tout ça n'a d'importance,

Melek. Elle est une passade, que je te permets d'avoir tant que dure le plaisir, mais il n'y aura pas de *nous* là-dedans. Elle est ton jouet que tu peux baiser et jeter. Je ne veux rien avoir à faire avec ça.

— Alors pourquoi est-elle dans l'aile des invités ?

— Parce que c'est *toi* qui l'y as mise. Je l'aurais bien gardée dans un cachot, sauf qu'elle a démontré qu'elle s'en échappait assez facilement. J'ai donc laissé faire et j'en ai profité pour mettre Ajax à l'épreuve. Il est en train d'échouer, d'ailleurs, car il est aussi accro à cette femelle que toi.

Je secouai la tête.

— Ajax ne mérite pas d'être testé. Il nous est fidèle. Il l'a toujours été. Az me l'a garanti.

— Alors pourquoi il s'amuse avec la femelle qu'il est censé garder ?

— Parce que le phénix d'Az s'est imprimé en elle, et qu'Az et Ajax sont plus liés qu'ils ne le pensent. Ils sont donc tous les deux attirés par elle, répondis-je sans détour.

Le choc était une émotion rare chez le roi des Faë de l'Enfer, mais là, ses yeux s'écarquillèrent.

— Tu l'aurais remarqué si tu n'étais pas si occupé à diaboliser la femme. Si je n'avais pas plus de jugeote, je dirais que tu es un peu jaloux. Lui dire de m'appeler *prince Melek* ? (Je ricanai.) Tu sais que je déteste ça, *roi Lucifer*.

Ty s'éloigna de quelques pas, passa sa main sur son visage.

— J'ai été distrait par le problème du portail et par la gestion des rois Faë de l'Enfer.

J'acceptai cette excuse, car elle était bonne. Mais cela ne me détournait pas du sujet que je devais évoquer.

— Si tu la tues, Ty, tu feras du mal à tous ceux qui font partie de ton cercle intime. Pas seulement à moi. Bon sang, le Phénix d'Az ne te laissera peut-être même pas faire. Il a essayé de massacrer Ajax l'autre jour pour l'avoir simplement interrogée.

Ty grimaça et s'assit sur notre lit, une variété d'émotions déferlant sur ses traits habituellement sévères. C'étaient des moments comme celui-ci qui me permettaient de voir le cœur de mon compagnon, les vraies vulnérabilités qu'il cachait sous un bouclier d'assurance en fer.

Mais il n'avait pas l'air si assuré à présent. Il avait l'air inquiet. Un peu brisé. Triste.

— Elle est une menace, chuchota-t-il.

— Si la source l'avait considérée comme telle, elle l'aurait anéantie. Mais elle lui a permis de vivre.

— En la renvoyant dans le royaume des humains, précisa-t-il.

— Je pense qu'elle s'est retrouvée là parce qu'elle ne savait pas comment retourner dans notre royaume. Alors elle s'est rendue au dernier endroit où elle s'était sentie en sécurité. Ce n'était pas le fait de la source, mais le sien.

Je lui apportai son verre, mais il ne but pas. Il le tint simplement sur ses genoux en croisant mon regard.

— Alors pourquoi une vrille s'est assombrie à son contact ?

— Peut-être que c'était un signe, une façon de te dire qu'elle était là. (Je haussai les épaules.) Il y a beaucoup de raisons que je pourrais avancer, mais ce ne serait que des suppositions.

Cela n'avait aucun sens d'essayer de deviner pourquoi la source avait réagi de cette façon avec elle. L'important, c'était qu'elle n'avait pas voulu la tuer. Cela devait bien signifier quelque chose, non ?

Cependant, plutôt que d'exprimer cette réflexion à voix haute, je dis :

— Tout ce que je sais, c'est que la source fait partie de

toi. Vita fait partie de toi. Et ces deux parties ont ouvert leurs portes à Camillia. Elle est peut-être une menace. Ou peut-être qu'elle est tout autre chose. Mais tu ne le sauras jamais si tu n'essaies même pas de la connaître.

— Et qu'est-ce qui te fait penser qu'*elle* a envie de me connaître ? rétorqua-t-il, retrouvant un peu de sa dureté. À moins que ce soit le but de tout ça – un moyen de m'attirer dans un piège. C'est exactement ce qu'elle ferait.

— Camillia n'est pas Vivaxia, insistai-je, sans crainte de nommer de nouveau la méchante garce. Mais un bon moyen de le confirmer serait de mieux connaître Cami, hmm ? Et tu as raison : elle n'a sûrement pas envie de te connaître en ce moment puisque tu l'as *menacée de mort*.

Un vent subtil souffla autour de ses épaules, faisant s'ébouriffer ses longs cheveux comme ses anciennes ailes.

— Ta colère me perturbe, Melek.

— Pourquoi ? Parce que tu veux la contrer avec un peu de ton propre feu éternel ? le narguai-je, conscient que mon roi recelait assez de colère pour brûler l'univers entier un millier de fois. Tu as menacé ma promise. J'ai le droit d'être en colère.

— J'essaie de te protéger, grogna-t-il. Et tu es carrément ingrat.

Je fis un pas en arrière, le cœur serré.

— Je ne suis pas ingrat, Typhos. Mais je commence à penser que tu pourrais l'être.

La fureur déserta ses traits, remplacée par une expression pleine de remords qui le fit paraître bien plus jeune que son ancienne aura.

— Melek…

— Je sais que tu es sous pression pour relancer les épreuves nuptiales, et que cette histoire de portail te stresse. Malgré tout, je ne te laisserai pas me parler de la sorte, Typhos. Je ne te permettrai pas non plus de blesser

Camillia de la Croix sans raison valable. Parfois, ceux que nous considérons comme des menaces peuvent devenir nos meilleurs alliés. Mais seulement si on les laisse faire.

Je n'avais plus grand-chose à dire, alors je m'éclipsai dans notre dressing pour me changer. Le plaisir de Cami nageait encore dans mes veines, mais mon humeur avait plongé dans les profondeurs de la chute de Lucifer.

J'étais en train d'enfiler mon pantalon lorsque Ty apparut derrière moi, entoura mon torse nu de ses bras et m'attira contre sa poitrine.

— Ne pars pas comme ça, petit prince, chuchota-t-il. S'il te plaît. (Il enfouit son visage dans mon cou, ses cheveux tombant sur mes épaules.) Je te protégerai toujours, même quand tu ne le voudras pas.

— Je n'ai pas besoin que tu me protèges de Camillia.

— Tu ne peux pas en être sûr. (Sa voix était douce, mais ses mots assurés.) Mais tu as raison. Je ne peux pas être certain qu'elle constitue une menace tant que je ne l'ai pas correctement évaluée. Mais je n'ai pas eu le temps jusqu'ici.

— Je sais. (Je lui fis face et posai mes mains sur son visage.) Et je ne te demande pas de le faire immédiatement. Juste de ne pas faire n'importe quoi, comme la tuer si elle touche encore la source par accident.

Sa mâchoire se contracta sous mes paumes.

— Je ne veux pas qu'elle s'approche de la source.

— Je ne pense pas qu'elle le veuille non plus, opinai-je. Mais elle a du mal à contrôler son pouvoir. Ce qui suggère qu'elle n'a aucune idée de ce qu'elle est ni d'où elle vient réellement.

— Az pourrait renouveler sa recherche de son père, mais on a besoin qu'il se concentre sur les Faë Vertueux.

— Oui, acquiesçai-je. Alors avoir Camillia ici avec Ajax pour le moment, c'est une bonne idée. Tu peux la surveiller de plus près tandis Ajax la garde, pendant qu'Az et moi poursuivons notre traque.

Laquelle n'avait malheureusement pas donné grand-chose jusqu'à présent, mais nous suivions encore quelques pistes. Nous n'étions revenus ici que pour faire part de nos découvertes à Ty et prendre quelques provisions. Je m'étais occupé de Ty avant d'aller voir Camillia, tandis qu'Az avait passé quelques heures d'entraînement avec Ajax et collectait à présent les articles dont nous avions besoin.

Le front de Ty toucha le mien.

— Comment puis-je faire confiance à Ajax pour la garder alors qu'il est occupé à la baiser ?

— Je dirais que la baiser va le rendre d'autant plus enclin à la protéger, Ty.

— Je ne veux pas qu'elle soit protégée. Je veux qu'elle soit *surveillée*.

Mes lèvres se contractèrent.

— Ces deux désirs vont souvent de pair, et notre cher Gardien est tout à fait apte à occuper ce poste.

— Ça reste à voir, grogna Ty.

— Tu cherches juste un prétexte pour jouer avec lui, relevai-je. Tu oublies que je te connais bien, mon roi. Tu vis pour distribuer des punitions, et Ajax vient d'en mériter une dans ton esprit. Tu n'es pas fâché, tu es excité. Dis-moi que j'ai tort.

Ses yeux bleus scintillèrent lorsqu'il croisa mon regard.

— Il m'a donné une raison d'exclure Camillia des épreuves. Une raison que je peux tout à fait expliquer à nos Faë.

— Mais il n'est pas un Faë de l'Enfer, rétorquai-je. Il ne peut pas la revendiquer.

— Non, mais il peut être puni pour avoir essayé.

Cette pointe d'excitation que j'avais anticipée

transparaissait dans ses mots. Il n'avait pas l'air excité, mais comme je le lui avais dit, je le connaissais bien.

— Et elle peut être exclue parce qu'elle a été souillée par son toucher de Faë de Minuit, ajoutai-je. C'est ça ?

Il hocha la tête.

— Elle n'est plus apte à participer aux épreuves. Je laisserai donc le Gardien l'avoir, mais pas avant d'en avoir fait un exemple.

— Quelle miséricorde de ta part, raillai-je.

Il haussa une épaule.

— C'est mieux que d'expliquer la vérité. Pour l'instant, en tout cas.

— Tu pourrais dire que je l'ai revendiquée. Ça ne me dérangerait pas.

— Mais nos Faë de l'Enfer, si. Je ne peux pas me permettre de faire du favoritisme. Pas maintenant. Pas après tout ce qui s'est passé.

— Et ça inclut notre Gardien, répliquai-je, suivant sa logique. Tu ne peux pas juste la lui offrir en cadeau ; il doit la mériter.

— Ou être puni pour l'avoir prise sans permission, contra-t-il.

— Les enfermer ensemble dans une chambre était toute la permission dont il avait besoin, Ty.

— Il devrait savoir qu'il ne faut rien accepter aussi facilement. Rien n'est ce qu'il paraît dans mon royaume.

Je contractai de nouveau mes lèvres.

— C'est juste. Et tu vas t'assurer qu'il le comprenne bientôt.

— C'est ça.

— Et tu en profiteras aussi. (Ma main trouva sa queue dure et lui donna une caresse à travers son pantalon noir.) Tu bandes déjà à cette perspective.

— Peut-être que j'ai juste l'intention de jouir de toi,

murmura-t-il. (Il posa une main dans ma nuque et son souffle chaud entrouvrit mes lèvres.) Dois-je m'agenouiller pour toi, mon prince ? Te prouver à quel point je suis reconnaissant que tu fasses partie de ma vie ?

Je considérai son offre.

— Ce serait un bon début pour les excuses que je désire, oui.

Et qu'il n'exprimerait pas vraiment. La version des remords de Ty était généralement plus physique que verbale. Bien qu'il puisse prononcer les mots à l'occasion, lorsqu'il sentait qu'ils étaient vraiment nécessaires.

Ses lèvres effleurèrent les miennes.

— Alors permets-moi de commencer à faire amende honorable, dit-il.

Il glissa sa main dans mon pantalon, sans mal car je ne l'avais pas encore fermé.

Une autre explosion de Cami roula en moi au moment précis où Ty s'empara de ma hampe, me faisant gémir à la fois à son contact et à la passion débordante de Cami. Je déglutis, mon esprit se fractura sous une vague de désir brûlant.

— Promets-moi que tu ne lui feras pas de mal sans m'en parler d'abord, réussis-je à articuler. Promets-le.

— Je te promets de ne pas lui faire de mal à moins qu'elle ne s'avère être une menace réelle ou qu'elle ne te mette en danger d'une manière quelconque, répondit-il à la place.

Ce n'était pas parfait. Mais c'était mieux qu'avant. *Je peux m'en satisfaire*, décidai-je en acceptant son vœu d'un signe de tête. *Nous nous améliorerons avec le temps.*

— Tu peux commencer à manifester ta gratitude dès maintenant, lui dis-je.

Il sourit contre ma bouche.

— Ce sera avec plaisir, petit prince.

CHAPITRE 27

AJAX

SI BELLE, me dis-je, promenant mon regard sur la silhouette de Camillia assoupie. Elle ne dormait pas vraiment, elle somnolait simplement dans mes bras tandis que nous récupérions tous les deux de notre troisième séance de baise.

Son endurance égalait la mienne, prouvant que mes précieuses théories concernant son côté humain qui la rendrait plus fragile étaient fausses. Les gènes qu'elle avait hérités de son père avaient clairement éclipsé l'influence mortelle de sa mère.

Je supposais que c'était logique : la plupart des Halfelines privilégiaient leur héritage Faë.

— Qu'est-ce qui te rend si songeur ? murmura Camillia d'une voix ensommeillée, me fixant de ses yeux gris mi-clos depuis mon épaule.

Elle avait blotti son corps nu contre le mien, son bras posé sur mon abdomen, nos jambes entremêlées.

— Ton héritage, avouai-je. Ou plutôt, ta résistance en tant qu'Halfeline et la façon dont ton origine Faë de l'Enfer l'emporte clairement sur ton côté humain.

Elle considéra cela un long moment, le front plissé.

— En fait, ça me rappelle ce que Melek a dit tout à l'heure.

Je passai mes doigts dans ses cheveux blond foncé.

— Qu'est-ce qu'il a dit ?

— Qu'il ne croit pas que ce soit le livre qui m'ait conduit à la source. Il pense que je l'ai fait moi-même. (Ses yeux couleur d'orage recelaient une note d'inquiétude.) Si c'est le cas, ce n'était pas volontaire. Et je n'ai aucune idée de comment je l'aurais fait.

Je ne savais pas trop si elle me confiait cela parce qu'elle supposait que je le savais déjà ou parce qu'elle voulait en parler à quelqu'un. Peut-être les deux.

— Il m'a dit que je devrais lire Vita davantage et lui faire confiance pour me guider, reprit-elle. Il a dit aussi que le livre faisait partie de l'âme de Lucifer.

Je haussai les sourcils.

— Il t'a dit tout ça ?

Elle hocha la tête.

— Je ne sais pas trop quoi en penser. Tout ça… c'est beaucoup. Même l'Architecte de la source des Faë de Minuit a insinué qu'il y avait quelque chose d'unique chez moi. Qu'est-ce que ça peut bien être ? Mon père n'était qu'un Faë de l'Enfer ordinaire.

— Peut-être qu'il n'était pas si ordinaire que ça, suggérai-je. Je veux dire, il a bien été capable d'échapper au Phénix d'Az. Tout comme toi.

— Alors peut-être qu'il s'est caché près de la source… ? (Elle fronça les sourcils.) Lucifer ne l'aurait-il pas senti là-bas ?

— On pourrait le penser, mais toi il ne t'a pas sentie, n'est-ce pas ?

— Je l'ignore, admit-elle. Mais si ça se reproduit, je suis une Faë morte.

— Peut-être, peut-être pas, fis-je. Je sais qu'il a dit ça, mais si ce que Melek t'a expliqué à propos de son désir de s'accoupler avec toi est vrai, alors je ne crois pas que ça va être aussi simple.

Elle se mordilla la lèvre inférieure, ses traits se chiffonnèrent.

— Je ne sais pas non plus quoi en penser. Je ne suis pas sûre de vouloir un compagnon. Je… je ne sais pas trop ce que je veux en général.

— Ce n'est sûrement pas ce que la plupart des hommes désirent entendre après avoir passé plusieurs heures au lit avec une femme, plaisantai-je. Mais je comprends.

Et je pensais la même chose. Je n'avais aucune idée de ce que je voulais non plus. Tout ce que je savais, c'était que je désirais Camillia. Or je ne pouvais pas la garder à long terme. Alors je profiterais d'elle tant que je le pourrais et je partirais de là.

Une sensation désagréable pesa sur ma poitrine, qui me rappela mon passé et les vies que j'avais perdues.

Camillia s'était glissée dans ma peau, peut-être même s'était-elle frayé un chemin dans mon cœur glacé. Mais j'étais réaliste. Je savais que cela ne pouvait pas aller au-delà du présent. Lucifer ne le permettrait jamais.

À moins qu'Az ait raison et que tout ce qu'il veuille, c'est me punir par plaisir.

Alors qu'est-ce que ce serait ? À quoi cela ressemblerait-il pour moi ? Pour Camillia ? Pour Az ? Lucifer jouait-il sur le long terme, m'utilisait-il comme un pion dans un but plus grand ?

Et Melek ? me demandai-je l'instant suivant. *Essaie-t-il de m'amener à une certaine place ?*

Lucifer et Melek avaient toujours été des énigmes pour moi. Si je comprenais en grande partie les intentions de Lucifer à l'égard des Faë du Cauchemar et du royaume des

Faë de l'Enfer, je ne l'avais jamais vraiment compris, lui, l'homme de l'ombre du roi des Faë de l'Enfer.

Mais Az le comprend, me dis-je. *Et Az pense que Lucifer se joue de moi.*

— Tu réfléchis encore, dit doucement Camillia, levant la main pour effleurer mon visage. À propos de ce que j'ai dit ou d'autre chose ?

J'y songeai quelques secondes, me demandant quoi répondre. Elle avait été franche avec moi, donc je voulais lui rendre la pareille. Surtout parce que nous semblions avoir atteint l'un avec l'autre un équilibre plus confortable que je ne voulais pas perturber.

— Je pense à quelque chose qu'Az m'a dit tout à l'heure. (Je me raclai la gorge, cherchant une façon de le formuler, puis je décidai d'être direct.) Il ne comprenait pas pourquoi je m'abstenais de te toucher, alors je lui ai dit que je soupçonnais Lucifer de me tester. Az a ri et m'a dit en substance que toute épreuve conçue par Lucifer est destinée à échouer parce que le roi des Faë de l'Enfer aime infliger des punitions.

Ses yeux s'écarquillèrent.

— C'est pour ça que tu ne me touchais pas ? Parce que tu penses que c'est une épreuve ?

— Je sais que c'en est un. Il m'a réaffecté à ta garde pour une raison précise. Il voulait voir si je pouvais résister à la tentation, ou, si l'on en croit Az, combien de temps je pourrais m'abstenir.

Elle fronça le nez.

— Oh. Ça ne peut pas être bon.

Je haussai une épaule.

— J'ai décidé qu'un souvenir partagé avec toi en valait la peine, quelle que soit la punition que Lucifer m'infligera.

Camillia sursauta à mes paroles.

— Tu… tu as décidé ça ?

J'inclinai le menton en guise de confirmation, puis haussai de nouveau les épaules.

— Je ne le regrette pas, Camillia. Je pense que j'aurais regretté de ne pas te baiser à nouveau, par contre. (J'effleurai son front de mes lèvres.) Je *sais* que je l'aurais regretté.

Elle me dévisagea un long moment, l'émotion affleurant dans son regard.

— En fait, je crois que c'est la chose la plus gentille que tu m'aies jamais dite.

Je retroussai les lèvres, touché par son humour.

— Je suis quasi sûr que j'ai complimenté ta chatte une douzaine de fois au cours du dernier round. Ce n'était pas considéré comme gentil ?

Elle leva les yeux au ciel.

— Dans les affres de la passion, les hommes sont prêts à déclarer beaucoup de choses qu'ils ne pensent pas vraiment.

— C'est vrai, mais je pensais chaque mot.

— Eh bien, je crois toujours qu'accepter d'être puni pour ces instants passés avec moi est plus gentil, répondit-elle d'une voix plus douce. C'est presque comme si maintenant, tu m'aimais vraiment, Gardien.

— Je crois que c'est le cas, rebelle.

— Alors peut-être que tu peux commencer à m'appeler Cami au lieu de Camillia. Tu l'as fait quelques fois avant… l'incident.

— L'incident ? répétai-je. Tu veux dire quand tu t'es enfuie ?

Elle plissa les paupières.

— Je ne me suis pas enfuie. Pas volontairement, en tout cas. Mais si tu veux…

J'attrapai ses flancs et les chatouillai, ce qui la fit hoqueter et se tortiller.

— Hé !

Je continuai mon assaut, l'entraînant sous moi alors qu'elle gloussait et se débattait, essayait d'écarter mes mains et se trémoussait pour échapper à mon emprise.

Quand elle fut pile là où je voulais, je la coinçai avec mes hanches, capturai ses poignets et les bloquai au-dessus de sa tête. Elle haletait sous l'effort, de petits rires lui échappaient encore tandis que les sensations résiduelles atteignaient ses nerfs.

Je répondis à son magnifique sourire, ses yeux m'évoquant des nuages d'orage furieux. C'était une combinaison enivrante, qui me fit embrasser son nez puis sa joue.

— Je sais que tu n'as pas essayé de t'enfuir, murmurai-je. Je te crois, *Cami*.

Elle frémit sous moi, ces nuages de tempête se transformèrent aussitôt en quelque chose de plus intense, et son corps se prépara à un quatrième round.

J'étais tout aussi prêt qu'elle, comme en témoignait mon érection contre son ventre.

Mais au moment où j'allais l'embrasser, une voix grave annonça :

— Votre attention, royaume des Faë de l'Enfer.

Je me figeai sur Cami, puis me tournai vers l'écran noir dans un coin de la chambre. Le visage de Lucifer le remplissait, son buste vêtu de son habituel costume noir sur noir. Cami suivit mon regard, les battements de son cœur qui s'accéléraient chantant à mes oreilles.

— Je sais que vous attendez tous avec impatience des nouvelles des épreuves nuptiales des Faë de l'Enfer, déclara Lucifer. Après de longues délibérations, nous avons décidé de les reprendre dans deux jours. Comme pour les dernières épreuves, j'organiserai une soirée de visionnage au Purgatoire. Tous les Faë de l'Enfer seront les bienvenus.

Oui, mais pas les Faë de Minuit, me dis-je. Ce qui n'était pas tout à fait vrai. Si je voulais aller au Purgatoire, Lucifer me le permettrait. Mais je ne m'étais jamais senti très bien accueilli dans ce club, vu mes racines, donc je n'y avais pas passé beaucoup de temps.

— Si vous avez une candidate que vous parrainez, reprit Lucifer, je vous recommande des cadeaux qui pourraient l'aider à survivre dans les Terres Marécageuses. Comme la dernière fois, je ne m'étendrai pas sur les épreuves, à part vous indiquer l'endroit où elles se déroulent. Il n'y aura pas de favoritisme pour ce qui est de relever ces défis.

— Les Terres Marécageuses ? chuchota Cami. C'est ce que je commençais à lire tout à l'heure.

J'acquiesçai, connaissant le livre qu'elle avait choisi.

— Pour finir, je répète que les épreuves ne seront pas étendues au royaume de l'Au-delà ni au royaume de Morphée. Leurs rois organisent leurs propres épreuves avec les épouses de la Nuit des Monstres. Ces épouses ne seront pas éligibles à l'accouplement avec les Faë de l'Enfer. (Il marqua une pause, son expression informant le royaume qu'il n'y aurait pas de discussion.) S'il y a des questions, je serai au Purgatoire dans deux jours pour vous rencontrer tous, conclut-il. Merci et bonne nuit.

L'écran redevint noir.

Je déglutis. *Les épreuves nuptiales reprennent.* Je n'étais pas vraiment surpris, mais j'avais pensé que Lucifer aurait attendu que le problème du portail soit complètement réglé. Apparemment, ce n'était pas le cas.

— Alors…

Cami s'interrompit, sa voix me rappelant que j'étais toujours sur elle. Je roulai sur le côté et elle pivota avec moi, partageant tous deux le même oreiller.

— Est-ce qu'on doit, euh, aller au Purgatoire pour, hum, regarder ?

— C'est peu probable. Ce serait trop risqué pour toi qui y serais la seule femme, et je n'y suis pas vraiment le bienvenu en tant qu'étranger.

Elle fronça les sourcils.

— Tu es un étranger ?

— Je suis… distinctement autre. Un Faë de Minuit qui a des liens avec la Source des Faë de l'Enfer. C'était le seul moyen pour moi de devenir le Gardien. (Je lui expliquai comment Zakkai avait réaffecté mon pouvoir pour qu'il soit un mélange des deux.) Il m'a essentiellement transformé en abomination.

— Melek a dit qu'ils n'aimaient pas ce terme ici. Il a suggéré « créature incomprise ».

Je souris.

— Alors je suis une créature incomprise.

— Ça te va bien, opina-t-elle, ce qui accentua mon sourire. Mais je ne pense pas que tu sois un étranger. Je pense qu'ils sont plutôt jaloux que Lucifer t'ait accordé ses faveurs. Tu as un titre, et tu es clairement plus proche de lui que la plupart des autres.

— À cause d'Az.

— Pourquoi à cause d'Az ?

— Parce qu'Az est accouplé à Lucifer, tout comme Melek, expliquai-je.

Elle ouvrit des yeux ronds.

— Ils sont *accouplés* ?

Je m'esclaffai.

— Oui, j'ai réagi comme ça quand il me l'a dit la première fois. Mais c'est une autre sorte d'accouplement. Ils sont plus bons amis qu'amants. Alors que Melek…

— Est son prince, acheva-t-elle à ma place.

— Oui. Mais Az est tout aussi important pour lui, et

l'amitié d'Az avec moi m'a permis d'avoir une relation unique avec Lucifer. Mais nous ne sommes pas proches. Pas vraiment, en tout cas.

— Mais plus proches que la plupart, insista-t-elle. Donc je suppose que tu n'es pas un étranger, mais juste… envié.

— Peut-être, admis-je. Quoi qu'il en soit, pour revenir à ta question, je n'ai aucune envie d'aller au Purgatoire. Et je doute vraiment que Lucifer te permette d'y entrer. On pourra donc regarder les épreuves ici, si tu veux. Ça t'aidera dans tes leçons sur la vie des Faë de l'Enfer.

— Ce sera un peu bizarre de les regarder après les avoir vécues, dit-elle lentement. Surtout que je connais certaines candidates maintenant.

— C'est vrai. Mais ça pourrait aussi t'apporter une perspective unique, proposai-je. Et tu sauras si elles s'en sortent.

— Ou si elles meurent, murmura-t-elle en frissonnant.

— Seules celles qui le méritent vraiment périront.

— Parce que la source leur trouvera des intentions néfastes, ajouta-t-elle. Oui, je me rappelle que tu as dit ça.

— Regarder les épreuves te montrera que c'est vrai, insistai-je. Ça te permettra vraiment de comprendre ce qui se passe.

— Parce que je pourrai voir clair à travers les mirages ? demanda-t-elle.

— Les mirages ?

— Les… visions… quoi que ce soit… (Elle fit la moue.) Peut-être qu'ils n'existent pas sur l'écran, seulement sur le terrain.

— Je ne vois pas trop de quoi tu parles, donc oui, peut-être.

— Alors regarder les épreuves pourrait être assez intéressant, en fait. (Son regard devint pensif.) Est-ce qu'il y a moyen de se renseigner avant sur les candidates que je connais ?

— Il y a probablement des flux ouverts disponibles à l'écran.

Elle hocha la tête contre l'oreiller.

— Ça pourrait m'intéresser. Mais d'abord, je veux en savoir plus sur les Terres Marécageuses.

— Je peux te renseigner là-dessus. Sans doute mieux que le livre. On peut aussi tirer quelques images des Nagas et des Unseelies. Ça t'aidera à mieux les comprendre.

Son expression me dit qu'elle n'était pas sûre de vouloir les comprendre, mais elle hocha quand même la tête.

— D'accord. Mais est-ce qu'on peut commencer demain ? Je crois que j'aimerais d'abord qu'on reste ensemble un peu plus longtemps. Si tu es d'accord.

Mes lèvres se retroussèrent.

— J'aimerais bien aussi.

— Alors on reprendra les leçons sur les Faë de l'Enfer demain, murmura-t-elle.

— Demain, acceptai-je en me penchant vers elle.

Puis je l'embrassai parce que je le pouvais.

Parce que je le voulais.

Parce que je me sentais bien.

Et je me perdis dans le présent, car le futur pouvait bien attendre demain.

CHAPITRE 28

CAMI

Deux jours plus tard

— Hmm, fredonnai-je en moi-même en gagnant la cuisine d'un pas rêveur, dans une agréable brume de satisfaction, pendant qu'Ajax finissait de s'habiller.

Il avait passé la matinée à essayer de me distraire des événements à venir, ce que j'avais pleinement apprécié plus d'une fois. Mais maintenant que j'étais devant la machine à espresso, la réalité commençait à se faire jour autour de moi.

Les épreuves nuptiales reprennent aujourd'hui. Dans les Terres Marécageuses.

D'après ce que m'avait dit d'Ajax, les Nagas et les Unseelies dominaient principalement les Terres Marécageuses. C'était deux types très différents de Faë du Cauchemar, donc il y aurait sans doute au moins deux séries d'épreuves, semblables à la première série avec les Centaures et les Minotaures.

Me mordillant la lèvre, je programmai la machine pour qu'elle me verse une tasse de café normale.

— Alors si la source a déjà éliminé celles qui avaient de mauvaises intentions, personne ne devrait mourir cette fois-ci, n'est-ce pas ? avais-je interrogé Ajax hier.

Il avait secoué la tête.

— Ce n'est pas parce qu'elles n'ont pas été repérées lors des premières épreuves qu'elles ne le seront pas maintenant. Il y avait plus de six cents épouses. Ça fait beaucoup d'auras à tester pour la source.

Ce qui laissait entendre que l'on risquait de voir des morts atroces en direct aujourd'hui.

Je jetai un coup d'œil au grand écran noir, songeant aux différentes chaînes que j'avais découvertes et à ce qu'il devait diffuser actuellement.

Comment se préparent les épouses ? Qu'est-ce qu'elles savent ?

Ajax avait dit que les parrains pouvaient techniquement prodiguer quelques avertissements, peut-être même dire à quel royaume et à quel type de Faë du Cauchemar il fallait s'attendre aujourd'hui. Parce que tout le but d'un parrain était de s'assurer que l'épouse survivrait assez longtemps pour être choisie par un Faë de l'Enfer.

— Ça m'a l'air contre-productif pour un parrain d'aider son élue à réussir l'épreuve des Faë du Cauchemar, puisqu'il risque de la perdre au profit d'un autre royaume, avais-je dit à Ajax. Est-ce qu'il ne serait pas plus enclin à essayer d'aider sa candidate, je ne sais pas, à tricher d'une manière ou d'une autre ?

— Ce n'est pas comme ça que fonctionnent les Faë de l'Enfer et du Cauchemar, avait-il répondu. Ils se soutiennent mutuellement, même lorsqu'ils sont techniquement en compétition. D'ailleurs, tout le but est de prouver que ça peut marcher pour que Lucifer organise peut-être d'autres épreuves nuptiales dans un millénaire ou deux.

— Il a l'intention de recommencer ?

— Seulement si ça en vaut la peine.

J'avais interprété cela comme dépendant du nombre d'épouses qui réussissaient. Lorsque j'étais dans l'arène le mois dernier, j'avais eu l'impression qu'au moins la moitié d'entre elles avaient péri. Mais apparemment, les pertes avaient été inférieures à vingt dans l'ensemble, alors qu'une soixantaine d'épouses avaient été lâchées dans les Terres Stériles pour les Centaures et les Minotaures.

Il restait donc un peu moins de six cents candidates sur le terrain pour l'épreuve d'aujourd'hui, puisque Lucifer avait commencé avec six cent soixante-six épouses au total.

La machine émit un bip signalant que mon café était prêt. Je le pris et me demandai si je le voulais noir aujourd'hui. Cela me parut plutôt approprié, vu ce qui allait se passer.

Alors, comment se sentent les épouses ? songeai-je en pensant à celles que je connaissais. Elles devaient être toutes ensemble maintenant, attendant l'inévitable. J'avais manqué ce rassemblement la dernière fois parce que j'étais coincée dans une cellule de prison à cause des frasques de Melek.

Je bus une gorgée de mon café et jetai un nouveau coup d'œil à l'écran. Une partie de moi n'avait guère envie de revoir les épouses. Elles n'avaient pas toutes été gentilles. Et celles qui l'avaient été… je me sentais coupable pour elles. Cependant, une autre partie plus forte de moi désirait se tenir à leurs côtés par solidarité et les soutenir.

Ce fut elle qui me poussa à m'approcher de l'écran et à l'allumer avec la commande qu'Ajax m'avait apprise. Je n'eus pas à chercher la chaîne dont j'avais besoin, car elle apparut comme si elle m'attendait, un bavardage excité de voix féminines remplissant la pièce jusqu'alors silencieuse. Je haussai les sourcils de surprise. Je ne m'attendais pas à voir autant d'enthousiasme.

À moins que les caméras ne soient braquées exprès sur cette équipe plutôt que sur les autres ?

J'apercevais quelques candidates effrayées en arrière-plan, mais pas beaucoup. La plupart souriaient, certaines s'étiraient, plusieurs se montraient leurs cadeaux.

Tandis que je m'installais sur le canapé en sirotant mon café, je reconnus quelques visages familiers. Une au look punk, que j'avais vue à l'épreuve des Centaures, ainsi qu'une autre, prénommée Sarah, que j'avais croisée en me rendant à la bibliothèque.

Un groupe se démarquait avec plus de « cadeaux » que les autres. Mais c'était surtout leur attitude qui les trahissait. *Les Élites*, me dis-je, me rappelant le groupe d'épouses que j'avais rencontrées pendant l'une des épreuves.

Elles avaient été préparées, arrogantes et grossières. Mais sachant ce que je savais maintenant, je les comprenais mieux. Elles s'étaient entraînées pour cela toute leur vie.

Elles avaient… hâte d'y être. Leurs épaules droites et leurs mentons hauts indiquaient que rien n'avait changé en elles. Elles étaient des épouses Faë de l'Enfer dans tous les sens du terme. Belles. Puissantes. Sûres d'elles.

Et elles avaient manifestement reçu de nombreux cadeaux de la part de prétendants Faë de l'Enfer. La magie suintait pratiquement de l'écran pendant que je les examinais.

Leurs cuirs moulants laissaient à nu beaucoup de peau, mais un éclat magique me disait qu'elles avaient des protections spéciales, d'ailleurs plusieurs avaient des talismans semblables à celui que Melek m'avait donné. Ce n'était certainement pas les mêmes, mais ils étaient de nature magique. Je remarquai que l'une d'elles portait un collier de feu pur qui ne la brûlait pas, mais qui paraissait l'envelopper de chaleur.

— J'espère qu'on ira d'abord dans le territoire des Unseelies, dit-elle aux autres. Je vais certainement faire tourner quelques têtes avec ma nouvelle magie. (Elle fit une démonstration de flammes rouges léchant ses doigts.) Mon parrain m'a appris à invoquer le feu de l'Enfer.

Une autre fille vêtue de lames fronça le nez.

— Mais les Unseelies n'aiment pas le feu.

D'après ce que j'avais lu sur ces derniers, c'était vrai. Ce qui laissait entendre que les Élites étaient bien renseignées.

Ce sont leurs parrains qui leur fournissent ces détails ? Ou leurs parents qui les ont préparées ?

Avoir un père Faë de l'Enfer donnerait certainement un avantage à une candidate, en supposant qu'il ait pris la peine de lui expliquer les Faë du Cauchemar.

Ce que le mien n'avait pas fait. Bien que je suppose que mes parents avaient essayé de me préparer d'une manière un peu bizarre, si l'on en croyait le gâteau d'anniversaire à la grenade. Mon niveau de confiance était bas mais ma capacité à survivre élevée grâce à leur formation maladroite.

Mais on ne m'avait jamais rien inculqué concernant l'accouplement.

Mes parents s'étaient très peu intéressés à ma vie amoureuse, sinon pour me rappeler souvent que les mâles Faë possédaient un contrôle naturel des naissances – ils ne pouvaient procréer que s'ils en avaient l'intention, et en général seulement avec une compagne –, ce qui me permettait au moins de vivre une expérience insouciante avec un Faë comme Ajax.

Il n'y avait donc pas d'accident chez les Faë. Ce n'était pas le cas chez les humains.

Donc mon existence avait au moins été planifiée. Malheureusement, je savais maintenant pourquoi : je n'étais qu'un actif que mon père avait pu vendre à Lucifer.

Le prix du père de merde de l'année revient à ce bon vieux papa.

— Je sais, répondit la première épouse en serrant le poing. Je ne cherche pas à impressionner les Faë du Cauchemar. J'aime bien mon parrain Faë de l'Enfer. Alors je gagnerai cette épreuve en prouvant que je suis plus un problème qu'un atout.

D'accord, parce qu'échouer à une épreuve menait toujours à la mort. Il restait donc deux options aux candidates : devenir une épouse Faë du Cauchemar et vivre avec les monstres sur leur terre inhospitalière, ou parvenir indemne à la fin des épreuves pour être nommée membre de la cour de Lucifer.

Une autre candidate ricana et croisa les bras.

— Tu veux vraiment être une épouse Faë de l'Enfer et vivre dans leur royaume ? Pas moi. Mon parrain est *tellement* ennuyeux. Je vivrais volontiers dans les marais pour l'éviter.

Je grimaçai en réalisant que cette femme ne devait pas savoir qu'elle était en direct en ce moment même.

— J'espère être choisie par un Naga, ajouta-t-elle avec un clin d'œil. J'ai entendu dire qu'ils avaient des queues spéciales.

Elle avait l'air contente d'elle – jusqu'à ce qu'un éclair traverse son collier et le brise.

Une autre fille – celle que j'avais surnommée « la reine salope » lors des premières épreuves – aboya un rire méchant.

— Tu es trop conne. On est sûrement en direct à l'heure qu'il est et ton parrain vient de t'entendre. Ton cadeau est foutu. Bonne chance pour passer l'épreuve maintenant.

Les traits de la fille s'affaissèrent. Puis l'image passa à un autre côté de la pièce, montrant des candidates moins excitées qui ne semblaient pas avoir autant de cadeaux que l'équipe d'Élites.

— C'est quoi un Unseelie ? chuchota une femme à une autre.

— Aucune idée. C'est quoi un Naga ?

— Il paraît qu'il y a une section secrète de la bibliothèque qui donne un aperçu des épreuves et des monstres qu'on va affronter. Les Élites ont l'air de savoir où elle se trouve, mais elles ne veulent pas nous le dire.

Ah, ça explique leurs connaissances, alors. Peut-être qu'un parent ou un parrain avait parlé de cette section à l'une d'elles. Quoi qu'il en soit, elles avaient nettement une longueur d'avance sur les autres.

Cependant, tout ce que cela confirmait, c'était que les épouses étaient tout aussi mal préparées qu'auparavant.

Alors qu'est-ce qu'elles ont fait depuis un mois ?

Ajax sortit de la chambre, ses cheveux humides retombant joliment autour de ses yeux. Il jeta un coup d'œil à l'écran et fredonna en s'asseyant à côté de moi sur le canapé, une tasse de café apparue magiquement dans sa main.

— Je vois que les épouses prennent leur dernier repas, murmura-t-il, balayant l'écran du regard. Donc les épreuves vont commencer d'ici deux ou trois heures.

Je déglutis.

— D'accord.

Lucifer n'avait pas vraiment indiqué d'heure, mais Ajax les prévoyait vers midi, comme la dernière fois.

— Toutefois le but réel du repas n'est pas de les nourrir. C'est ça. (Il désigna la diffusion en direct du menton.) Tout ça, c'est un test, un moyen de s'assurer que leur cœur est au bon endroit.

— J'imagine que ça explique pourquoi une fille vient de perdre son cadeau – elle a proféré des paroles désagréables sur son parrain.

— Ouais, c'est sûrement ça, grogna Ajax.

Je fronçai les sourcils.

— OK, mais la seule façon pour une épouse de gagner un cadeau est de flirter avec un parrain, ce qui est… mal. D'accord ? Et elles sont punies alors qu'elles font précisément ce qu'elles sont censées faire ?

Je comprenais sûrement tout de travers, ayant du mal à saisir tout ce processus de parrainage. Je n'aimais pas trop les Élites non plus, mais j'avais quand même de la peine pour la fille qui avait perdu son cadeau. Elle avait simplement joué le jeu de la façon dont il avait été conçu.

— Personne n'est puni, me corrigea Ajax, fixant l'écran. C'est juste une conséquence. Si un Faë de l'Enfer offre un cadeau, c'est parce qu'il veut que cette épouse survive pour devenir la sienne. Si elle ne veut pas de lui, elle ne doit pas accepter son cadeau. Elle a plutôt intérêt à chercher un autre prétendant.

— D'accord, sauf que je croyais que tout le but était de s'assurer que les épouses survivent. Si ce n'est pas pour le Faë de l'Enfer lui-même, c'est pour l'accouplement potentiel avec un Faë du Cauchemar.

— C'est vrai, acquiesça-t-il. Mais si elle veut essayer de manipuler le jeu en sa faveur, alors elle n'est peut-être pas digne d'aucun des deux. Ou alors, elle pourrait être une candidate idéale pour un tout autre Faë du Cauchemar. Bien sûr, les Unseelies apprécient beaucoup les filous. Cette épreuve pourrait donc être sa destinée après tout.

— Est-ce qu'ils regardent ça aussi ?

— Je ne sais pas trop. Je n'ai vu la diffusion que de ce côté du royaume, pas du côté des Faë du Cauchemar.

— Ils ne savent donc peut-être pas ce qu'elle a fait ou dit.

— Peut-être pas, mais ce sont des créatures intuitives. En fait… (Il agita la main devant l'écran et prononça une commande pour un autre canal.) Ouais, je pensais bien que ça passerait. Une émission similaire a été diffusée avant les dernières épreuves pour les Centaures et les Minotaures. Regarde.

L'image changea, passant des candidates au mariage à un paysage marécageux, mais tout n'était pas que feuillage ramolli.

Il y avait quelque chose au loin. Un objet chatoyant de couleurs. Ajax fit un geste de la main qui fit zoomer l'image, me donnant l'impression de survoler un royaume marécageux. Puis apparut un château magnifique, aux tours couvertes de lianes qui scintillaient de puissance.

Des créatures palpitantes apparaissaient et disparaissaient, ce qui me fit penser qu'un bug faisait clignoter l'écran. Puis une voix masculine retentit dans les haut-parleurs : « Nous honorons le jardin de la mariée. »

Je cillai plusieurs fois tandis que la vue se déplaçait dans le château, traversant divers halls ornés d'arrangements floraux vivants, où des empreintes de pas mouillées se dessinaient sur un sol de pierres miroitantes. On suivait une sorte d'entité invisible. Je ne distinguais pas grand-chose, hormis un chatoiement de magie qui semblait suinter à travers l'écran. Puis je sursautai lorsqu'on atteignit ce qu'on pourrait appeler un cimetière féerique. Il n'empestait pas la mort comme dans le royaume de l'Au-delà. Celui-ci entretenait plutôt le souvenir de disparus et était plein de vie. Des statues réalistes d'êtres féminins magnifiques, aux ailes diaphanes et soyeuses, levaient les mains vers le ciel. Elles portaient des fleurs qui poussaient sur des lianes, les enveloppant en une étreinte vivante. Les pierres étaient faites du même matériau miroitant qui me faisait penser à de l'eau en mouvement.

Des larmes de miroir suintaient de leurs yeux, ce qui me frappa d'une étrange mélancolie.

— Qu'est-ce que c'est ? m'enquis-je.

Ajax étendit le bras sur le canapé derrière moi et répondit :

— C'est tout ce qui reste des femelles unseelies, à l'exception d'une petite poignée cachée qui est encore en vie. Une guerre civile a éclaté parmi ces créatures quand les mâles de la haute cour ont voulu s'accaparer les femelles.

Je haussai un sourcil.

— Je ne me souviens pas avoir lu un chapitre à ce sujet dans le livre sur les Terres Marécageuses.

— Il n'y en a pas, car il n'est pas permis de le documenter. Lucifer sait que l'histoire a tendance à se répéter, alors il préfère que l'on s'en souvienne d'une certaine manière. (Ajax fit un signe de tête vers l'écran.) Tel que le coût des luttes intestines. De nombreuses femelles sont mortes pendant la guerre, laissant les Unseelies gravement en manque d'épouses.

— Je croyais que c'était la source qui supprimait sans cesse des femelles et que c'était pour ça que Lucifer avait besoin d'épouses ?

— C'est une combinaison de beaucoup d'événements. Mais selon la rumeur, la source aurait pu jouer un rôle dans l'extermination des femelles unseelies : elle a supprimé l'objet de la discorde pour arrêter la guerre.

— Oh.

C'était logique, supposai-je. Et étant donné ce que j'avais appris sur Lucifer, c'était quelque chose que son âme aurait pu faire.

D'autres battements apparurent à l'écran, attirant de

nouveau mon regard sur les Unseelies. Maintenant que j'avais vu quelques statues, il m'était plus facile d'identifier les créatures qui volaient alentour.

De grandes créatures d'une beauté incroyable bougeaient presque trop vite pour des yeux humains. Elles avaient toutes des ailes diaphanes qui battaient derrière elles, me rappelant les ailes d'un colibri. Des paillettes scintillaient sur leur peau avec un miroitement métallique qui décomposait la lumière à mesure qu'elles se déplaçaient. Cela expliquait sans doute pourquoi il était si difficile de se focaliser sur elles. Bien que les corps masculins et les muscles impressionnants m'assurent que c'étaient des mâles, ils avaient tout de même des traits doux et une beauté sauvage qui me fit y regarder à deux fois.

— Wow, soufflai-je. Ils sont… très jolis.

Normalement je n'employais pas ce mot pour décrire un mâle, mais pour les Unseelies, il convenait parfaitement. Et je comprenais pourquoi certaines épouses pouvaient s'intéresser à eux s'ils étaient tous comme ça.

Ajax gloussa.

— Oui, il paraît que les Unseelies sont assez éblouissants, mais je n'en ai jamais vu. Ne te laisse pas impressionner par leur beauté. Ils sont vraiment dangereux. Impitoyables, aussi.

— Tu ne peux pas les voir ? m'étonnai-je. (Ça me rendait plus perplexe que tout ce qu'il avait dit. Je pointai l'écran du doigt.) Ils sont à l'écran.

Il haussa les épaules.

— Ce doit être tes talents de Faë de l'Enfer qui entrent en jeu, parce que je ne vois rien d'autre qu'une lumière scintillante. Az dit qu'ils bougent trop vite pour être vus.

— Il ne peut pas les voir non plus ?

— Oh si, bien sûr. Mais il est exceptionnellement

puissant. Il est aussi pointilleux sur les apparences, alors je me fie à sa description quand il dit que ce sont de jolies créatures. (Ajax se pencha pour effleurer ma joue de ses lèvres.) Az te trouve aussi belle que moi. Alors je dirais qu'il est un bon juge.

— Oh, je suis belle, vraiment ? relevai-je, me laissant distraire par son flirt.

— Très, répondit-il en me mordillant le lobe de l'oreille.

En me laissant aller dans l'étreinte d'Ajax, je savourai les papillons qui voletaient dans mon bas-ventre. *Peut-être qu'un autre round m'aiderait à me détendre davantage*, pensai-je en me retournant pour le chevaucher. *On a bien le temps, non ?*

Ajax haussa un sourcil lorsque ma courte nuisette remonta sur mes cuisses, révélant ma culotte en dentelle.

— Envie d'en avoir plus, hein ?

— Tais-toi et distrais-moi, lui rétorquai-je en attrapant la boucle de sa ceinture.

J'allais la défaire lorsqu'un flux soudain de chaleur et de puissance me figea sur lui.

En me retournant, je trouvai Lucifer qui nous jetait un regard noir.

— Je ne m'attendais pas à ce que le banquet nuptial soit ton type de préliminaires, Camillia.

Va en Enfer, grognai-je dans ma tête en m'efforçant de décoller des genoux d'Ajax.

Sauf que nous étions déjà en Enfer. Et j'étais très certainement damnée, parce que je venais d'être surprise à chevaucher le Gardien tout en cherchant à le déshabiller.

Malgré des révérences à n'en plus finir pour me préparer à ce moment, je me pris le pied dans la poche du pantalon d'Ajax et m'affalai par terre tête la première.

— Je préférais le pingouin dément, dit Lucifer pendant que je me redressais.

— Flamant rose, corrigeai-je, avant de ravaler ma fierté blessée en croisant le regard du puissant roi de l'Enfer.

Sa mâchoire carrée et ses traits ciselés étaient intimidants de près. De plus, ses yeux brûlaient pratiquement du feu de l'Enfer qu'il commandait, m'assurant que ce n'était pas le moment de plaisanter.

— Roi Lucifer, Majesté, monsieur, bredouillai-je comme une idiote.

Il plissa ses yeux bleu nuit tandis que ses cheveux noirs dansaient autour de son visage. Un vent chaud déferla dans la pièce, puis se calma un instant plus tard.

— Comme j'ai dit, juste Lucifer, c'est très bien, me rappela-t-il. (Il fit un signe de la main en direction de la chambre.) J'ai posé ce que tu vas porter sur le lit.

— Ce que je vais porter ? répétai-je bêtement en resserrant mon peignoir sur moi.

— Tu devras t'habiller aussi, dit Lucifer, m'ignorant pour reporter son attention sur Ajax, qui se tenait maintenant au garde-à-vous et ajustait sa trique évidente. Tu vas venir avec Camillia et moi au Purgatoire pour assister aux épreuves nuptiales.

— Au Purgatoire ? couinai-je d'inquiétude. (Lucifer avait annoncé qu'il y serait avec ses Faë de l'Enfer plus tard dans la journée.) Attendez, pourquoi ? Avec tous les Faë ?

Lucifer m'ignora de nouveau, son regard intense posé sur Ajax.

— J'ai appelé une voiture pour vous. Elle attend devant cette aile, alors une fois que Camilla sera habillée, escorte-la jusqu'au Purgatoire. Ton travail aujourd'hui est de veiller à ce qu'il n'y ait pas de perturbations concernant Camillia, et de rester pour monter la garde.

Le roi des Faë de l'Enfer me regarda, son air féroce me donnant envie de courir me cacher.

— Et toi, n'oublie pas de porter le manteau, dit-il d'un ton ne souffrant aucune discussion.

Sur ce il disparut, me laissant stupéfaite, bouche bée devant l'espace qu'il venait d'occuper.

Donc apparemment, on allait me coller dans une voiture et m'emmener dans un club. Un club de Faë de l'Enfer.

Et pourquoi aurais-je besoin d'un manteau en Enfer ?

— On ne va pas regarder les épreuves ici ? demandai-je à Ajax d'une voix faible, tout en sachant fort bien qu'on n'allait pas le faire.

Mais je ne savais pas trop ce que tout cela signifiait.

Ajax était visiblement aussi inquiet que moi, car une nouvelle veine était apparue dans son cou.

— Apparemment non. Juste… va t'habiller, Cami. On en parlera dans la voiture.

Il s'invoqua une nouvelle tenue que je n'avais pas vue depuis un bail : son uniforme officiel de Gardien.

Une cape ouverte lui donnait accès à sa baguette dans les poches intérieures, tandis que de lourdes bottes promettaient un coup de pied vif et douloureux si l'une de ses créatures se rebellait. Sauf que chaque article avait été quelque peu amélioré pour les événements d'aujourd'hui. Rubis et diamants scintillaient à la lumière ardente des murs, et un fouet en cuir garni de rouge était fixé à sa taille à côté d'un jeu de menottes.

Ça sent mauvais, me dis-je. *Très mauvais.*

Et l'expression d'Ajax le confirmait.

Plutôt que d'essayer de négocier pour m'en sortir – car Ajax ne pouvait rien faire, je le savais bien –, je me dirigeai vers la chambre.

Et m'arrêtai net à la vue de la tenue qui m'attendait sur le lit.

—Je ne vais pas porter *ça*, putain !

CHAPITRE 29

CAMI

JE FAISAIS les cent pas dans la chambre, crachant une bordée de jurons.

Parce que non. Non, merde. Putain, c'est pas possible. Absolument pas. *Non.*

Ajax dut m'entendre jurer, car il entra dans la pièce derrière moi.

— Qu'est-ce qui se passe ?

— *Ça*, c'est pas une tenue, craquai-je.

Il regarda les chaînes sur le lit et grimaça.

— Eh bien, ça pourrait en être une en Enfer. Et c'est là qu'on est.

Je fis volte-face, furieuse.

— Ce n'est pas une blague, Ajax.

— Non, clairement non, opina-t-il. Mais tu vas devoir porter ça, Cami.

— Porter ça ? répétai-je, ramassant les chaînes ornées de dentelle rouge. Ce n'est pas quelque chose que je peux *porter*. C'est… c'est… de la *lingerie métallique*.

Ce qui avait effectivement l'air une blague, sauf que je ne riais pas. Ajax non plus.

Le seul article acceptable sur le lit était le manteau. Il était magnifiquement brodé de plumes dorées entrelacées de flammes rouges. Il était aussi subtilement assorti aux chaînes décoratives, ce qui indiquait que Lucifer s'attendait bel et bien à ce que je mette toute cette merde.

Il me permettait de me couvrir, mais quand allais-je être obligée d'enlever ce manteau ? Et qui allait me voir dans cette monstruosité ? Était-ce pour son bénéfice personnel ? Celui de Melek ? Ou bien allait-on me présenter comme une sorte de fichu trophée à gagner pendant les épreuves ?

Peut-être que Melek avait parlé à Lucifer de son intention de s'accoupler avec moi et qu'il s'agissait d'une sorte de test sensuel. *Est-ce que ça veut dire que Lucifer a aussi l'intention de s'accoupler avec moi ?* Si c'était le cas, il avait une putain de façon de le montrer.

D'un autre côté, je n'avais pas trop envie de frayer avec Lucifer. Bien sûr, il était beau, mais c'était aussi le roi des Faë de l'Enfer. Ce mâle me terrifiait.

Merde, il me tuerait sûrement aussi vite qu'il me baiserait.

Mais pour l'heure, ce n'était pas une question de sexe. C'était une question d'obéissance. Il me testait, voulait voir si j'allais suivre ses ordres comme une bonne petite femelle Faë de l'Enfer.

J'enroulai mes bras autour de mon torse, mon esprit émettant un retentissant « *Va te faire foutre* » en guise de réponse.

— Cami, Lucifer n'est pas quelqu'un à qui l'on dit non, avertit doucement Ajax. Si tu ne le fais pas, il me forcera à invoquer cette tenue sur toi.

La colère éclata dans ma poitrine.

— Et s'il te disait de sauter d'une falaise, tu le ferais aussi ?

Ajax ne broncha pas. Il ne bougeait même pas, ce qui laissait penser qu'il retenait son souffle. Finalement, ses muscles se détendirent quand il expira.

— On ne sait pas à quel jeu il joue. Pour l'instant, il vaut mieux faire profil bas.

Ce n'était pas une réponse à ma question.

Et d'habitude, c'était Melek qui jouait à des jeux. Pour l'instant, je préférais les frasques du prince Faë de l'Enfer à ça. Quoi que ce soit.

J'étirai les chaînes, essayant de comprendre ce qui devait aller où. Des sangles rouges suggéraient qu'elles pouvaient être attachées. Certaines chaînes plus petites formaient des boucles délicates. D'autres, plus épaisses, étaient recouvertes d'un tissu éclatant, qui *pourrait* suffire à cacher certaines parties intimes.

Peut-être qu'il s'agit d'une sorte de puzzle érotique ? songeai-je.

Ou peut-être que c'était juste un emballage-cadeau. Peut-être que Lucifer avait aussi été intrigué par les images qu'il avait vues dans Vita et voulait les mettre en scène dans une certaine mesure.

Tout ça va mal finir.

— Tu veux que je t'aide ? proposa Ajax, ce qui me fit frissonner.

— Non, rétorquai-je aussitôt.

J'étais déjà assez humiliée comme ça. Je n'allais pas laisser Ajax draper ces chaînes sur moi et me prendre en pitié en voyant le peu qu'elles couvraient.

— D'accord. (Il repassa la porte.) Alors je vais t'attendre. On descendra quand tu seras prête.

Ses iris d'obsidienne étaient en feu, suggérant qu'il était presque aussi malheureux que moi à ce sujet, bien que je doute que ça l'affecte autant. Il partit sans un mot de plus, confirmant qu'il n'allait rien faire pour arrêter ça. Non pas qu'il puisse faire quoi que ce soit. Mais ça me piquait quand même de savoir que j'étais livrée à moi-même.

Comme d'habitude, me dis-je en grognant. *Quelles conneries.*

Je jetai les chaînes sur le lit, puis je défis mon peignoir et ôtai ma nuisette. Nue, debout à côté du lit, je disposai les chaînes de la façon dont je pensais qu'elles devaient se mettre. *Autant voir à quel point c'est moche*, décidai-je. Cela m'aiderait à calculer à quel point cette situation devrait m'énerver.

D'après ce que je voyais jusqu'à présent, j'allais être carrément en rogne.

Les chaînes les plus épaisses se trouvaient sur le dessus, ce qui pouvait suffire à couvrir mes seins, mais il ne restait plus grand-chose pour le bas de mon corps.

Sourcils froncés, je les retournai et regardai de travers la configuration choquante.

C'était bien ainsi que ça devait être porté, laissant mes seins complètement découverts, hormis quelques petits brimborions de chaînes à peine visibles. Mais c'était la seule façon de couvrir mon pubis et mes fesses.

Putain.

Serrant les dents au point d'en avoir mal à la mâchoire, j'enfilai lentement les boucles et les remontai le long de mes cuisses.

— Si ça dévoile quelque chose d'intime, je ne le garderai pas, me jurai-je.

Une partie de moi espérait qu'une robe magique apparaîtrait pour remplacer les chaînes après avoir passé ce test d'obéissance.

Mais lorsque j'eus enfilé les premières chaînes, je réalisai qu'il n'en serait rien. Car une fois en place, elles ne voulaient plus bouger. Et leurs extrémités fusionnèrent par magie, scellant l'ensemble sur moi d'une façon définitive qui fit tomber ma mâchoire.

Merde.

— C'est sûrement juste… marmonnai-je à moi-même en tirant sur le métal, essayant d'ajuster son emprise serrée sur le haut de ma cuisse.

Il ne bougea pas.

— Putain.

Une fois que tout serait en place, cette soi-disant tenue ne s'enlèverait pas sans une aide magique. Mais je ne pouvais plus m'arrêter à ce stade. *Bordel de merde.* N'ayant pas d'autre recours, je continuai à m'habiller.

Cette sinistre acceptation enroulait des serpents glacés autour de mon cœur tandis que je tirais la dentelle de chaînes sur moi. Une épaisse bande de métal s'étendait de mon nombril à mon pubis, couvrant entièrement mon intimité.

Bon, c'est déjà ça.

Sauf que les maillons de la chaîne frottaient directement contre un certain paquet de nerfs, me faisant jurer comme un charretier à chaque fois que je bougeais.

Je serrai les poings autour des chaînes qui passaient sur mes hanches pour les tirer et les ajuster, mais la magie les scella en place, tout comme celles autour de mes cuisses. Donc j'étais maintenant coincée avec une configuration métallique qui stimulait mon clitoris à chaque mouvement.

Fantastique.

— Si c'est une idée de Melek, je vais le tuer, me promis-je.

Mais je doutais que ce genre d'embrouille mentale soit l'œuvre de Melek. C'était plutôt une question d'humiliation, ce qui était sans nul doute le point fort de Lucifer. Et je serais complètement humiliée même si je n'avais pas à enlever mon manteau. Car chaque pas me provoquait une friction qui me forcerait à rester très, très immobile pendant toute la journée. Ce qui serait extrêmement long, vu qu'on était encore le matin et que les épreuves allaient probablement durer toute la nuit, voire jusqu'à demain.

Je déteste ça.

Quand j'eus fini de m'« habiller », je passai mes doigts dans mes cheveux sous prétexte d'être présentable, puis j'attrapai le manteau et l'enfilai.

Ajax faisait nerveusement les cent pas derrière le canapé quand je sortis de la chambre. Il leva les yeux sur moi et fronça les sourcils.

— Tu n'es pas encore prête ?

Je haussai les miens.

— Je porte ces foutues chaînes. Tu ne peux pas les voir parce qu'il n'y en a pas tant que ça. Et je n'enlèverai *pas* ce manteau.

Il secoua la tête.

— Non, je parlais de tes cheveux. Et il te faut des chaussures.

Je baissai les yeux et vis que j'étais toujours pieds nus.

— Bon, d'accord. J'ai peut-être besoin de chaussures. Mais qu'ont donc mes cheveux ?

Au lieu de me répondre, Ajax sortit sa baguette et la pointa vers moi.

Trop impatient ?

Je lui dardai un regard noir tandis que son énergie parfumée au pin tournait autour de moi.

— Tu as hâte de voir Lucifer enlever mon manteau ? lançai-je.

La magie tira sur mes cheveux, ajoutant quelque chose à mes longues mèches, tandis qu'une paire de hauts talons rouges à lanières s'enroulait autour de mes mollets.

— Non, répondit-il – sans développer plus que ça.

Lorsque le sort se dissipa, je passai mes doigts dans mes

cheveux et constatai qu'il y avait ajouté des tresses en dentelle rouge.

— Pourquoi t'es si d'accord avec ça ? demandai-je.

J'avais l'intention de poser ma question avec colère, mais mon ton fut plutôt blessé.

Pourquoi tu ne me défends pas ?

L'irritation d'Ajax était toujours présente, mais elle couvait sous une autre émotion. Une émotion que j'avais vue trop souvent chez le Gardien pour ne pas la reconnaître : *l'acceptation*. Elle créait un bouclier froid autour de lui, un bouclier qui semblait justifier sa ligne de conduite floue lorsqu'il s'agissait de son roi.

— Je n'ai pas le choix, Camillia. Et toi non plus.

Oh, c'est Camillia maintenant ? Plus Cami ? eus-je envie de lui asséner. Mais à la place, je répliquai :

— Tu pourrais au moins m'invoquer une arme si tu veux altérer les choses.

Ajax me lança un regard exaspéré, comme s'il voulait que cette journée se termine déjà.

— Allons-y.

Il n'attendit pas que je réponde, il ouvrit simplement la marche. Je plissai les yeux dans son dos. Même s'il avait accepté ce destin, ce n'était pas pour autant que je devais le faire.

Je trouverais une arme. J'utiliserais mes dents, mes pieds, mes mains, ma *magie* − si j'arrivais à comprendre comment l'invoquer.

Mais si j'étais si « puissante », alors je n'avais pas à supporter cette merde. Si on me demandait d'enlever ce manteau emplumé, je m'assurerais qu'il y ait un prix à payer.

C'était mon plan, du moins. Jusqu'à ce que la friction entre mes cuisses prenne le dessus sur mon esprit. Elle augmentait à chaque pas tandis que nous descendions au rez-de-chaussée du palais. Les maillons métalliques frottant contre mon sexe rendaient ma respiration difficile.

Nous fîmes une pause après avoir croisé un groupe de chiens de l'Enfer, ce qui me permit de souffler un peu.

— Tu vas bien ? s'inquiéta Ajax. Est-ce qu'il y a une sorte de magie drainante sur les chaînes ?

Il tendit la main pour me toucher, mais je l'arrêtai en levant la main, émettant un son étranglé. Ressentir l'énergie d'Ajax en ce moment risquait de me faire basculer, et je n'avais vraiment pas envie d'expliquer pourquoi j'étais sur le point d'avoir un orgasme au beau milieu du palais. Il m'avait assez fait jouir pour que je comprenne ce qui se passait.

Non, ce n'est pas de la magie. Juste de la friction…

— Ça va, dis-je quand je pus cesser de trembler.

Ajax adopta mon rythme plus lent sans me redemander si j'allais bien, mais la tension était palpable. Il savait que quelque chose n'allait pas. Cela se voyait parce qu'il n'arrêtait pas de me jeter des coups d'œil furtifs.

La sueur dégoulinait de mes cheveux lorsque nous atteignîmes les portes du palais, et je regrettai de ne pas avoir opté pour une queue de cheval.

Ajax adressa un signe de tête aux Faë de l'Enfer qui gardaient les portes et attendit patiemment qu'ils nous les ouvrent.

Un crépitement magique courut sur ma peau lorsque nous quittâmes l'enceinte, mais il cessa son effet quand la ville apparut.

J'avais aperçu les bâtiments sombres depuis le balcon avec Melek, mais être dans la rue m'offrait une nouvelle expérience. La ville me rappelait un peu Chicago avec son ambiance décontractée et ses vents subtils, sauf que les environs étaient plus propres et que la brise était plus chaude que fraîche.

C'était exactement le genre d'environnement qui me convenait. Puissant. Sombre. Excitant. J'avais l'impression d'être au milieu d'une tempête contrôlée, avec divers courants et canaux qui œuvraient à l'unisson à créer le tonnerre qui grondait tout autour de nous.

Je n'avais pas réalisé que je souriais jusqu'à ce que les épaules d'Ajax se détendent en un soulagement évident. Il devait être content de voir qu'il ne m'arrivait rien de trop grave.

— J'avais envie de t'amener ici, déclara-t-il. Mais je n'étais pas sûr que ça te plaise. Ni que ce soit autorisé.

Ses paroles me rappelèrent pourquoi j'étais ici, ce qui fit déraper un peu mon sourire.

— C'est bon, mentis-je en haussant les épaules. (Je grimaçai alors que ce mouvement tirait sur ma zone sensible.) Finissons-en. (Je promenai mon regard dans la rue animée.) Je croyais qu'une voiture était censée nous attendre ?

Ajax pointa du doigt la façade du bâtiment à côté de nous, m'indiquant le service des voituriers. La place de parking royale, si on pouvait l'appeler ainsi, occupait trois longueurs de voiture. C'était complètement inutile, vu que Lucifer pouvait se téléporter.

— C'est... excessif, dis-je en fixant l'automobile de type limousine.

Quoique, c'était bien le genre de voiture que l'on imaginerait pour le roi des Enfers, supposai-je. Elle brillait comme si elle était faite d'acier noir, et des ornements de crânes et de plumes décoraient ses flancs. Le design élégant montrait clairement à qui elle appartenait. Les vitres teintées empêchaient de distinguer l'intérieur.

Des Faë de l'Enfer en costume noir nous attendaient, me rappelant le Secret Service. *Si le Secret Service avait des yeux rouges flamboyants et des dents acérées.*

L'un d'eux ouvrit la porte arrière lorsque nous nous approchâmes. Serrant mon manteau pour m'assurer qu'il ne s'ouvrirait pas, je me précipitai sur la banquette. Ajax entra par l'autre côté, et je jetai un œil à la vitre sombre qui m'empêchait de voir le conducteur.

— Pourquoi on ne s'est pas… (j'écartai les mains en faisant *pouf*) jusqu'au club, tu sais ?

Ajax gloussa.

— Peut-être que Lucifer voulait que tu voies où tu vas vivre.

Il parut sur le point d'ajouter quelque chose, mais referma sa bouche. La tension s'infiltra de nouveau dans l'air tandis qu'il regardait par la fenêtre. Je n'eus pas besoin de lire dans ses pensées pour achever sa phrase : *En supposant que tu survives…*

Ou peut-être qu'il veut juste me montrer quelque chose de spécial sur le chemin du club, songeai-je.

J'eus le cœur serré en voyant la ville défiler. L'architecture des bâtiments était magnifique. Assez modernes, mais aussi élégants, avec une touche européenne. *Non, certainement pas Chicago*, me dis-je. *Un mélange de tout et de rien.*

Quelques Faë de l'Enfer s'arrêtaient pour voir passer la voiture, et je sus que l'on s'approchait du club car les tenues passèrent rapidement de décontractées à *luxueuses*.

Je réalisai que tous les Faë de l'Enfer n'étaient pas en mesure de parrainer une épouse. Même avec six cent soixante-six candidates à l'origine, il n'y en avait pas pour tout le monde. Donc les membres du club appartenaient à l'échelon supérieur des Faë de l'Enfer. Ceux qui franchissaient les cordons portaient des costumes et des chaussures sertis de diamants. Certains avaient de multiples piercings le long des sourcils, d'autres arboraient des tatouages infernaux qui étaient plus une marque de pouvoir qu'une préférence artistique.

J'appréciai les vitres teintées, car les regards concupiscents se faisaient de plus en plus fréquents.

Après mon cœur serré, j'eus les tripes nouées, car ces Faë de l'Enfer avaient l'air *affamés*.

— Qu'est-ce que Lucifer va faire ? m'enquis-je.

Je ne supportais plus de ruminer toutes les possibilités. Je commençais à penser qu'il nous avait fait monter dans la voiture pour me tourmenter avec ces hypothèses, juste parce qu'il savait que cela me rendrait folle.

— Je ne sais pas, répondit Ajax d'une voix douce. (Il posa sa main sur ma cuisse et je me tournai vers lui.) Quoi qu'il arrive, Cami, je serai à tes côtés à tout moment. D'accord ?

Il essayait d'être réconfortant, mais il ne me promettait pas qu'il me défendrait si les choses allaient trop loin.

Et si Lucifer avait l'intention de me déballer pour son usage personnel ? Ajax le permettrait-il ? Il ne me paraissait pas possessif, surtout depuis qu'il m'avait partagée avec Az, mais me laisserait-il partir si facilement ?

Et si Lucifer avait l'intention de faire quelque chose de pire que ça ? m'inquiétai-je en déglutissant. *Et s'il avait l'intention de me tuer ? Ajax m'aidera-t-il alors ?* Ou bien assisterait-il à la scène avec une froide acceptation ?

Il n'y a qu'une seule façon de le savoir, je suppose…

— Est-ce que tu veux bien me donner une arme ? lui demandai-je. Pour que je puisse me défendre ?

Sa promesse de m'accompagner ne suffisait pas. J'avais besoin de quelque chose de tangible. Quelque chose de *tranchant*.

Son masque de Gardien glissa de nouveau sur ses traits, me retournant l'estomac, au moment où la voiture s'arrêtait.

— Non, Cami. Je ne peux pas te donner d'arme.

Bien sûr que tu ne peux pas, voulus-je dire, des larmes au fond des yeux. *Parce que je suis seule dans cette histoire. Comme je l'ai toujours été.*

Repoussant cette trahison, j'accueillis la bouffée de colère qui suivit et ouvris la portière avant que les hommes en costume ne le fassent.

Je vais me débrouiller toute seule.

Lucifer voulait peut-être de me donner une leçon, mais il allait d'abord apprendre une ou deux choses sur moi.

Parce que personne ne m'humilie. Pas même le roi de l'Enfer.

CHAPITRE 30

TYPHOS

Un TAPAGE à l'entrée du club m'annonça que mon colis était arrivé.

Excellent, me dis-je, satisfait du déroulement des événements.

Cela me rendait peut-être cruel, mais Camillia avait besoin d'être testée. Et Ajax avait bien mérité cette punition. Il serait son escorte officielle pour l'après-midi, forcé de la garder pendant que mes Faë de l'Enfer profiteraient du spectacle.

C'était ma façon de voir à quel point il la voulait vraiment. *Est-ce juste du sexe ? Ou est-ce plus que ça ?*

Il ne serait pas le seul que j'avais l'intention d'évaluer. Az et Melek le seraient également. Je devais déterminer ce que cette femelle représentait vraiment pour eux tous, et décider s'il était important que je lui permette de vivre.

D'après ma conversation avec Melek l'autre jour, je me doutais que ce serait extrêmement important, ce que je n'aurais jamais pu prévoir au début des épreuves.

Hélas, nous y voilà. Alors, voyons ce qui se cache derrière tout ce remue-ménage, hmm ?

Camillia était une femme superbe. Mais était-elle assez belle pour me tenter ?

C'est ce que nous allons découvrir.

— Mmmh, je crois que j'aime bien ton expression, murmura Melek, adossé à notre box privé, ses iris multicolores pétillant d'intérêt. Tu as prévu quelque chose.

— Oui, avouai-je avec un sourire en coin. (Je croisai le regard ennuyé d'Az.) Tu peux l'aider, mais n'oublie pas ce que je t'ai dit.

Sadique, répliqua Az en quittant son poste pour exécuter mes ordres.

Je souris dans son dos. *On sait tous les deux que tu prendras plaisir à exploiter son pouvoir, Commandant. Il a l'air bien en dessous de toi.*

Az ne répondit pas, mais je captai son accord mental. Même si quelque part il n'était pas content de moi, ce que j'avais anticipé.

Car il était tout aussi perdu qu'Ajax et Melek face à cette enchanteresse. Mais heureusement, mon Commandant comprenait son rôle. Il s'acquitterait de sa tâche de manière efficace et efficiente ; il pourrait juste me maudire au passage. Cependant, je me doutais qu'il serait trop occupé à immobiliser Ajax pour se soucier de moi. Il était impératif que mon Gardien accepte cette punition avec grâce, sinon je serais contraint de faire pire. Je ne pouvais pas me permettre de montrer du favoritisme à son égard. Pas après toute l'agitation qui avait régné dans le royaume ces dernières semaines.

Mes Faë avaient besoin qu'on leur rappelle que c'était moi qui dirigeais, que j'étais un chef compétent et que je faisais passer tous leurs besoins avant les miens.

Camillia de la Croix était donc un problème.

Elle avait été exclue des épreuves nuptiales, et mes Faë de l'Enfer voulaient savoir pourquoi. Mais je ne pouvais pas simplement dire : *C'est parce qu'elle a touché ma source et que je l'évalue.* Cela aurait suscité de la panique – une panique qui l'aurait probablement condamnée à mort. Mon petit prince en souffrirait si cela arrivait.

Il me fallait donc une autre solution. Un moyen de la renvoyer des épreuves tout en lui permettant de rester dans notre royaume. Et mon Gardien m'avait fourni l'option parfaite : je pouvais me servir de son engouement comme prétexte pour disqualifier Camillia et aussi donner une leçon à mes autres Faë de l'Enfer dans la foulée.

Le programme de parrainage consistait à faire la cour, mais cette cour ne pouvait pas aller plus loin. Mes Faë de l'Enfer connaissaient les règles. Toutefois je n'avais pas étendu ces règles à Ajax parce que j'avais supposé qu'il ne s'intéresserait pas aux épouses.

Même si c'était vrai – je n'avais vraiment pas prévu qu'il veuille s'impliquer puisqu'il était venu ici à l'origine pour éviter tout engagement émotionnel avec autrui –, cela me servait aussi de prétexte parfait pour faire de lui un exemple. Un exemple qui détournerait l'attention de mes Faë de l'Enfer de la disqualification de Camillia et me permettrait de la garder dans le royaume pour mieux l'observer.

Tout le monde y gagnerait, sauf qu'Ajax aurait sans doute envie de me tuer pour cela. Mais Az m'aiderait à le discipliner. Ou tout au moins, il lui ferait comprendre.

Pendant ce temps, je profiterais simplement du spectacle. *Et testerais la détermination de Camillia par la même occasion*, songeai-je. *Quelle est ta force, ma petite ? Assez forte pour jouer à mes jeux ? Ou bien ton courage va-t-il se flétrir sur scène ?*

Melek avait beau l'avoir déjà revendiquée, je voulais être certain de sa valeur avant d'accepter leur accouplement. Jusqu'à présent, j'étais seulement convaincu qu'elle avait jeté un sort à mes hommes. Une sorte d'enchantement que je ne pouvais pas voir. Peut-être parce qu'il ne m'attirait pas, me rendant ainsi insensible à sa magie.

Comme il se devait. *Car je suis le putain de roi des Faë de l'Enfer.*

Et cette chère Camillia de la Croix allait découvrir précisément ce que cela signifiait.

Je serrai la mâchoire, mon énergie éternelle circulant chaleureusement dans mes veines. Elle s'était intensifiée récemment, et je savais que Melek l'avait remarquée. Az aussi. Mais ni l'un ni l'autre n'avait émis de commentaire, conscient que c'était là mon fardeau.

La création avait un coût. Un coût élevé, mais que j'étais prêt à payer pour protéger tous ceux qui résidaient dans mon royaume.

C'était un havre de paix. Une utopie pour tous ceux qui avaient été rejetés et maltraités dans les endroits qu'ils appelaient chez eux. Et ce bar était l'un des cadeaux préférés que je leur faisais. Je m'en servais d'exutoire pour mon pouvoir, mon brasier interne s'écoulant librement de mon esprit vers les différents éléments du club – les écrans holographiques au-dessus de chaque box, l'anneau de feu au centre de la salle, et la scène au-delà. Normalement, je laissais un trône dessus. Mais aujourd'hui, j'avais caché un autre objet sous mes flammes ardentes, un objet que je révélerais bientôt.

La foule de Faë de l'Enfer s'ouvrit quand la femme que j'attendais s'approcha. Ils salivaient tous à l'idée de la toucher, mais le manteau enchanté autour de ses épaules l'interdisait. Tout comme la main du Gardien au bas de son dos.

Son expression demeurait stoïque, mais je perçus une subtile pointe de peur dans ses yeux gris, dont les iris roulaient comme des tempêtes indomptées.

Tu ferais bien d'avoir peur, pensai-je en la regardant. *Tu es dans mon Enfer maintenant, ma petite. Et je ne suis pas réputé pour ma bienveillance.*

— Je n'aime plus cette expression sur ton visage, murmura Melek.

Pourquoi est-elle ici, Ty ?

Pour assister aux épreuves avec nous, bien sûr.

Mais elle était aussi là pour être *regardée*.

Mes hommes étaient agités après les troubles survenus dans le royaume. Il leur fallait quelque chose pour les distraire. Camillia m'en avait fourni l'occasion. Le Gardien aussi.

Je me levai et la rejoignis près de l'anneau de flammes.

— Bienvenue au Purgatoire, la saluai-je.

Mon énergie croissait avec mon excitation. Une bouffée de chaleur emplit l'air tandis que le feu répondait à mon amusement, mon pouvoir brûlant dans le club avec une vigueur renouvelée.

— Est-ce que tu vas tenter de t'incliner ?

C'était une raillerie pleine de sens, qui fit jaillir la colère dans son regard.

— Non, je ne pense pas.

Une réponse audacieuse, qui fit tressaillir Ajax derrière elle. Mais elle me fit sourire.

— Dommage, murmurai-je. Je pense que certains de mes Faë de l'Enfer auraient apprécié le spectacle. Mais ce n'est pas grave. Nous leur donnerons autre chose à regarder, hmm ?

Elle serra les dents en guise de réponse. Elle savait exactement ce que je voulais dire.

Ajax aussi semblait comprendre. Il avait dû voir les chaînes, ce qui lui avait fait mouliner une douzaine de scénarios dans son esprit. Lesquels faisaient sans doute écho aux pensées de Camillia. C'était d'ailleurs le plus amusant.

Qu'est-ce que je vais faire ? réfléchissais-je en souriant. *Jusqu'à quel point ça deviendra horrible ?*

Cela faisait partie de la punition d'Ajax et du test de Camillia. Parfois, la victime imaginait des tourments plus terribles que ceux que je pourrais lui infliger.

Cependant, j'essaierais de répondre aux peurs de Camillia, puis de les supplanter.

Son regard devint noir, sa colère remplaçait sa peur initiale, attisant les flammes de mon excitation. Elle resserra ses épaules et se redressa avec assurance.

Peut-être qu'il y a plus en toi que ta beauté, m'étonnai-je. *Voyons jusqu'où va cette audace, d'accord ?*

— Aujourd'hui, les épreuves nuptiales reprennent ! annonçai-je d'une voix forte aux Faë de l'Enfer, tout en restant concentré sur Camillia.

Une acclamation suivit ma déclaration tandis que les hologrammes zoomaient sur moi, diffusant mon visage dans tout le club et dans tout le royaume des Faë de l'Enfer.

La femme devant moi dut le remarquer car ses yeux s'écarquillèrent légèrement, mais sa délicieuse colère continua à colorer ses traits.

Très belle en effet, convins-je. *Mais je veux en voir plus.*

Consultant le cadran solaire sur le mur enflammé, je notai qu'il nous restait environ vingt minutes avant le début de la première épreuve, ce qui était le moment idéal pour présenter le *divertissement* d'aujourd'hui.

Je me tournai vers l'assemblée.

— Vous avez tous été incroyablement compréhensifs pendant que je réglais le désordre causé par la Nuit des Monstres, et j'apprécie vraiment que vous ayez supporté les retards dans nos épreuves tant attendues.

Plusieurs Faë de l'Enfer baissèrent le menton en signe de révérence, leur gratitude d'avoir été remerciés pour leur patience étant palpable.

— C'est pourquoi j'ai pensé que nous pourrions tous nous offrir un petit prélude avant le début des épreuves. (Je désignai Camillia.) Qu'en dites-vous, messieurs ? Voulez-vous voir ce qu'il y a sous le manteau ?

La foule rugit, son excitation soulevant une vague de scansions qui fit reculer Camillia d'un pas. Seulement Az l'attendait, son torse lui barrant le passage. Il avait clairement anticipé sa réaction, tout comme celle du Gardien, apparemment. Ce qui expliquait le fouet de puissance qui cingla mes sens. Il avait déjà immobilisé Ajax, empêchant le Faë de Minuit de bouger ou de parler.

Melek me rejoignit, sa curiosité titillant notre lien.

Qu'est-ce que tu caches sous le manteau ?

Un cadeau, avouai-je.

Pour moi ?

Si tu veux le déballer, je te laisserai faire.

Tu me laisseras faire ? rétorqua-t-il, amusé. *Tu veux dire que tu regarderas ?*

Peut-être.

Hmm, fredonna-t-il en se penchant vers moi. *Je suis intrigué.*

Parfait.

Bien que je pense qu'elle veut te tuer.

Sans doute, acquiesçai-je.

Ce n'est pas une bonne façon de la courtiser, Ty.

Je ne la courtise pas.

Nous verrons bien, répliqua-t-il.

Je me tournai vers elle et croisai son regard orageux.

— Enlève ton manteau, Camillia.

Une ovation suivit mes paroles, et des rugissements d'encouragement roulèrent autour de nous.

Ses jointures blanchirent tandis qu'elle serrait plus étroitement l'étoffe brodée autour de son corps.

— Pas question, putain, rétorqua-t-elle, ce qui m'excita.

— Tiens-la, ordonnai-je à mon Commandant.

Il s'exécuta en lui saisissant les épaules, ce qui lui fit tourner les yeux. Elle parut sur le point de dire quelque chose, mais le grognement d'Ajax attira mon attention sur le Gardien furieux. À part la subtile vibration de ce seul son, il restait silencieux et immobile, son corps piégé sous le pouvoir d'Az. J'arquai un sourcil en signe de défi, mais je savais qu'il ne pouvait pas répondre. Et c'était justement le but recherché. La foule verrait son silence comme une acceptation, ce qui était précisément ce qu'il fallait.

— Tu as touché quelque chose qui ne t'appartient pas, Ajax, déclarai-je en m'assurant que toute l'assistance pouvait m'entendre. Je t'avais prévenu de ne pas te laisser distraire. Tu n'as pas écouté. Maintenant, elle est souillée et inéligible pour les épreuves. Pour cela, vous serez punis tous les deux.

Sa mâchoire se serra, ses yeux devinrent deux fentes.

— As-tu quelque chose à ajouter ? raillai-je, conscient qu'Az avait enveloppé Ajax dans un étouffoir infusé d'énergie.

Sadique, résonna Az dans mon esprit. *Elle porte quelque chose sous ce manteau, hein ?*

Des chaînes décoratives, lui dis-je.

Pas étonnant qu'elle se tortille, répliqua-t-il. *Je crois savoir où passe l'une de ces* chaînes décoratives.

Si elle l'a mise correctement, tu as sûrement raison, opinai-je, fixant toujours Ajax et les flammes noires furieuses qui encerclaient ses pupilles.

Mon Phénix veut la baiser sur la scène, me répondit Az dans un grognement. *Je commence à croire que tu me punis aussi dans cette situation.*

C'est bien le cas. Je regardai Az. *Ajax et toi avez préféré vous laisser aller à la baiser alors que vous étiez censés l'interroger. Ce n'est pas le Commandant concentré que je connais.*

Le plaisir peut être un excellent outil d'interrogation.

C'est ça ton excuse ?

Non. Ce n'est qu'une explication. D'ailleurs, je n'ai pas besoin d'excuse pour ce qu'on a fait. Elle nous a donné la vérité, alors j'ai laissé jouer mon Phénix. Il l'aime bien.

Je faillis secouer la tête en signe d'agacement.

Elle doit avoir une chatte magique.

C'est vrai, répondit Az. *Et elle est actuellement mouillée, grâce à ce que tu lui as fait porter.*

Je ne répondis pas, conscient que tous les Faë de l'Enfer m'observaient, attendant de voir ce qui allait se passer. Ils avaient dû percevoir ma pause comme un moment de réflexion accordé à Ajax. Lequel n'avait pas réagi du tout. Parce qu'il ne pouvait pas.

Il est temps de lancer officiellement le spectacle, décidai-je.

— Le Gardien Ajax a poussé un peu trop loin son *parrainage* avec Camillia de la Croix. Non seulement il était techniquement inéligible en tant que non-Faë de l'Enfer, mais il n'a pas non plus suivi nos règles préétablies : *on ne baise pas les candidates.*

Ces derniers mots tourbillonnèrent dans la pièce sur une vague de puissance, assurant que tout le monde entendait et ressentait cet ordre.

Plusieurs Faë de l'Enfer se refroidirent, dardant sur Ajax des regards coléreux.

—J'ai dit que vous aviez le droit de toucher et de jouer, tant que la candidate est consentante. Mais la pénétration n'est pas autorisée. C'est réservé aux compagnons. (Je fusillai Ajax du regard.) Et Camillia de la Croix n'est pas ta compagne.

En principe, elle était la promise de Melek, mais je ne pouvais pas l'annoncer à voix haute. Pas avant d'avoir testé sa valeur et décidé si je soutenais cette union. Et si Melek voulait la partager avec Ajax et Az, très bien. Cela ne me posait aucun problème. Honnêtement, je me fichais même qu'Ajax l'ait baisée.

Il s'agissait de faire une déclaration pour mes Faë de l'Enfer, et de cacher la véritable raison de la disqualification de Camillia.

— En conséquence, Camillia de la Croix est disqualifiée des épreuves. Et, Gardien Ajax, tu es temporairement démis de tes fonctions, le temps que je détermine comment gérer cette situation. (Je balayai la foule du regard.) En attendant, vous méritez tous d'être récompensés, n'est-ce pas ?

Cette fois, mes paroles furent accueillies plus par des grognements et des grondements que par des vivats excités, et leurs airs affamés recelaient une pointe d'envie.

Ajax avait touché à quelque chose qui ne lui appartenait pas vraiment.

S'il avait voulu participer aux épreuves, je l'aurais autorisé. Mais il n'avait même pas demandé, préférant assumer son rôle de Gardien et aider à rassembler les candidates au mariage. Cela l'avait placé dans une position inéquitable pour séduire, ce dont les Faë de l'Enfer supposaient qu'il avait profité avec Camillia.

Il devait être puni. Et c'était ma façon de le reconnaître.

Je croisai le regard de l'ancienne candidate, notant la haine qui embrasait ses yeux gris. Melek avait raison : cela n'allait pas l'impressionner le moins du monde.

Mais je ne voulais pas m'attirer ses faveurs, je voulais la

tester. L'obliger à prouver sa valeur à mes hommes. Découvrir pourquoi ils s'intéressaient tant à cette femme. Peut-être déterminer si elle justifiait vraiment tout ce foin. Si c'était le cas, je serais le premier à ramper. Cependant, je doutais fort qu'elle vaille la peine que je perde mon temps.

Je m'approchai d'elle.

— Si tu ne veux pas enlever ce manteau, je le ferai moi-même.

Elle répondit en essayant de le serrer encore plus étroitement autour d'elle.

— Az, dis-je doucement.

Son soupir était bruyant dans mon esprit, mais extérieurement, il ne trahit pas du tout ses émotions lorsqu'il fit glisser ses mains le long des bras de Camillia pour saisir ses poignets.

Elle se tortilla un peu, puis tressaillit, sans doute à cause des chaînes qui frottaient sa peau sensible. Sa lèvre inférieure disparut entre ses dents et son corps sursauta quand Az ôta habilement ses mains de son manteau.

Elle plissa les yeux vers moi, les traits envahis par sa délicieuse colère.

Alors il se produisit quelque chose d'étrange.

La fureur qui tapissait ses traits disparut, remplacée par de la résolution. Elle n'avait plus l'air irritée, mais plutôt confiante, comme si elle savait quelque chose que j'ignorais.

Cela me rendit méfiant. *A-t-elle renoncé aux chaînes pour autre chose ?* me demandai-je. *Me défierait-elle de cette façon ?* Je faillis faire la moue à cette idée, ne sachant pas trop comment je procéderais si c'était le cas.

Je glissai mes doigts sous les bords de son manteau, déterminé à savoir si elle avait suivi mon ordre ou non, et m'arrêtai lorsqu'un frisson de puissance fusa entre nous.

Ses narines dilatées me dirent qu'elle l'avait senti aussi, mais son visage resta de marbre. Comme si elle s'ennuyait soudain.

Qu'est-ce qui se passe ? Qu'est-il arrivé à l'émotion dans ses yeux ?

Elle n'était pas forcément émoussée. Elle n'était pas non plus chassée par l'abattement ou quoi que ce soit de dépressif. Camillia me fixait simplement d'un regard qui disait : *Montre-moi ce que tu sais faire, roi des Faë de l'Enfer.*

Comme si elle ne me craignait pas du tout. Et je trouvais cela étrangement… intrigant. Non, *excitant.*

Cette femme est vraiment une enchanteresse, réalisai-je, son énergie frissonnant sur ma peau. *Sauf que…* Je la dévisageai un long moment, plissant les yeux au subtil chatoiement de l'air. *Oh, pas étonnant que je sois excité.*

J'effleurai sa joue de mes lèvres, pointant un bout de langue pour goûter à ce que je commençais tout juste à soupçonner.

Melek. J'ouvris notre lien d'accouplement pour dire : *Tu l'as encore poudrée.*

C'est vrai, avoua-t-il.

Quand ?

Il y a deux jours. Quand je l'ai embrassée.

Je faillis sursauter de surprise. *Tu l'as embrassée ?*

Oui, confirma-t-il. *À fond.*

Hmm, fredonnai-je, intrigué. *Je veux des détails plus tard.*

Ou tu peux l'embrasser toi-même, proposa-t-il d'un ton enjoué. *Quoique je pense qu'elle pourrait te mordre si tu essayais.*

Je souris et m'écartai d'elle. *Elle me mordrait, c'est sûr*, admis-je en voyant ses pupilles se dilater. Elle se cachait encore derrière ce nouveau masque d'assurance, mais cette subtile pointe de rage m'apparaissait maintenant.

Cessons de tergiverser, décidai-je en ouvrant le manteau.

Camillia ne fit pas un geste pour m'arrêter, elle soutint plutôt mon regard pendant tout ce temps.

Des cris d'approbation retentirent dans le club lorsque le manteau emplumé tomba au sol. Mais Camillia les ignora, gardant ses yeux posés sur moi, rayonnante d'assurance.

Les hologrammes du royaume des Faë de l'Enfer la montraient clairement à l'écran. Elle ne prit pas la peine de regarder, mais je la voyais du coin de l'œil, tout comme je pouvais la voir juste devant moi.

Elle était superbe avec ses cheveux attachés par des rubans assortis au rouge vif tissé dans ses chaînes. Ses seins magnifiques étaient exposés, parfaitement encadrés par les chaînes, et le reste de la tenue mettait magistralement en valeur le bas de son corps tout en le gardant habilement caché. Les talons qu'elle avait ajoutés constituaient une belle touche, les lanières rouges assorties à sa tenue remontant le long de ses jambes galbées jusqu'à ses cuisses.

C'est un nœud astucieusement placé, mon roi, pensa Melek. Je ne voyais pas ses yeux mais je supposais que son regard suivait la bande qui descendait le long de son abdomen jusqu'à sa chatte.

J'ai pensé que tu approuverais ça, répondis-je.

C'est le cas. Ainsi que la couleur rouge.

Ça lui va bien, admis-je, tout en soutenant son regard. *Tout comme son assurance.*

Elle ne tremblait pas, ne pleurait pas, ne me suppliait pas d'arrêter. Au contraire, elle me fixait d'un regard qui me disait qu'elle avait la ferme intention de mettre mes couilles dans un étau et de serrer.

Je pourrais bien l'y autoriser, si elle choisissait de le faire dans cette tenue.

Me raclant la gorge, je m'éloignai d'elle et envoyai un

filet de feu brûler son manteau. Elle n'en aurait plus besoin.

Mais je n'avais pas fini.

Je laissai les flammes au milieu de la scène mourir en vrilles fumantes, révélant mon cadeau à l'assemblée : une cage dorée.

Camillia ne se retourna pas pour la regarder. C'était inutile, car elle était maintenant exposée dans tous les écrans.

Au moins, les Faë de l'Enfer ne pourront pas la toucher là-dedans, émit Az.

Je ne l'aurais pas avoué, mais c'était pour cela que j'avais créé cette cage : pour la protéger. Enfin, plutôt pour faire plaisir à Melek, car je savais qu'il n'aimerait pas la partager avec tous les Faë de l'Enfer. Juste avec quelques élus.

Mais la regarder dans une cage, ça, il apprécierait tout à fait. Et moi aussi.

— Emmène-la sur la scène, Commandant, ordonnai-je à Az, confirmant ainsi sa punition. Et que le spectacle commence !

CHAPITRE 31

AJAX

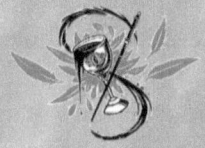

JE VAIS TE TUER, putain, pensai-je à l'intention d'Az.

Ce salaud ne pouvait pas m'entendre, mais il ressentait certainement ma fureur. Car c'était sa putain d'énergie qui me retenait captif.

Un peu comme Cami dans sa foutue cage.

Sauf que mon blocage n'était pas censé être une déclaration. Les chaînes d'Az étaient des entraves invisibles qui m'empêchaient de faire la seule chose que mon corps me criait de faire : mettre fin à tout cela. La libérer. La *revendiquer*.

Si Lucifer devait me punir pour avoir baisé une candidate — *la pénétration est réservée aux compagnons* —, alors autant la mordre. Au moins je pourrais communiquer mentalement avec elle et m'excuser abondamment pour cette situation.

Foutu connard.

Je m'étais attendu à ce que Lucifer me punisse, me tourmente *moi*. Pas Cami.

Elle ne méritait pas ça. Oui, elle avait touché sa source et disparu pendant trente jours, mais elle s'en était expliquée. Elle avait été honnête, même après tout ce qu'on lui avait fait subir. Elle avait essayé d'apprendre à devenir une Faë de l'Enfer, comme Lucifer le lui avait demandé.

Putain, tout ce qu'elle avait voulu faire, c'était *survivre*.

Et pourtant, Lucifer la punit de cette façon ? La forcer à se tenir presque nue devant une foule de Faë de l'Enfer baveux ?

La rage s'infiltrait dans mes sens et rendait chaque muscle douloureux. Je voulais briser les barreaux à mains nues et marquer Cami de mes dents, la déclarer mienne et prouver que toute cette punition n'était qu'une façade.

C'était ridicule.

Je ne m'étais jamais senti aussi possessif de toute ma vie. Mais cette femelle était à moi. Or tout comme dans mon passé, j'étais forcé de la regarder souffrir en étant *figé*.

Un souvenir me revint en mémoire, me montrant le visage d'Emelyn glacé par la terreur sur une scène entourée de Faë de Minuit en train de beugler. C'était très semblable à ceci, sauf qu'ici, les Faë étaient haletants et Cami arborait une expression de déesse, se donnant l'air d'être intouchable et au-dessus de la foule.

Si elle avait peur, elle ne le montrait pas. Elle regardait la salle avec une expression vide, ignorant toutes les paroles grossières et les propositions salaces qu'on lui lançait.

Quand les épreuves commencèrent, elle reporta son attention sur les écrans et se contenta de regarder, comme si elle s'ennuyait.

Le seul indice que j'avais de son malaise était sa posture rigide. Comme si elle ne pouvait pas bouger. Or sa cage avait la taille d'une petite pièce. Il n'y avait pas d'autre endroit où s'asseoir que le sol, mais elle avait de l'espace pour faire les cent pas.

Cependant, elle restait dans un coin, les yeux rivés sur l'écran.

Je continuais à tester les liens d'Az, cherchant un moyen de me libérer. Il me tira sur le côté de la scène, me postant comme un garde de pacotille. Cela me permettait de voir Cami, mais me plaçait aussi près des Faë de l'Enfer affamés.

Plusieurs s'étaient approchés de moi avec des commentaires furieux concernant le règlement, disant que je n'étais pas digne d'elle et comment avais-je pu oser la souiller pour le reste d'entre eux.

Certains m'avaient demandé quel goût elle avait.

Et quelques autres avaient admis qu'ils ne pouvaient pas me reprocher d'avoir profité de la situation, ajoutant des commentaires grossiers et évaluant sa silhouette sans défaut.

Je soupçonnais ce dernier groupe de figurer sur l'une des fameuses listes de Lucifer. Il aurait voulu savoir qui trouvait mon comportement admirable, juste pour les surveiller de plus près avec leurs épouses parrainées.

Az vint à mes côtés et son pouvoir fouetta mes sens quand il relâcha quelques liens.

— Ne fais pas de scène, marmonna-t-il dans sa barbe.

— En faisant quoi ? (Je croisai son regard.) En te mordant ?

Car il n'avait libéré que ma tête.

Il retroussa un coin de ses lèvres.

— On sait tous deux que ça pourrait me plaire.

— Sauf que ça nous accouplerait, répliquai-je. Et je n'ai pas du tout envie d'être accouplé à toi.

Il haussa les sourcils.

— Oh ? Est-ce que je ferais un si mauvais compagnon ?

Je jetai un coup d'œil à Cami, puis revins à lui.

— Oui, clairement.

— Tu crois que j'aime ça ? rétorqua-t-il en plissant les yeux.

— Tu l'as mise dans cette foutue cage, Az. C'est clair que ça ne te déplaît pas.

— Elle va bien et elle est en sécurité, grogna-t-il. C'est tout ce qui m'importe.

— Elle ne va pas bien, grinçai-je en la regardant de nouveau. Elle est raide et mal à l'aise.

— Alors je lui ferai un massage plus tard et je l'adorerai avec ma langue. Elle me pardonnera.

J'en doutais fort. Quelque chose avait changé en elle au moment où Lucifer avait enlevé son manteau. Une sorte de feu s'était allumé, une résolution subtile qui alimentait son état actuel.

Elle ne pardonnerait pas facilement à aucun de nous. Moi y compris.

— Que pense ton Phénix de tout ça ? lançai-je à Az, faisant exprès de l'aiguillonner. Est-ce qu'il aime que tous ces hommes matent *sa* Cami ?

Az serra les lèvres et parcourut la salle du regard.

— Mon Phénix comprend la loyauté, éluda-t-il.

— Envers qui ? Parce que ce n'est clairement pas envers moi ni Cami.

Des flammes noires dansèrent dans son regard tandis qu'il me faisait face, son Phénix lorgnant au fond de ses yeux. Elles furent vite écrasées par son violet habituel.

— Je t'ai lié pour te protéger, grommela-t-il. Si tu luttes, ta punition va s'aggraver. Tu dois le savoir.

Peut-être. Mais ce n'était pas pour autant que je devais aimer ou accepter cela.

— Laisse-le s'amuser à te torturer, il te récompensera plus tard, ajouta Az à voix basse, au cas où les Faë de l'Enfer alentour essaieraient d'écouter.

La plupart s'étaient installés dans leurs boxes, concentrés sur les épreuves qui se déroulaient sur les écrans. Seuls quelques-uns traînaient encore dans les parages, mais ils s'intéressaient plus aux seins de Cami qu'à nos propos.

— Je me fiche de ma punition, sifflai-je. Je me soucie de Cami. Elle n'a rien fait de mal.

— Peut-être que ce n'est pas tant une punition pour elle qu'un test, rétorqua Az. Une façon de montrer de quoi elle est capable dans une situation intense.

Fronçant les sourcils, j'étudiai Cami en réfléchissant à la suggestion d'Az. *Un test, pas une punition. Un test pour quoi ? Pour voir combien de temps elle peut supporter cette humiliation ?*

Elle était plantée sur ses pieds, les bras pendant mollement le long du corps, mais la tension dans ses épaules me disait qu'elle ne pourrait pas maintenir cette position bien longtemps. Cela faisait déjà quelques heures, et les épreuves étaient loin de se terminer. Les épouses se trouvaient encore en territoire unseelie, et très peu d'entre elles avaient passé l'épreuve. Et elles devaient ensuite se rendre chez les Nagas, dans les Terres Marécageuses.

Peut-être qu'il teste son endurance, pensai-je en admirant sa posture assurée. *Ou combien de temps elle peut supporter sa cruauté en silence.*

— Pourquoi il la testerait ? demandai-je à Az. Pour voir si elle est digne des intentions de Melek ?

Il haussa une épaule.

— Il vaut mieux ne pas poser de questions à Typhos. Il t'expliquera ses raisons quand il sera prêt.

Je serrai la mâchoire. Les paroles de Cami à propos de sauter d'une falaise si Lucifer me l'ordonnait me traversèrent l'esprit – une accusation que j'éprouvai jusqu'aux tréfonds de mon âme.

Car je suivrais ses ordres jusqu'à la tombe.

Pourtant, il y avait là quelque chose de différent. Je voulais me libérer des chaînes énergétiques d'Az et libérer Cami, l'aider à s'échapper de ce royaume, de cette situation, de tout. Et dire merde aux jeux de Lucifer. Pour la première fois depuis très longtemps, je voulais faire passer quelqu'un d'autre en premier. Faire ce qui me semblait juste au lieu de simplement accepter ce destin ou supposer que mon supérieur avait un motif respectable.

Lucifer s'était toujours montré sage, ses décisions ayant souvent un impact plus positif que négatif sur autrui. Mais là… je ne voyais rien de positif dans cette situation.

Cami grimaça et agrippa les barreaux ardents, puis les tira en arrière en sifflant. Je sursautai – ou tentai de le faire – lorsqu'elle tomba à genoux, ses jambes se dérobant sous elle.

Az se tourna vers la scène, ayant manifestement entendu son petit cri de douleur, mais ne fit rien pour l'aider quand elle bascula en avant et atterrit sur les mains.

La cage vacilla un peu, ce qui m'étonna.

Ce truc semblait se balancer sur une sphère, d'une manière ou d'une autre. *C'est pour ça qu'elle restait immobile ?* me demandai-je. Parce qu'elle sentait son équilibre instable ? Mais elle n'était plus capable de rester debout, ses jambes tremblant sous l'effort, et maintenant elle était pantelante tandis que sa cage bringuebalait.

Plusieurs Faë de l'Enfer avaient cessé de regarder les écrans pour observer le corps frémissant de Cami. Ses seins étaient bien visibles, mais les chaînes dissimulaient le bas de son corps. Malgré tout, elle serrait les cuisses comme pour s'assurer que sa tenue reste en place.

Attends, non… Je reconnais ce geste.

Elle n'essayait pas que quoi que ce soit reste en place, elle s'efforçait de s'empêcher de *jouir*.

Je restai bouche bée. *C'est pour ça qu'elle ne pouvait pas marcher tout à l'heure*, réalisai-je. *Cette satanée tenue stimule son clito.*

Je n'avais pas pris le temps de l'admirer dans les chaînes, car cela m'avait paru incorrect étant donné la situation, mais à présent que j'étudiais la tenue, je distinguais qu'elle formait une boucle sur son bas-ventre pour couvrir son sexe.

Merde.

La cage bougea de nouveau, et cette fois Cami serra les poings en tremblant de tout son corps. Elle était au bord du gouffre. Si elle avait un orgasme pendant qu'elle était dans la cage de Lucifer, cela parachèverait son humiliation.

Elle n'en pouvait plus. Et moi non plus. Quelle que soit cette *épreuve*, elle ne valait pas la peine de faire souffrir Cami. Ç'avait assez duré.

— Relâche-moi, intimai-je à Az. Tout de suite.

— Non, répondit-il.

Mais il avait l'air préoccupé par l'état de Cami, pinçant ses lèvres. Peut-être qu'il venait de réaliser ce que j'avais déjà compris : que Cami était sur le point de jouir devant tous ces Faë de l'Enfer haletants. Je doutai fort que son Phénix approuve un tel supplice.

Mon regard se porta sur Melek, lui aussi fasciné par Cami et dont l'expression n'était pas aussi amusée qu'à l'accoutumée. Il fallait croire qu'il n'aimait pas trop non plus cette démonstration.

Il se pencha pour dire quelque chose à Lucifer, ce qui amena le roi des Faë de l'Enfer à jeter un coup d'œil à Cami. Il haussa les épaules, puis revint un appareil qu'il avait en main.

Est-ce qu'il fait quelque chose à Cami ? À la cage ? Ou est-ce qu'il envoie simplement un message à l'un de ses rois des Faë du Cauchemar ?

— Non, lâchai-je d'un ton plein de rage. Je n'accepte pas ça.

Az sursauta, comme s'il avait oublié que j'étais à ses côtés. Mais son énergie tenait bon, me gardant figé à regarder Cami se mordre la lèvre inférieure.

— Un jour, Constantin m'a tenu captif à l'aide d'un sortilège, lui dis-je à voix basse. Il m'a forcé à regarder tous ceux que j'aimais perdre leur volonté de vivre juste avant de les cimenter dans la pierre. (Je levai les yeux vers lui, m'assurant qu'il captait chaque once de la souffrance que j'éprouvais en me remémorant ce jour cruel.) Maintenant, tu me forces à observer Cami perdre son combat. Elle n'est peut-être pas ma compagne, ni ma famille, mais c'est la première femme qui me fait ressentir autre chose que la mort depuis dix ans. Tu me forces à la regarder souffrir. Tu m'attaches. Me rends impuissant. Tout comme Constantin.

— Ajax, grimaça Az.

— *Non.* (Je ne voulais plus entendre ses raisonnements ou ses platitudes.) C'est mal. (Cami était à nous pour la protéger. Et on la laissait se tordre sur cette scène à la vue de tout ce putain de royaume.) Je ne te pardonnerai jamais ça.

Il pourrait y avoir une explication logique à tout cela, une explication que j'aurais comprise une semaine plus tôt. Putain, j'aurais même pu l'accepter quelques heures auparavant. Mais plus maintenant. Pas après avoir vu Lucifer exposer le corps de Cami comme s'il s'agissait d'une démonstration de pouvoir.

Elle n'est pas une déclaration. Elle n'est pas un divertissement. Elle est une personne. Ma *personne.*

Une belle guerrière et une femme intègre et forte. Elle avait de l'honneur. Un honneur qui méritait d'être défendu, pas de lui être arraché devant un public.

— Putain, souffla Az, son pouvoir pulsant autour de moi. Ajax…

Une explosion secoua la boîte de nuit, m'envoyant à terre alors que l'énergie d'Az claquait comme un élastique.

Je clignai des yeux, étourdi et surpris par l'impact, ne comprenant pas ce qui venait de se passer.

Cami était par terre à quelques pas, la cage réduite en cendres autour d'elle. Elle paraissait tout aussi perdue que moi, ses yeux ronds parcourant la salle.

Les feux ont disparu, réalisai-je. Il n'y avait plus que le bourdonnement sourd de la lumière provenant des écrans, rien d'autre. Az aussi était à terre, ses yeux violets scrutant l'obscurité en quête d'un danger.

Puis il fixa Lucifer. Le roi des Faë de l'Enfer se tenait au milieu de la salle, regardant l'hologramme encore allumé. Je suivis son regard, et restai bouche bée devant le spectacle qui se déroulait devant nous.

Oh, merde…

Les eaux troubles des Terres Marécageuses tourbillonnaient en un maelström de chaos. Les épouses Faë de l'Enfer détalaient en tous sens, ainsi que les Unseelies avec lesquels elles s'étaient engagées, tous essayant d'échapper au vortex tournoyant au milieu de cette folie.

Un autre portail. Dans les Terres Marécageuses. Et il aspire tout et tout le monde autour de lui. Comme un trou noir…

Je me tournai de nouveau vers Cami, mon instinct de la rejoindre l'emportant sur ma raison.

Sauf qu'elle n'était nulle part.

Partie.

Disparue.

La seule trace d'elle qui restait était quelques rubans rouges de ses cheveux.

Et une nuance subtile de son parfum floral.

CHAPITRE 32

CAMI

Quelques secondes plus tôt

QU'EST-CE *qui s'est passé, bordel ?*

J'avais vu quelque chose sur les écrans. Un portail, peut-être ? Mais il ne ressemblait pas à celui que j'avais invoqué avec Vita. Il avait... il ressemblait à un trou d'intensité tourbillonnante, menaçant de détruire tout ce qui l'entourait.

Ensuite, j'avais été balancée dans ma cage comme un jouet, comme si tout le plancher du club s'était effondré. J'étais tellement énervée que je n'aurais pas été surprise que l'explosion vienne de moi. Mais ce n'était pas le cas, et maintenant j'avais mal partout.

Je tentai de bouger, mais je gémis sous la douleur qui fulgurait dans mes côtes. L'odeur de cendre m'enveloppa et me donna le tournis, tandis que j'essayais de discerner ce qui s'était passé.

Je tendis la main vers les barreaux de la cage dans l'espoir de me relever, mais je réalisai qu'elle avait été incinérée autour de moi.

Elle a peut-être été brisée par l'explosion ?

Attends, et ce portail ?

Je m'efforçai de voir à travers la poussière qui tourbillonnait comme une tempête de sable, brouillant mes sens. Soudain, je fus enveloppée dans une tornade de cendres et de braises, une chaleur pure baignant ma peau, et quelque chose tirait sur mes chaînes. *C'est quoi ce bordel ?*

Je toussai et agitai les mains par réflexe pour tenter de dégager les débris et de voir.

J'eus un haut-le-cœur, une sensation qui me rappela la première fois que Melek m'avait emmenée au palais, et qui me mit mal à l'aise. Je voulus prononcer son nom, mais la nuée de particules dans l'air m'empêchait de parler. Je toussai de nouveau et j'enfouis mon visage dans mes mains, ayant du mal à déchiffrer ce qui se passait.

Puis tout s'arrêta, et je restai figée sur un sol turbide. Je fronçai le nez quand à la cendre se mêla une nouvelle odeur. Un relent aigre et d'humide.

Est-ce qu'une conduite d'eau s'est rompue ?

Est-ce que les bâtiments du royaume des Faë de l'Enfer ont des conduites d'eau ?

Je me frottai le nez, cherchant à me débarrasser de cette âcre puanteur, mais cela ne fit qu'empirer les choses.

Car il y avait quelque chose de moussu sur ma main.

Qu'est-ce que… ?

L'air s'éclaircit assez pour que je puisse regarder autour de moi et constater que je n'étais plus dans ma cage. Bon sang, je n'étais même plus dans la boîte de nuit.

C'est le soleil ? Il semblait un peu maladif en combattant l'air poussiéreux, ses faibles rayons se frayant péniblement un chemin dans le ciel obscur. Les quelques rais qui parvenaient à pénétrer dans le jardin éclataient en heurtant un mur invisible, devenant des arcs-en-ciel brisés qui jetaient des couleurs variées sur des statues féeriques.

Euh, ouais, ce ne sont carrément pas les lumières ardentes du Purgatoire…

J'effleurai le sol de mes doigts, mais cette fois, au lieu de tomber sur quelque chose de moussu, je touchai une pierre. *Non, pas une pierre. Une autre statue.* Je levai les yeux vers une femelle unseelie et me sentis naine devant elle, tout en essayant de comprendre où je me trouvais.

À la Cour des Unseelies ? Dans leur… comment s'appelait-il ? Le Jardin nuptial ?

Je fronçai les sourcils. *Est-ce que je me suis cogné la tête lors de l'explosion au club ? Est-ce que je suis en train de rêver ?*

Cela expliquerait sans doute mon apparition inopinée ici.

Pourtant, ça… ça me semblait réel. *Ça a l'air réel.*

Des lianes pendaient tout autour de moi, leurs tiges vert foncé chargées de fleurs qui dissipaient un peu l'odeur musquée qui m'entourait. Cet endroit semblait presque paisible. Calme. *Beau.*

Le livre que j'avais lu sur cette région affirmait qu'elle avait été autrefois une forêt pleine de vie, et en regardant autour de moi, je pouvais m'en rendre compte. Cependant, il y avait aussi des influences mortelles ici. De fines petites tiges noires indiquaient où la vie avait pris fin.

Et tant de pouvoir, m'émerveillai-je en le sentant tout autour de moi.

Lucifer gère tout cela. Chaque royaume au sein de son domaine. Ça fait beaucoup à entretenir pour un seul Faë.

Ça ne me le faisait pas aimer pour autant. Surtout après tout ce qu'il m'avait fait aujourd'hui.

Alors, où est-il ? me demandai-je. *Comment j'ai atterri ici ?*

La statue se déforma soudain sous l'effet d'une onde de choc qui secoua le sol, faisant voler les pierres en éclats. Je reculai sur les mains, les chaînes s'enfonçant dans mon corps à chacun de mes mouvements.

— *Putain*, sifflai-je quand la tenue étrangla mes cuisses et mon bas-ventre.

Soit c'est vraiment la réalité, soit je me suis cogné la tête et cette lingerie hideuse m'a suivie dans un cauchemar.

J'emmerde cette tenue. J'emmerde Lucifer. J'emmerde toutes ces conneries.

J'allais me mettre à quatre pattes afin de trouver un moyen de me relever, quand des bras puissants entourèrent mon ventre et me hissèrent contre un torse ferme.

— Chut, c'est moi, prononça une voix grave contre mon oreille.

Ajax.

J'ouvris la bouche pour l'engueuler, mais un éclair me fit cligner des yeux.

D'autres suivirent, scintillant tout autour de nous tandis qu'un faible bourdonnement chatouillait mes sens. Je n'arrivais pas à déterminer l'origine du son jusqu'à ce que j'aperçoive un battement d'ailes étincelant dans la lumière terne du jour.

Des ailes. Beaucoup d'ailes.

Des Unseelies, m'émerveillai-je. *Des vrais.*

Ils n'aimaient sûrement pas que l'on soit ici, dans un lieu aussi sacré.

Mais pourquoi le sol tremble-t-il encore ? me demandai-je.

Une autre statue s'écrasa au loin, sa pierre miroitante dégringolant par terre. Des arbres tordus craquèrent et des pétales flottèrent dans l'air, conférant à l'atmosphère une tonalité inquiétante tandis que la destruction grondait au loin.

— Tenez le mur ! cria une voix masculine quand un hurlement accompagna une autre explosion.

Je tendis le cou pour voir d'où elle venait. Des aperçus de *quelque chose* troublaient l'air.

— Il faut qu'on sorte d'ici, dit Ajax, ses ombres commençant à se déployer.

Mais je le repoussai.

— Non. On ne peut pas partir.

Les mots jaillirent de ma bouche spontanément, mes instincts se rebellant à l'idée de fuir. Car quelque chose m'avait attirée ici. Quelque chose qui ressemblait beaucoup à la magie de Lucifer.

D'accord, mais attends. Je préférerais vraiment le voir pourrir dans un Enfer littéral, pensai-je sombrement. *Surtout après ce qu'il m'a fait.* Alors peut-être que partir serait…

Un autre cri déchira l'air, me faisant froid dans le dos. Un cri féminin, non, masculin.

Parce que les épouses sont dans ce royaume pour leurs épreuves, réalisai-je. *Merde.*

On ne pouvait pas les abandonner. Pas avec cette… cette *chose* que j'avais vue dans les écrans.

— C'était un portail ? demandai-je à ce propos. Ce vortex ? C'était un portail au milieu de l'épreuve ?

— Oui, et c'est pourquoi on doit se tirer d'ici, me dit Ajax alors qu'une autre statue s'écroulait à quelques mètres de nous. Il aspire tout en lui.

Il appela de nouveau sa magie, et ses ombres se formèrent autour de nous.

— Non, tranchai-je.

Nous n'étions peut-être pas censés être ici, mais quelque chose m'y avait attirée pour une raison précise. Je ressentais au fond de mon âme la justesse de ce moment.

— On ne peut pas partir, répétai-je.

Une autre explosion frappa le jardin, envoyant d'autres pierres dégringoler par terre. Des cris résonnèrent dans l'air tandis que des Unseelies faisaient irruption et s'élançaient dans le ciel poussiéreux. Certains avaient des épouses Faë de l'Enfer avec eux, d'autres tiraient sur des cordes pour empêcher l'un des murs de pierre de tomber.

— Accrochez-vous ! cria une voix.

Ce fut le seul avertissement que nous reçûmes avant que la moitié de la barrière ne se déchire.

L'onde de choc fit trembler le sol et voler mes rubans, ébouriffant mes cheveux tandis que les réverbérations me faisaient tressauter contre le sol moussu.

Cette putain de tenue ! jurai-je en gémissant, les chaînes s'enfonçant dans ma peau une fois de plus. L'un des bords s'accrocha, serrant mes côtes jusqu'à me faire mal, m'arrachant un hoquet rauque.

Les ombres noires d'Ajax tourbillonnèrent à nouveau autour de moi, mais je les repoussai avec force grâce à une poussée de magie − une magie dont je n'avais même pas réalisé l'existence. C'était venu naturellement, mon esprit refusant de fuir.

Ajax grogna et remplaça sa magie muette par ses mains qu'il plaqua sur mes joues.

— Il faut partir, me pressa-t-il, ses yeux sombres pleins d'inquiétude. C'est dangereux ici.

L'intensité de sa voix me surprit.

— Et retourner au Purgatoire, pour être une foutue marionnette sexuelle à mater ?

— Non, trancha-t-il. Ça n'arrivera plus jamais, Cami. Jamais.

Je fixai ses yeux noirs bordés de flammes bleues. Le pensait-il vraiment ? Savait-il ce qu'il suggérait ? Parce que Lucifer ferait quelque chose de bien pire que lui supprimer son poste de Gardien s'il tentait de m'aider à m'échapper.

L'ironie de la situation ne m'échappait pas. Il avait été rétrogradé pour m'avoir *laissée* m'échapper. Et maintenant, il voulait m'aider ?

Trop tard, Ajax, voulus-je dire, mais un cri trancha l'air troublé, captant mon attention. Je me dégageai de la prise d'Ajax et cherchai du regard la source de ce cri.

Lorsqu'il revint, cette fois avec encore plus de souffrance sous-jacente, je me forçai à me lever. J'avais mal partout, la tenue ne me protégeant guère des éléments.

Mais tant pis. Je devais… je devais *aider*. C'était comme un besoin intrinsèque qui brûlait dans mon âme, exigeant une action. Exigeant un recours. Exigeant un *objectif*.

Sifflant de douleur, je me forçai à me diriger vers l'épouse blessée. En tout cas, je supposais que ce cri venait d'une épouse blessée. Il était trop féminin pour être émis par un Unseelie.

Mes chaînes brûlaient d'une chaleur surnaturelle à mesure que j'avançais, mais je les ignorai, mon adrénaline pompant trop fort pour que je me concentre sur autre chose qu'identifier d'où venait ce cri.

Trouve la source, me répétai-je en arrachant mes chaussures et en sautant par-dessus les pierres brisées. Ajax m'appela, mais je ne répondis pas, focalisée sur les gémissements.

En contournant une statue, je repérai une épouse à terre — une femme rousse que j'avais croisée lors de ma première virée à la bibliothèque. *Veronica*, me rappelai-je, son nom étant imprimé au dos de son t-shirt le premier jour. *Veronica Scottsdale.*

Ses mèches ardentes tombaient sur sa figure, devenues molles et frisées sur cette terre inhospitalière.

Contrairement aux autres épouses que j'avais vues plus tôt sur les écrans, elle portait une robe noire transparente aux liserés dorés. Elle était tout aussi révélatrice que les cuirs moulants des guerrières et ne la protégeait guère, comme en témoignaient ses coupures et ses ecchymoses.

— Veronica, l'appelai-je en m'agenouillant à côté d'elle.

Je remarquai le morceau de marbre qui lui bloquait le bras. Du sang couvrait le côté gauche de son visage et son œil était enflé. Il y avait aussi quelque chose de sirupeux sur son autre joue. *C'est du glaçage ?* me demandai-je.

Puis je me secouai et me concentrai sur la pierre.

Ses yeux verts – du moins celui qui n'était pas blessé – restèrent éteints jusqu'à ce qu'elle se mette à ciller.

— Qu'est-ce que tu portes, bordel ? demanda-t-elle en voyant ma tenue.

Puis elle tressaillit de nouveau et émit un autre de ces tristes petits gémissements.

— Putain, ça fait mal.

Elle parlait des décombres sur son bras, supposai-je.

Ignorant sa question sur ma tenue – je ne voulais vraiment pas perdre de temps à y répondre –, je me penchai sur la pierre qui la coinçait.

— Je vais la déplacer pour que tu puisses te relever.

Elle regarda le marbre et grimaça.

— Ouais, OK.

— Tu peux essayer de rouler un peu pendant que je la pousse ?

Mais avant qu'elle ne réponde, la pierre s'évapora dans une bouffée de fumée et Ajax apparut, l'air exaspéré.

Veronica eut un mouvement de recul, puis sursauta quand Az se matérialisa à ses côtés dans un nuage de cendres. Ses cheveux en bataille tombaient devant ses yeux violets, et il avait l'air préoccupé.

Il s'agenouilla aussitôt à côté de moi, balaya du regard ma quasi-nudité.

— Tu es blessée ? s'enquit-il.

Je faillis rire en percevant la fausse inquiétude dans sa voix. Comme s'il s'en souciait, putain. Il m'avait mise en cage quelques heures plus tôt dans cette tenue ridicule.

— Je vais bien, rétorquai-je. Mais Veronica est blessée. Sors-la d'ici. *Tout de suite.*

Je me fichais que ce soit une épreuve des Faë de l'Enfer ; quelque chose n'allait clairement pas. Et il pouvait passer son temps à s'inquiéter pour elle, pas pour moi.

Comme il ne réagissait pas et ne disait rien, j'ajoutai :

— À moins que tu préfères avoir sa mort sur les bras ? Elle doit avoir une hémorragie interne et a besoin de soins médicaux.

Car à première vue, c'était une Halfeline comme moi, pas une Faë à part entière.

Az secoua la tête comme s'il émergeait d'un sortilège et regarda Ajax, arquant les sourcils.

— Pourquoi tu n'as pas encore sorti Cami d'ici, putain ?

Ajax se contenta de le fixer.

— Oh, maintenant, tu te soucies de son bien-être ?

— Ne commence pas…

— Ou bien tu vas encore me figer avec ta foutue magie de contention et me forcer à la regarder souffrir à nouveau ?

Attends, quoi ?

— Je faisais mon boulot, siffla Az. Et on n'a pas le temps pour ça maintenant. Fais sortir Cami d'ici. Je m'occupe de l'épouse.

Ajax croisa les bras.

— Elle ne veut pas partir, et je ne vais pas la forcer, même si c'est la meilleure chose à faire. Elle a été assez malmenée pour aujourd'hui.

Là, j'ouvris des yeux ronds. *Ajax prend mon parti ?*

— Rien à foutre, grogna Az en nous empoignant, Veronica et moi.

J'ouvris la bouche pour protester quand sa magie

cendrée m'entoura, et le monde disparut dans un nuage noir.

Puis revint en un clin d'œil à sa faible lumière tandis que je trébuchais en arrière sous l'effet d'une secousse magique. Mes chaînes m'entaillèrent à nouveau la peau, m'arrachant un gémissement de souffrance.

Au moins, elles ne me stimulaient plus. Mais ça n'avait rien d'agréable.

Az réapparut dans le clin d'œil suivant avec une Veronica qui se débattait dans ses bras, dardant sur moi son furieux regard violet.

— C'est quoi ce bordel, Cami ?

Je l'envoyai balader, incapable de lui répondre. Je n'avais pas essayé de lutter contre sa téléportation, mais ma magie l'avait fait. Et avait gagné.

Je restais donc ici dans un but que je ne comprenais pas vraiment. Et je n'avais guère envie d'en discuter avec l'homme qui m'avait mise dans cette foutue cage.

Un homme que j'avais commencé à apprécier, contre mon gré.

Un homme qui apparemment avait immobilisé Ajax pour l'empêcher de m'aider.

Non pas qu'il l'aurait fait de toute façon, pensai-je.

— Putain, grogna Az.

Je me tournai vers lui et vis Veronica qui s'enfuyait.

— Je ne reviendrai *pas* ! cria-t-elle en décampant beaucoup plus vite que je me serais attendue de sa part.

Elle ne voulait pas retourner dans cet enfer nuptial ? *Choquant.*

Az jura.

— Je vais la chercher. (Il appuya un doigt sur Ajax.) Toi, ne perds pas Camillia de vue, compris ?

— Va juste poursuivre la fille.

Ajax avait l'air exaspéré, comme si c'était un ordre idiot et qu'il ne risquait pas de me perdre de vue.

Sauf que je m'étais déjà éloignée dans les décombres. Ajax poussa un juron.

— Cami, reviens !

— Je ne reviendrai pas. Toi, *suis-moi*, criai-je par-dessus mon épaule.

Car c'était clair que personne ne savait ce qu'il faisait. Des vies innocentes étaient mises en danger pour des putains d'épreuves, et en plus, il y avait un énorme portail dans les Terres Marécageuses qui détruisait tout ce qui l'entourait.

Je m'en occuperai moi-même s'il le faut, grognai-je dans ma tête. Je n'avais pas la moindre idée de comment procéder, mais j'en avais marre de tout ça. La bureaucratie. La supériorité masculine.

Tout ça.

Et il était temps que cette folie prenne fin.

CHAPITRE 33

CAMI

— Tu peux m'invoquer des chaussures ? Et peut-être un vêtement plus approprié ? demandai-je à Ajax après avoir marché sur quelque chose de pointu, ce qui fit irradier la douleur le long de ma jambe.

S'il devait rester dans les parages, il pouvait au moins se montrer utile.

Mes pieds commençaient à me brûler et je me rendis compte que j'avais des coupures. Sans doute plus que je ne voulais l'admettre. Et mon corps était aussi douloureusement exposé. Sans parler de mes côtes comprimées qui m'empêchaient de respirer.

Et maintenant, mon clitoris palpite de nouveau à cause de ces putains de chaînes.

— Des sous-vêtements ou un pantalon, ce serait bien aussi, grommelai-je.

Ajax réagit en sortant sa baguette, mais lorsqu'une décharge de magie violette ricocha sur moi, il grimaça.

Bon, manifestement, ça n'allait pas marcher.

Il fronça simplement les sourcils et plissa les yeux, la détermination s'affichant sur ses traits. Il marmonna un autre sort qui s'enroula autour de moi comme ses serpents de compagnie.

Je frissonnai, craignant d'avoir commis une terrible erreur quand les chaînes se mirent à bouger et se reformer autour de moi. Baissant les yeux, je vis la dentelle et le métal créer un haut qui couvrait réellement mes seins. Je sursautai quand la pièce métallique contre mon pubis bougea, puis soupirai de soulagement lorsqu'elle libéra mon bouton sensible. Mes entrailles me brûlaient, me rappelant les chaînes sur ma peau, mais un soupçon de fraîcheur provenant de mon collier aida à calmer mes nerfs enflammés.

Ajax recula d'un pas pour évaluer son travail.

— Je ne peux pas ôter la tenue, mais apparemment je peux la manipuler.

Il créa plusieurs couches, la dentelle rouge et les chaînes se transformant en une robe un peu plus fonctionnelle qui me couvrait des seins aux cuisses. Ce n'était pas vraiment le meilleur habit pour notre situation actuelle, mais peut-être que le métal ferait office de bouclier.

Il ajouta une nouvelle paire de chaussures, semblables à celles que j'avais jetées, mais plates cette fois. Puis il me tendit un ensemble de couteaux de lancer. Je haussai les sourcils de surprise.

— Je me suis dit que je t'en dois plusieurs après ce qui s'est passé aujourd'hui, expliqua-t-il en haussant les épaules. Et sûrement un millier d'excuses.

Hmm.

— Peut-être que tu n'es pas un enfoiré après tout.

— Oh si, je le suis, admit-il. Mais je m'attendais à ce que Lucifer me punisse, pas toi. Si j'avais su ce qu'il ferait… (Il s'interrompit et secoua la tête.) Je t'ai dit que quelques instants avec toi valaient la peine d'être puni. Je le pensais vraiment. Mais ça…

Je le dévisageai longuement, puis hochai la tête, comprenant ce qu'il essayait de dire. Il avait été d'accord, sachant que c'était lui qui serait puni, mais il ignorait que Lucifer agirait comme il l'avait fait aujourd'hui.

— Az m'a lié avec sa magie, ajouta-t-il alors que le sol recommençait à trembler. Sinon… j'aurais fait quelque chose.

— Lucifer l'a obligé à te lier.

— Oui. (La rage traversa les traits d'Ajax.) Tout comme le jour où Constantin m'a figé sur place pendant qu'Emelyn et ma famille se faisaient tuer.

Je déglutis, réalisant soudain à quel point la punition d'Ajax avait été terrible aujourd'hui. Sauf que… je n'avais pas été tuée. Juste tourmentée sensuellement. Et je n'étais ni Emelyn ni ses parents. *Alors pourquoi me compare-t-il à eux ?*

J'allais poser la question quand un Unseelie se matérialisa brusquement devant moi et me scruta.

Stupéfaite non seulement par sa présence, mais aussi par son incroyable beauté, je regardai sans mot dire ses ailes se transformer en lumières multicolores et disparaître.

Un Faë puissant et très séduisant se tenait devant moi, coiffé d'une couronne. Il était bien plus grand que moi, et ses longs cheveux m'évoquaient du mercure liquide. Ils flottaient autour de lui, lui donnant un air à la fois éthéré et dangereux.

Je brandis mes deux nouvelles dagues pour me défendre, mais cela ne fit qu'amuser la créature.

Elle me balaya du regard et ses narines se dilatèrent.

— Eh bien, tu es certainement une jolie petite, mais ce n'est pas ce que je cherche. As-tu vu passer une femme ? Une qui aurait un penchant pour les cupcakes ?

Son accent à faire fondre les culottes était

indéchiffrable. *Irlandais, plus ou moins ? Peut-être un soupçon d'écossais aussi ? Un mélange de plusieurs accents ?*

Ses yeux vibrants me fixaient avec une force d'attraction invisible, une sensation qui me rappela la façon dont le Phénix d'Az avait tendance à m'hypnotiser. J'eus soudain la tête qui tournait, et mes lames retombèrent le long de mes flancs.

Ajax se précipita devant moi dans un flou d'ombres, et son dos me libéra du sort attractif que l'Unseelie venait de jeter sur moi.

— Roi Erebus, je suppose, salua-t-il.

Roi ? relevai-je en jetant un coup d'œil autour d'Ajax pour évaluer de nouveau l'Unseelie. *Ça explique la couronne, j'imagine.*

— Gardien, ronronna le roi en réponse.

Son expression s'éclaira d'un sourire qui me parut limite psychopathe, comme s'il était tout aussi susceptible d'étreindre Ajax que de le tuer.

Le tuer me paraissait plus probable. Car la létalité émanait de l'Unseelie tandis que le sol tremblait sous nos pieds. Je ne savais pas si c'était dû au portail ou au Faë de Minuit en colère devant moi.

— Je ne veux pas vous manquer de respect, mais j'apprécierais que vous n'enchantiez pas ma femelle, dit Ajax.

Je haussai les sourcils. *Ta femelle ? Qu'est-ce qui te fait dire ça ?* eus-je envie de demander. *Et pourquoi ça me plaît tant que ça ?*

Le roi Erebus sourit, son regard passa par-dessus l'épaule d'Ajax pour se poser sur moi.

— Oh ? Cette petite créature est vraiment à toi ? Parce qu'elle sent comme celle de *Lucifer*. (Les ailes diaphanes réapparurent dans son dos.) Si tu veux la rendre au roi des Faë de l'Enfer, il se trouve dans la cour. Ou ce qui *était* la cour. Toutefois je te conseille de quitter les lieux immédiatement. Cette zone est devenue instable.

Sans déconner.

Et qu'est-ce que tu veux dire, je sens comme si j'appartenais à Lucifer ?

Comme si j'allais *jamais* appartenir à ce monstre d'homme.

Les ailes du roi Erebus se mirent à battre, bougeant trop vite pour que je puisse encore les voir et provoquant derrière lui un flou multicolore.

— Mais la question n'est pas là, reprit-il. Il y a une épouse particulière qui m'a déjà intrigué. Si elle est passée par là, elle risque fort d'attirer aussi mes soldats. Et si cela se produit… Bon, disons que je devrais vraiment me remettre à sa recherche.

Au lieu de nous demander à nouveau si nous l'avions vue, la lumière qui l'entourait s'éteignit et il disparut.

Quel connard ! Il est plus préoccupé de revendiquer une fichue épouse que par le délabrement de son royaume. Mais cela ne me surprenait pas que le roi des Unseelies soit un connard. Ce qui m'étonnait, en revanche, c'était ce qu'il avait dit de moi.

— Pourquoi il a dit que je sens comme si j'appartenais à Lucifer ? demandai-je, n'appréciant pas du tout.

Le masque de Gardien d'Ajax était bien en place, je ne pouvais donc pas percevoir sa réaction. Pas parce qu'il essayait d'enfouir ses sentiments, supposai-je, mais parce qu'il voulait s'assurer que nous nous en sortirions vivants.

— Je pense que ce sont les chaînes, dit-il en regardant ostensiblement ma nouvelle robe. Et c'est sans doute pour ça que je ne peux pas t'en débarrasser. Sans parler d'autres effets que provoquent ces choses depuis le temps qu'elles sont sur toi.

— C'est toi qui m'as dit que je devais les porter il y a quelques heures à peine.

— Avant que je réalise ce que Lucifer avait prévu, marmonna-t-il.

— Ça m'a paru plutôt évident quand j'ai vu la tenue, répliquai-je.

Il soupira et secoua la tête.

— Je suis désolé, Cami. Je ne le dirai jamais assez.

Bon, ça au moins c'était vrai, supposai-je. Et ce n'était pas l'endroit pour en discuter.

— Quel chemin ? m'enquis-je, bien que mon instinct exige que je reste ici sans me dire pour autant pourquoi ni quoi faire.

Il fit un signe de tête en direction du mur écroulé.

— Par là, ça mène à la cour principale.

La cour. Là où se trouve Lucifer, d'après le roi Erebus.

— Tu veux que j'aille *vers* le roi des Faë de l'Enfer ? m'étonnai-je, incrédule.

— Tu as une autre idée ? C'est toi qui refuses de quitter ce royaume.

Je le fixai en réfléchissant.

— En fait, non, je n'en ai pas.

Parce que quelque chose dans la direction qu'il avait indiquée me semblait juste.

C'est quoi cette étrange attirance ? m'interrogeai-je. *Pourquoi j'ai l'impression que je devrais être ici ?*

Aider les épouses était logique, mais au fond de moi, je savais que ce n'était pas la vraie raison pour laquelle je voulais rester. Il y avait en moi un besoin intrinsèque qui guidait mes actes.

Comme quand j'ai touché la source, réalisai-je.

Alors peut-être que je devrais partir. M'enfuir. Ignorer ce qui me tiraillait l'esprit.

Mais je n'avais jamais été du genre à reculer devant un

défi. C'était pourquoi j'avais affronté celui que Lucifer m'avait lancé plus tôt la tête haute. Là, ce pourrait être une situation plus dangereuse, ou qui n'avait guère de sens. Mais je devais suivre mon instinct.

Je regardai Ajax.

— Allons-y.

CHAPITRE 34

CAMI

APPAREMMENT, le mur à moitié écroulé avait séparé le Jardin nuptial de l'extérieur. Quand nous franchîmes son centre, j'entendis la voix familière de Melek :

— Ça ne va pas arranger les choses, Ty. (Il avait l'air préoccupé.) Prenons un peu de recul et évaluons le meilleur…

— On n'a pas le temps, le coupa Lucifer.

Il avait un ton différent de celui du roi suffisant qui avait été dans le club. C'était le dirigeant, celui qui faisait face à une menace active dans son royaume, à une attaque contre son peuple. C'était le Lucifer qui se souciait des autres.

Je ferais mieux de le graver dans ma mémoire, car je doute de revoir cette facette de lui – en supposant que je survive à cette nuit.

Chassant cette pensée, je continuai à grimper sur les gravats en direction des voix de Lucifer et de Melek. Chaque pas que je faisais vers eux me semblait juste, comme si j'étais attirée par un pouvoir magique.

Qu'est-ce que c'est ? me demandai-je. *Pourquoi j'ai l'impression d'être tirée par une laisse invisible ? C'est peut-être à cause de ce vêtement*, pensai-je en baissant les yeux sur le métal enchanté. *Est-ce qu'il essaie de retrouver Lucifer ?*

Je trébuchai sur une pierre mais fus retenue par le bras d'Ajax, qui posa aussitôt la main sur ma hanche pour m'aider à franchir ce passage particulièrement difficile.

— Si ce vortex commence à nous aspirer, tu dois me laisser t'éclipser, dit-il doucement. S'il te plaît.

— Bien sûr, acquiesçai-je, sans chercher à argumenter tant ça tombait sous le sens. Mais je soupçonne que ma magie va me ramener ici.

Il fronça les sourcils.

— Tu veux dire que tu ne le fais pas exprès ?

Je secouai la tête.

— Non. Je n'ai pas combattu Az, c'est ma magie qui l'a fait.

Il marmonna son étonnement, mais s'arrêta quand le portail apparut. Il était massif, planté dans une mer de destruction au milieu d'une fosse marécageuse.

Bon sang.

Il était bien pire que ce que j'avais vu à l'écran. Il était aussi beaucoup plus grand.

— Il était aussi immense au début ? demandai-je lentement, prenant la mesure de sa taille enflée.

— Non, il a grandi, répondit Ajax d'un ton sinistre.

Un maelström d'eau boueuse tourbillonnait autour de l'ouverture, dont la magie semblait provenir des créatures de ce monde. Ou peut-être était-ce l'essence même de ce royaume qui était attirée par l'énorme trou noir.

Le tourbillon aspirait tout ce qui l'entourait : des arbres, des morceaux du palais des Unseelies, les Unseelies eux-mêmes, quelques Nagas… *et des épouses.*

Lucifer planait dans le ciel tandis que sa magie flamboyait tout autour de lui.

Si le chaos avait capté mon attention, rien n'était comparable à la fureur du roi des Faë de l'Enfer.

Une paire d'appendices cendreux faisait office d'ailes dans son dos, mais elles n'étaient ni plumeuses ni brillantes. C'étaient plutôt des ombres qui l'emportaient dans l'air crépusculaire. Une substance sombre bougeait avec lui et balayait de haut en bas comme des plumes enflammées filetées de feu.

Magnifique. Terrifiant. Intense.

Mon cœur tambourinait dans ma poitrine tandis que je plantais mes doigts dans mes paumes. Une autre onde de choc déferla et mes genoux cédèrent. Mais Ajax me rattrapa, ses ombres nous maintenant stables alors que le sol tremblait sous nos pieds. La puissance de tout cela résonnait dans ma poitrine, me donnant l'impression d'être un tambour vivant.

Lucifer, réalisai-je dans un souffle. *C'est le pouvoir de Lucifer.* Il rayonnait autour de moi, déformant l'air et tiraillant mes entrailles.

Encore, pensai-je étourdiment. *Donne-m'en plus.*

Je cillai, troublée par ce désir.

— Il faut que je m'approche, murmurai-je.

Ajax me lança un regard renfrogné.

— Je crois qu'on est assez près.

La magie de Lucifer martelait mon corps tandis que sa voix tonitruante ordonnait à ceux qui se trouvaient en dessous de l'aider.

— Plus d'eau ! cria-t-il à un groupe de Nagas qui psalmodiaient autour d'un geyser jaillissant.

S'ensuivit une explosion liquide, et les êtres serpentaires levèrent les mains tandis que la colonne d'eau s'élevait dans le ciel.

— Soulevez ! hurla Lucifer, cette fois aux Unseelies qui

envoyaient apparemment des courants d'air tourbillonner à contresens autour du vortex.

Il essaie de fermer le portail, réalisai-je.

Mais ça ne marchait pas. Son pouvoir tout de feu et de force brute cognait contre le tourbillon, mais ne faisait que le sectionner et l'ouvrir plus largement.

L'odeur qui en émanait me rappela un ancien voyage en famille dans les Everglades, me faisant froncer le nez tandis que le souvenir se déroulait dans mon esprit.

Le feu de l'Enfer, songeai-je, revoyant mon père au milieu du marais, couvert de flammes dangereuses.

— Tu veux tuer ces moustiques, Cami ? Brûle-les, m'avait-il dit.

Il avait mis le feu à plusieurs palétuviers. Mais l'incendie spectaculaire s'était propagé à d'autres plantes qui poussaient tout autour de nous.

— Le truc maintenant, c'est de savoir comment l'éteindre, m'avait-il chuchoté, l'air menaçant. Tu ferais mieux de le découvrir ou tu ne rentreras pas à la maison.

Ma mère avait alors fait la moue en disant :

— Au moins, donne à cette pauvre fille quelques sorts à essayer.

Des papiers étaient tombés du ciel peu après, leur éclat blanc vacillant dans les flammes, me rappelant un peu des plumes enflammées. Je les avais tous ramassés et avais mémorisé chaque incantation. Et j'avais finalement trouvé celle qu'il fallait pour dissiper le chaos flamboyant.

Le feu de l'Enfer de Lucifer me ramena au présent, mes souvenirs se fondant dans le spectacle aérien. Sa magie semblait alimenter le portail plus qu'elle ne le dissolvait.

C'est comme le feu dans les Everglades, me dis-je en fronçant les sourcils. Certains sorts que j'avais invoqués à l'époque avaient renforcé les flammes au lieu de les éteindre.

Les bords tourbillonnants du vortex bâillaient vers

Lucifer, ouvrant un centre d'une noirceur absolue. Cette immense ondulation contre la réalité engloutissait tout ce qui l'entourait, dévorant rapidement une autre section du palais des Unseelies.

Des arbres anciens ornés de lianes se tordirent et se brisèrent avec des craquements tonitruants qui résonnèrent dans tout le paysage.

Des hurlements s'élevèrent lorsqu'une autre vague aspira un deuxième groupe d'épouses. Elles ne pouvaient rien faire pour arrêter le courant qui les emportait.

— Non ! hurla Lucifer, sa frustration palpable.

Il tendit une main et tira un feu d'Enfer pur sur le portail. Les poils de ma nuque se hérissèrent tandis qu'une chaleur intense déferlait sur les vagues aplaties.

— Ty ! hurla Melek en faisant jaillir une vague de puissance blanche et brillante. Tu ne peux pas faire ça tout seul !

Je n'avais jamais vu la force de Melek auparavant, pas comme ça. Il aveugla le ciel, ripostant avec une onde de choc qui dispersa un moment les nuages et fit cascader des rayons de soleil brûlants sur les eaux marécageuses en contrebas.

Je tressaillis. *Ça ne va sûrement pas marcher.*

La puissance de Melek semblait être trop grande pour ce royaume, sa lumière avait une intensité que les Terres Marécageuses ne pouvaient pas supporter. D'après ce que j'avais lu sur ce pays, c'était logique. Les Terres Marécageuses étaient pour l'essentiel un mélange instable du royaume sous-marin et des Terres Stériles. Trop d'eau déstabilisait l'atmosphère, tout comme trop de lumière altérait la chimie de la terre.

En comprenant cela, je réalisai que Lucifer et Melek étaient peut-être les pires candidats pour régler ce problème. Ils essayaient de noyer un tourbillon avec de l'eau, du feu de l'Enfer et de la force brute.

Ça va mal finir, me dis-je quand l'explosion suivante de puissance brute de Lucifer ne fit que soulever une couche de vapeur. Le portail se tordit, puis parut s'élargir encore plus. Cette fois, il emporta avec lui une brume de ce qui devait être des Unseelies. Le scintillement de la lumière brisée s'accompagna d'un flot de cris d'horreur étouffés qui s'éteignirent comme s'ils étaient noyés.

Les Nagas se débattaient, bien plus visibles dans leurs efforts désespérés pour s'enfuir. Leurs queues puissantes s'opposaient au courant vaporeux, mais elles ne faisaient pas le poids face à l'intensité du tourbillon grandissant.

Ajax siffla et ôta son bras de mon dos. Je le regardai, perplexe. Il observait les chaînes autour de mon centre.

— Cami ? fit-il d'un ton incertain.

Je fronçai les sourcils.

— Quoi ?

Puis un autre crash me détourna de lui, m'attirant à nouveau vers le portail cinglant. *C'est la catastrophe.*

— Il ne s'y prend pas bien, dis-je à Ajax. Il ne fait qu'empirer les choses.

— Cami, tu es… rayonnante, constata-t-il, ignorant ma remarque. Les chaînes…

Tandis que Lucifer se déchaînait dans le ciel, une chaleur caressait ma peau, attirant de nouveau mon attention sur ma robe. Ajax avait raison : je *rayonnais.*

Sourcils froncés, je pris conscience de la situation. *Parce que c'est la magie de Lucifer.*

C'était sûrement ce qui m'avait attirée ici.

Tout comme la source, pensai-je, bouche bée. *C'est pourquoi cette attirance m'est si familière — c'est exactement comme lorsque j'ai touché le cœur de son pouvoir.* Sauf que cette fois, j'étais littéralement enveloppée, attirée vers lui comme vers un phare.

Mais c'était plus que cela. Je sentais son pouvoir vibrer à travers moi, comme si j'étais une sorte de conduit. Ou un siphon. *Comment c'est possible ?* m'étonnai-je, ressentant la prochaine frappe de Lucifer avant qu'il ne la libère. *Pourquoi je suis si proche de son essence ?*

Mon esprit s'emballa tandis que j'empoignais le talisman toujours sur ma poitrine. Le pouvoir de Melek se mêla à la chaleur des chaînes, me procurant un équilibre apaisant qui me permit de me concentrer.

De la chaleur, pas un feu incontrôlable. C'était ce qui avait fini par éteindre l'incendie des Everglades. Il m'avait fallu des heures pour le comprendre. Mais ç'avait fini par marcher.

Est-ce que ça aurait le même effet ici ? Il n'y a qu'une seule façon de le savoir.

— Cami ? appela encore Ajax.

Je l'ignorai, trop occupée à me remémorer le sort que j'avais lancé ce jour-là.

Si je suis vraiment un conduit, alors je devrais pouvoir canaliser le pouvoir de Lucifer pour renforcer cet enchantement, pensai-je en fermant les yeux et en me concentrant sur les sensations de son énergie qui ondulait en moi. Je fis appel à cette puissance chaude au plus profond de ma poitrine, et murmurai les mots que j'avais appris il y avait bien longtemps.

Le vent tournoya autour de moi tandis que je tirais sur la magie qui m'entourait, m'accrochant à ce filin que je semblais avoir ancré au fond de mon âme.

Une vrille noircie. Une énergie éternelle. Lucifer.

C'était un endroit que je ne comprenais pas, un endroit où je ne voulais pas aller. Mais je devais essayer.

Je continuai à réciter le sort de ces fines pages blanches,

mon esprit mêlant présent et passé, tandis que des flammes dansaient derrière mes yeux clos.

Tant de pouvoir. Tant de grâce.

Une vague de chaleur apaisante tourbillonnait en moi, attendant d'être libérée. Mais j'avais besoin de plus. J'avais besoin d'un accès.

Camillia, chuchota une voix grave dans mon esprit. Une voix que je détestais. Que je désirais. Dont j'avais besoin.

Lucifer, répondis-je. *Laisse-moi entrer…*

La magie de ses chaînes s'enroulait intimement autour de moi, mais je l'utilisais au lieu de la laisser m'utiliser.

Laisse-moi entrer, répétai-je.

Son pouvoir était trop sauvage. Trop intense.

Je répétai le sort, renforçant ma vague de chaleur tout en murmurant : *Laisse-moi entrer.*

Tant de vitalité. D'éclat. *De force brute.*

Laisse-moi entrer, Lucifer. Libère-moi…

Quelque chose en moi s'éveilla, un instinct naturel, une propension à *contrôler* qui tira sur les rênes du pouvoir de Lucifer, le suppliant de me donner le contrôle, juste pour un moment. Que mon père m'ait ou non préparée à cela, je savais intuitivement ce qu'il fallait faire.

Les Terres Marécageuses étaient un lieu de mirages, de subtilité et de touches délicates. Tout le contraire de ce que j'avais vu chez Lucifer.

Laisse-moi t'aider, le suppliai-je. *Je peux le faire.* Je n'étais pas sûre qu'il puisse m'entendre, mais j'espérais qu'il sentirait mes intentions. Ou peut-être que la source répondrait à mon appel.

Il m'avait averti de ne plus y toucher. Mais il comprendrait sûrement cet objectif. *Je peux arranger ça*, continuai-je à lui émettre. *Tu as besoin d'une vague de chaleur apaisante.* Laquelle grandissait intensément dans ma poitrine, menaçant de s'échapper à tout moment. Mais j'avais besoin de sa capacité à amplifier le pouvoir dans ce royaume, pour m'assurer qu'il suffirait à fermer la caverne de la mort dans le ciel.

S'il te plaît, implorai-je. *Laisse-moi entrer…*

En réponse, une chaleur effleura ma peau, d'abord hésitante. Puis elle grandit, les chaînes qui m'entouraient se durcissant en morceaux semblables à des diamants qui griffaient ma peau. Je grimaçai, la douleur augmentant à chaque seconde.

Il se bat contre moi. Il me pousse vers la sortie. Il va faire en sorte que j'échoue.

Je reculai, refusant d'accepter son rejet, ayant besoin d'agir. *Laisse-moi t'aider !*

Les chaînes qui m'entouraient volèrent en éclats, s'enfonçant en moi, m'arrachant un cri atroce. *Ça brûle. Ça me tue. C'est… c'est…* J'ouvris grand les yeux quand les lumières vives de la source m'entourèrent. *Elle m'accepte.*

Je m'y cramponnai sans réfléchir, prenant l'énergie dont j'avais besoin et insufflant la chaleur qui brûlait en moi.

En un clin d'œil, je fus de retour dans les Terres Marécageuses, fixant le portail une fois de plus, juste à temps pour voir le Roi des Faë de l'Enfer venir vers moi. Ses ailes cendrées étaient déployées derrière lui, des flammes infernales couraient sur ses bras.

Je suis une Faë morte, c'est sûr.

Mais je devais m'en servir à mon avantage, profiter de mes derniers instants pour faire quelque chose de bien.

J'effleurai le talisman de Melek du bout des doigts, récupérant l'énergie unique de l'étoile. *Le conduit*, me rappelai-je. C'était comme ça que je pouvais faire tout cela : il m'avait permis d'extraire le pouvoir de Lucifer des chaînes et de le faire entrer en moi. Maintenant, ce même conduit allait me permettre de faire exploser ce fichu portail avec ma propre magie.

Un maelström se forma en moi, une combinaison d'énergie ne ressemblant à rien de ce que j'avais jamais ressenti. Cela me terrifia, peut-être même plus que l'approche du roi de l'Enfer. Un mélange incontrôlable de feu et de glace tourbillonna en moi, se combinant à la vague de chaleur. Je le laissai grandir au lieu de l'étouffer, voulant m'assurer que cela suffirait.

Encore quelques secondes, me dis-je, consciente que Lucifer était désormais tout proche.

Le bout de mes doigts brilla, la sueur sur ma peau s'évapora. L'air autour de moi s'alourdit jusqu'à ce que je sache que je ne pourrais plus le retenir.

J'exhalais et tendis la main. Et lâchai tout.

Mes oreilles claquèrent quand le sol explosa sous moi et qu'une onde de choc jaillit, projetant un jet d'eau et de débris. Lucifer était presque sur moi, mais il se mit à culbuter dans l'air pendant que mon explosion de magie débridée spiralait vers le portail.

Elle plongea à l'intérieur, le vitrifiant instantanément.

Le brûler n'avait pas été la solution. Il avait besoin d'un équilibre délicat de *chaleur*. Tout comme aux Everglades. Il paraissait intuitivement contre-productif d'étouffer un feu avec de la chaleur, mais celui-ci n'était pas d'un brasier ordinaire.

Tout comme le feu d'Enfer que mon père avait déclenché ce jour-là, il y avait bien longtemps.

C'était tout le contraire de ce qu'un pompier aurait su gérer.

— La plupart des éléments magiques ne peuvent pas être combattus par la logique, m'avait-il dit après coup. Maintenant, tu le sais.

Ouais, papa, pensai-je à présent. *Je le sais vraiment.*

Un silence assourdissant s'ensuivit, puis le portail faiblit et disparut, laissant des kilomètres de destruction dans son sillage. Une fine brume tomba sur ma peau nue, me faisant frissonner.

Puis un Lucifer tonitruant apparut devant moi.

Je ne tentai pas de fuir. J'avais perdu les couteaux inutiles quelque part dans le chaos, me laissant nue devant lui, totalement sans défense.

Je ne pris pas la peine de m'excuser. Je me contentai de le fixer, attendant son jugement. Mais il avait l'air de ne pas savoir quoi faire de moi.

Et, oh, il était furieux. Le feu dans ses yeux saphir faisait rage encore plus que son feu de l'Enfer, et la belle ligne de sa mâchoire carrée était aussi tranchante qu'une lame.

— Viens, Camillia. Je crois qu'il est temps qu'on parle.

Il me chopa par la nuque, puis nous disparûmes dans un nuage de cendres ardentes.

Ouaip, je vais mourir, c'est clair.

Lentement. Et douloureusement.

L'histoire de Cami se poursuit dans *Le Commandant des Faë de Lucifer...*

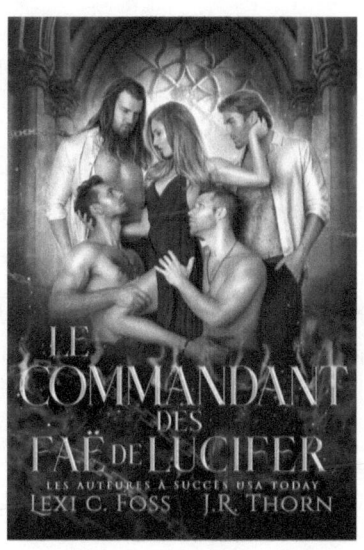

À propos du Commandant des Faë de Lucifer

« Accouple-toi avec moi ou meurs. Tu as le choix. »

Ces mots ne m'étaient pas destinés, mais je les sentais résonner dans mon âme.

Que choisirais-je ? *La mort.*

Bien sûr, je me réduirais en cendres et me réveillerais à nouveau avec le même fichu problème tourbillonnant dans mon cœur et mon esprit.

Ma bête intérieure pense qu'elle s'est imprimée sur une Faë de l'Enfer Halfeline.

Sans ma permission.

Maintenant, tout ce que je veux, c'est la prendre dans mes bras.

L'embrasser. La baiser. La *revendiquer.*

Mais je ne peux pas.

Pas tant que nous n'aurons pas résolu le mystère qui entoure la Source des Faë de l'Enfer et ces portails scélérats qui apparaissent partout.

Le royaume des Faë de l'Enfer est en plein chaos, et ma compagne potentielle pourrait en être responsable.

Le Gardien Ajax et le prince Melek la croient innocente.

Le roi des Faë de l'Enfer est sûr qu'elle ne l'est pas.

Et je suis trop occupé avec mon Phénix haletant pour choisir un camp.

Mon animal ne pense qu'à mordre sa promise.

Pendant ce temps, je n'ai qu'une idée en tête : comment l'arrêter.

Camillia devrait avoir le choix.

Seulement, elle ne semble pas vouloir choisir…

Note des autrices : Le Commandant des Faë de Lucifer est une romance paranormale sombre avec quatre compagnons tourmentés et aucun choix requis. Si vous aimez les antihéros dominants et sexy, vous êtes au bon endroit : le royaume de l'Enfer, où la romance est torride et où le pardon n'est pas nécessaire. Ce livre se termine sur un cliffhanger.

À PROPOS DE LEUR ANIMAL
MORTEL

Sang. Lames. Corps.

Un travail comme un autre. Jusqu'à ce que trois hommes
vêtus de noir
me kidnappent dans la nuit.

Je pensais que c'étaient des hommes de main sans visage
d'une mission passée,
peut-être envoyés par leur maître pour exécuter une petite
vengeance.

Mais ils ont enlevé leurs masques et révélé les monstres
qu'ils étaient en vérité.

Des Faë de la Mort.
Inhumains.
Dangereux.

Maintenant, je suis enfermée dans leur cage dorée, on me
dit que je dois bien me comporter pour être libérée. Le
problème, c'est que dans leur idée, cela signifie que je dois
me mettre à genoux.

Je me fiche de voir à quel point ils sont beaux ou bien dotés
– je ne m'agenouille devant personne. Et je n'ai aucune
envie de devenir leur petit animal mortel.

« Essayez de me dompter », osé-je.

« Nous n'avons aucun intérêt à te dompter, doux animal de compagnie, disent-ils. Nous voulons te faire nôtre. »

« À nous pour te vénérer. »
« À nous pour t'aimer. »
« À nous pour te garder. »

À PROPOS DE LEUR REINE DE SANG

Ils arrivent.
Les Trois Monstres.
C'est la Nuit des Monstres et ils sont après moi.
L'un d'eux a des griffes.
L'autre a des crocs.
Le troisième est la terreur incarnée, et c'est moi qu'il va
réclamer.

J'ai dit la malédiction.
Trois noms de sang.

Une consécration. Une profanation.

Nemmus. Nefarus. Et Nood.

Je voulais que mes ennemis meurent.
Je voulais me venger.
C'était la Nuit des Monstres et ça avait l'air d'un jeu
amusant.

Sauf qu'il n'y a plus personne pour rire – personne sauf les
monstres dans ma tête.

La question est de savoir si je les ai imaginés.

Ou peut-être… est-ce moi qui suis morte ?

Mes Trois Monstres sont venus me chercher.

Ils ont besoin de mes cauchemars. Ils ont besoin de ma
rage.
Ils se nourrissent de tout ce qui fait de moi ce que je suis…
et maintenant, tous ceux qui m'ont croisée vont payer.

LEXI C. FOSS

L'auteure à succès d'*USA Today* Lexi C. Foss est une écrivaine perdue dans le monde de l'informatique. Elle vit à Chapel Hill, en Caroline du Nord, avec son mari et leurs enfants à fourrure. Quand elle n'écrit pas, elle est occupée à cocher des cases sur sa liste de voyages à faire. On peut retrouver beaucoup des endroits qu'elle a visités dans ses écrits, notamment le monde mythique d'Hydria, inspiré d'Hydra, dans les îles grecques. Elle est excentrique, boit beaucoup trop de café et adore nager. Tchao !

https://www.lexicfoss.com/Français

Pour être au courant des dernières nouvelles et connaître les dates de publication, abonnez-vous à ma newsletter:
https://www.lexicfoss.com/la-newsletter-de-lexi

LIVRES DE L'AUTEURE LEXI C. FOSS

Alliance de Sang

L'Esclave du Vampire

Le Vampire Royal

La Triade de l'Alpha

Le Vampire Rebelle

Le Roi Vampire

Le Vampire Cruel

Faë de Lucifer

La Captive des Faë de Lucifer

Le Directeur des Faë de Lucifer

Le Commandant des Faë de Lucifer

La Malédiction des Immortels

Les Lois du Sang

Des Liens Interdits

Cœur de Sang

Les Liens du Sang

Les Liens des Anges

Chercheur de Sang

Le poids du Sang

Des Liens Dangereux

Le Roi de Sang

Livres de l'Auteure Lexi C. Foss

Alliance de Sang

L'Esclave du Vampire

Le Vampire Royal

La Triade de l'Alpha

Le Vampire Rebelle

Le Roi Vampire

Le Vampire Cruel

Faë de Lucifer

La Captive des Faë de Lucifer

Le Directeur des Faë de Lucifer

Le Commandant des Faë de Lucifer

La Malédiction des Immortels

Les Lois du Sang

Des Liens Interdits

Cœur de Sang

Les Liens du Sang

Les Liens des Anges

Chercheur de Sang

Le poids du Sang

Des Liens Dangereux

Le Roi de Sang

Romance paranormale du genre Harem inversé — Pas de choix à faire.

J.R. Thorn est une auteure de romance paranormale de genre harem inversé, qui adore le café, le temps orageux et les discussions animées avec sa muse intérieure. On peut souvent la trouver en train d'écrire ses histoires torrides dans son antre, loin des regards indiscrets de son jeune enfant, de son mari et de ses deux chats bruyants.

Pour être informé des nouvelles parutions, n'oubliez pas de suivre J.R. Thorn sur Amazon.fr.

Livres de l'Auteure J.R. Thorn

Tous les livres appartiennent à des séries indépendantes les unes des autres, listées dans l'ordre des événements qu'elles présentent.

Liste de lecture de l'univers Elemental Fae

L'Académie des Faës Élémentaires : tomes 1 à 3 (Co-écrit)

La Reine des Faë de Minuit (Lexi C. Foss)

l'Académie des Faë du Destin (J.R. Thorn)

Candela (J.R. Thorn) - Anglais

La Reine des Faë de l'Hiver (Co-écrit)

La Captive des Faë de l'Enfer (Co-écrit)

Liste de lecture de l'univers de la série Blood Stone - Anglais

Tome 1 : Succubus Sins

Tome 2 : Siren Sins

Tome 3 : Vampire Sins

La Malédiction des vampires : Congrégations royales

Tome 1

Tome 2

Tome 3

Fortune Academy (Partie I)

Première année

Deuxième année

Troisième année

Fortune Academy Underworld (Partie II)

Tome quatre

Tome cinq

Tome Six

Fortune Academy Underworld (Partie III)

Tome Sept

Book Eight

Book Nine

Book Ten

Le Pacte des Cinq : Loups métamorphes rejetés et harem inversé

Tome 1 : Gardienne de la lune

Tome 2: Lune maudite

Tome 3

Dark Arts Academy - Anglais

Book One

Book Two

Unicorn Shifter Academy - Anglais

Book One

Book Two

Book Three

Autres thèmes que celui du harem inversé (J.R. Thorn sous le pseudonyme de Jennifer Thorn)

Liste de lecture de l'univers Noir Reformatory - Anglais

Noir Reformatory : The Beginning

Noir Reformatory : First Offense

Noir Reformatory : Second Offense

Noir Reformatory : Third Offense

Liste de lecture de l'univers Sins of the Fae King - Anglais

(tome 1) Captured by the Fae King

(tome 2) Betrayed by the Fae King

Pour en savoir plus : Amazon.fr

www.ingramcontent.com/pod-product-compliance
Lightning Source LLC
Chambersburg PA
CBHW030925020726
47498CB00001B/111